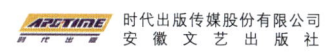

HERI
QING CHANGYING

何日请长缨
辉煌

时代出版传媒股份有限公司
安徽文艺出版社

齐 橙 ◎ 著

作者简介：

齐橙，本名龚江辉，阅文集团大神作家，中国作家协会会员，北京师范大学经济与工商管理学院副教授，中国社会科学院工业经济研究所博士。代表作品《工业霸主》《材料帝国》《大国重工》《何日请长缨》等，其中《材料帝国》被国家新闻出版广电总局推介为2016年优秀网络文学原创作品，《大国重工》荣获第五届中国出版政府奖音像电子网络出版物奖（网络出版物）。作品《何日请长缨》入选"十四五"国家重点出版物出版专项规划，荣获第四届现实题材网络文学征文大赛特等奖，入选中国作家协会2020年网络文学重点作品扶持项目"庆祝中国共产党成立100周年"主题专项，荣获2020年第四届"网络文学+"大会·优秀网络文学IP，入选2020年度最具版权价值网络文学排行榜（现代类），入选2021年中宣部"建党百年"主题重点项目，并入选中国作家协会新时代文学攀登计划。

何日请长缨

辉煌

"十四五"国家重点出版物出版专项规划

齐 橙 ——著

时代出版传媒股份有限公司
安徽文艺出版社

图书在版编目（CIP）数据

何日请长缨.7,辉煌/齐橙著.—合肥：安徽文艺出版社,2023.3
ISBN 978-7-5396-7679-1

Ⅰ.①何… Ⅱ.①齐… Ⅲ.①长篇小说－中国－当代 Ⅳ.①I247.5

中国国家版本馆 CIP 数据核字(2023)第 003399 号

何日请长缨·辉煌
HERI QING CHANGYING · HUIHUANG

出 版 人：姚 巍
策　　划：朱寒冬　　宋晓津
统　　筹：张妍妍　　成 怡　　宋晓津
责任编辑：张妍妍　　花景珏　　装帧设计：张诚鑫　　徐 睿

出版发行：安徽文艺出版社　　www.awpub.com
地　　址：合肥市翡翠路 1118 号　　邮政编码：230071
营 销 部：(0551)63533889
印　　制：安徽新华印刷股份有限公司　(0551)65859551

开本：700×1000　1/16　印张：154.75　字数：2450 千字
版次：2023 年 3 月第 1 版
印次：2023 年 3 月第 1 次印刷
定价：528.00 元(精装，全七册)

(如发现印装质量问题，影响阅读，请与出版社联系调换)
版权所有，侵权必究

目 录
CONTENTS

第四百八十九章　你对中国是不是有什么误解 / 001

第四百九十章　美国人难道就不上网吗 / 004

第四百九十一章　藏不住的大象 / 008

第四百九十二章　内事不决 / 012

第四百九十三章　钢铁直男 / 016

第四百九十四章　跨越千年的华尔兹 / 021

第四百九十五章　有哪些明显的优势 / 025

第四百九十六章　你们做了哪些工作 / 029

第四百九十七章　如何能够阻止住中国人呢 / 033

第四百九十八章　还只是开胃小菜 / 037

第四百九十九章　随便坐坐 / 041

第五百章　深明大义黄丽婷 / 045

第五百零一章　你可别坑我 / 049

第五百零二章　人的一生应当这样度过 / 053

第五百零三章　中国人愿意出什么价钱 / 057

第五百零四章　我有一个疑问 / 061

第五百零五章　没办法解决这个问题 / 065

第五百零六章　所以怎么样呢 / 069

第五百零七章　这是一种很常规的操作 / 073

第五百零八章　浓眉大眼的居然也破产了 / 077

第五百零九章　实在有些强人所难啊 / 081

第五百一十章　绝对不和自己人竞争 / 085

第五百一十一章　并不成其为问题 / 089

第五百一十二章　我真不是这个意思 / 093

第五百一十三章　账不能这样算 / 097

第五百一十四章　我们之间可以有一个合作的机会 / 101

第五百一十五章　欲擒故纵 / 105

第五百一十六章　这一招其实是个败笔 / 109

第五百一十七章　你们是否有把握 / 113

第五百一十八章　他们并非稳操胜券 / 117

第五百一十九章　谁还没点民意咋的 / 122

第五百二十章　更为理智的行为 / 126

第五百二十一章　天下大同 / 130

第五百二十二章　授人以渔 / 134

第五百二十三章　宁默的追求 / 138

第五百二十四章　胖子机床学校 / 142

第五百二十五章　有什么不一样吗 / 146

第五百二十六章　用户的习惯太顽固了 / 150

第五百二十七章　比游戏好玩一百倍 / 154

第五百二十八章　做一个小玩具 / 158

第五百二十九章　做金融才是最有前途的 / 162

第五百三十章　我真的不是于先生 / 166

第五百三十一章　你们有啥必要去搭理他 / 171

第五百三十二章　看谁最后玩不下去 / 175

第五百三十三章　这是图个啥呢 / 179

第五百三十四章　自由就是自由 / 183

第五百三十五章　感谢普勒先生的美好祝福 / 187

第五百三十六章　技术是需要分享的 / 191

第五百三十七章　中国能答应吗 / 195

第五百三十八章　他们没有机会 / 199

第五百三十九章　来去自由 / 203

第五百四十章　世界上唯一的傻瓜 / 207

第五百四十一章　启动内循环 / 211

第五百四十二章　人拉肩扛 / 215

第五百四十三章　云开月明 / 220

第五百四十四章　我是四期的 / 224

第五百四十五章　这有什么问题吗 / 229

第五百四十六章　还可以做一些努力 / 233

第五百四十七章　这的确是有些奇怪 / 237

第五百四十八章　他真的不是我的学生 / 241

第五百四十九章　枫铺镇的创新产业 / 245

第五百五十章　和谐共赢 / 249

第五百五十一章　我们可算是开了眼界了 / 253

第五百五十二章　要动真格的 / 257

第五百五十三章　零容忍态度 / 261

第五百五十四章　这就是本质的区别 / 265

第五百五十五章　并不是一个不可接受的选择 / 269

第五百五十六章　明确自己的产业定位 / 273

第五百五十七章　观望才是我们的最佳选择 / 277

第五百五十八章　两边下注 / 281

第五百五十九章　熙熙攘攘皆为名利 / 285

第五百六十章　"机床业再出发" / 289

第五百六十一章　哪有放着生意不做的道理 / 293

第五百六十二章　立足国内 / 297

第五百六十三章　参考国外哪家公司的做法 / 301

第五百六十四章　工匠精神 / 305

第五百六十五章　系统优化 / 309

第五百六十六章　搞战术 / 313

第五百六十七章　有一些难言之隐 / 317

第五百六十八章　必须有自己的备份机制／321

第五百六十九章　我们可以号称／325

第五百七十章　不带这么欺负人的／329

第五百七十一章　不愧得到了唐总的亲传／333

第五百七十二章　这是什么情况／337

第五百七十三章　和两位赵总叔叔合作／341

第五百七十四章　咱就这么霸气／345

第五百七十五章　长缨在手／349

第四百八十九章　你对中国是不是有什么误解

2012年,美国,巴尔的摩市郊一座颇具规模的工厂门外。

一辆出租车停了下来,从车上走下一男一女两个人。他们都有着黄皮肤和黑头发,衣着光鲜,一举一动都透着干练与自信。

如果是在十年前,土生土长的美国人看到穿戴这种服饰与气质出众的东亚人,往往会猜测他们来自日本或者韩国。而到了今天,美国人更愿意相信这两人来自中国,因为在他们的周围,日、韩客人日渐减少,中国人则越来越多了。

这两个人,男的名叫郑康,原来是滕村机床厂的业务员。临一机兼并滕机并成立了临河机床集团公司之后,郑康进了临机销售公司,经过十几年的磨炼,目前他的职务是临机销售公司海外业务部副部长。

女士名叫李甜甜,是临河本地人,从明溪理工大学硕士毕业之后,应聘进入临机集团,后来被分配到销售公司从事技术情报工作。销售公司建立海外业务部时,抽调外语功底好的员工从事海外业务开拓,李甜甜便到了海外业务部。

这一次,海外业务部了解到美国通用汽车公司的巴尔的摩工厂有意新建一条汽车全自动生产线,郑康便带着李甜甜过来了。

两个人走到工厂大门边,向门卫通报了姓名和来历。门卫事先已经接到通知,知道有两位来自中国的设备推销商要来拜访,登记了二人的信息之后,便指引他们前往工厂经理乔西特的办公室。

"乔西特先生,您好,我是来自中国临河机床集团公司的业务代表李甜甜。这位是我们销售公司海外业务部的副部长郑康先生。"

走进乔西特的办公室,李甜甜用流利的英语向对方做了自我介绍。她此行的角色是郑康的助手兼翻译,销售公司里像郑康这样四十来岁的骨干大多不精通外语,外出谈判是必须自带翻译的。

"欢迎二位,请坐吧。"

长着满脸络腮胡子的乔西特很随意地与郑康握了一下手,便招呼二人坐下,还喊来一名手下,让他给二人各倒了一杯水,算是待客之道了。

"二位,你们打电话告诉我,说你们希望和我谈一谈设备方面的事情,现在你们可以说了。"

没有太多的寒暄,乔西特直接进入了正题。

"乔西特先生,我们听说巴尔的摩工厂有意淘汰旧的生产线,建设一条全新的自动生产线,是有这么回事吗?"李甜甜问道。这种问题没有必要让郑康多费一次口舌,由李甜甜来发问就可以了。

乔西特点点头,说道:"是的,我们的确有淘汰旧生产线的计划。我们现在使用的生产线,还是1970年建设的,已经不适应汽车行业的发展了。我们希望建设一条拥有最新技术的生产线。怎么,贵公司希望为我们提供一些服务吗?"

他说这些话的时候,李甜甜同步地给郑康做着翻译。等他说完,郑康向李甜甜示意了一下,李甜甜便答道:"是的,乔西特先生,我们非常希望能够参与巴尔的摩工厂这条新生产线的建设。"

"那么,你们希望参与哪部分呢?"乔西特继续问道。

"全部。"李甜甜道。

"全部?"乔西特有些意外,"尊敬的女士,我有点不明白,你说的全部,是指什么?"

"当然是指我们愿意为巴尔的摩工厂提供整条生产线,从最初的设计到最终投产,我们可以采取'交钥匙'的方式。"李甜甜说道。

所谓"交钥匙",是技术服务的一种方式,指项目承包方为客户提供包括设计、供货、安装、试运行的全套服务,直到项目能够正常运转,再完整地交付给客户。

早年,中国从国外引进技术时,曾采用过"交钥匙"的方式,即由外国公司为我们完成整个工厂的建设,我们只需要等项目投产后接收工厂即可。

20世纪70年代末之后,国家在重大技术装备引进中提出了"联合设计、合作制造"的原则,要求外国公司在销售装备时必须附带技术转让,要让中国企业参与设计和制造,以便把技术掌握在自己手上,"交钥匙"的方式国家是不提倡的。

就一个孤立的项目而言,"交钥匙"的方式对于业主方来说是最为省事的,

第四百八十九章 你对中国是不是有什么误解

业主只需要提出自己的需求,不用过多操心。但中国作为一个追求独立自主的国家,希望技术掌握在自己手里,即便是买鱼的时候,也要了解一下捕鱼的方法,这就属于发展中国家里的佼佼者了。

通用的巴尔的摩工厂是一家汽车厂,通用公司的高层并不打算涉足机床制造,所以对汽车生产线的建设过程没有什么兴趣。设备供应方能够用"交钥匙"的方式提供设备,通用公司当然是更为乐意的。

"你们不是说你们是中国企业吗?"乔西特诧异地问道。

"是啊。"李甜甜有点蒙,中国企业咋了?对方为什么要流露出这样的表情?

乔西特把手一摊,说:"那么,你们怎么可能为我们提供全套的生产线呢?"

"你的意思是说,你认为中国企业无法为你们提供全套的生产线?"李甜甜这回算是听懂了,可是一时半会还是不理解乔西特的困惑。

"乔西特先生,你对中国是不是有什么误解?"郑康却是听出了一些端倪,试探着问道。

李甜甜是个80后,对于中国与西方之间曾经的技术差距没有直观的体验。她到临机集团入职的时候,中国的机床产业已经颇具规模,虽然在高端机床上与国外还有差距,但满足国内大多数的需求是没有问题的。

郑康比李甜甜要大十几岁,知道在二十年前,别说是汽车生产线,就是普通的家电生产线,要完全依靠国内力量建设,都是相当有难度的。即便是把生产线建起来,其技术水平与国外相比,起码也要落后十年以上。

这十几年时间里,中国机床产业有了长足的发展,但这种发展也只有中国人自己才有体会,像乔西特这样的西方人,或许是不会关注到的。他们凭着十几年前的印象,认为中国企业不可能给他们提供一条全套的汽车生产线,是再正常不过的思维了。

"郑先生,我对中国的制造能力非常钦佩。"乔西特说道,他在自己身上比画了一下,又向自己的办公室比画了一下,说道,"我穿的衣服、皮鞋、系的皮带,以及这个房间里的很多东西,都是中国制造的。它们的质量非常好,而且价格也非常便宜,我非常喜欢。

"但是,我们现在需要的是一条达到国际最高标准的汽车生产线,我并不认为中国有能力建成这样的生产线。"

第四百九十章　美国人难道就不上网吗

"我们在海外开拓中遇到的最大的麻烦，就是国外客户，尤其是西方国家的客户，对中国的机电产品普遍不了解和不信任。通用汽车公司巴尔的摩工厂的经理乔西特对咱们的汽车生产线表示出了一定的兴趣，主要是因为咱们的产品相比德国和日本的同类产品在价格上有明显的优势。但他声称对我们的技术水平不放心，怀疑我们没有能力独立建造一条完整的汽车生产线。"

临河机床集团总部会议室里，销售公司总经理韩伟昌向高管们介绍着从海外反馈回来的信息。

那一天，郑康和李甜甜费了九牛二虎之力，才让乔西特相信临机集团的确有建造汽车生产线的经验，而郑康报出的生产线价格，也让乔西特颇为心动。

始于2007年的次贷危机严重地打击了美国经济，大批企业破产，通用汽车公司也一度濒临破产。由于通用汽车公司雇用了数以万计的工人，一旦破产，将会导致大批工人失业，产生很大的社会冲击，因此，美国政府倾尽全力对其进行救助，其中包括向它的几家工厂提供低息贷款，帮助这几家工厂更新生产线，以提高其市场竞争力。

巴尔的摩工厂的改造计划，便是在美国政府的救助行动支持下开展的。美国政府能够为通用汽车公司提供的改造资金并不宽裕，而公司需要升级生产线的工厂有好几家，能够分到巴尔的摩工厂的经费就十分有限了，因而乔西特在进行设备采购时不得不精打细算。

在郑康和李甜甜上门之前，乔西特曾让自己的采购经理了解过建造一条汽车生产线的价格。此时，美国本土已经找不到能够提供整套汽车生产线装备的企业，采购经理询问了德国海姆萨特公司、日本染野公司等几家生产商，得到的报价都超出了公司给乔西特的预算。

染野公司倒是给巴尔的摩工厂提出过一个折中方案，那就是降低一部分设

第四百九十章　美国人难道就不上网吗

备的技术标准,从而降低整条生产线的造价。这个方案对于乔西特来说是难以接受的,因为一旦降低技术标准,就意味着巴尔的摩工厂生产的汽车的技术水平也要相应降低,这就违背了通用汽车公司希望提高市场竞争力的初衷。

但在资金无法得到满足的情况下,染野的方案又是唯一具有可行性的方案,拒绝这个方案,则巴尔的摩工厂的生产线改造将无法进行,情况是更为糟糕的。

郑康一行的出现,给了乔西特一线新的希望。郑康向他推销的生产线与海姆萨特、染野的产品属于同一代,能够满足巴尔的摩工厂生产最新款汽车的需求。而郑康的报价,足足比染野的报价低了1/3,比海姆萨特的报价更是低了将近一半。

那么,乔西特面临的唯一障碍,就是不清楚中国企业提供的设备是否可靠。

正如乔西特向郑康说的,他对来自中国的轻工产品是非常信任的,认为这些标着"中国制造"的日用消费品物美价廉。但汽车生产线不是轻工产品,而是具有很高技术含量的机电产品。巴尔的摩工厂需要的是一条达到当今国际最高水平的汽车生产线,其中包括了上百台精密、高速、多工位的机床,对技术要求非常高,中国人能够制造出这样的机床吗?

"我们已经掌握了这些技术。"郑康这样对乔西特说。

"可是,你如何向我证明这一点呢?"乔西特问。

"你可以派人到中国去实地考察。过去五年中,我们为中国的五家汽车企业建造过生产线,这些生产线现在都在正常运行,你们一看便知。"郑康说。

"这倒是一个不错的主意,我会考虑安排人去看看的。"乔西特点着头,脸上却是一副敷衍的表情,让人一看就知道他说的只是一句托词。

"乔西特先生,你认为我们要如何做,才能让你相信我们的能力呢?"郑康反问道。

乔西特耸耸肩膀,说道:"郑先生,我也不知道。虽然我很愿意相信你告诉我的一切,但我们毕竟没有使用过来自中国的机床,所以公司是不会允许我们去做这种尝试的,除非你们能够说服我们公司的高层。"

就这样,郑康不得不把消息传回国内,请集团尽快想出办法来说服这些海外客户。乔西特现在正处于犹豫不决的状态,如果临机集团无法给他提供更多的信心,他或许就会考虑接受染野的折中方案了,这对于巴尔的摩工厂和临机集团来说，都是很失败的。

"过去是咱们国内的企业不相信我们，现在好不容易让国内的企业服气了，国外的企业依然不相信我们，这真是一个难解的局啊。"

听完韩伟昌介绍的情况，集团副总经理詹克勤叹道。

"道理是一样的，咱们过去给人家留下的印象就是水平低、质量差，现在咱们追上来了，可客户不了解啊。当初咱们和染野竞争浦汽的项目，浦汽那边不也是这样的态度吗？"常务副总经理张建阳说道。

"那一次，咱们是请了国资委出手，出台了一个鼓励首台（套）应用的政策，浦汽才不得不接受了咱们的产品。实践表明，咱们的技术是过硬的，浦汽在枫美生产线建成之后，对咱们的产品就完全信服了。现在国内这些汽车企业更新设备的时候，都是找国内机床公司，没人还会用国外设备了。"总工程师郭代辉说。

"可现在老韩他们面对的是美国人，咱们总不能让国资委去给通用汽车公司下鼓励政策吧？"詹克勤说了句笑话。

韩伟昌说："要说服美国人接受咱们的设备，比说服浦汽难多了。听郑康说，美国人根本就不相信中国能够生产高端机床。在美国人眼里，中国人似乎也就是会踩踩缝纫机，生产点袜子、衬衫之类的东西。"

"在一些中国人眼里，也是这样的印象。"唐子风笑呵呵地评论道。

众人都哄笑起来。时下，互联网上还真有这样的说法，称中国经济靠的就是廉价劳动力和房地产，说这些话的，还都是一些颇有名气的所谓专家。

唐子风是个典型的甩手掌柜，只负责公司的整体策略，不做日常管理，所以有大把的时间，可以泡在网上看这些无聊的八卦。他看到这样的文章之后，总是会下载下来，再以邮件的形式群发给公司高管们，美其名曰"奇文共赏"。一来二去，大家对这些眼也很熟悉了。

"唐总不是说过吗？咱们国家一向注意保持低调，目的是不让别人感觉到威胁。现在看来，低调也有低调的坏处，弄得外国人真的以为咱们连几台高端机床都造不出来了。"张建阳说。

唐子风说："咱们是发展中国家，人家是发达国家。从来都只有发达国家向发展中国家出售设备，哪有反过来的？要知道，中国可是发展中国家里的佼佼者，换成其他的发展中国家，造不出高端机床不是很正常的事情吗？能造出高

第四百九十章 美国人难道就不上网吗

端机床,反而不正常了。"

韩伟昌说:"我们的海外业务人员反映,很多国家的人对中国都非常不了解,他们在国外联系业务的时候,经常遇到外国客户向他们打听中国人能不能用得上电,甚至还有一些外国人以为大多数中国人都吃不饱饭。"

"不至于吧?"郭代辉说,"现在互联网这么发达,外国人上网稍微搜一下,也应当知道中国的发展现状啊。咱们现在别说是一线大城市,就算是咱们临河这样的三线城市,发展水平也不亚于美国的大多数城市了,美国人难道就不上网吗?"

唐子风说:"大多数美国人甚至不知道中国是在地球上的哪个位置,更别提了解中国的发展现状了。像刚才老韩说的那个乔西特,作为巴尔的摩工厂的负责人,按道理,也算是一个精英吧?可他印象中的中国也只是会生产袜子、衬衫,他甚至没听说过咱们临机集团的大名,这难道不是井底之蛙吗?"

"唐总,你举这个例子,是不是太自信了?"张建阳笑着提醒道。

唐子风说:"这还真不能算是过于自信。你想想看,巴尔的摩工厂是一家汽车厂,主要的生产设备就是各种各样的机床。乔西特对国际上的大型机床企业还是应当有所了解的吧?咱们临机集团是中国最大的机床企业,乔西特居然不知道,这不是咄咄怪事吗?"

"咱们的机床出口量还是太少了,大多数的产品都是在国内销售的,所以国外用户没听说过咱们,也有一定的道理。"韩伟昌说。

"这不就是一个鸡生蛋、蛋生鸡的问题吗?"詹克勤说,"国外客户不了解我们,就不会买我们的机床。而我们在国外的销售量少,国外客户就更不了解我们。要打破这个循环,还真是不好办呢!"

唐子风把头转向韩伟昌,说道:"老韩,你们销售公司对这件事有什么考虑?你先说一下你们的想法,大家集思广益地补充一下,你看如何?"

第四百九十一章　藏不住的大象

听唐子风点到自己的名字，韩伟昌赶紧站起来，对众人说道：

"在海外市场进行开拓，我们目前还缺乏经验。如果换成在国内，遇到客户对我们不了解或者不信任的情况，我们会多管齐下：一是进行品牌宣传，给客户一个鲜明的品牌印象；二是邀请客户到集团或者到其他客户那里去参观，让他们实地接触到我们的产品；三是开展技术研讨，向客户介绍我们的产品性能，用实实在在的数据来说话。

"当然，咱们临机集团的名气，尤其是长缨这个品牌，在国内市场的知名度是足够高的，基本用不着做过多的介绍。客户一般关心的，是咱们推出的新产品的性能情况，还有就是价格问题。像海外市场这种需要进行品牌推广的情形，我们已经有很长时间没有遇到过了。"

"请客户到集团来参观，这并不难吧？"詹克勤说，"像汽车生产线的项目，我们可以直接带客户到那几家汽车厂去看，这都是很直观的。"

韩伟昌说："郑康在美国向巴尔的摩工厂的人提出过这个建议，但他们没有马上接受。据郑康分析，他们是觉得到中国来太麻烦了。在有具体的意向之前，他们是不愿意跑这么远的。"

"难不成咱们还得把设备送到美国去让他们看？"张建阳没好气地说。

唐子风笑道："老张这个建议不错啊。既然美国人不愿意跑到中国来，咱们就送上门去让他们参观呗。"

"唐总的意思是，咱们可以到美国去开个展会？"韩伟昌一下子就听明白了唐子风的意思。

唐子风反问道："有什么难度吗？"

韩伟昌想了想，说道："我们销售公司也讨论过这个方法，不过大家都觉得成本太大了，有些不划算。如果巴尔的摩工厂的项目能够拿下来，倒也无所谓。

但如果这个项目最终没能拿下来,我们费这么大的劲带着一堆机床跑到美国去,就为了让乔西特看一眼,未免太浪费了。"

唐子风说:"谁说我们只是为了让乔西特看一眼?咱们如果去办展会,当然是面向全美国所有的潜在客户的。咱们不仅要展示自己的汽车机床,还要展示咱们其他的机床产品。"

"还是太兴师动众了。"韩伟昌说,"而且如果就咱们一家企业去办一个展会,要请各家潜在客户都派人来参观,难度也不小。搁在我们身上,让我们专程去看某一家企业的展会,我们也不会太乐意的。"

"那就多找几家企业一块办呗。"唐子风轻描淡写地说。

大家对唐子风的性格都是很了解的,知道他嘴里说得轻松,但说出来的话肯定是经过了深思熟虑的。也就是说,提出去海外办展会,并不是他一时冲动,即便韩伟昌没有提出此事,他也会抛出这个想法的。

詹克勤笑着说道:"唐总这是又准备拉着兄弟单位一起干了。你知道兄弟单位的领导是怎么说你的吗?"

"说我是乐于助人的好少年呗。"唐子风笑道。

他当然知道其他那些机床企业的领导是如何在背后议论他的。在行业里,大家早就传说唐子风肯定是要到国资委去任职的,而且以他的年龄,未来能够走到哪一步,大家都不敢想象。也正因为普遍看好他的前途,所以大家对于他提出的倡议,一般都会积极响应。实在因为自身条件不足,无法响应的,至少也会在口头上表示支持。

唐子风并不在意这些议论,他比其他人多了一些对未来的预见,而且在这些年的实践中也积累了不少经验,他有让大家信服的资本,那么又何必在乎别人说什么呢?

关于到国资委去任职的事情,已经不止一个上级领导找他谈过,只要他在自己的位置上不犯严重的错误,那么未来走上那个岗位是没有悬念的。他现在做的很多涉及行业协调的事情,其实也是上级领导授意的,他相当于已经提前进入角色了。

"关于组团到美国和欧洲去进行宣传的事情,国资委、工信部、商务部和发改委已经酝酿很长时间了。上级领导犹豫的地方在于,我们的既定策略是韬光养晦,如果到国际上去进行高调的宣传,有可能会触动西方国家的敏感神经,从而加强对我国的技术封锁。

"但最近一段时间,领导同志指出,中国的体量已经足够大,作为一只大象,再想隐藏自己的身体是很困难的。而且,正如刚才大家所说的,因为我们刻意地保持低调,国外低估了我们的技术实力,这也不利于我们的高技术产品出口。

"两害相权,国家认为我们已经到了向世界展现实力的时候。2008年的金融危机引发了欧洲的债务危机,现在西方各国处境堪忧,许多发展中国家受到全球经济危机的波及,处境也非常困难。国家提出,我们作为一个负责任的大国,在这个时候要勇于担当,要用我们的力量帮助那些出现困难的国家。"唐子风向众人说道。

众人互相交换了一个眼神,全都会心地笑了起来。联想到这一段时间许多国家级媒体上讨论的有关全球治理和人类命运共同体之类的话题,大家心里都有了一种跃跃欲试的冲动。

詹克勤感慨道:"领导就是领导,看事情永远都比咱们这些做企业的更超前。咱们刚刚想到要去美国开个展会,领导原来早就已经有指示了,咱们照着领导的指示去做就行了。"

张建阳反驳道:"老詹,你这话可不对。同样是做企业的,唐总的眼光可比咱们这些人要强多了。你到集团晚,有些事情可能你不知道。其实,早在十几年前,唐总就为咱们集团定了一个'三步走'的策略:第一步是守住国内市场;第二步是实现进口替代;第三步就是现在要做的,那就是走向国际市场。也就是说,其实我们现在要做的事情,唐总早就已经安排好了。"

"可不是吗?"韩伟昌也赶紧附和,"当年唐总这样说的时候,大家还都不敢相信呢!你们想想看,十多年前的时候,咱们的实力多弱啊!那个时候谁敢想我们还能跟染野、海姆萨特这些公司去竞争?可现在你们看,咱们还真的就做到了……"

"哈,你们就别替我吹牛了。"唐子风打断了两位忠诚的拥趸对他的吹捧,笑着说道,"我只是对咱们国家有信心罢了。咱们中国好歹也是在地球上领先了好几千年的,也就是明末之后落后了,让欧洲人跑到前面去了。以咱们中国人的智商,还有咱们的勤奋,只要路子走对了,超过西方又有什么困难的?

"要说起来,我也想不到咱们的追赶速度能有这么快。我记得前些年有人预测中国的经济会在2030年的时候超过日本,大家还觉得他是吹牛。结果,前年咱们的 GDP 就已经超过日本了。我听集团信息部的人说，那一段时间，日本的各家报纸上都在说这件事情，说什么'日本陆沉'之类的，反正就是要完蛋了。"

作为一名穿越者，唐子风说自己想不到中国追赶西方的速度有这么快，当然是假的。但除了他之外，甚至连王梓杰这样的学者也不敢相信中国的 GDP 会以如此快的速度超过日本，并迅速缩短了与美国的差距。

事后复盘，王梓杰提出，其实中国的发展是典型的厚积薄发。20 世纪八九十年代，中国大幅降低本币币值，赢得了良好的贸易条件，促进了工业的发展，打下了雄厚的基础。进入新世纪之后，中国开始全面发力，经济增长速度飙升，同时由于出口商品结构的改善，币值回升，两个因素叠加在一起，按美元计价的 GDP 在十年间增长了 5 倍，所以才会轻轻松松地超过了日本，成为全球第二大经济体，经济总量与美国也相差无几了。

GDP 达到了世界第二，中国再想像过去那样韬光养晦，已经不可能了。在美国国内，有许多学者和政客已经在谈论所谓中国崛起对美国的威胁。也就是说，在这个时候，不管中国对外宣传的口径是高调还是低调，都不会改变西方国家对中国的警惕，那么，再维持低调又有何必要呢？

"老韩，你们准备一下，和兄弟企业的销售部门也联系一下，探讨一下如何到美国去开展宣传，让咱们中国的机床尽快进入美国市场。我回一趟京城，和几家部委沟通一下，安排赴美开办展会的提议。生产和技术这边，大家也思考一下，如何才能最好地向美国客户展现我们的实力。我们不出手则已，既然要出手，就一定要达到惊艳的效果。"唐子风向众人安排道。

第四百九十二章　内事不决

"要达到惊艳的效果,这可不是我擅长的事情。"京城家中,肖文珺听罢唐子风的要求,皱着眉头说道。

组织中国机床企业前往美国举办展会的提议,很快就得到了国家相关部委的赞同。各家大型机床企业目前也正在进行海外开拓,遇到的问题与临机相仿,听说临机愿意牵头去美国做宣传,大家纷纷响应,出钱出力,自不必细说。

在美国办一次展会,涉及在当地进行各种申报的事务,这件事由商务部揽过去了,他们有在海外办展会的丰富经验,做这件事情是轻车熟路的。

各项工作都在紧锣密鼓地进行,唐子风却开始犯愁了。办一个展会并不难,但要通过一个展会去改变美国企业对中国设备的印象,却不是那么容易的。作为一名文科生,唐子风想得最多的不是在展会上展示什么尖端技术,而是如何制造一些噱头,给尽可能多的人留下深刻的印象。

围绕展会开展一波媒体宣传,这是毫无疑问的。唐子风找了公关公司深蓝焦点,把这项业务交给了他们。包娜娜在习惯性地抱怨了一番交友不慎之后,便开始发号施令,安排了一支得力团队去经办此事。不过,包娜娜向唐子风提出了一个要求,那就是展会必须要有能够吸引眼球的新闻点,否则,光是干巴巴地介绍一些技术指标,是很难达到宣传效果的。

"如果都是业内人士,光是技术上的那些突破,就足够产生惊艳的效果了。像滕机刚刚开发出来的'重型高刚度、精密静压车铣转台'技术,在国际上是处于领先地位的,懂行的人一看就知道它意味着什么。可是,换成一个文科生,估计要把这个词组念利索都困难。"肖文珺说道,同时也没忘了贬一贬"不学无术"的唐子风。

"可是,我们要面对的就是一帮文科生啊。"唐子风对于这种攻击已经免疫了。

第四百九十二章　内事不决

没错,我就是文科生。我是文科生,我光荣,我骄傲,不服,你打我呀!

这就是唐子风在肖文珺面前的日常,当然,因此而挨的打也的确不少。儿子唐彦奇已经上小学三年级了,辅导他学奥数的任务全压在肖文珺身上。偶尔肖文珺让唐子风给儿子讲讲题,唐子风便以自己是文科生为名,逃之夭夭,回来之后挨肖文珺的几记老拳也就不冤了。

天地良心,唐子风绝对不是因为懒而不愿意给儿子讲题,实在是三年级的奥数题难度太大,超出了唐子风的能力范围。

"我们的销售人员向巴尔的摩工厂的工程师介绍了我们的技术,那些工程师虽然半信半疑,但基本上还是倾向于可以和我们接触一下,以便进一步确认我们声称的技术水平是否属实。

"现在我们面临的障碍,是通用汽车公司的高层对我们普遍不信任,这些高层都是在华尔街玩金融失败之后到企业来的,对技术一窍不通,对中国还颇有成见。我们办这个展会,一半是为了向美国的工程师展示我们的技术,另一半就是为了说服那些不懂技术的企业高层,让他们知道中国的工业技术已经达到了很高的水平。"唐子风说。

"真是的,外行领导内行啊。"肖文珺嘟哝道。

唐子风笑道:"你这就不讲理了。企业生产的确需要由工程师来指挥,但企业经营就是我们文科生的事情了。我虽然不懂机床技术,但在整个机床行业里,谁敢小看我?就这么说吧,换你到临机来当总经理,你能干得比我好吗?"

肖文珺不吭声了。其实与唐子风在一起这么多年,她逐渐认识到了文科生自有文科生的专长。一家企业要想正常运营,不是光有技术就够的,人事、财务、销售、投资、政府关系等等,都涉及高深的学问,而这些学问就不是她这个工科教授能够理解的了。

"我们学院有时候也会有上级领导来视察工作,我们向他们介绍科研进展,感觉这些领导虽然听得很认真,但其实也没听懂多少。有些领导听完汇报之后,做一些指示,也都是不着边际的,我们都已经习惯了。"肖文珺向唐子风叙述道。

"这就是你们缺乏公关技巧啊!"唐子风批评道,"从传播学的角度来说,你们要考虑到受众的水平,采用受众能够接受的方式来进行传播,这样效果才是最好的。"

"那又如何呢?"肖文珺反问道。

"呃……的确不会如何。"唐子风败退了。

"看来我真的是问道于盲了。"唐子风沮丧地说,"这样的问题,我该去我们高滩园区问那些小老板的。"

肖文珺说:"那些小老板也不见得能提出什么好主意吧!毕竟这是涉及国际传播的事情,你们园区那些小老板可不具备这方面的经验。"

"这倒也是。"唐子风挠头了。

"爸爸,你是碰上难题了吗?"在一旁做作业的儿子唐彦奇扭转头来,向唐子风问道。

唐子风与肖文珺讨论企业经营方面的问题,从来都不回避儿子,按唐子风的说法,是要让儿子从小就受到熏陶,以便未来能够接他的衣钵。

当然,肖文珺对此是有不同意见的,她觉得让儿子去学点艺术啥的更好。要知道,肖文珺小时候是曾经有过一个艺术梦的,可惜最终成了一个机床教授。

听到儿子的发问,唐子风走上前,摸了摸儿子的头,说道:"是啊,我和你妈妈正在讨论一个复杂的问题,那就是怎么才能够让别人对我们的机床感兴趣。你有什么想法吗?"

生在这样一个家庭,唐彦奇很小就知道啥是机床了,甚至还能够分清车床和铣床的区别。如果不是年纪太小,唐子风甚至打算带他去车间里学学开机床,相当于金工实习了。

唐彦奇继承了父母这一文一理两大学霸的基因,自幼就颇有才名。不过,唐子风的这个问题,还是远远超出了他的知识范围,他哪里回答得上来?偏着脑袋想了一会儿,唐彦奇问道:"爸爸,你说的这个问题,算是内事,还是外事呢?"

"什么叫内事和外事?"唐子风有些蒙。

唐彦奇说:"很简单啊!外事不决问谷歌,内事不决问度娘,数学题不会做了问思父,大家都知道啊!"

"你跟谁学的这些乱七八糟的东西!"唐子风一脑门黑线,现在的孩子怎么都这么贫了?还有,啥叫"思父"啊?

肖文珺看出唐子风的诧异,不由得笑着解释道:"你不知道吗?是子妍和郭晓宇、张津他们合办的一个网络教育平台,名叫'思辅',这些孩子就管它叫思父

第四百九十二章　内事不决

了，正好和度娘对应嘛。现在小学生做的奥数题，有些连我都做不出来，有时候就要到思辅上去问那些专门做奥数培训的老师。他们这个网站现在非常火，子妍说准备过一段就申请上市呢。"

肖文珺说的子妍，自然就是唐子风的妹妹唐子妍了。唐子妍大学毕业之后，回到家族企业里办了一个电子商务网站，名叫唐易网，如今已经是国内前三大电子商务网站之一，市值远远超过了临机集团。

郭晓宇和张津是当年唐子风支持过的两个创业大学生，他们创办了一家名叫"思而学"的培训机构，后来又以这家机构的名义，拉周衡的女儿周森森入股，创办了"新彼岸"英语培训机构，目前这两家机构也都是培训市场上的翘楚。

唐子妍与郭晓宇、张津合办网络教育平台，是不久前的事情，唐子风曾听唐子妍说起过，只是没想到这么短的时间就已经如此出名了。

"我倒是觉得，彦奇的这个主意挺不错的。"肖文珺说，"现在的年轻人思维很活跃，经常有一些好点子。你不如把你的问题放到网上去，让网民们帮你想想有什么好办法。"

"想不到我现在已经算是老年人了。"唐子风以手抚额，感慨万千。

肖文珺说现在的年轻人思维活跃，分明就是说唐子风年纪大了，思想跟不上了。唐子风今年刚过四十岁，以他的职位来看，绝对属于年轻人，在各种场合都是被领导们称为"小唐"的。

但如果跳出体制环境，在网络上，他可就是实实在在的老一辈了。时下网络上连90后都在哀叹自己落伍，像唐彦奇这样的00后已经成长起来了。

第四百九十三章　钢铁直男

"在美国举办一次机床展会,怎样才能让人觉得惊艳?急,在线等!"

一条提问在辨识网上被置顶,其链接则被唐子妍麾下的水军转到各个社交媒体上,一时间招来了无数闲人,五花八门的跟帖淹没了整个话题:

"机床在我心目中的印象就是傻大黑粗啊!什么样的机床展会都不可能让我觉得惊艳的。"

"'机床'和'惊艳'这两个词是怎么搭配在一起的?我就想问问'提主'有点常识没有?"

"工业展会难道不应当是很严肃的吗?机床难道还能玩出花儿来?"

"萌新想知道啥叫机床。"

……

"连机床都不知道,楼上别说认识我。"

最初的一批帖子,"水"得令人发指,但渐渐地便有一些态度认真的人加入进来。唐子风没有掩饰,在原帖里就说明了在美国举办中国机床展会的初衷,网上的年轻人大都有爱国情结,看到是这样一件事情,便真心实意地替临机琢磨开了。

"说到机床,我想起我在网上看过一个视频,好像是展示一种什么五轴加工中心,那个操作真够溜的,当时真有一些惊艳的感觉。"

"机加工的过程原本就是很赏心悦目的呀,一个毛坯件经过加工,变成一个零件,你们不觉得很美吗?"

"能够在零件上看出美感,楼上对机械是真爱。"

"我也是,从小就对机械无感,如果机床能够雕刻出我男神的头像,我倒是觉得会有惊艳的感觉。"

"这个也很容易啊,国外就有用五轴机床加工拿破仑头像的。其实,加工头像对机床精度的要求并不高,比加工一个精密零件容易多了。"

"咦,'提主'不是说他们要到美国去开展会吗?我觉得,在展会上给美国人表演一下用机床雕刻一个自由女神像,会不会让他们觉得惊艳?"

"这个主意不错耶!不知道最大的机床有多大,能不能刻出一个和真正的自由女神一样大的雕像,如果能的话,肯定能引起轰动。"

"问过度娘了,自由女神像高46米,用机床雕刻出来,好像有点难度。"

"小一点倒也无妨。"

"咦,用机床加工一个钢制的兵马俑和自由女神对应怎么样?"

"钢制的兵马俑,这是真钢铁直男了,的确是个好主意。"

"钢铁直男好评。"

"钢铁直男+1……"

"……

"这都是什么乱七八糟的!"

趴在网上看回复帖子的肖文珺笑喷了,她不得不承认,现在的年轻人"脑洞"真是够大的,换成她自己,在二十年前恐怕真的没有这样的想象力。

"用五轴机床在现场加工一个兵马俑,这倒是一个不错的噱头。"唐子风颇为心动。

在机床企业里待了近二十年,唐子风多少是有一些机加工常识的。他知道,用五轴机床加工一个人像其实并不难,确切地说,是对机床的性能要求不高,难度主要在事前的建模。

但是,普通民众不懂这个,你跟他们解释什么圆度、直径一致性、表面粗糙度啥的,他们压根就听不懂,也不会感兴趣。但如果你能当着他们的面用机床雕出一个自由女神来,他们就会震惊了,觉得技术很高深。

这一次的机床展会,各企业肯定会把最先进的产品都带过去,美国的那些业内人士自然能够看出中国的机床水平已经达到了一个相当高的程度。唐子风需要对付的,是那些不懂机床的。

美国,纽约,一个寻常的傍晚。

华尔街分析师科凯恩结束了一天繁忙而无聊的工作,开着车返回位于郊外的家。

"怎么又堵车了?!"

看着前面一长串红色的尾灯,科凯恩踩住刹车。这段路平日里不算很通畅,但完全堵死的时候不多。看眼前这个场景,却是所有的车都停下来了,而且许多车的车门都打开了,驾驶员们一个个从车里钻出来,站在车旁,踮着脚尖向前张望,似乎前面有什么异常的现象。

难道是发生连环车祸了吗?

科凯恩在心里想着,忍不住也拉上手刹,跳下了车。

"前面是怎么回事?"

科凯恩向旁边一辆车的车主问道。

"谁知道!见鬼了,今天又不是周末,怎么会这么堵?"那车主应道。

"不会是发生车祸了吧?"

"不像吧,前面的人好像是在向天上看。"

"天上?难道是外星人降落了?天哪,快看,还真的有飞碟!"

科凯恩惊呼一声,因为他的确看到了前面的空中有灯光闪烁,一个巨大的碟形物体正在向他们这个方向飞来。

"那是无人机!有好几百架!"

眼尖的人一下子就看出了端倪,那并不是一架飞碟,而是由几百架无人机组成的一个阵列,在黄昏的天空中看起来颇为壮观。

无人机群越飞越近,大家看得更清楚了。只见那些无人机分分合合,组成了一屏又一屏的文字。

"河流?我明白了,这是那些无人机的品牌,中文是叫大河,这是中国制造的无人机。"

"大河无人机,我知道我知道,现在卖得可火了,我周围的邻居家都买了,没事就在天上飞着玩。"

"原来无人机还能这样玩,让这么多无人机组队,难度一定很大吧?"

"咦,文字又变了,9月15日,芝加哥,什么意思?"

"CME(Chicago),CHINA MACHINE EXHIBITION,这个意思是不是说,芝加哥有一个中国机床展会,将在9月15日举办?"

"应该就是这个意思了。我见过用飞机拉横幅做广告的,还真没见过用无人机组成图案来做广告的,这个创意真棒。"

第四百九十三章 钢铁直男

"这可不仅仅是创意的问题,首先你得拥有几百架很听话的无人机。一架无人机起码要1万美元,这可就是几百万美元了,是平常人能够玩得起的吗?"

"天啊,鲍勃,你不会是刚从火星回来的吧?自从这种名叫大河的无人机出现在市场上,1万多美元的无人机已经没有市场了,一架很棒的大河无人机也只需要500美元。"

"这并不奇怪,任何东西,只要中国人会造了,它的价格就会低得让人心动,而且它的质量也是完全可信的。"

"快看快看,那是一个什么图形?"

"那不是图形,那是中国的汉字,我认识其中的一个,是'长'字,至于其他的,我就不认识了。"

……

无人机群在人们头顶上表演了一阵,便飘然远去了,估计是到别处继续宣传去了。因为看热闹而堵车的道路重新恢复了通畅,众人回到自己车里,开车上路,脑子里都在想着回去之后如何同自己的家人分享这个奇观。

"中国无人机,CME(Chicago)……"

科凯恩凭着自己的职业本能,感觉到这两个概念之间或许有一些关联。回到家里,他匆匆吃过晚餐,便扎进自己的书房,打开笔记本电脑,开始搜索相关信息。

"大河无人机,诞生于中国渔源市,最初只是一家大学生创立的企业,短短三年便成为中国国内规模最大的无人机制造商,两年后又击败了美国的三家无人机公司,成为当今全球最大的无人机制造企业。

"大河无人机成功的秘诀,除了在飞控系统算法上的独创性之外,还有一点就是制造商大幅度地降低了无人机的制造成本,使无人机由奢侈品变成普通工薪阶层也能买得起的日常消费品,从而一举垄断了市场。

"关于降低制造成本这一点,大河无人机公司总经理苏化在接受记者采访时,多次声称这得益于他们使用了中国临河机床集团为他们提供的长缨牌专用机床……"

看到网页上那个中国年轻人手里举着的一枚商标,科凯恩心念一动,在手机上翻出了自己刚才拍摄的无人机表演的照片。在其中一张照片上,他看到空中的无人机组合成了四个汉字,借助网络翻译,他知道这四个汉字正是"长缨制造"。

"苏化,多谢你啊,居然还帮我们临机做了个专门广告,没准明天美国媒体上就有那张'长缨制造'的照片了。"

一处空地上,几百架完成了宣传表演的无人机纷纷返航,几名工作人员在忙着给无人机充电。李甜甜走到居中指挥的苏化面前,笑盈盈地说道。

"应该的。"苏化说,"我当初和唐总对赌,其中就有这样一个条件。我们的无人机成功了,离不开长缨机床的支持,所以我们所有的无人机外包装上都有'长缨制造'的LOGO(标识),这叫吃水不忘挖井人。"

"我看,恐怕是于晓惠的枕头风起了更大的作用吧?谁不知道,多工位机床的核心算法是于晓惠开发的。"李甜甜酸溜溜地说道。

"呃……是吗?呵呵,要不你先待会儿,我还有事……"

苏化赶紧遁逃了,女孩子之间的塑料姐妹情,是他这个钢铁直男无法理解的。

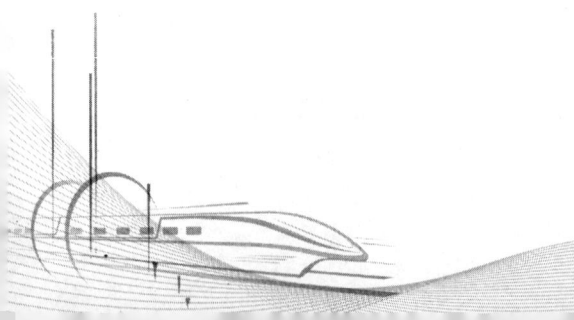

第四百九十四章　跨越千年的华尔兹

简写为"CME（Chicago）2012"的第一届芝加哥中国机床展，提前两周便进入了宣传预热。包娜娜亲自带领一个公关团队来到美国，安排各项宣传活动。

利用大河无人机空中表演的方式来进行宣传，是包娜娜策划的宣传攻势的一个组成部分。选择这样的方式，是很有深意的。

如果不考虑那类造价几百万美元的军用无人机，在消费级无人机方面，以大河无人机为代表的中国品牌已经占据了垄断地位。市场上原有的几个美国品牌都已经被拍到沙滩上，成为咸鱼干了。

能够垄断美国市场的中国产品有很多，但绝大多数是传统产品，比如袜子、手套、玩具、传统家电等。这类产品的特点是技术要求不高，属于劳动密集型产品。美国劳动力成本高，这些产品的生产从美国流向中国，是很正常的事情，甚至也是美国商界喜闻乐见的事情。

无人机是少有的能够在美国市场上获得垄断地位的中国高技术产品之一，甚至去掉"之一"二字或许也没有太大的问题。大河无人机的成功，靠的不是中国的廉价劳动力，而是中国的制造业基础。临机为大河公司量身定制的专用机床，能够极大地提高无人机部件的加工效率，降低其制造成本，这也意味着中美之间的产业竞争进入了一个全新的阶段。

包娜娜从唐子风那里了解到了这个情况，便提出应当把这一点当成本次机床展的一个重要话题。当前美国正在进行新一轮大选，竞选双方都提出了"促进制造业回归"的旗号。

美国要重振制造业，作为工业母机的机床是必不可少的。那么，工业机床谁家强？看看大河无人机的成功经验，美国的企业主们难道没有一点想法吗？

《长缨制造——大河无人机称霸全球市场背后的技术密码》是刊登在《华尔街日报》上的一篇文章，它的作者正是目睹了大河无人机表演的科凯恩。文章引用了若干位业内技术专家的观点,指出大河无人机的崛起是中国制造业全面升级的表现,中国已经摆脱了在全球产业链中处于最底端的处境,开始进军产业链的中端乃至高端。

科凯恩剖析了大河无人机与长缨机床之间的关系,声称这才是大河无人机成功的秘诀。他还提醒道,不能再用传统的眼光去看待中国的装备制造业,中国人已经能够设计制造第一流的工业装备,用于支持他们在高技术产品领域的竞争。相比之下,美国的机床业已经衰退了很长时间,美国的工业生产不得不依赖来自欧洲或者日本的机床。

"如果来自中国的机床能够像来自中国的其他产品那样物美价廉,或许美国的制造业振兴会有一个新的选择。现在,我对于即将在芝加哥举办的第一届中国机床展有了一些期待。"

这是科凯恩在文章最后发出的感慨。

天地良心,科凯恩真的不是包娜娜雇的枪手,他只是一位目光敏锐的市场分析师。他最大的长处,就是能够见微知著,从一次路上偶遇的无人机表演,便能够联想到许多深层次的产业发展问题。

在科凯恩之后,又有多位市场分析师和媒体评论员在报纸、网站上发表文章,对即将举办的中国机床展进行评论,还介绍了不少在美国鲜为人知的事情,比如中国在几年前研制出了全球最大的七轴五联动立式加工中心,又比如中国目前能够制造3000多种数控机床,型号之多居世界之首。

这些文章,有些是分析师们自己撰写的,有些则是包娜娜团队的杰作。经过这些年的磨炼,包娜娜知道如何挑起受众的兴趣,如何让受众对所看到的文章深信不疑。

"中国机床展,难道真的有一些值得看的东西吗?"

这是这一段时间许多美国工业界和投资界人士的想法。美国经济刚刚爬出泥沼,市场上隐隐出现了复苏的曙光,所有的人都在寻找商业机会。中国机床展还没开始就已经被炒作得沸沸扬扬,许多人都觉得有必要去看一看了。

9月15日,芝加哥中国机床展正式开幕,吸引了来自全美各地的企业家、工程师和投行经理,当然,也不乏前来找新闻的媒体记者以及纯粹的"酱油众"。

"快看,这是什么?"

走进展览中心的大门,所有人的目光都被摆在大厅最中央的一台机床吸引

第四百九十四章　跨越千年的华尔兹

住了。这是一台长度和高度都有七八米的龙门加工中心，每个部件都泛着暗蓝色的金属光泽，透着一种重工业的美感。

对于那些来自制造业企业的宾客而言，这样一台机床并不足以让他们觉得新奇，吸引他们的，是机床上正在加工的一个大型部件。机床上，好几根悬臂在往返移动，悬臂上的刀具飞速旋转，从工件上切下一片片的金属切屑。

机床的加工已经进行了一段时间，那个部件的轮廓逐渐显现出来，赫然是所有美国人都非常熟悉的自由女神像。

"我的上帝，这里居然是在雕刻一个自由女神。"

"他们是怎么做到的？"

"其实这也并不难，通过扫描纽约港口的自由女神像就可以完成建模，然后把数据输入机床，就可以进行加工了。"

"你说得容易！为什么你们的企业生产不出这样一尊雕像？"

"呃……我们为什么要生产这样一尊雕像呢？"

"快看快看，和自由女神面对面的是什么？"

"好像是一位武士，似乎是亚洲人的面孔。"

"我认出来了，那是中国的兵马俑。哦，上帝呀，他们俩是在跳华尔兹吧？"

"一个正在跳华尔兹的自由女神，而且是和中国的兵马俑一起跳，这个世界太疯狂了！"

"哈，这真是一条有趣的新闻，我必须马上发到我们的网站上去！"

……

机床旁边围的人越来越多，大家都看清楚了，机床上正在加工的，正是一对跳华尔兹的舞者，孤独了一个多世纪的自由女神，与同样孤独了两千年的秦始皇陵兵马俑搂在一起，看上去有着一种混搭的美感。

记者们都疯了，"长枪短炮"全对准了机床，快门声响成一片，把机床切削的噪音都盖了过去。闪光灯晃得兵马俑都不好意思了，眼睛忽闪忽闪的，恨不得立马就活过来似的。

"这种机床，也是你们中国人制造的吗？"

有人围着机床边上黄皮肤的工作人员发问。

"是的，这台机床是由中国丹彰机床公司制造的，我就是丹彰机床公司的销售代表。我们丹彰机床公司研制这款机床，是为了给中国正在建设的第三代核电站加工大型压力容器部件。现在展出的这台,是简化的版本,只能切削软质合金。"工作人员用流利的英语回答道。

"这样一台机床,我的意思是说,原版的机床,你们的报价是多少?"

这是某家美国企业的采购经理在发问,他所在的那家企业正准备采购一台这个规格的加工中心,机床的现场表现,完全符合他们的要求。

"2200万美元。"

"才2200万美元!不不不,我的意思是说,这个价格还是太高了,你们能够降低一点价格吗?……什么?到洽谈室去谈?好的好的,不过我需要先打一个电话,让我们的工程师马上赶过来。"

采购经理挤出人群,躲到角落里打电话去了。他心里狂喜,因为同样的一台机床,德国企业的报价是4000多万美元,日本企业报到了3500万美元以上,而中国人开价才2200万美元,据说还有商量的余地,这不是天上掉馅饼吗?

内行在看门道,外行在看热闹。被兵马俑和自由女神的华尔兹表演激起了兴致的观众们拥向各个展厅,开始寻找自己感兴趣的产品。

"这个模型,展示的是我们临河机床集团新近研制的汽车柔性生产线,整条生产线包括800多台各式切削机床,能够同时完成汽车发动机、底盘、变速箱、轮毂等部件的加工。

"这条生产线的最大特点,就是能够根据指令,迅速调整加工方式,最快在半个小时内就可以更换一种车型,极大地适应了当今汽车市场上需求多变的趋势。"

在临机集团的展室内,李甜甜手里拿着一支激光笔,指点着一个沙盘模型,向通用汽车公司采购部主管维戈尔及巴尔的摩工厂经理乔西特做着介绍。

同样的话,李甜甜在一个多月前曾向乔西特以及他的工程师们讲过若干遍,但因为没有看到实物,乔西特等人对李甜甜的介绍都是将信将疑。

刚才这一会儿,众人在展会上看到了中国各种机床的实物,有些还正在进行演示,给人留下了深刻的印象。此时他们再听李甜甜的介绍,便不再有轻视和怀疑之心了。维戈尔和乔西特的心里开始产生一个念头:或许使用中国机床是一个明智的选择。

第四百九十五章　有哪些明显的优势

"中国人向我们展示了他们在机床开发上的实力,而中国的机床也如他们的其他商品一样,具有价格低廉的优点。如果采用中国人提供的技术,巴尔的摩工厂的生产线改造投入能够节省40%,这对缓解公司的资金压力是非常必要的。"

通用汽车公司总部,维戈尔向一众高管介绍着自己在中国机床展上看到的东西。他是最早倒戈的,现在正在竭力劝说公司高管同意引进来自中国的汽车生产线。

"我在电视上看到了有关报道,据记者说,加工出那尊兵马俑华尔兹雕像的机床,是由中国人独立设计制造的。维戈尔,你能够确定这一点吗?"

大腹便便的公司副总裁布兰德利问道。他正是唐子风说过的那种华尔街退休精英,过去是做投行业务的,金融风暴之后才转到实业企业就职,对工业技术一窍不通。他对于此次中国机床展的所有知识,只有兵马俑华尔兹和大河无人机表演。

"中国人在几年前研制出了目前国际上最大的七轴五联动立式加工中心,这个成就,《机加工》杂志曾经报道过。用加工中心制造一尊金属雕像,在技术上并不困难,中国人能够做到这一点,也并不令人意外。"公司技术总监卡洛斯回答了这个问题。

"我知道,这样的技术对于美国企业来说并不困难,但中国人能够做到,就很不容易了。"布兰德利说,"中国企业普遍缺乏创造力,他们只有仿造西方产品的能力。我想,他们展示的这些机床,应当也都是西方产品的翻版吧?"

"或许是吧。"卡洛斯耸了耸肩膀,懒得去和布兰德利争辩了。

这位华尔街大佬到公司来之后,闹出的笑话已经不计其数了。他明明对制造业一无所知,却要显示出比公司里那些资深工程师更懂制造业的样子。卡洛斯和他麾下的工程师曾经几次与布兰德利就技术问题发生争吵,布兰德利的观点一向就是觉得卡洛斯他们太落伍了,缺乏现代投资思维,缺乏互联网思维。

布兰德利脑子里对制造业的认识,就是什么第四次工业革命、数据驱动、3D打印之类。倒不是说这些概念不对,只是真正在工厂里待过的人都知道,这些概念不是能够一蹴而就的。就比如被称为3D打印的增材制造,的确是代表了新的制造方式,但至少在目前,传统的切削加工,也就是减材制造,才是主流。

布兰德利对全球制造业分工情况的了解,也完全是建立在书本上的。在这里要说明一下,他所看的书还是二十年前出版的。布兰德利还有一个信息来源,就是各种社交媒体。他经常拿着一些社交媒体上的文章来给卡洛斯他们进行"科普",那些文章里充斥着对美国技术的不切实际的吹嘘,以及对中国的不切实际的批评。

每次卡洛斯忍不住要给布兰德利讲讲中国的技术发展情况时,布兰德利就要矜持地摇着头,说道:"卡洛斯先生,我想你或许是看了中国官方发布的那些不切实际的宣传吧?我建议你看看中国几位'良心'学者披露的'真相'吧,比如有一位名叫齐木登的学者……"

这样一位骄傲得眼睛都要长在头顶上的华尔街精英,终于也被中国人用机床雕刻出来的兵马俑触动了。虽然他执拗地认为中国的机床肯定是对西方机床的翻版,但好歹也承认中国人已经能够做到这一点了。

"从中国人向我们介绍的技术指标来看,中国临机集团研制的汽车柔性生产线基本可以达到上个年代末的水平。如果我们旗下的四家工厂选用他们提供的生产线,则技术水平在全美的汽车厂中将会是领先的,这种领先优势至少可以保持十年以上。"维戈尔说道。

"和德国人的相比,中国人的生产线有哪些明显的优势?"布兰德利问道。

维戈尔说:"最明显的优势,当然是他们的价格。这个价格不仅体现在一次性的设备采购投入上,还体现在未来的设备维护上。中国人表示,如果我们的四家工厂都采用他们的生产线,他们会在美国建立一个售后服务中心,保证我们的任何维护需求都能够在48小时内得到响应。"

"包括周末。"乔西特补充道。

"包括周末?"布兰德利从鼻子里哼了一声,"如果是西方企业,绝对不会要求他们的员工在周末去响应客户需求的。"

第四百九十五章 有哪些明显的优势

"可是,这对我们有什么不好呢?"维戈尔忍不住呛声道。

"老大,你有没有搞错?我们是甲方,对方答应48小时内响应,对我们有什么坏处?制造业企业里三班倒不是很正常的事情吗?我们下面的那些工厂,周末也同样是要上班的。员工在周末上了班,平时倒休就可以了,这算什么侵犯休息权呢?"

布兰德利其实也只是习惯性地要批判一下中国,华尔街的分析师在周末加班并不是什么稀罕事,全球金融市场是有时差的,深更半夜等着日本股市开盘也是他们的日常。

"中国人的生产线还有一个优点,就是交货速度快。临机集团的销售人员向我们承诺,他们可以在签约之后半年内完成生产线的调试,最多只需要八个月,这条生产线就可以投产。相比之下,海姆萨特向我们承诺的交货期是一年半,这意味着我们要多耗费一年的时间。"乔西特继续说道。

"海姆萨特的生产线也已经有些落伍了,主要的设备都是20世纪90年代的机型,只有少数设备是2000年之后的技术。"卡洛斯说道。

"这又是怎么回事?"布兰德利皱着眉头,"刚才维戈尔说中国人的生产线能够达到上个年代末的技术水平,这岂不是说中国的生产线比海姆萨特的更先进?"

"这几年的情况都是如此。"卡洛斯说,"中国的机床技术更新速度非常快,中国市场上的主流机型,基本上都是过去十年新推出的。西方机床市场相对来说比较沉寂,虽然每年也有一些新机型问世,但市场主流还是20世纪八九十年代的产品,充其量只是在原有机型的基础上进行了一些控制系统的升级。"

"这又是为什么呢?"布兰德利有些蒙,不是说中国人不会创新吗?怎么机床市场上反而是中国人的技术更先进呢?

维戈尔说:"这件事情也很好解释。目前全球的制造业中心就是在中国,所以中国也成为全球机床需求最旺盛的国家。机床技术的升级,都是受到需求影响的。就以汽车机床而言,过去十年中,中国的汽车产量足足翻了一番,目前其本土汽车产量是美国的两倍以上。

"而且,中国的汽车产能都是新近增加的,他们一年至少新建十条汽车生产线,而美国一年充其量也就能够更新一到两条生产线。欧洲的情况和美国差不多,海姆萨特几年时间才能拿到一条生产线的订单,他们有什么必要去升级自己的技术？"

"怎么会这样？"布兰德利的脑子有些混乱了。这样的情况，是他在华尔街没有听说过的。这些年中国经济高速发展，华尔街的分析师们对中国是非常关注的。不过，他们关注的重点只在中国的房地产业以及新兴的互联网产业。如机床这样的传统制造业，已经有很长时间不入金融专家们的法眼了，维戈尔和卡洛斯所说的事情，对于布兰德利来说简直就是天方夜谭。

卡洛斯叹道："其实，在去芝加哥参观中国机床展之前，我对中国机床技术的发展了解也不深。我在一些期刊上看到过中国人发表的论文，介绍他们在机床技术上的进展，但在我的印象中，他们取得的应当只是一些点状的突破，整体水平应当仍然是非常落后的。

"这一次的中国机床展，真的让人觉得非常震撼。也就是短短十几年时间，中国在机床技术上已经实现了颠覆性的进步。他们并非在某几种机床上取得了突破，而是有了全面的进步。

"的确，在一些高精度加工方面，中国人的技术和西方还有一些差距，但西方能够守住的营垒已经不多了。在汽车机床这个领域里，德国海姆萨特和日本染野都已经失去了竞争力。我可以预感到，未来全球的汽车企业都要依赖中国人提供加工机床了。"

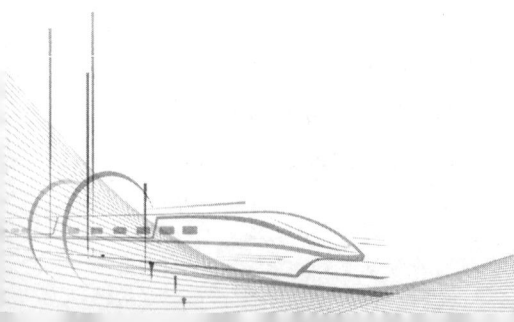

第四百九十六章　你们做了哪些工作

大洋彼岸的中国机床展会，也影响到了德国老牌机床企业博泰公司。在博泰公司总部的小会议室里，销售总监肖尔特一边在大屏幕上播放着投影，一边向公司高管们报告着一个可怕的消息：

"中国在芝加哥展示了十二种精密铣床和七种精密镗床，覆盖了我们的主要型号。他们的铣床和镗床价格普遍比我们低30%以上，具有很强的市场竞争力。我们在美国的几家主要客户都已经向我们发函，声称除非我们的产品降价50%，否则他们将考虑采用中国机床。"

"劳瑟尔，你对中国人的产品了解吗？他们的产品是否达到了我们的水平？"董事长沃登伯格脸色铁青，转过头盯着技术总监劳瑟尔问道。

劳瑟尔扶了扶鼻子上的金边眼镜，讷讷地应道："我没有去现场参观中国人的机床，但据我向一些美国同行了解，中国人的这几款机床技术性能指标非常高，一部分甚至已经超过了我们的水平。如果美国人想用中国机床取代我们的机床，从技术上说是可行的。"

"中国人的机床怎么会超过我们的水平？是不是你们技术部出了内鬼，把我们的技术机密泄露给中国人了？"一位名叫波林的高管气势汹汹地问道。

劳瑟尔耸耸肩膀，说道："波林先生，恕我无法接受你的指责。事实上，中国人推出的这一批铣床和镗床，采用了与我们完全不同的设计思路。这是一种我们从未采用过的设计思路，所以绝对不可能是从我们这里获得的技术。"

"你是说，他们采用的是一种更高明的设计思路？"波林问道。

劳瑟尔点点头："可以这样说。虽然机床设计的思路不能说存在绝对的高明与不高明，但他们的方法至少是有一些独到之处的，值得我们学习。几年前我们就注意到，中国机床界提出了运用系统工程方法优化机床设计的思想，我们也对这种思想进行了研究。这一次中国人展出的机床，就是这种设计思想的完美体现,这是机床设计史上的一项新成就。"

"可是,这样的新成就,为什么不是由劳瑟尔先生提出来的,而是由中国人提出来的?我记得,劳瑟尔先生曾经获得过'欧洲最出色的机械工程师'的称号。"波林语带嘲讽地说。

"那是过去的事情。"劳瑟尔面色不悦地答道。波林对他的敌意,他当然是能够感觉到的,但无法反驳,他说道:"中国人的这套方法,是从航天工程中演化出来的,我从中看到了一些俄罗斯技术的影子。大家是知道的,德国在航天技术上不如俄罗斯和中国,他们积累下来的经验,对机床设计也是有帮助的。"

"可是……"

波林还想说什么,被沃登伯格拦住了,讨论这种诛心的问题,其实于事无补。沃登伯格把头转向肖尔特,说道:"肖尔特,我记得你曾经和中国人达成过一个协议,中国人承诺不涉足我们的产品领域。但现在,他们推出了全线替代我们的产品,你对此有何解释?"

肖尔特岂能不记得这件事?听到沃登伯格发难,他坦然地说道:"沃登伯格先生,我们和中国人的确有过这样一个协议,不过协议的期限是五年。我记得,那应当是八年前的事情了。"

"你的意思是说,中国人是三年前才开始研制这些机床的?他们用三年的时间就超越了我们?"沃登伯格冷冷地问道。

肖尔特说:"技术上的事情,我不太懂。不过,当初我们和中国签订这个协议的时候,公司是评估过风险的。当时劳瑟尔先生也并未对这个协议提出异议,按劳瑟尔先生的看法,中国人即便是在暗中进行研究,只要他们遵守协议,不公开销售这类机床,他们就无法获得足够多的应用数据,以指导机床的改进。劳瑟尔先生,我说得没错吧?"

"我的确是这样说过。"劳瑟尔硬着头皮说。这些话,当年他是当着全公司高管的面说的,现在想否认也来不及。他说道:"从一般规律上说,机床设计是一个持续改进的过程。中国人如果没有足够大的销量,就无法积累应用数据,从而无从了解机床设计中存在的问题,这对于他们改进机床是一个很大的障碍。"

"那么,他们是怎么突破这个障碍的呢?或者说,他们从一开始就没有这样的障碍?"波林又逮着理了,继续向劳瑟尔逼问。

第四百九十六章 你们做了哪些工作

劳瑟尔一指肖尔特,说道:"这个问题,是不是应当请肖尔特先生来回答?在过去的八年中,中国人是否遵守了与我们的协议?是否在公开市场上销售过这类机床?"

"他们是在三年前开始销售同类机床的,那时候,他们的机床技术性能比我们要差很多。而这次展会上他们所展出的机床,相比三年前有了很大的进步。"肖尔特解释道。

肖尔特的这个解释,是在为八年前自己与中国方面签的互惠协议开脱。那个协议规定,博泰公司将说服欧盟同意向中国军工企业开放若干种精密机床的出口许可,条件则是中国的机床企业在五年内承认博泰对这些机床的市场独占。

在当时,博泰公司内部比较一致的看法是,只要博泰向中国提供了这些机床,中国企业就没有研制这些机床的动力了。退一步说,即便中国人出于掌握技术的需要,暗中开展对这些机床的研发,要不在市场上公开销售,就无法获得足够大的销量,从而无法回收资金进行后续开发,博泰就能够保持在这些机床上的技术领先。

随后的事情,却让肖尔特觉得意外与恼火。通过一些秘密渠道,肖尔特了解到中国人并没有放弃对这些机床的研发,承担研发任务的几家中国机床企业虽然没有获得来自市场的利润,却有国家的专项资金提供支持,研发工作一天都没有停止。

与此同时,中国向博泰的订货也在悄然缩减。肖尔特无从了解真实的原因,但凭他多年做销售的经验,也能够猜出一些部门肯定是获得了其他的替代品。

所有这些事情,都发生在三年之前,也就是博泰与中国人所签协议规定的五年范围之内。但肖尔特无法拿着协议去找中国人评理,因为中国企业的确没有在市场上公开销售这类机床。

肖尔特没有向公司汇报这件事,因为如果要追究责任,这是他肖尔特的锅。既然别人都不知道这个情况,他又有何必要自己去找个锅来背呢?

肖尔特说中国人在三年前才开始公开销售同类机床,而且当时所销售的机床性能比博泰机床要低得多,这一点倒没有撒谎。不过,真实的原因是唐子风不想过早地暴露自己的实力,所以让各家掌握了技术的机床企业先推出简化版的产品，一直到这一次的芝加哥展会，才完全揭开了盖子。

高管们自然不知道其中的奥妙，听肖尔特这样说，波林又把矛头指向了劳瑟尔，质问道："劳瑟尔先生，你能不能告诉大家，你们技术部在过去八年中做了哪些工作？不管中国人是不是遵守了与我们签订的协议，至少八年前他们的技术与我们是有相当差距的，而现在，正如你所说，他们甚至在某些方面已经超过了我们。

"这是不是意味着，我们在这八年时间里，完全是止步不前的，这才给了我们的竞争对手以超越我们的机会？"

"我们一直都在努力。"劳瑟尔说，"我们选择了十多个方向对原来的技术进行优化。但是，自从金融危机以来，公司给我们的研发经费一减再减，我们的这些研发都不得不停下来了。我想，这或许就是中国人能够跑到我们前面去的原因。"

一句话，把锅又甩到沃登伯格身上去了，因为拨款的事情是由董事长说了算的。技术研发是很花钱的事情，这是众所周知的。波林看不惯技术部，也是因为觉得这个部门花钱太狠，分走了公司的利润。

在以往的高管会议上，波林一向都是批评公司过于重视技术，既然公司已经是市场上技术最领先的企业，有什么必要继续花那么多钱去搞研发呢？把这些钱作为工资分给高管们不香吗？

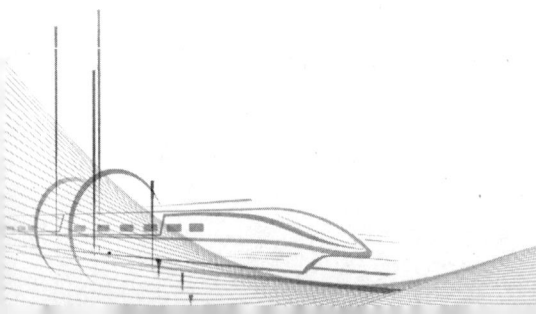

第四百九十七章　如何能够阻止住中国人呢

"好吧,讨论这个问题是没有意义的。"

沃登伯格叫停了这场互相甩锅的"游戏"。情况已经很明白,中国人的确已经研制出了足以与博泰竞争的机床产品,无论公司内部如何追责,这个事实是改变不了的。

三十年前的博泰是非常有进取心的,公司投入巨资进行技术研发,最后击败了竞争对手,成为这个市场上的垄断者。

一旦获得了垄断地位,市场上的其他企业也就不再敢觊觎这个市场了,博泰可以躺着赚取高额利润。到了这一步,博泰也就没有继续改进技术的动力了。过去努力,是为了现在能够吃香喝辣。如果努力过了还要继续努力,那么先前的努力还有什么必要呢?

劳瑟尔说自己一直在努力,这种话也就是放在台面上哄人的。公司以往拨给技术部的经费不少,但技术的进步很缓慢。劳瑟尔解释说,这是因为博泰已经站在技术顶端,每前进一步都要付出更多的成本,符合所谓"边际效应递减"的规律。

实际上的原因,却是技术系统懈怠了,工程师的工资水平不断上涨,工作压力不断减轻。每个人都声称自己要做一些有情怀的技术,最后只弄出一堆华而不实的东西来应付董事会。

如果没有来自中国的竞争,博泰这样"划水"倒是无妨,反正在他们控制的细分市场上只有博泰这一个供应商,用户接受得接受,不接受也得接受,这就是垄断的好处。

可偏偏出现了一个中国,愿意勒紧裤腰带,不惜成本地进行研发,恨不得把所有的技术都掌握在自己手上才肯罢休。

欧盟限制向中国出口精密机床,逼得中国自己去搞,这是博泰能够理解的。

可明明博泰已经说服欧盟放松了管制,中国人可以从博泰买到这些机床,价格还打了个折扣,你还有必要自己干吗?

省下那些研发经费去干点啥不好呢?

可到了现在,再说这些还有意义吗?如果是在几年前,博泰或许还能咬咬牙,砸一笔钱进去和中国人拼一拼研发实力,争取把中国人从这个市场上挤出去。但现在整个欧洲都深陷债务危机,德国虽然不是债务危机国,却也被拖下了水,不得不承担救助欧洲四国的义务,这是典型的地主家也没有余粮的节奏。

在这个时候和中国人拼研发,能拼得起吗?

拼是拼得起的,不过这就需要大家都过几天苦日子,谁乐意呢?

"大家对于肖尔特刚才说的事情有什么看法?"沃登伯格回归正题,向众人问道。

"欧洲市场在短期内看不到复苏的希望,在这个时候,我们更不能丢掉美国市场。所以,我认为我们必须进行反击,阻止中国人的企图。"波林慷慨激昂地说道。

"但刚才肖尔特说了,美国客户要求我们必须降价50%以上,否则他们就要选择中国人的机床。波林先生,你也赞同降价50%的要求吗?"另外一位名叫弗鲁因的高管冷冷地说道。

"这当然是不可能的!"波林坚定地摇着头,"如果降价50%,我们非但没有盈利,而且还要亏损,这是绝对不能接受的。"

弗鲁因说:"可是,如果我们不降价,又如何能够阻止住中国人呢?"

波林说:"我认为,美国人的要求也只是一种讹诈罢了。过去十几年,美国人就一直叫嚷着要求我们降价,现在不过是有了中国机床这样一个选择,所以他们的声音就更大了。我对机床用户是很了解的,他们不会轻易地更换供应商,因为更换供应商所付出的成本,远大于他们能够省下来的差价。所以,我认为他们的要求只是一种恐吓。"

肖尔特说:"波林先生的话或许有一些道理,但中国机床和我们之间的差价也是事实存在的。美国客户怀疑我们的利润虚高,正如波林先生说的,在十几年前他们就已经这样说过了。

"现在,有了中国机床作为参照,他们的诉求只会变得更强。在这种情况下,如果我们不能做出一些让步,让美国人感觉得到了安抚,他们是完全有可能

第四百九十七章　如何能够阻止住中国人呢

转向中国人的。"

"让步当然是必要的。"波林开始往回收自己的话了。

他知道肖尔特的判断是合理的，过去博泰的机床卖高价，客户没有其他选择，也只能捏着鼻子认了。现在市场上有了第二家供应商，客户不借机施压才怪。

博泰的机床都是高端的精密机床，用户自然也都是一些走高端路线的大企业，比如波音、洛马、普惠等等，人家也是有性格、有脾气的好不好？过去没办法，受你的气也就罢了，现在有其他选择了，人家还看你的脸色？

"我觉得，如果是象征性地降价，比如降价10%左右，还是可以接受的。"波林说道。

"我和洛马的人谈过，他们断然否定了只降价10%的方案，声称如果降价幅度少于30%就免谈，这还不包括附送的售后服务条款。大家知道，中国产品的优势不仅仅表现在产品的价格上，他们的售后服务对客户的吸引力更大。和我们的售后服务条款相比，他们的售后简直就是免费的。"肖尔特说。

"免费……"

所有的人都倒吸了一口凉气，这还怎么玩？

机床是耐用工具，有些高端机床用上几十年也不奇怪。机床企业要想维持长期利润，就不能光指望着卖机床这一锤子买卖，通过售后服务来赚钱是更重要的一环。

博泰的售后服务，服务费是按分钟计算的，售后服务人员到客户那里去，吃喝拉撒的时间都要算钱，换一个手柄的事情，就敢跟人收几万欧元维修费。这还不算原装手柄的配件费，要知道，配件费向来是天价。

售后服务的利润率有多高，大家都心知肚明。中国企业哪怕只按一折收费，都是有利润的，但对于客户来说，的确就相当于免费了。

"中国人这样干，他们根本就没利润了！"波林叫嚷起来。

"我从一开始就警告过公司，要警惕来自中国的威胁，但没有人在乎。中国人擅长把成本压到最低，让欧洲人活不下去。我们欧洲人生活得太惬意了，完全无法想象亚洲人是如何努力的。"弗鲁因发着漫无边际的感慨。

沃登伯格没有在意弗鲁因的话，他说："降价30%是我们无法承受的，公司这几年的财务状况非常糟糕，账面上已经连续两年出现亏损了。在美国市场上，按照目前的价格，我们也只能勉强做到盈亏平衡。降价10%，就意味着我们需要压缩一些部门，才能避免亏损。而如果降价30%，那么我们就是绝对亏损了，与其如此，我们还不如放弃美国市场。"

"但放弃美国市场，我们的情况会更糟糕。"弗鲁因说。

"我知道这一点。"沃登伯格说，"所以放弃美国市场不是我们的可选项，我们需要考虑的，是在维持原有价格的情况下，保住美国市场。"

"是不是可以考虑在美国市场上起诉中国倾销？"劳瑟尔献计道。

"这需要美国企业配合才行。"弗鲁因说，"但美国人不会这样做的，他们愿意看到我们和中国人竞争，这样他们才能从中渔利。"

"我们可以向WTO（世界贸易组织）起诉。"劳瑟尔不甘心地说。

肖尔特说："我们已经这样做过了，但WTO仲裁机构认为我们的证据不充分，要求我们补充证据。"

"那你们补充了吗？"波林问。

肖尔特苦笑着摇摇头："波林先生，事实上，我们并没有什么过硬的证据。中国人的机床价格便宜，是因为他们的人工成本和管理成本都低于我们。我们的公司机构过于庞大了，管理成本分摊到产品上，导致成本偏高，这是我们的问题，WTO是不会支持我们的。"

"那么，照这样说，我们就完全没办法阻止中国人了？"波林问道。

肖尔特看看众人，说道："办法倒是有一个，但需要在公司层面上来运作，而且会有一定的成本。"

"你说说看。"沃登伯格沉着地说。

肖尔特说："中国人已经突破了机床设计上的障碍，我们要想在这方面遏制他们将是非常困难的。但我们研究过，中国人的机床上使用的关键零部件，多数是来自欧洲的。如果我们能够说服欧洲的配件企业限制主轴、导轨、传动机构等关键零部件对中国的出口，中国机床将会因为缺乏这些零部件而无法交货，这样美国人就不得不接受我们的产品了。"

"要说服这些配件企业，光凭我们一家公司是不够的，需要联合其他机床公司与配件企业缔约，而这就需要公司付出一些代价。"

第四百九十八章　还只是开胃小菜

"赫格曼和塔兰特突然减少了对我们的配件供应，直接影响了我们的出口机床生产。"临河机床集团会议室里，张建阳面色凝重地向集团高管们报告道。

他说的赫格曼和塔兰特，是欧洲两家老牌的机床配件制造商，长期占据着一些主要机床配件全球销量的前两位。临机的许多款高端机床，都使用了这两家企业生产的主轴、丝杠、导轨和其他一些配件。两家企业突然同时宣布减少对临机的配件供应，对临机的影响是非常大的。

机床不属于对价格很敏感的产品，正常情况下，价格有10%上下的差异，不会影响到用户的选择。当然，如果价格差异特别明显，用户还是要掂量掂量的。

机床用户对品牌的忠诚度很高，熟悉的品牌意味着可预期的质量和性能，能够降低生产风险，这对于用户来说是很重要的。临机生产的机床比欧洲、日本的一些大品牌价格低了30%以上，能够打动一部分用户的心。但这些用户同时也会要求临机的机床必须使用他们所熟悉的大品牌配件，以保证机床质量。

这些年，伴随着国产机床的发展，国内的机床配件产业也已经有了一定规模。仅在临河的高滩机床产业园区，就已经有七八家小有名气的机床配件公司，生产的主轴、丝杠等，质量与赫格曼、塔兰特等国际大品牌相比也不遑多让。

国内的一些机床用户，一开始也比较迷信国际大品牌配件，在使用过国内品牌配件之后，慢慢也就接受了。国内品牌配件价格比较低，售后服务更为方便，在国内市场上还是很有竞争力的。

但对于国外机床用户，尤其是发达国家的机床用户来说，接受中国品牌的机床就已经是一个观念上的挑战，再想让他们接受中国品牌的机床配件，难度又大了几分。

一根丝杠的成本相对于机床成本来说很不起眼，国外机床用户不会为了这点差价而接受中国品牌配件。临机的出口机床为了能够赢得国外用户，也不得不全部使用进口配件,这已经是惯例了。

现在,两家最大的机床配件供应商联手"卡"临机的"脖子",临机还真有些措手不及。

"是什么原因?了解过没有?"唐子风问道。

张建阳说:"我们第一时间就和两家公司的销售部门联系了,他们声称是因为工厂方面出了一些变故,导致产能下降。不过,我们通过其他渠道了解了一下,发现他们说的理由是站不住脚的。"

"那么,真实原因是什么呢?"唐子风呵呵冷笑,他其实已经猜出一些原因了。

张建阳说:"真实的原因,是以博泰为首的一些欧洲机床企业,与这两家公司达成了一个秘密协议,要求这两家公司减少对中国的出货。除了咱们之外,丹彰、白流、前堰他们也都受到了影响。有些是这两家公司直接减少供货,有些则是要求他们不得将这些配件用于出口型机床,只能在中国国内销售。"

"这不就是耍流氓了吗?"

听张建阳这样一说,一众高管都明白过来了。中国机床企业刚刚在美国开了一个展会,拿到了一大批美国的机床订单,很多订单都是从欧洲机床企业手里抢过来的。

随后,欧洲的这两家机床配件公司便减少向中国的供货,而且还可以确定此事背后有那些欧洲机床企业在插手,动机何在,还用得着说吗?

竞争不过,就用这样的办法给对手使绊子,这也真让大家开眼界了。以往唐子风给大家洗脑,说西方企业也不是什么"白莲花",有些人还存着将信将疑的心理,觉得唐总是不是太极端了,人家欧洲人可都是绅士,张嘴闭嘴都是"excuse"(不好意思),怎么可能会搞那些下作勾当呢?

现在算是见识了,闹了半天,啥绅士,啥风度,只是没到急眼的时候罢了。

"这也是我们预料之中的事情吧?"唐子风淡淡地说,"咱们要想走出去,抢人家碗里的饭吃,哪有那么容易?赫格曼和塔兰特这样做,还只是开胃小菜呢。不过,幸好美国的机床产业基本上完蛋了,我们和美国没有竞争关系,否则……"

"否则怎么?他们还敢开着军舰来?"詹克勤瞪着眼睛说道。

"这可没准儿。"唐子风笑道,说罢,又赶紧摆手道,"我是随便说说,一时还

第四百九十八章 还只是开胃小菜

到不了这个程度,但如果美国要对我们发难,会比欧洲人做得更直接也更凶猛。赫格曼和塔兰特毕竟还没有公开和我们撕破脸,只是扭扭捏捏地提出减少供货。唉,老欧洲人毕竟还是比较要体面的。"

"其实也不是要体面,只是欧洲真的不行了。"韩伟昌说道,"这一次金融危机,欧洲受到的打击要比美国大得多。我们在欧洲那边的销售人员都反映,很多欧洲企业都快破产了,井南那边有很多私营企业都去欧洲捡漏。很多过去听起来很牛的公司,现在花个千儿八百万就能够买下来呢。"

"老韩的意思是说,咱们把赫格曼买下来,让它变成中国企业?"唐子风问道。

"这倒不是……"韩伟昌随口否认了一句,旋即又瞪圆眼睛,盯着唐子风问道,"唐总,你不会是真的有这个想法吧?"

唐子风反问道:"这个想法可行吗?"

韩伟昌思考了几秒钟,摇摇头说:"这个还真有点难度。赫格曼的财务好像是出了一点状况,不过瘦死的骆驼比马大,要把它买下来,没有几十个亿恐怕不行。井南那些企业到欧洲去搞并购,都是买那些已经破产的企业,随便给点钱就能买到。赫格曼现在还有业务,它的股东也不会有意出售的,除非我们给的价钱足够高。"

集团总会计师舒欣赶紧说道:"集团现在可拿不出几十亿来。如果找银行贷款,一年光是利息就能吃穷我们,这个并购肯定是不可行的。"

"舒大姐放宽心,我只是说说罢了。"唐子风赶紧安慰舒欣,怕这位做事严谨的小姐姐又焦虑了。

舒欣是两年前才替代宁素云担任集团总会计师的,和唐子风之间还缺乏磨合,不了解唐子风满嘴跑火车的习惯,经常会把唐子风的玩笑话当真,闹出过不少一惊一乍的事情。不过,有这样一个神经高度敏感的总会计师也好,能够避免唐子风头脑发热随意决策。

"建阳,安排采购部和赫格曼、塔兰特进行交涉,要求他们履行过去和我们的协议,同时也要警告他们,别做得太过火了。咱们中国是最大的机床市场,他们如果一意孤行,得罪了整个中国机床业,大家反过来联手封杀他们,他们也没好果子吃。"唐子风吩咐道。

张建阳点头不迭,把唐子风的指示一一记下。待唐子风说完,他又怯怯地说道:"唐总,咱们联手封杀赫格曼和塔兰特,难度还是有点大的。国内很多机床企业都用他们的配件,咱们自己用得也不少。

"他们现在只是限制我们在出口机床上使用他们的配件,内销机床还是可以用的。咱们如果拒绝他们的配件,咱们自己的生产也要受到影响的。"

"内销机床,咱们用国产配件行不行?"唐子风问。

张建阳向韩伟昌瞥了一眼,韩伟昌说道:"国产配件也能用,不过,有些客户点名要用进口配件,咱们如果换成国产的,只怕要多费一些口舌。另外,要让其他企业也改用国产配件,这个说服工作难度就更大了,恐怕得唐总你亲自出面才行。"

"是不是我亲自出面也不行?"唐子风听出了韩伟昌话里的潜台词,笑着问道。

韩伟昌赔着笑,说:"唐总如果出马,各家企业肯定还是要给唐总一点面子的。不过,有点划不来是不是?唐总你的面子,可比赫格曼的值钱多了。"

韩伟昌这话说得很委婉,但唐子风还是听懂了。其实韩伟昌是认为即便唐子风出马,要让这么多机床企业放弃赫格曼的配件,基本也是不可能的。赫格曼的配件在客户那里很有名气,因为在出口机床的问题上刁难了临机等几家机床企业,临机就要逼着这么多客户放弃赫格曼的配件,还真是强人所难。

唐子风在业内有点影响力不假;但这个影响力也是有限的。他倡议大家做的事情,如果是对大家都有益,大家当然会响应;如果是损人不利己的事情,大家就要犹豫了。说到底,他毕竟只是一家企业的负责人,和其他企业领导是平级的。

"我知道这一点。"唐子风说,"我让建阳去跟赫格曼他们这样说,也只是威胁他们一下。关于这件事,咱们做好几手准备:继续和赫格曼、塔兰特谈判,是一个方面;寻找替代品牌,也是一个方面。就算国内品牌不行,国际上也不止赫格曼、塔兰特这两个品牌吧?"

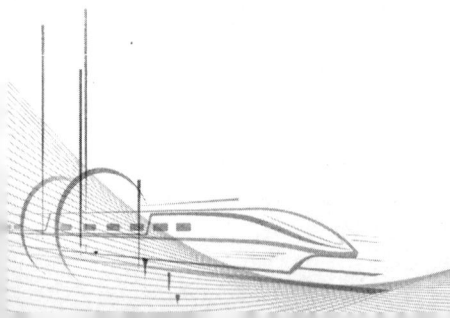

第四百九十九章　随便坐坐

赫格曼和塔兰特断供的事情，其实也没那么急。一来，临机与这两家配件商之间还有一些供货合同，这两家要断供，也得等前面的合同履行完；二来，临机本身也有一些配件库存，可以应付一段时间的生产；最后一点就是，临机的海外订单也要过一段时间才能交货，还有一些交易尚在沟通阶段，不是马上就要生产的。

博泰等一帮欧洲机床企业是向赫格曼和塔兰特承诺了不少好处，才说服这两家配件企业给中国机床企业使绊子。这两家企业也有自己的考虑，那就是不能把中国企业往死里得罪。

时下，中国已经成为"世界工厂"，制造业增加值世界第一，是全球最大的机床市场。像赫格曼、塔兰特这种体量的机床配件企业，如果被排斥在中国市场之外，基本就可以退场了。

正因为知道这一点，这两家公司的决策层才都不约而同地采取了左右逢迎的态度：一方面通知自己的中国合作伙伴，未来他们将减少用于中国出口机床配件的供货；另一方面又声称内销机床的需求是可以保证的，他们愿意与中国合作伙伴共同开发中国市场，为中国的现代化添砖加瓦。

这样一种态度，就让唐子风无法下手了。能够在国际市场上对博泰等欧洲企业形成竞争威胁的中国机床企业只有几家，大多数中国机床企业的市场都在国内，或者即便是面向国外，也只是走中低端路线，不在赫格曼、塔兰特封杀的范围之内。

唐子风要号召全体机床企业抵制赫格曼、塔兰特，可谓是师出无名，反而会毁了自己在业内的名声。

知其不可为，唐子风自己就不会去尝试了，这点自知之明，他还是有的。

不过，别人欺负到自己头上，自己还忍气吞声，这可不是唐子风的性格，他决定另想个办法收拾一下这帮狂妄的欧洲人。

集团办公会接着又讨论了一些其他的事情,散会之后,大家各回各家。唐子风上了自己的专车,让司机把车开到了位于临河市中心的丽佳超市总部。

"子风来了?稀客啊。"

黄丽婷在自己的办公室里接待了唐子风。她让秘书离开,自己亲自给唐子风沏了茶,端到他面前,然后才在旁边的沙发上坐下,与唐子风寒暄起来。

"黄姐现在家大业大,成天在世界各地跑来跑去,巡视你的商业帝国,小弟想见黄姐一面都找不着机会。今天听说黄姐回临河了,这不,我就过来'晋见'了。"

唐子风小嘴倍儿甜,漂亮话一串一串的。

黄丽婷佯装嗔怒地瞪着眼,等到唐子风说完,她夸张地东张西望,说道:"让我找找,看看什么地方有条缝,让我钻进去。子风,你这是寒碜你姐呢!什么家大业大?还什么商业帝国?别人不知道,你还不知道吗?你姐就是帮你打工跑腿的,如果有什么商业帝国,也是姓唐,不是姓黄。"

"别价,黄姐,你可别这样说。"唐子风说,"上个月我还在什么财经刊物上看过你的专访呢,标题就叫《黄丽婷和她的商业帝国》,好家伙,配的照片,我一看,这哪是我黄姐啊,分明就是一个二十来岁的大姑娘嘛。"

黄丽婷笑着斥道:"什么二十来岁的大姑娘?你姐我今年都五十二岁了好不好?那张照片是报社给做了美颜,弄得我都不认识我自己了。"

"什么?黄姐有五十二岁?不会吧!我记得黄姐今年是十八岁呢!我还说那张照片把黄姐拍老了,没拍出少女风来。"

"还少女呢!我都快当奶奶了,你想让我变成老妖精啊?"

黄丽婷笑得满脸都是花朵,确有一些少女风姿了。

唐子风说的那篇专访,黄丽婷自然是看过的,上面配的照片的确把她拍得挺年轻的,看上去也就不到四十岁,比她的真实年龄足足小了十几岁。

年轻时的黄丽婷是个美女,唐子风认识她的时候她风韵犹存,在临机的家属工里颇有一些傲娇。

这些年,黄丽婷经营着丽佳超市,把这家超市做成了全国排名前三的连锁超市,在海外也已经开了十几家分店,被称为"商业帝国"也不为过,她自己则进入了国内的女富豪榜,个人财富已经有几十亿了。

第四百九十九章 随便坐坐

这些年,黄丽婷坚持美容和塑身。时下她虽然已经年过五十,身材依然很好,脸上也没多少皱纹,说她只有四十岁,也会有人相信的。

当然,要昧着良心非说她长得像十八岁少女,那就只有唐子风这种厚脸皮的人才办得到了。黄丽婷明知唐子风是在恭维自己,还是笑得很开心。

玩笑开过,黄丽婷问起了正事:"子风,今天到我这里,是来随便坐坐,还是有什么事情?"

"随便坐坐。"唐子风说,紧接着又补充道,"顺便聊点别的事情。"

"你呀!"黄丽婷伸出一个手指头,虚点着唐子风的额头,说道,"我就知道你没事是不会到姐这里来的。你唐总日理万机,哪会有空来和我一个售货员聊天?"

"我冤啊,黄姐。"唐子风道,"我算个什么总?临机集团总资产也就不到200个亿,还不到你们丽佳超市的一成。我来找黄总,都是战战兢兢的,生怕黄总耍大牌,叫保安把我轰出去呢。"

"什么我们丽佳超市?丽佳超市不是你指导运营的吗?你姐只是给你打工的,知道吗?"黄丽婷半开玩笑半认真地说道。

"知道知道,黄姐辛苦了,小弟感激涕零。"唐子风赶紧附和。

他知道这是黄丽婷在向他表露心迹,表明会永远尊重他。

黄丽婷是打心眼里佩服唐子风,同时也感念唐子风把她带上了这条路,让她能够成为一位商场女精英。

唐子风有时候觉得黄丽婷的这种表现大可不必,但代入黄丽婷的角色里去想,他又能理解了,从内心感叹黄丽婷的忠厚。

"说说吧,有什么事情要姐帮你的?"黄丽婷重归正题,问道。

唐子风反问道:"黄姐,现在超市能够拿出多少现金来?"

"现金吗?"黄丽婷思考了一下,答道,"如果挤一挤,拿出100亿应当没问题,再多就有些困难了。"

唐子风问现金,黄丽婷当然知道他问的不是收款台里的现钞,而是指公司能够调动的资金。

唐子风既然问到现金上,想必就是看中了什么投资项目,想让丽佳超市参与。

"100亿,倒也够了。"唐子风说道。

"100亿才够？"黄丽婷瞪大了眼睛，脸上有着惊喜交加的表情。

"子风，怎么，你又发现好机会了？"黄丽婷问道。

唐子风摇摇头，说道："不是什么好机会，相反，可能是一个赔钱的机会，不知道黄姐愿不愿意参加。"

黄丽婷说："赔钱的事情，我当然是不愿意参加的。但既然子风你开口了，那就肯定有参加的理由，我怎么会不愿意呢？不过，你总得先把事情跟我说说吧。"

"我想请黄姐出面，去收购赫格曼。"唐子风缓缓地说道。

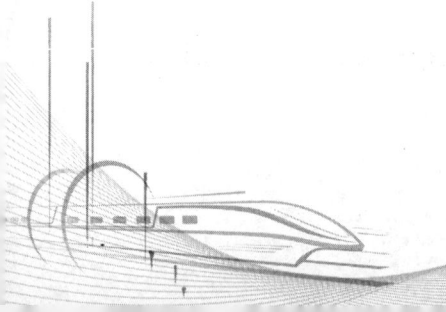

第五百章　深明大义黄丽婷

作为临机的家属，黄丽婷是听说过赫格曼这个品牌的。不过，她真正关注赫格曼，却是几年前的事情。

全球金融危机爆发的时候，唐子风就找黄丽婷聊过，说全球经济格局将会发生重大的变化，欧洲将会出现大量的并购机会，中国企业将迎来一个"走出去"的重大机遇。

那个时候，唐子风曾与黄丽婷探讨过几类可以考虑的行业，除了与丽佳超市业务相关的零售业、奢侈品行业之外，也提到了机械行业，而赫格曼就是唐子风提及的可以收入囊中的企业之一。

唐子风最早与黄丽婷说起收购赫格曼的事情时，赫格曼的地位还如日中天。黄丽婷基本上是把唐子风的话当成一个远景规划，比如在庆祝丽佳超市创办一百周年的时候，顺便把赫格曼买进来纪念一下创始人，倒是一段佳话。要说在自己的有生之年收购赫格曼，黄丽婷是不敢想的。

心里觉得不可能，黄丽婷还是把唐子风的话给记住了。这几年，黄丽婷安排公司里的人开始搜集欧洲市场上的各种情报，也包括赫格曼的经营状况。

在这里就需要先说一下机床行业的特点了。

机床行业是为国民经济各部门提供生产工具的，工业企业要进行生产，就需要使用机床。但机床本身是耐用工具，一家企业十年不购置新的机床也是可以的。

在经济状况好的时候，市场上会不断出现新企业，建立新企业就需要购置机床。此外，一些老企业也会对设备进行定期更新，产生一定的机床需求。但当社会出现经济危机的时候，投资者不敢创办新企业，老企业也会因为财务上的困难而推迟设备更新，机床的需求将会出现断崖式下降。

西方的情况正是如此。2008年开始的金融危机迅速波及欧洲，并转化成更为严重的欧债危机,全社会投资锐减,受到冲击最大的就是装备产业。

在过去几年,欧美机床市场都出现了大幅萎缩,欧洲机床企业开工不足,作为机床配件供应商的赫格曼也难以独善其身。去年,赫格曼账面上出现了1亿多欧元的亏损,市值缩水了一半有余,这让黄丽婷看到了收购赫格曼的可能性。

不过……

"子风,现在收购赫格曼,时机不是很好啊。"黄丽婷提醒道。

"你说说看。"唐子风端起面前的茶,品了一口,微笑着说道。

黄丽婷说:"欧洲的机床市场依然不景气。我们公司的投资人员分析,欧洲要走出债务危机,起码还要三年以上,欧洲机床市场重新振兴,则需要五年时间。在这段时间里,赫格曼的市值会进一步下降,如果我们推迟两年去收购,至少可以节省2亿到3亿欧元,这可是一笔大钱呢。"

"但现在赫格曼在'卡'我们的'脖子',妨碍了我们的海外业务。如果不把赫格曼拿下来,我们就没法缓解博泰、海姆萨特这些企业对我们的挟制。一旦它们缓过劲来,我们再想收购它们,难度就大了。"唐子风说。

"你们还想收购博泰?"黄丽婷吃惊地问道。她同样是听说过博泰的,知道这是一家非常牛的老牌机床公司。如果说收购赫格曼是天方夜谭,那么收购博泰就是流浪地球了,很玄很科幻……

唐子风点点头,说:"我们肯定要收购几家欧洲的老牌机床企业,至于是博泰还是海姆萨特,或者别的哪家,要看机缘。欧洲机床企业做了一两百年,有很好的品牌、商誉,还有成熟的销售渠道,我们要想和它们竞争,难度太大了。

"收购几家欧洲企业,直接接手它们的销售体系,顺便拿到它们手里积攒下来的技术专利,对于我们走向国际市场是非常必要的。

"博泰去年已经出现了严重的亏损。现在我们正在和它争夺美国市场,如果我们把美国市场拿下来,博泰不想倒闭也不可能了,届时我们就能够用很低的价格把它吃掉。

"破船还有三千钉,博泰手里有很多好东西,是我们一直想拿到的,能够趁这个机会拿过来,无论是对国家,还是对我们临机集团,都有极大的好处。"

黄丽婷听明白了,她问道:"那么,子风,你刚才说赫格曼在'卡'你们的'脖子',这又是怎么回事?"

唐子风把芝加哥展会以及赫格曼断供的事情,向黄丽婷说了一遍。黄丽婷

第五百章 深明大义黄丽婷

在商场滚打多年,这样的事情她当然是一听就懂的。

她想了想,说道:"也就是说,其实收购赫格曼的事情没那么急,主要是要让赫格曼恢复向临机供货,保证临机在美国市场上把博泰挤掉,是这样吗?"

唐子风说:"这样说也可以。不过,能够收购赫格曼,也是一件好事,机床配件我们也是要拿到自己手上来的,总是这样被赫格曼要挟也不行。"

"可是现在收购赫格曼,真的有些划不来。"黄丽婷说,"丽佳倒是能够拿出100亿的现金,收购赫格曼,按照现在的情形,估计60亿到70亿就能够买下。但买下之后,短期内我们无法收回投资,而六七十亿的资金如果压在那里,对超市的发展就很不利了。现在我们超市也在准备'走出去'。欧洲、日本和美国都有一些连锁商业亏损严重,我正打算抽一笔资金去收购这些连锁商业,以扩大丽佳的海外市场。"

黄丽婷这样说,倒并不是要与唐子风对着干。作为一位商业合作伙伴,她有义务把一件事的利弊向唐子风分析清楚,以免唐子风做出错误决策。如果唐子风了解了这些情况之后,依然要求她去收购赫格曼,她自然会照做,至少这时候唐子风的决策是经过了权衡的。

听到黄丽婷的分析,唐子风笑了笑,说道:"黄姐,你放心,我并不是想让丽佳进入机床行业。术业有专攻,黄姐做零售业是天才,如果去管赫格曼,没准儿就要翻车了。对了,如果让蔡工去赫格曼当总经理,没准儿还有戏。"

听唐子风说到自己的丈夫蔡越,黄丽婷扑哧一声就笑出来了,一边笑一边连连摆手道:"我们家老蔡哪是当总经理的料?他就是一个书呆子。不过,我也肯定管不好一家工厂,我就是一个乡下出来的女人,哪懂什么工业啊!"

"身家几十亿的乡下女人,黄姐说这话也不怕犯了众怒?"唐子风笑道,接着又回到正题,说道,"我的考虑是,由丽佳超市出面去进行收购,等把赫格曼收过来之后,再转手卖给国内的机床企业。找一家大企业来接手也可以,拉十几家企业集资收购也可以。

"赫格曼在欧洲会亏损,落到中国企业手里,肯定就能赢利了。当然,赢利只是一方面,关键是我们解决了'卡脖子'的问题,就能够全力以赴地去竞争国际市场,能够带来的收益是不可估量的。"

"可是……哦,我明白了。"

黄丽婷话说了一半,便反应过来了。她原本想问为什么唐子风不直接拉几家机床企业去收购赫格曼,转念一想,似乎由丽佳超市出面去收购更为妥当。

丽佳超市是做零售业的,与机床行业无关。丽佳超市出面收购赫格曼,给人的感觉就是手里有点钱,想跨界捡漏。赫格曼如果敢漫天要价,丽佳超市可以甩手就走,摆出一副懒得理对方的姿态,从而赢得谈判上的心理优势。

反之,如果是临机集团出面去与赫格曼谈收购事宜,赫格曼就会明白对方是因为被自己"卡"了"脖子",想通过这种方式来解套。既然临机是受到要挟的一方,赫格曼就能够从容应对,待价而沽。

黄丽婷这些年也并购过不少地方上的小超市,对于并购中的各种技巧是非常熟悉的。

"这只是一个方面。"唐子风说,"临机现在也拿不出60亿来收购赫格曼。我们的目标是博泰,如果资金被赫格曼给套住了,将来等博泰插上草标的时候,我们就拿不出钱来了。

"我的想法是,让其他几家机床企业联合接手赫格曼,或者找一家做机床配件的民营企业来接手。但现在要联系这些企业太费时间了,所以我就想到了黄姐,谁让你是我认识的最有钱的人呢?"

"哈,我就知道你从来不惦记你姐,光惦记着你姐的钱了。"黄丽婷佯装生气地说,这话多少又有些歧义了。

唐子风笑道:"哪能啊?其实我请黄姐来做这件事,最主要的原因是想给黄姐一个露脸的机会。黄姐肯定也知道的,赫格曼的配件不但对我们临机很重要,对科工委系统的那些军工企业也非常重要。收购赫格曼,其实也是在帮科工委的忙,这件事对国家的意义,远远大于对我们临机的意义。

"如果有领导知道黄姐拿出了压箱底的钱来收购赫格曼,甚至还损失了扩张超市的机会,领导会不会夸黄姐一句'深明大义'?这对黄姐你也是有莫大好处的吧?"

"真是这样吗?"

黄丽婷的眼睛亮了起来,一下子想到了许多种可能性。

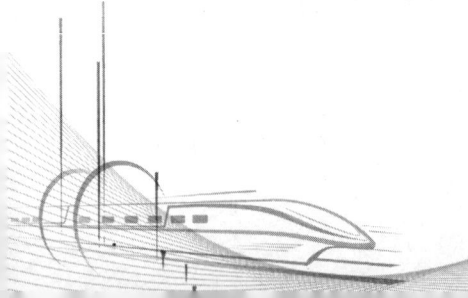

第五百零一章　你可别坑我

"胖子,吃饭没?没吃就坐下一块吃点儿。"

唐子风在自己家里迎来了胖子宁默。

说是家,其实老婆孩子常年在京城,这里只有唐子风一人。唐子风倒也不是不会做饭,但既然家里只有他自己,他也就懒得费劲,弄点垃圾食品对付一顿也就罢了。他招呼宁默一块吃饭,其实就是递给宁默一桶方便面,让宁默自己去泡。

当然,作为一位很擅长照顾自己的吃货,唐子风在冰箱里囤了午餐肉、松花蛋、真空包装的牛肉等各种吃食,此时拿出来摆上,再搁上几听啤酒,也颇有一些待客的样子了。

宁默十几年前离开临河到井南去创业,在井南的合岭市开了一家机床维修店,当起了小老板,一家四口都常住合岭了。

后来,宁默夫妇参股了大河无人机公司,张蓓蓓先是成为大河公司的金牌推销员,随后荣升销售总监,一年到头在全国各地奔忙,留下宁默在家里带着一儿一女,当了好几年的奶爸。

大河无人机取得成功之后,苏化在井南省会渔源建了大河公司总部,张蓓蓓常驻渔源,宁默不得不关闭了他的胖子机床维修店,举家搬迁到了渔源。

如今,宁默一家在渔源拥有一套200多平方米的复式公寓房,儿子宁一鸣和女儿宁惊鸿都在渔源最好的学校就读。张蓓蓓在公司拿着高薪,年底还有巨额的分红,宁默夫妇已经进入了富豪阶层。

无人机公司的业务,宁默插不上手,于是便闲下来了。

闲下来的宁默化无聊为食欲,原来的双层下巴迅速就变成了三层、四层,腰围也有欲与酒缸试比宽的节奏。

这一回,宁默是一个人回临河来玩耍的,听说唐子风晚上没事,便到他这里蹭饭来了。当然，蹭饭是顺便的，聊天才是目的。过了这么多年，宁默依然把唐子风当成自己最铁的哥们，有啥心事都是要找唐子风来说说的。

"我说胖子，你也该锻炼锻炼了吧？现在流行跑步，你每天绕着西湖跑一圈，我估计你跑两个月，这腰围就能回到二十多岁的水平了。"

唐子风举着易拉罐向宁默示意了一下，喝了口啤酒，半开玩笑地劝道。

宁默眼神迷离，懒懒地说："蓓蓓给我报了个长跑班，我还真跟着跑过几天后觉得没意思，就没再去了。为这事，蓓蓓可没少跟我瞪眼，我才不理她呢。"

"蓓蓓是为你好。你看你现在这个样子，这就是当年咱们历史老师说过的'堕落'啊！"唐子风笑着说道。

听唐子风说起中学时的事情，宁默也笑了。不过，他的笑容在脸上也就停留了一秒钟，随后又回到了原来那副怠懒模样。他抿了口啤酒，说道："堕落不堕落的，对我来说有什么区别吗？我现在成天就是吃了睡，睡了吃，也没啥需要操心的事情，实在是无聊透了。"

"我听蓓蓓说了。蓓蓓给我打电话，说你现在脾气越来越大，她都不敢惹你了。"唐子风说。

宁默摇摇头，说："我哪敢跟她发脾气啊！现在我不挣钱，家里就靠她挣钱，我是个吃软饭的，哪敢发什么脾气？她骂我的时候，我抱着头蹲墙根听着就是了。"

"你这叫软暴力，是违法的。"唐子风说。

"不会吧？我不吱声，光挨骂，也违法？"宁默惊道。

唐子风说："胖子，你现在这个状态不行，我觉得，你还是得找点事情干。你现在刚过四十岁，离退休还差二十年，总不能真的就啥事都不干了吧？"

宁默说："你以为我愿意这样？唉，想当年，在车间里累死累活的时候，我还真做过这样的梦，想着有一天不用上班，钱随便花，想吃什么就吃什么。没想到，这个理想还真的就实现了。可理想实现了我才知道，这样的日子一点意思都没有，还不如累死累活的时候有劲。"

"你不会还想去修机床吧？"唐子风看着宁默，试探着问道。

宁默却是很认真地反问道："哥们，你觉得我再去修机床，怎么样？"

"你的手艺还行吗？"唐子风问。

宁默一拍胸脯，激起一圈"涟漪"："我当年可是跟着芮师傅扎扎实实学过

第五百零一章 你可别坑我

的,后来开机床维修店,啥机床没摸过?啥毛病没碰上过?这几年我待在渔源,没事的时候也会往一些老朋友那里跑,帮他们看看机床。现在国内最常用的那些机床,我都熟得很,组装、维修都不成问题。"

唐子风惊诧地问道:"不会吧,胖子,你还真想重操旧业?"

宁默点点头,不吭声。

唐子风小心地问道:"这件事,你和蓓蓓商量过没有?"

"没有。我想先跟你商量一下,你如果支持我,就帮我去说服蓓蓓。我跟她说肯定是没戏的。"宁默说。

"我跟她说也没戏!"唐子风脱口而出,"胖子,你可别坑我。你家蓓蓓也不是当年那个农村丫头了,咱们随便说点啥,她都会听。现在她可是大名鼎鼎的大河公司的营销总监,我跟她说话都得赔着小心。你让我去跟她说这种事,存心让我找骂呢!"

"她哪敢骂你?哥们,你不知道,蓓蓓最服气的就是你,你只要发话,她绝对不敢反对。"宁默说。

唐子风知道宁默说的是实情,张蓓蓓现在地位不同了,但在唐子风面前,却是丝毫不敢放肆的。唐子风刚才那样说,其实是因为他自己也觉得宁默再去修机床有些不妥。宁默夫妇是大河公司的大股东,按大河公司的市值来计算,宁默夫妇也是身家几十亿的人了,怎么可能再让宁默去修机床呢?

"你想在渔源开个机床维修店?"唐子风问。

宁默摇摇头。

"那么,是回合岭去开?"

宁默依然摇头。

唐子风想了想,接着问道:"你不会是想回临河来开吧?高滩园区那边现在已经有十多家机床维修公司了,你想和它们竞争吗?"

"我想去非洲。"宁默迸出来一句话。

"去非洲!"唐子风这回是真的吃惊了,他盯着宁默,问道,"你不会是当真的吧?"

"赖涛涛在非洲,上次他回来的时候我见了他一面,他想约我过去和他一起干。"宁默揭开了谜底。

赖涛涛是宁默在技校时的同学,毕业时俩人一块被分配到临一机工作,后来又一块儿辞职去井南创业。宁默在合岭的机床维修店，一开始就是和赖涛涛合伙干的，规模做起来之后，两人才分了家，赖涛涛自己另挑了一摊，做得也非常不错。

宁默抓住了大河无人机这个机遇，一朝致富。赖涛涛没有这么好的运气，几年前，他抓住中非扩大合作的机会，关掉自己在国内的店，到非洲去开了一家公司，专门为非洲当地的机械企业提供机床维修服务。

这些年，中资企业到非洲去投资建厂的很多。要建厂，就免不了要使用机床。非洲当地几乎没有好的机械工程师，赖涛涛毕竟也是临一机出来的，技术过硬，很快就闯出了一些名气，公司做得风生水起。

前一段时间，赖涛涛回国来探亲，与宁默见面时，自然也聊起了在非洲的事情。他夸夸其谈，把一些寻常的业务说成是过五关斩六将，让宁默颇为心动。

赖涛涛告诉宁默，非洲目前正处于快速发展期，可谓是遍地黄金。他想把自己的公司做得更大一些，无奈资金有限，也没有得力的帮手。宁默一听，当即表示愿意出钱加盟，让赖涛涛欢欣鼓舞了一番。

宁默趁着酒劲把牛皮吹出去了，酒醒之后就有些纠结了。他并没有放弃去非洲与赖涛涛合伙的想法，但如何向张蓓蓓说此事，却是一桩难事。

他这次回临河，就存了要找唐子风深谈一次的念头。他相信，如果唐子风支持他，那么由唐子风出面去与张蓓蓓说，成功的概率还是很大的。唐子风是那种擅长"蛊惑"人心的人，他总能找到一些别人意想不到的角度来做说服工作。

"这件事，你必须得帮我，谁让咱们是二十多年的老同学呢？"

宁默说着，脸上露出了唐子风很熟悉的那种卖萌神情。

唐子风宁可去听张蓓蓓的狮子吼，也不想看一个200多斤的胖子在自己面前卖萌，那种观感实在是太挑战人的神经了。

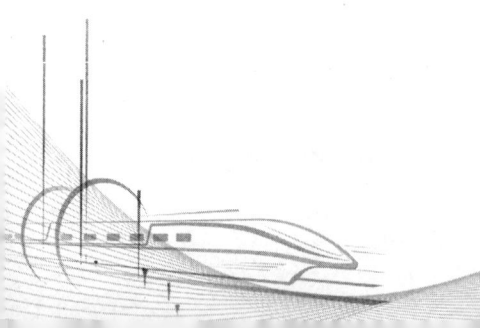

第五百零二章　人的一生应当这样度过

"让我去和蓓蓓谈，倒也不是不可以，但你总得把你的想法告诉我吧？如果仅仅是为了减肥，你大可不必去非洲，徒步走一趟青藏线也能让你瘦一圈。实在不行，你一路磕过去，为大河无人机祈福，说不定蓓蓓还会奖励你呢。"

唐子风"脑洞"大开，向宁默建议道。

宁默大摇其头，说道："肥不肥的，对我来说也已经习惯了，我就是觉得人一辈子还是要做点事情的。你还记得咱们上中学的时候学过一篇课文吧？里面有一段是这样说的：'人的一生应当这样度过：当他回首往事的时候，不会因……'呃，后面忘了，反正就是那么一个意思吧。"

"不错啊，胖子，开始有人生理想了。要不我让集团团委聘你过来当青年讲师吧，给年轻工人讲讲回首往事之类的事情。"唐子风笑道。

宁默说："老唐，你别笑，我是认真的。老实说，过去我很不理解，你明明有那么多钱了，干吗还要在临一机当那个厂长助理？出力不讨好，一个月的工资还比不上你一天赚到的钱。换成我，肯定是不干的。可现在我明白了，你就是在追求人生理想，是不是？"

"我有这么高尚吗？我怎么自己都没觉得？"唐子风假装尴尬地说道。

唐子风最初答应到临一机来工作，还真没啥高尚的动机，纯粹就是觉得自己有个体制内的饭碗不易，不便抛弃，所以就勉为其难地过来了。他在临一机做的那些事情，多半是出于本能，觉得是自己分内的工作，而自己也有能力有智慧去把它们做好，于是就做了。

等到双榆飞亥公司赚了大钱，他也成了千万级别的富翁，他便开始考虑自己的去留问题了。从机械部辞职，彻底下海经商，对他来说似乎是个更好的选择。但最终他还是留了下来，并且一气儿干到今天。

因为身处体制内，而且职位不断晋升，他越来越没有时间去关注自己的家族产业。父亲替他守住了出版公司，妹妹挑起了电子商务平台的重任，合伙人黄丽婷经营起了偌大的丽佳超市，唐子风自己在这些产业的发展中也就是贡献了一些点子，日常的运营几乎没有插手。

回头想想，或许自己真的是在追求一些更高的人生理想吧。

作为一名穿越者，短短几年时间就让自己过上了财务自由的生活，在这种情况下，为个人赚再多的钱，也很难有什么兴奋感了。相比之下，临机集团的事业反而能够让唐子风感觉到自己的价值。

看着一家企业在自己手里兴起，看着中国的机床产业不断壮大，看着中国制造风靡全球，这是非常有成就的事情。唐子风隐隐觉得，命运给自己一个穿越的机会，就是让自己来做这些事情的。如果他做这些事，光想着个人花天酒地、享受人生，没准儿就要遭雷劈了。

以己度人，唐子风一下子就明白了宁默的想法。

没错，宁默只是一名技校生，但他同样有"拯救地球"的梦想。"穷则独善其身，达则兼济天下"，这是人之常情。很多人蝇营狗苟于自己的利益，只是因为他们连温饱都未解决，指望他们去为全人类献身，属于过高的要求了。

宁默现在已经衣食无忧了，靠大河公司的分红就能在老家屯岭成为第二大富豪，第一是谁自不必深究了。在这种情况下，宁默想去做一些有意义有挑战的事情，不是理所应当的吗？

"去非洲这个想法挺不错的。"唐子风说道，"现在咱们国家在非洲的人不少，非洲那边的生活条件也已经大为改善了，你如果过去，应该吃不了多少苦。"

"这个赖涛涛跟我说过了，他说非洲的很多城市发展得很好，只要有钱，在非洲也能过得像国内一样舒服。"

唐子风继续说道："你到非洲去开机床维修公司，可以考虑把国内一些机床企业的售后维修包下来，挂上十几个机床售后服务中心的牌子，这也算是为国家的'走出去'战略服务了。

"咱们临机的机床现在在非洲也有不小的销量，但售后服务中心还很少，别说做不到在每个国家建立一个，甚至很多地方方圆上千公里都没有一个维修点，严重地影响了我们的机床销量。

"你们如果能够把售后服务的工作挑起来，那我们的销售范围也能扩大了，这可是对国家的战略都有意义的事情。"

第五百零二章 人的一生应当这样度过

"你是说,让我们做临机的售后服务中心?"宁默问道。

唐子风说:"这个需要你们自己去竞标,我不会给你们打招呼的,否则就违反纪律了。"

"我明白,我不会找你开后门的。"宁默说,"我和涛涛也不是头一天做机床维修了,现在我们有技术,也有资本,要想接下国内那些机床公司在非洲的售后服务业务,应当不成问题。就算拿不下临机的单子,我们也可以拿到其他家的,饿不死我们。"

"就你这体重,半年不吃饭也饿不死吧?"唐子风开了句玩笑,随后又问道,"还有一个问题,你到非洲去了,家里怎么办?"

宁默说:"家里有保姆,蓓蓓现在也不用经常出差了。再不行,我让我岳父岳母到渔源去住,家里也就没事了。现在非洲到中国的航班多得很,我隔几个月就回来一趟,一点问题都没有。"

"既然如此,那你就去干吧。蓓蓓那边,我让文珺去和她谈,相信是能够谈得通的。"

"其实我也有一肚子的道理可以跟蓓蓓谈,可是我不像你们两口子那么能说,怕说不清楚,反而坏事。"

"放心吧,这事包在我身上。"

"那就谢了。来,哥们,咱们干一个,祝我在非洲旗开得胜。"

"旗开得胜,干!"

宁默斗志昂扬地准备去非洲大展宏图,此事按下不提。再说黄丽婷,得到唐子风的授意后,她立即召来公司的几位高管,把未来一段时间的公司事务做了安排,然后便动身亲自前往欧洲,去打探赫格曼、塔兰特这两家机床配件公司的虚实。

与她同时出发的,还有这几年在国内商界声名鹊起的投资专家梁子乐。

黄丽婷是因为唐子风的关系而认识梁子乐的。在丽佳超市的几桩涉外并购案件中,黄丽婷都聘请了梁子乐的投资咨询公司为自己服务。梁子乐对跨国投资业务很熟悉,人也精明强干,是一位搞并购的好手。

因为有唐子风这样一层关系,黄丽婷对梁子乐的为人比较放心,梁子乐也以自己的业绩证明了黄丽婷没有看错人。一来二去,梁子乐就成了黄丽婷的金牌并购顾问,二人的合作越来越紧密了。

这一次，黄丽婷要去欧洲收购一家机床配件公司，具体目标可以是市场排名第一的赫格曼，也可以是市场排名第二的塔兰特，很多事情需要根据实际情况来决策。她专门邀请梁子乐与自己同行，并且向梁子乐说明这是在为唐子风干活，以提高梁子乐的积极性。

"唐总这个想法，过于理想化了。"

在前往欧洲的飞机上，梁子乐这样对黄丽婷说道。

"怎么理想化了？"黄丽婷问。

梁子乐说："像赫格曼这样的企业，不是我们想收购就能收购的。如果它的股东不想出售，不管我们想什么办法，都很难改变他们的想法。除非我们能够出几倍的溢价，用唐总的话说，是用钱去砸。但这样一来，这桩收购就太不划算了。

"比如说，赫格曼的市值大概也就是8亿欧元的样子，如果我们要花到16亿，黄姐，你还愿意买吗？"

"那肯定不愿意。"黄丽婷断然地说。

"那就对了。"梁子乐说，"像这种事情，我们需要先找人去探一探对方的口风，看看对方有没有出售的意向，意向中的成交价又是多少。咱们啥都没打听，就匆匆忙忙地跑到欧洲去，没准儿就要灰溜溜地回来了，白搭进去两张机票钱。"

"机票倒是小事。"黄丽婷微笑着说，"我本来也要到欧洲来看看，我们在这里新建了几家超市，我要过来看看经营情况。收购赫格曼的事情比较麻烦，这个我事先也考虑到了。也正因为麻烦，所以我要亲自在场，听一听对方的条件。如果光凭中间人转述，我怕错过了什么重要信息，耽误了子风的事情。"

"好吧，既然黄姐有这个心理准备，那我就陪黄姐跑一跑吧。"梁子乐无奈地说。

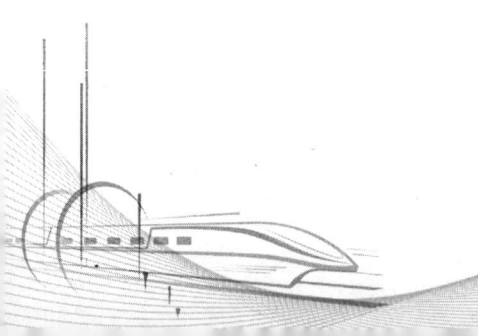

第五百零三章　中国人愿意出什么价钱

梁子乐的直觉是正确的,黄丽婷向赫格曼公司提出的收购要求,遭到了对方的拒绝。随后,黄丽婷与梁子乐又去找了塔兰特公司,同样铩羽而归。

丽佳超市的连续规模已经扩大到了欧洲,黄丽婷亮出自己的名号,倒是让赫格曼和塔兰特两家公司的高层不敢小觑。虽说没有答应黄丽婷的收购要求,两家也都还是客客气气,没有把话说死。黄丽婷同样给对方留了个活口,声称自己对收购一事很有兴趣,并购的大门会一直向对方敞开的。

"大家对中国人提出的收购要求,有什么看法?"

赫格曼公司董事会上,董事长德格拉夫对着一屋子的高管问道。

当着黄丽婷的面,德格拉夫没有漏出任何口风,一口咬定公司没有任何出售的意向,他愿意陪着公司一直到地老天荒。但自家人知道自家事,其实赫格曼公司目前的状况很不乐观,出售公司这个选项已经褪去了灰色,变成一个可供选择的方案了。

当然,鉴于公司还没有走到山穷水尽的地步,而且最近博泰等一些机床企业还给赫格曼画了几个膨松香脆、油光可鉴的大馅饼,公司出售的事情就更不必着急了,更多的董事都认为可以再观望一阵,至少也得待价而沽。

"中国人愿意出什么价钱?"一位名叫马蒂斯的董事问道。

"8亿欧元100%收购,或者4亿欧元收购60%的股权。"德格拉夫说道。

"这个价钱是完全无法接受的。"另一位名叫皮古的董事说。

"这个价格高于欧洲几家评估公司对我们的估价。此前我们得到的最高估价是7亿欧元,而且考虑到欧洲目前的经济形势,我们估计很难以这个价格成交。"财务总监滕德勒向众人报告说。

"7亿欧元就更无法接受了。"马蒂斯说,"我们是全球最大的机床配件供应商,拥有最全面的专利技术和销售渠道,光是赫格曼这个品牌的价值就不下3

亿欧元。我认为，至少要达到12亿欧元，我们才能考虑出售公司。少于这个数字，我们是不需要理睬的。"

销售总监卢奥托淡淡地说："马蒂斯先生，我想你可能对目前的机床市场有些不够了解。从2009年开始，全球的机床市场就在萎缩。当然，我指的是除了中国之外的全球市场，因为中国的机床市场一直都在扩张。

"因为机床销售陷入困境，我们的机床配件也就卖不出去了。今年我们的销量只相当于2008年的60%。我们的专利技术也罢，销售渠道也罢，还有你认为价值3亿欧元的品牌，都无法变成现实的收入。"

"是的，公司已经连续两年亏损了。如果无法获得足够的资金，我们今年恐怕需要关闭40个以上的售后服务中心，研发经费也将压缩到极致，只够维持技术部门的日常支出。布雷西已经向我抱怨过了，说如果维持现在这样的投入，最多三年时间，我们将失去技术上的领先，沦为一家二流企业。"滕德勒说道。

听滕德勒说到自己头上，技术总监布雷西叹着气说道："这不是抱怨，而是事实。你们要知道，中国人正在拼命地追赶我们，如果我们没有足够的研发投入，用不了三年时间，中国人就会做出比我们更好的丝杠、电主轴，还有阻尼器、液压刀架等，他们目前在这些产品上投入了巨额的资金。"

"布雷西，我想你有些危言耸听了吧？"皮古说，"中国人的技术什么时候达到这样的水平了？我们和中国人之间的技术落差，最起码也有十年以上。三五年时间，他们或许能够开发出一些中低端技术，而最高端的部分，他们是不可能这么快突破的。"

"他们不需要突破最高端的技术，"卢奥托说，"中国人最擅长的，就是把他们掌握的技术的成本压到最低，让市场上其他所有的厂家都无利可图。在这种情况下，我们必须赔钱去和他们竞争，否则就只能退出这个市场。事实上，和他们竞争是完全徒劳的，退出市场才是最明智的做法。

"皮古先生说的中低端技术，虽然利润率不高，但是市场需求最大的，是咱们的主要利润来源。如果这部分市场被中国人拿走了，光凭最高端的那些产品，我们是很难维持下去的。"

"大家应当记得图奥软件公司的下场吧？"滕德勒说，"起先，他们也不相信自己会被一家完全没名气的中国公司挤垮。可最后，图奥的确被挤垮了，这才几年时间，它已经沦落为一家无足轻重的软件公司。现在中国人对我们的竞争也是如此,除非我们能够保持技术上的绝对领先,否则会非常危险。"

"你们各位的意思,难道是觉得应当把公司出售给中国人?"马蒂斯盯着几位高管问道。

"不,我没有这个意思。"滕德勒赶紧否认,"我只是说,公司目前的情况很不乐观,大家需要有一些更理性的认识。"

"我认为,如果少于……呃,少于10亿欧元,我们就不接受并购的要求。"

马蒂斯本想坚持他先前说过的12亿欧元的开价,话到嘴边,还是生生地压掉了2亿。其实,他也不了解赫格曼公司到底值多少钱,此前说12亿欧元,也是道听途说而来的。

不过,12亿欧元这个数字在他心里扎了根,他也一直按这个数字来计算自己股份的价值,听说公司卖不到这样的高价,他感觉就像别人抢走了他的钱一样抓狂。

"现在的确不是出售公司的最佳时机。"皮古也说道,"目前欧洲的经济处于最低谷,有很多企业都在出售,资产市场被严重低估。在这个时候出售公司,我们会蒙受很大的损失。"

"但是,也有分析认为,欧洲的萧条还将持续下去。也就是说,目前的经济并不是最低谷,未来几年的情况有可能比现在更糟。"卢奥托冷冷地说道。

"你确信吗?"马蒂斯一激灵,盯着卢奥托问道。

卢奥托耸了耸肩膀,没有吭声。

2008年的全球金融危机打了所有西方经济学家的脸。在此前,人们相信经济学已经发展到了一个很高的水平,经济学家所做的数学模型复杂到让数学家们都叹服。可就是这样复杂的数学模型,却连一场席卷全球的大危机都无法预测出来,在危机来临之前,经济学界愣是没有给出任何有影响力的预警。

在此之后,就再也没有经济学家敢言之凿凿地分析经济现象了,说任何话的时候都要留出几分余地,声称市场很多变,预测须谨慎。

有关欧洲经济危机的走势,现在就有好几种观点:有人认为经济已经跌至谷底,很快就会回升;也有人认为经济还存在二次探底的可能性,也许明后年的情况会比现在更糟。

卢奥托就是学经济出身的,有着一张很亮眼的文凭。可面对学界的众说纷纭,他也不知道该信谁才好了。马蒂斯问他是否确信欧洲的经济萧条会持续下去，他怎么敢回答呢？

"不管怎么说，8亿欧元的收购价，对于我们公司来说太低了。"德格拉夫表了一个态，"马蒂斯说的10亿欧元的出价，我认为还是有一些道理的。目前的问题是，我们是否需要与对方保持接触？或者是暂时不理睬对方，等过一段时间再看。"

"我认为保持接触是应该的。"卢奥托说道，"不管我们是不是打算出售公司，与潜在的投资者建立联系都是必要的。"

布雷西说："我倒是觉得，我们或许不需要急于得出结论。大家应当记得，我们刚刚对中国人采取了一项行动，限制为他们的出口型机床提供高端配件。我怀疑，中国人正是因为受到这样的制约，才急于要收购我们，以便打破封锁。"

"如果是这样，我们完全不用担心他们会与我们中断联系。相反，如果我们不主动与他们联系，那么未来在谈判时会获得更好的地位。"

"万一他们和塔兰特达成了协议，怎么办？"皮古问道。

德格拉夫沉着脸说："我现在担心的也是这一点。如果他们收购了塔兰特，那么对我们来说，将是一件非常糟糕的事情。这意味着中国人将摆脱对我们的依赖，他们会更多地使用塔兰特的配件，我们将失去目前唯一业务量增长的中国市场。"

"如果真是这样，倒霉的恐怕不仅仅是我们，还有博泰、海姆萨特它们。我想，博泰、海姆萨特都不希望中国人获得稳定的配件来源。"布雷西阴恻恻地说道。

"你的意思是说，我们应当让博泰来劝说塔兰特不要与中国人媾和？"德格拉夫问道。

"为什么不呢？"布雷西说，"我们应当把中国人试图收购我们这件事告诉那些机床厂商，我想，他们会知道如何做的。"

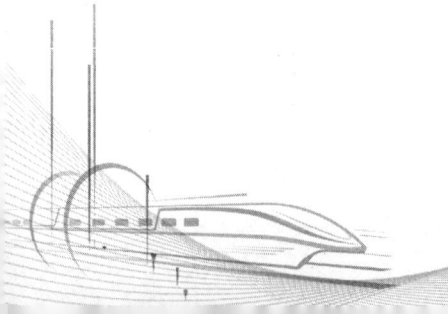

第五百零四章　我有一个疑问

"黄姐,我刚得到一个内部消息,欧洲的十几家机床公司和赫格曼、塔兰特两家公司的代表开了一个会,会上这些机床公司承诺,会保证从这两家配件公司的订货,而且每年的订货价格会在前一年的基础上最少上浮3%,持续三年以上。"

在下榻的宾馆,梁子乐向黄丽婷报告着他探听来的最新消息。

在对赫格曼、塔兰特两家公司的并购要约遭到拒绝之后,黄丽婷并没有马上离开欧洲,而是照着此前的计划,开始巡视丽佳超市在欧洲的几个城市开设的新店,同时谋划开设更多网点的事情。

黄丽婷知道,这个级别的收购,从来都不会是一拍即合的。对方拒绝自己的并购要求,并不意味着自己就彻底没有机会了。对方的做法有时候仅仅是欲擒故纵,有时候则是暂时没想好,给他们一些思考的时间,或许他们就改变主意了。

梁子乐也没有急于回国,而是利用自己的关系网,进一步了解赫格曼和塔兰特这两家公司的情况。他在美国长大,又在美国拿了学位,在西方颇有一些人脉。他当年的同学和师兄弟们现在也有在欧洲做投资咨询业务的,能够充当他的耳目。

赫格曼把有一家中国企业打算收购自己的事情通报给博泰等欧洲机床企业,其实是在向这些企业递话。这些机床企业的决策层当然也不是吃闲饭的,稍微解了一下情况就知道,对于赫格曼通报的情况不能够掉以轻心的。如果自己不采取一些有效的行动,赫格曼没准儿还真的会被中国人撬走,届时各家机床企业要面对的挑战就更严峻了。

意识到这一点,各家机床企业迅速就达成了一个共识,那就是必须给赫格曼、塔兰特这两家全球排名前两位的机床配件企业一些甜头,至少要让它们看到一些希望,从而放弃出售的念头。

保证订货以及承诺每年订货价格上浮不少于3%,都是这些机床企业给出的好处。配件价格在机床成本中占的比例不大,价格上涨3%,不会给各家机床企业带来太大的成本压力,这个代价是他们能够承受得起的。

而对于这两家配件公司来说,是否出售公司,原本就在两可之间,现在有了这样一个利好,它们的天平就向着不出售的方向倾斜过去了。不管欧洲经济未来会如何演变,至少在一两年内,它们的业务还是有保障的,那就可以先不考虑出售的事情了。

"这些机床企业反应够快的。"黄丽婷用不屑的口吻说道。

梁子乐笑道:"这说明唐师兄他们的确做得好,把这些欧洲机床企业都逼得无路可走了。赫格曼和塔兰特估计是乐于看到这一幕的,中国机床对欧洲机床的压力越大,它们就越能够从中渔利。"

"我们费了这么大的劲,反而替它们做了嫁衣,实在是太不划算了。"黄丽婷说。

梁子乐说:"我让我的朋友从侧面了解了一下,赫格曼和塔兰特两家公司原来在出售的问题上有些摇摆,开过这次会之后,它们的态度就变得坚决了,公司里原来支持出售的那些董事,现在也不吭声了。"

"要他们吭声也容易。"黄丽婷说,"如果我愿意出价16亿欧元,我相信赫格曼内部不会有任何一个人反对出售。"

"那是肯定的。"梁子乐笑着说,随即又正色道,"不过,黄姐,这样做就不值得了。我们出价8亿都已经是溢价了,出到16亿,即便买下来了,也是很失败的操作。"

黄丽婷说:"失败不失败,关键还是看是否需要吧。如果临机因为配件的问题已经山穷水尽了,那么花16亿欧元帮临机解套,也不是不可以。子风当初帮着我把丽佳超市做起来,其中说不定也有这样的意图,那就是希望丽佳超市能够在某个时候助他一臂之力。

"子风说过,重工业才是国家的根基,像超市这样的零售业,是建立在工业基础上的。没有了工业,零售业也发展不起来。

"他说这话的时候,我就知道他是希望丽佳超市能够发挥一些作用的。在需要的时候,他会宁可牺牲丽佳超市,也要保证临机的发展。"

第五百零四章 我有一个疑问

"唐总倒的确是有这样的情怀。"梁子乐点头说,"不过,现在事情还没有这么危急吧?赫格曼'卡'临机的'脖子',也就是让临机没法在美国市场上和博泰它们竞争。从大势上说,博泰的衰败是必然的,现在这样做,只是延缓了衰败的速度。时间是站在我们这边的,我们完全没必要自己乱了阵脚。"

黄丽婷说:"你说得有一定道理。不过,子风是前途远大的人,现在临机能够做出更大的成绩,他就能够走到更高的位置上去。如果拖延几年,说不定他的机会就被别人占了。我们都是子风的朋友,能帮他一把,肯定还是要想办法帮一帮的。"

"这倒也是。"梁子乐点头承认了。

他平日里经常参加唐子风、王梓杰、李可佳等人的聚会,听这些人谈商场、官场上的各种事情,也算是有一些阅历了。从内心来说,他也希望唐子风能够更进一步。

"可是,黄姐,如果不考虑进一步加价的话,赫格曼和塔兰特这两家恐怕不会愿意再和我们谈的,更不用说答应出售的事情。我听说,这两家企业都加大了研发力度,看来是准备打一场持久战了。"梁子乐说道。

黄丽婷皱着眉:"是啊,这的确是一件麻烦事。人家不想卖,我们总不能逼着他们卖吧?万一明后年欧洲经济回暖,再想把它们买下来,就更困难了。"

"黄姐,我有一个疑问啊。"梁子乐说。

"什么疑问?"黄丽婷问。

"为什么我们就认准了赫格曼和塔兰特这两家公司呢?欧洲做机床配件的公司有很多。我听人说有一家名叫科克的公司,名气也很大,据说技术水平比赫格曼、塔兰特还高呢。为什么我们不考虑收购这家公司?"梁子乐问。

黄丽婷说:"科克吗?我知道这家公司的。它的一些产品技术水平的确是比赫格曼更高,过去临一机也用过它的滚珠丝杠,我听我家老蔡说过的。

"不过,它的产品线很窄,丝杠是它的主打产品,型号也不如赫格曼齐全。电主轴方面,它基本上不生产。还有其他一些配件,情况也差不多,要么是没有,要么就是只有少数一些型号,解决不了临机当前面临的问题。"

梁子乐笑着问道:"解决不了临机面临的问题,但能不能给赫格曼它们制造一些问题呢?"

"什么意思?"黄丽婷没听懂。她是个商场精英不假,可毕竟也已经是过五十岁的人了，哪有梁子乐的脑子转得快？

梁子乐说："赫格曼目前的经营状况很不景气，即使有那些欧洲机床厂商撑腰，也只是勉强维持而已。如果这时候市场上出现一个竞争对手，抢走了它的一部分市场，比如你说的滚珠丝杠的市场，赫格曼会不会雪上加霜？"

"这倒是一个办法。"黄丽婷眼前一亮，"我们这边继续向赫格曼伸出手，另一边开始打压赫格曼的市场，压缩它的利润空间。等到它撑不下去的时候，就不得不考虑我们的建议了。

"不过，科克可能不是一家理想的公司。它的产品技术水平高，但同时价格也高，没有太大的竞争力。另外，它的规模也小，就算是和赫格曼竞争，也很难动摇赫格曼的基础。"

梁子乐笑道："黄姐，你怎么糊涂了？价格高怕什么？咱们最擅长的不就是控制成本吗？什么产品到了咱们中国人手里，价格起码是腰斩，到时候还会显得高吗？产能就更不是问题了。咱们把它收购过来，半年之内把它的产能提高五倍，会很难吗？"

"一点也不难！"黄丽婷也笑了起来。她是先入为主，用静止的眼光来看科克公司了。

正如梁子乐说的，如果中国人把科克公司买下来，无论是降低生产成本，还是扩展产能，都是轻而易举的事情。

科克公司有技术，如果产品价格能够降低，产能又不成问题，那么的确是会给赫格曼和塔兰特造成威胁的。

更重要的一点是，用科克的产品把赫格曼和塔兰特的产品挤出中国市场，是完全能够办到的事情。

中国是当下全球唯一还在增长的机床市场，赫格曼、塔兰特如果在某几类产品上丢掉了中国市场，日子立马就过不下去了。除非博泰等机床企业愿意卖血来补贴它们，否则它们只有破产这条路。

到那个时候，它们还敢拒绝黄丽婷的纤纤玉手吗？

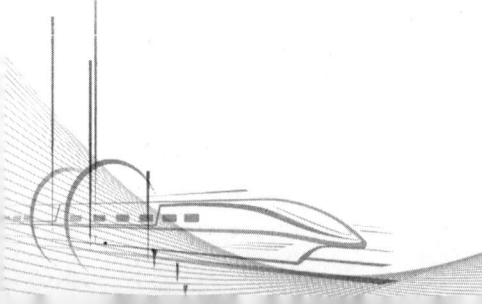

第五百零五章　没办法解决这个问题

一旦想明白了这个道理，黄丽婷立即付诸行动。

她通过电话向唐子风报告了这边的情况，特别介绍了梁子乐提出的釜底抽薪的方案。唐子风本来就是一个擅长搞"阴谋"的人，一下就听出了这个方案的妙处，当即表示同意。

两天后，一个包括技术专家和财务专家的收购小组抵达欧洲，与黄丽婷、梁子乐会合，开始着手收购那些有一定品牌知名度但规模不大的欧洲机床配件企业。

不是所有的机床配件企业都愿意被收购，但在当前的危急形势下，支撑不下去的小企业还是有很多的，而且报价也不高。唐子风还从国内"忽悠"了几位民营资本家过来，他们与黄丽婷联手，一口气收购了十几家欧洲配件企业，拿到了这些企业用一两百年时间积累下来的技术与品牌。

中国商人在欧洲收购机床配件企业的事情，并没有引起赫格曼、塔兰特以及那些机床企业的关注。这些被收购的企业，市场占有率都不高，产品线也很窄，有些企业甚至只做几种型号的产品，处于一个极其小众化的市场上。这些企业是否破产或者是否被人收购，在行业里实在算不上一件值得关注的事情。

"科克先生，听说科克公司是你的曾祖父创办的，你能跟我说说有关他的故事吗？"

在莱茵河畔的一家小咖啡馆里，包娜娜拿着一支录音笔，在和颜悦色地采访一名头发已经所剩无几的德国老头。此人正是科克公司的前主人科克，或许称为小科克更为合适，因为科克公司正是他家的家族企业，是从老老老科克那里传下来的，到他这一代才把公司卖给了来自中国的一家连锁超市。

"我的曾祖父吗？是的，我们这家公司是由我的曾祖父在1882年创办的，那时候他只有二十五岁，在图林根的一家铁匠铺里做学徒。他创办这家企业，完全是一个偶然。"科克老头说道。

"是什么样的偶然呢？"

"听我祖父说，我的曾祖父和铁匠铺的老板干了仗，被开除了，于是就回老家自己开了一个铁匠铺，给村里的人做一些农具。因为他的手艺很好，农具生意越做越大，后来就积累下了一些资本，开起了一个作坊，并开始给机床厂加工导轨，一直到现在。"

"真是一个坎坷的故事。"

"是吗？这样的事情，好像也不算很稀奇了。"

"不不不，我觉得还是很稀奇的。科克先生，你能讲述更多一些细节吗？"

"好的。"

……

国内的报刊和互联网上悄然出现了一大批"工业史话"，栩栩如生地向人们讲述了一个个欧洲老机床配件品牌的历史。在这些故事里，频频出现卓越的工程师、心灵手巧的匠人、营销大师以及战争、爱情、悲欢离合等等。

在每个故事的背后，都有这样一段描述：

"……就这样，某某品牌配件成为欧洲最知名的配件，据说，欧洲最好的机床上只使用这个品牌。"

业内的专业人士当然知道这些品牌谈不上是什么最知名品牌，也不存在最好的机床只用这个品牌的道理。但是，三人成虎，当媒体上不断地重复这样的故事时，即便是机床专家，也会怀疑自己过去的认知是否成立，没准儿这几个品牌真的很牛呢？

在宣传造势的同时，对所收购欧洲配件品牌的消化工作也在紧锣密鼓地进行。

这些年，国内的机床配件产业发展得很兴旺，每一种机床配件都能够找到国内的制造商，而且技术水平与国外相比也没有太大的差距。

黄丽婷等人把那些欧洲企业收购下来之后，便在国内找到对应的企业，为欧洲品牌代工。由于完全掌握了欧洲企业的技术诀窍，代工企业生产出来的产品，与欧洲原厂的产品品质相差无几，完全可以替代使用。

像科克这样的企业，原本技术是比赫格曼、塔兰特更强的，使用科克的技术生产出来的国产滚珠丝杠，性能比赫格曼的丝杠更胜一筹。科克也是一个老牌子，即便过去在国内的影响力不大，经过一番包装之后，也就成了"知名品牌"。

国产机床上使用科克丝杠，给人的感觉甚至比使用赫格曼丝杠显得更高档，而丝杠的价格却比赫格曼低了20%，各家机床企业岂有不喜欢的道理？

产能方面，正如梁子乐说的，根本不成其为问题。国内的代工企业生产能力充足，日产量比那些欧洲企业过去的月产量还高。

"怎么回事？上个月中国市场的订货怎么下跌了这么多？难道中国也发生经济危机了吗？"

赫格曼公司的董事长办公室里，德格拉夫正在向销售总监卢奥托兴师问罪。

"德格拉夫先生，我正准备向你汇报，中国市场出问题了，出大问题了。"卢奥托拭着额头上的汗珠，向德格拉夫说道。

"出了什么问题？"德格拉夫问。

"我们的很多传统客户，都改用其他品牌的配件了。"卢奥托说。

"什么品牌？塔兰特吗？"德格拉夫问。

"不是的，而是一些过去的小品牌。比如说，现在中国市场上最热销的滚珠丝杠，是科克的。"

"科克？他们什么时候跑到中国去了？还有，科克的丝杠比我们贵好几成，中国人为什么会放弃我们的丝杠，转而使用科克的丝杠？"

"我一开始也不清楚这件事，后来我专门安排人去调查了一下，这才知道，科克现在已经不是一家德国企业了，它被中国人全资收购了。"

"什么？中国人收购了科克？为什么？"

"收购科克的公司，就是那家丽佳超市。"

"丽佳超市？"德格拉夫突然咂摸出味道不对了，"你是说，那个姓黄的女人向我们提出收购要约没有成功，便转去收购了科克？"

"不仅如此，这段时间被中国人收购的，还有杜多克兄弟公司、纽卡斯尔公司、斯凯尔登公司，它们的产品和我们都有重叠之处，我们在中国丢掉的市场份额，都落入了它们之手。"卢奥托说道。

中国市场上有变故，卢奥托当然不会没有察觉。他在第一时间就安排中华区的销售部去了解情况，结果反馈的消息吓了他一个跟头。他也是做销售的人，同样是修炼千年的"老妖精"，岂能猜不出黄丽婷收购科克的目的？他让人进一步了解了一下中国企业收购欧洲品牌之后的举措，不禁冷汗直流。

"中国人在中国为这些品牌找到了代工厂，能够把生产成本降低一半以上，这使得这些原本比我们卖得更贵的配件，现在的价格比我们低。中国用户一向信赖欧洲品牌，他们的中高档机床有使用欧洲品牌配件的传统。过去，他们主要使用我们以及塔兰特的配件。而现在，他们使用的是那些在中国国内代工的欧洲品牌的产品。"卢奥托向德格拉夫报告道。

"这是一种无耻的行径！这是欺骗用户！这是在扰乱市场秩序！"

德格拉夫气得脸色发紫，一口气给中国人安了好几个罪名。

"可是，我们该怎么办呢？"卢奥托面无表情地问道。

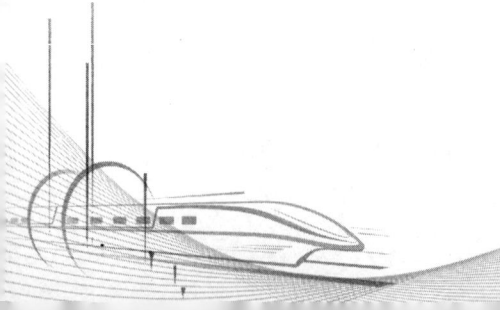

第五百零六章　所以怎么样呢

　　中国人的做法是一个谋略，德格拉夫想不出有什么好办法来破解这个谋略。这就应了一句老话：在绝对的实力面前，一切技巧都是多余的。

　　唐子风、黄丽婷能够这样向赫格曼施压，是因为欧洲陷入了债务危机，而中国是全球唯一一个还在高速增长的经济体，这不是德格拉夫能够改变的。

　　在意识到这一点之后，德格拉夫不得不放下架子，亲自前往中国，面见黄丽婷。他直到现在也没意识到这件事的背后另有其人，只认为是黄丽婷当初想收购赫格曼，受挫之后恼羞成怒，这才做了这么大的一个局。

　　既然当初系铃的是黄丽婷，那么要解下这个铃，自然也得找这位商界女精英了。

　　"尊敬的黄女士，我们又见面了。我觉得你比我们上次见面的时候又美丽了几分，有着一种东方女性的古典美。"

　　与黄丽婷一见面，德格拉夫便以极其夸张的表情大加恭维。

　　上一次黄丽婷去赫格曼公司拜访，与德格拉夫是见过面的。不过，那时候德格拉夫对黄丽婷的来意不感兴趣，自然也不会跟她说什么恭维话，只是例行公事地问候几句便进入了正题。

　　这一次，德格拉夫是来求黄丽婷手下留情的，自然就得先做出一些姿态了。

　　黄丽婷听罢翻译译过来的话，只是淡淡一笑。她招呼德格拉夫及其随员分别落座，自己坐在大办公台后面，平静地说道："谢谢德格拉夫先生的夸奖。请问，你这次到鄙公司来，是有什么事情要与鄙公司洽谈，还是仅仅路过？"

　　"这个嘛……"德格拉夫语滞了片刻，然后讪讪地说道，"我这一次到中国，是专程来拜访黄女士的。非常抱歉，上次黄女士向我们提出了合作要求，因为公司内部意见不太一致，所以我一直没有给黄女士一个正式的答复，非常失礼，我这次就是来向黄女士道歉的。"

"道歉倒不必。"黄丽婷摆摆手,"其实,我上次说希望收购赫格曼,也只是一个偶然的想法,能够收购下来自然很好,无法收购也无妨,毕竟在欧洲并购机会还是很多的。因为没有得到赫格曼的答复,所以我们收购了另外几家机床配件公司,虽然名气不如赫格曼那么大,但对于我们公司来说也已经足够了。"

"是吗?那真是……呃,我的意思是说,我非常好奇,为什么黄女士会对机床配件公司感兴趣?"德格拉夫支吾了一会儿,终于还是把问题提出来了。

黄丽婷笑道:"我说过了,只是一个偶然的想法罢了。现在全球的经济形势都不稳定,我们公司的投资部门建议公司要进行多元化经营。机床配件是和零售业相距非常远的一个行业,正符合我们多元化的要求,所以我们就并购了几家机床配件公司。"

"那么,黄女士现在是否还有并购赫格曼的意思呢?"德格拉夫问。

"这个倒是没有了。"黄丽婷说,说罢,她似乎是思考了一下,又补充道,"当然了,如果赫格曼的出价不是特别高的话,我们也可以考虑一下。"

"你说的不是特别高,是指多少呢?"

"比如说……4亿欧元。"

"4亿欧元?你是说希望用4亿欧元来获得控股权吗?"

"不,我说的是希望花4亿欧元获得赫格曼100%的股权。"

"这不……"

德格拉夫的话刚说到一半,又赶紧收回去了。他本想说"这不可能",但这种答复无疑是会导致双方友谊破裂的。眼前这位女老板,看起来应当正处于情绪不太稳定的岁数,德格拉夫很怀疑对方一言不合就会做出一些更疯狂的举动,而这是德格拉夫承受不起的。

"黄女士,4亿欧元的出价,对于赫格曼来说太低了。事实上,即便是你上次提出的8亿欧元的出价,我们公司的股东也表示不能接受。赫格曼是一家有两百年历史的老企业,我们的一些股东手里持有的股份可以一直追溯到公司创始的时候,他们对公司的感情是非常深的,我很难说服他们把公司卖给一家中国企业。"德格拉夫用尽可能委婉的口气说道。

黄丽婷点点头,说道:"嗯,我完全理解你们那些股东的想法。事实上,如果有人想收购我的超市,我也会拒绝的。德格拉夫先生,请你回去告诉你们的股东,我们已经放弃收购赫格曼的计划了,我们目前已经收购了科克公司、杜多克兄弟公司等几家企业,未来一段时间我们的主要精力将会放在消化这几家企业上,不会在机床市场上开展新的并购活动。"

"可是……"德格拉夫欲言又止。

"怎么,我们的这个态度,德格拉夫先生不满意吗?"黄丽婷问。

陪同前来的卢奥托替德格拉夫说出来了:"黄女士,我想你应当明白的,你们在收购了科克公司、杜多克兄弟公司之后,在中国市场上展开了一系列促销活动,挤占了赫格曼在中国的传统市场,给我们造成了很大的压力。"

"这个嘛——"黄丽婷拖了个长腔,"卢奥托先生,市场竞争不就是这样的吗?再说,科克公司的产品线很窄,主要产品就是滚珠丝杠。除了滚珠丝杠之外,并没有其他产品影响到赫格曼在中国的经营。"

"我们和科克公司,我是说,和过去的科克公司,是有一些默契的。科克公司的产品会维持在一个比较高的价格上,我们双方不会直接展开竞争。但现在,科克公司的产品价格下降了一半,已经严重威胁到我们的产品市场了,所以……"卢奥托不知道该如何往下说了。

黄丽婷微微一笑:"所以怎么样呢?"

"黄女士,我想,或许我们没必要使用这种官方辞令,我很想知道,黄女士希望我们如何做,你才会取消目前这种做法。事实上,按照你们目前的做法,你们对科克公司和杜多克兄弟公司的收购将是无利可图的,这并不符合一个商人的性格。

"我想,我们完全可以坦诚地进行交流,黄女士可以提出你们的条件,或许我们可以达成一个对双方都有利的方案。"

德格拉夫直接把窗户纸捅破了。继续这样兜圈子,对黄丽婷来说没有任何压力,但对他德格拉夫来说,难受得很。既然对方也是个聪明人,那么大家又有何必要说那些废话呢?

听德格拉夫说得如此直白,黄丽婷倒也不便再装傻了,她问道:"如果我仍然希望用8亿欧元收购赫格曼,赫格曼会接受吗?"

"实在对不起,我们真的无法接受。"德格拉夫说。

"那么,如果我们要求赫格曼对中国机床企业采取无歧视的做法,不限制中国企业获得赫格曼的配件,德格拉夫先生能够答应吗?"

"可是……这件事和黄女士有关系吗?"

"可以说没有关系，也可以说有关系。"

"原来是这样……"

德格拉夫突然就明白了，闹了半天，问题的症结原来在这里。

丽佳超市收购科克公司，然后在中国市场上低价销售科克配件，这绝对不是一种正常的经营行为。以中国的劳动力成本来计算，科克配件降价销售也仍然能够有一定的利润，但这点利润并不足以补偿丽佳超市收购科克公司的付出。

企业手里的钱是要发挥最大效益的，黄丽婷采取这样一种几乎赚不到利润的做法，显然是有其他的目的。德格拉夫明确告诉黄丽婷，想收购赫格曼是不可能的，但黄丽婷并不因此收手，说明她的用意并不在此。

现在黄丽婷开出了条件，要求赫格曼在对中国企业销售配件时采取无歧视政策，这就说明她一开始提出收购赫格曼，也是冲着这件事来的。

黄丽婷不承认自己与中国的机床企业有什么关系，但同时也没有否认，德格拉夫还能听不懂其中的潜台词吗？至于说黄丽婷与这些机床企业到底有什么关联，德格拉夫就懒得再去打听了。

"黄女士，如果中国的机床企业能够承诺继续使用我们的配件，那么我们也可以承诺对中国机床企业采取无歧视政策。不过……"德格拉夫说到这里，又说不下去了。

"还有什么困难吗？"黄丽婷问道。

德格拉夫苦着脸说："我突然想起来了，欧盟给了我们一个配额，要求我们对经中国转售到其他国家的机床配件给予限制。这个政策是由欧洲的各家机床企业促成的，他们说中国企业使用欧洲配件，威胁了他们在国际市场上的竞争地位。"

黄丽婷皱起眉头问道："这是什么时候的事情？"

"两个月前。"德格拉夫答道，"他们的游说能力远比我们赫格曼和塔兰特更强，这些企业担心我们不能信守与他们的约定，所以绕过我们对欧盟进行了游说。也就是说，现在不是我们同不同意向中国出口配件的问题，而是欧盟下了禁令，我们是不能违反的。"

第五百零七章　这是一种很常规的操作

"如果我们收购了赫格曼,欧盟的这条禁令还起作用吗?"黄丽婷问道。

卢奥托说道:"事实上,黄女士如果想收购赫格曼,恐怕也会受到欧盟的阻挠。博泰等企业在欧盟委员会都是有代言人的,他们会设置各种障碍,让黄女士无法顺利地收购赫格曼或者塔兰特。如果这个进程要持续三五年时间,那么黄女士把赫格曼收购下来,又有什么意义呢?"

黄丽婷看看二人,淡淡地说道:"如果是这样,那我们还有什么可谈的呢?"

"这……"

德格拉夫和卢奥托俩人互相对了一个眼神,最后还是由卢奥托来说话了:

"黄女士,你应当知道,赫格曼虽然是全球排名第一的机床配件公司,但我们的实力和博泰等企业相比,还是太小了。那些大型机床公司也有自己的机床配件企业,最核心的配件都是能够自己保障的,所以我们要想和他们平等谈判,几乎是不可能的。

"这一次我们对中国的机床企业限制配件供应,也是因为受到了欧洲机床企业的压力,否则我们完全没必要得罪这么重要的客户。对于我们这些配件商来说,无论是中国机床企业占领美国市场,还是欧洲机床企业占领美国市场,结果都是一样的,他们都会使用我们提供的配件。甚至我们其实是更愿意和中国机床企业打交道的。

"所以,黄女士,请你务必相信,向中国限制出口高端机床配件的事情,与我们无关,我们是不应当受到惩罚的那一方。"

黄丽婷点点头:"我相信卢奥托先生的这个解释。不过,这并不能解决我们所面临的问题。我也不瞒各位,我此前去欧洲要求参股赫格曼,是受朋友所托。这位朋友对我非常重要,所以他托付我的事情,我是必须完成的。

"如果我不能替我的这位朋友从赫格曼那里获得那些必要的高端配件,那么我只有想办法让赫格曼消失,因为这样我朋友的美国客户就不会再要求他们使用赫格曼的配件了。"

"……"

德格拉夫和卢奥托再度无语。眼前这位"小姐姐",说话未免太霸气了。

来中国之前,德格拉夫他们做过一点功课,知道黄丽婷现在算是中国国内排得上号的女富豪,她个人的财富或许不算多,但以丽佳超市的规模来看,搁在欧洲也是一家不容小觑的大型企业,黄丽婷有这样的霸气也是正常的。

德格拉夫很想撑黄丽婷一句,说赫格曼不是那么容易被打垮的,就算是受到了科克、杜多克兄弟等企业的冲击,赫格曼也不过是有些亏损而已,离破产还远着呢!

但他敢这样说吗?

如果黄丽婷是个理性的商人,德格拉夫这样回击,或许能起到一些作用,会让黄丽婷知难而退。但以德格拉夫的观察,黄丽婷在这件事情上似乎是有一些执念,或许就像她自己所声称的那样"受人所托",而且托付她的这个人,对她来说非常重要。

在商战中,一旦有一方的诉求是非理性的,那么对方就不得不审慎地考虑自己的对策。和一个非理性的对手作战,最大的可能性就是两败俱伤。黄丽婷不在乎损失,甚至承受损失的能力也远比赫格曼要强,那么德格拉夫还敢和她硬顶吗?

"或许,我们可以讨论一个变通的方案。"德格拉夫的态度彻底地软了。

黄丽婷微微颔首:"德格拉夫先生请讲。"

"欧盟只是限制我们向中国出口用于转售到国外市场的机床配件,但如果销往美国的那些机床不是在中国境内制造的,而是在其他国家或地区,比如越南或者非洲,那么我们的出口就不受这条禁令限制了。我很想知道,黄女士的那位朋友所在的企业,是否有海外的生产基地呢?"德格拉夫问道。

"海外的生产基地?"黄丽婷迟疑了一下,说道,"据我所知,他们的出口机床,都是在国内制造的。出口机床的制造需要高标准的厂房,这样的厂房建造成本很高,在越南或者非洲建造这样的厂房,好像不太容易。"

黄丽婷是临一机的员工家属,她丈夫蔡越是临一机的老工程师,所以她过去就知道一些有关机床制造的知识。这些年,她的行业地位不断提高,对各行

第五百零七章 这是一种很常规的操作

各业的事情都更加关注了,在家里的时候,没事也会向蔡越打听一些有关临机集团的事情,所以德格拉夫说的这件事,她还真能说上一二。

临机出口到美国的机床,精度要求很高,因此许多部件的制造都必须在高标准的厂房里完成。这种高标准的厂房,要求达到恒温、恒湿,屏蔽各种震动,选址、设计、建筑材料等都非常讲究。

比如说,黄丽婷知道,临机有一个精密加工车间便是建在郊外的山里的,藏在20米深的地下,机床直接固定在花岗岩上。建设这样一个车间,不算设备,光是土建的投入就要以千万元计算。

东南亚、非洲等地倒也不是找不到合适的地方来建这种高标准的厂房,但把这种厂房建在那些地方,实在有些浪费。当地的电力供应、水质等难以保证,你在那里建一个高标准的厂房又有什么用呢?

黄丽婷说的这一点,德格拉夫当然也是懂的。他们的高端机床配件,同样是在高标准的厂房里制造出来的,他岂能不了解这个问题?听到黄丽婷的话,他摆着手说道:"不不不,黄女士,你误解我的意思了。我并不是说要求他们在非洲生产这些机床,他们在非洲完成这些机床的装配就可以了。我们把机床配件发送到非洲,相当于这些机床是在非洲制造的,这样就不违反欧盟的禁令了。"

"你确定可以这样做吗?"黄丽婷问。

"我确定,事实上,这是一种很常规的操作。"德格拉夫说。

黄丽婷说:"我需要先问一下我的朋友,看看他们能不能接受这种做法。如果他们能够接受,我想这样一种合作方式是可行的。"

"完全可行!"德格拉夫恨不得向黄丽婷赌咒发誓了。

黄丽婷微微一笑,说道:"我也希望这是一个可行的方案。如果这个方案可行,那么关于赫格曼配件在中国市场的销售问题,我想我们可以再商议。"

德格拉夫和卢奥托带着满腹的委屈回去了。他们与临机等一众中国客户签了秘密协议,承诺向这些公司的海外工厂出口欧盟禁售的机床配件,用以制造向美国出口的中国品牌机床。

这些年,临机等一些大型机床企业都在海外建了生产基地,开辟一个车间专门用于组装出口机床是很方便的。

作为交换条件,黄丽婷以及其他几位刚刚收购了欧洲机床配件企业的商人答应会适当提高几种国产化欧洲品牌机床配件的价格,给赫格曼留出一定的竞争空间。至于说彻底不生产和销售这些欧洲品牌配件,那是不可能的,大家收购企业的时候也是花了钱的,总不能让这些企业闲着吧?

德格拉夫他们还没回到欧洲的时候,塔兰特的几位高管也到了中国。在同样经过了一番挣扎之后,塔兰特也与中国机床企业签了城下之盟,用以换取在中国市场上的喘息机会。

赫格曼与塔兰特这种打政策擦边球的做法,岂能瞒得过博泰等一众机床企业?博泰等企业气势汹汹地上门兴师问罪,得到的是赫格曼和塔兰特的强硬还击。

这两家配件公司声称,要维持对中国的配件禁令也可以,自己在中国市场上损失多少,要由各家欧洲机床企业全额弥补。

博泰等公司哪里愿意当这个冤大头?谈判无果,便把赫格曼和塔兰特都告到了欧盟的仲裁机构,要求欧盟对它们进行惩罚。

欧盟此前在各家机床企业的要求下,对赫格曼和塔兰特下了禁止向中国出口某些配件的限制令,已经算是给了这些机床企业面子,也着实地得罪了赫格曼和塔兰特。赫格曼和塔兰特也不是完全没有背景的企业,它们同样有自己的游说能力,所以欧盟做事也不敢做得太绝,凡事还是要讲讲平衡,岂能不依不饶地对赫格曼和塔兰特下手?

收到博泰等公司的投诉后,欧盟安排了一个工作小组进行调查,以确认赫格曼、塔兰特两家公司向中国企业的海外工厂出口产品是否与欧盟此前的禁令相抵触。这种事情,原本就是公说公有理,婆说婆有理。工作小组的几位官员和专家积极性不高,在调查中便采取了一个拖字诀,既不说博泰它们的诉求不对,也不说赫格曼、塔兰特的做法不妥,今天发一个质询函,明天开一个听证会,轻轻松松地便把事情拖了一两年时间。

结果,没等解决问题,最早提出问题的博泰公司先出了问题。

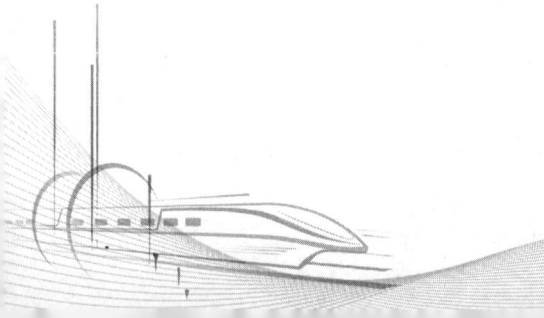

第五百零八章　浓眉大眼的居然也破产了

"什么？博泰要破产了？"

饶是大家都见多识广，当韩伟昌在集团办公会上把这个消息说出来的时候，集团的一众高管还是都惊得目瞪口呆。

"目前这个消息还没有公开发布，但据我们欧洲销售部门接触的业内人士透露，博泰正在寻求收购，很多企业都收到了他们的要约。"韩伟昌说道。

"不会吧？博泰这个浓眉大眼的，居然也要破产了！"集团副总詹克勤咂着嘴说，那种幸灾乐祸的感觉溢于言表。

"仔细想想，这也并不奇怪吧。"张建阳在短暂的错愕之后便恢复了正常，他说，"唐总早在十几年前就预言过这一点了。我记得当初唐总安排晓惠去82厂搞精密铣床的时候，就说过将来要把博泰挤垮。这才多少年，博泰还真的垮了。"

"没错没错，去年的时候唐总还专门说过，欧洲这些老牌机床企业没准儿要黄掉几家，咱们要留出钱来准备去'收破烂'。唉，就是想不到唐总预言的事情，居然会来得这么快，让人有些措手不及啊。"詹克勤说。

总会计师舒欣皱着眉头对韩伟昌问道："老韩，你们有没有了解过，博泰开出的收购价是多少？集团账上可以拿出来的钱，可真不算太多呢。"

韩伟昌说："关于收购博泰的价格，目前说法不一。前两年资本市场上给博泰的估价是30亿欧元的样子，但那个时候博泰的状况还不错。这两年，尤其是去年以来，博泰在美国的市场份额基本上被咱们中国企业抢走了，在东南亚、南美和非洲的市场份额也损失了很多，资本市场对它的评价就下降了。

"我们目前听到的消息，说博泰的收购价大约在15亿至25亿欧元之间，其中包括了博泰的固定资产和无形资产。不过，这个价格并不是博泰透露出来的，而是市场上估计的。"

"这也没便宜多少啊。"詹克勤嘟哝道，"如果照着25亿欧元来收，咱们可有点划不来。15亿嘛……啧啧，也挺勉强的。15亿欧元，可就相当于130亿人民币了。唐总说的是去欧洲捡漏，超过5亿欧元，就没啥惊喜了。"

总工程师郭代辉说："老詹，你也太贪心了吧？光是博泰手里的专利技术，卖5亿欧元都不算多，再考虑它的固定资产，加起来十几亿欧元还是值的。"

詹克勤反驳说："郭总工，你这是按正常价格来计算的，现在它是因为严重亏损不得不出卖，相当于街上那些小店说的挥泪大甩卖，不狠狠地降点价，我们凭什么买它？"

"是啊，如果要25亿欧元，合200亿人民币了，的确是不值得买。"另一位名叫陈波的集团高管附和道。

众人都扭头去看唐子风。张建阳说道："唐总，你的意见呢？大家就等你的指示了。"

唐子风笑笑，说："大家说得都有道理。从价值上来说，博泰折价25亿欧元，也算合理，它的专利和固定资产加起来也值这个价了。此外，它的商誉和全球销售体系对于我们意义更大。可以这样说，如果不是有欧债危机这个背景，我们光是买它的品牌和销售体系，花上10亿欧元都不冤。"

大家都点头不迭。作为机床行业里的人，大家都知道"博泰"这个商标在行业里有多么响亮。博泰的一些机床是找其他企业代工生产的，这些代工企业制造出来的机床挂上博泰这个商标，价格就能高出两成，这就是商标的价值。

销售体系的价值也是如此。博泰是一家百年企业，在全球各地都建立了完善的销售体系，拥有一个庞大的销售网络。一家企业如果要从零开始打造这样一个网络，花费也是以多少亿欧元来计算的。

临机集团目前正在野心勃勃地准备进入国际市场，如果能够获得博泰的商标以及它的销售体系，无疑会如虎添翼。搁在十年前，如果博泰愿意以10亿欧元的价格把自己的商标和销售体系卖给临机，大家恐怕都会笑得合不拢嘴的。

但是，现在嘛……

"欧洲的经济状况很不好，博泰希望欧盟能够为它提供一笔救助资金，而欧盟拿不出来。在这种情况下，博泰已经无力支撑下去，出售是必然的。我们如果能够好好地运作一下，用相当于实际价格的一半把它收购下来也是完全可能的。"唐子风笑呵呵地说道。

第五百零八章 浓眉大眼的居然也破产了

"这不就是唐总经常说的吗?趁你病,要你命。欧债危机这样的事情,百年不遇,咱们如果不抓住这个机会狠狠地宰上他们一刀,那可就是傻瓜了。"詹克勤笑道。

"我说过这话吗?"

唐子风假装惊讶地问道,换来的是大家集体笑而不语,那意思很明白:你的确说过,而且说过不止一次。

唐子风这个总经理,完全颠覆了大家对于国企总经理的印象。他嘴里经常有些不着调的俏皮话,集团的高管们已经习惯了。

"呃呃,这也是人之常情嘛,买便宜货,谁不喜欢呢?"唐子风尬笑着,回避了这个话题。他向大家摆摆手,说道:"大家继续。对了,老韩,你刚才的话是不是还没有说完呢?"

韩伟昌点点头,说道:"是的,还有一个情况,是有点不利的。井南的赵氏集团好像也有意收购博泰,博泰方面有待价而沽的意思。"

"赵氏集团?就是赵兴根和赵兴旺那哥儿俩吧?这俩家伙,怎么啥事都要掺和一把呀!"张建阳带着几分不悦地说道。

"就是赵家哥儿俩那个赵氏集团。"韩伟昌叹说,"这几年,他们除了搞机床之外,还搞了房地产、食品、零售,现在资金实力比我们可差不了多少。赵家哥儿俩是搞机械起家的,前些年收购了夏一机床之后,心越来越大。这次提出收购博泰,也是打算和咱们掰掰腕子呢。"

"这可有些麻烦了。"张建阳皱了皱眉头。

说起赵兴根和赵兴旺兄弟俩的赵氏集团,临机集团的高管们并不陌生。赵氏集团的发家史非常具有典型性,与中国许多民营企业集团的发家史大同小异。

赵氏兄弟最早起家,是在井南省的合岭市开了一家小型机床企业,名叫龙湖机械厂。由于技术实力薄弱,龙湖机械厂基本没有产品开发能力,只是靠模仿其他企业的产品赚钱。赵氏兄弟和临机集团的第一次碰撞,就是龙湖机械厂想模仿临一机的新型打包机,结果被唐子风设了个局,掉到坑里去,吃了好大的亏。

随着国内知识产权保护的加强,加之企业自身也有了一定的积累,赵氏兄弟的龙湖机械厂开始自行开发一些中低端机械产品,并在临一机的帮助下开发出了自有品牌的机床，还与其他一些民营机床企业一道，把企图在中国国内捞一把的韩资机床企业挤出了中国市场。

后来，赵氏兄弟抓住机会，联合井南的其他一些民营企业，收购了濒临破产的老牌机床企业夏梁第一机床厂，并凭借出色的经营能力，让夏一机起死回生。在消化了夏一机的技术之后，赵氏兄弟的企业终于能够在机床行业里登堂入室，不再是过去那个只能制造低端产品的形象了。

这些年，中国经济高速发展，创造出了无数机会。赵氏兄弟与其他许多民营企业家一样，敢于尝试，不断进军新领域，资本积累极快，名下迅速拥有了七八个产业板块。赵氏兄弟在此基础上建立了赵氏集团，据说资产总规模已经达到上百亿了。

虽然有了这样的身家，但具体到机床这个领域，赵家兄弟的底气还是很弱的。与临机集团旗下的临一机、滕机这两家企业相比，赵氏集团的龙湖公司和夏机公司技术实力都远远不足，手上没有过硬的拳头产品，说话也就不硬气了。

这一次，听说博泰集团准备出售，赵氏兄弟忍不住有些心动。他们干了二十多年的机械，对博泰的实力和名气是非常了解的。二人知道，如果赵氏集团能够把博泰收入囊中，就意味着一步踏入了高端机床制造商的行列，届时就有与临机等国有大型机床企业平等对话的资格了。

虽然都已经过了知天命的岁数，但赵家兄弟心里都还有一些少年梦想。想到自己有机会与当年只能仰望的那些大型国企平起平坐、谈笑风生，二人就热血沸腾了。

他们这一热血沸腾可不要紧，对于临机集团来说，可就是一个不妙的消息。买东西最怕有人与自己竞价，一旦买方开始竞价，卖方就可以坐地起价，这并不符合临机的初衷。

"赵家兄弟的事情，我们回头再说。大家议一议，要把博泰拿下来，我们出多少钱比较合适。如果超过这个数目，那么谁爱买谁买，咱们就不参与了。"唐子风说道。

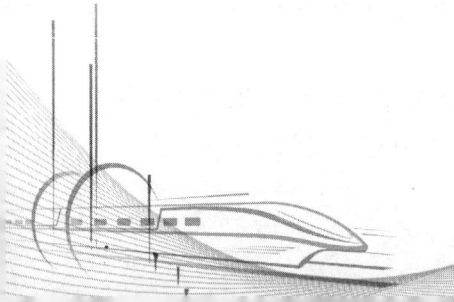

第五百零九章　实在有些强人所难啊

井南合岭,城乡接合部的一片田地中,很突兀地耸立着一幢六层的建筑。这建筑的风格半中半西,顶上是中式的挑檐大屋顶,下面却有四根白惨惨的罗马式立柱,门楣上写着四个大字:赵氏集团。

赵兴根和赵兴旺兄弟俩发家之后,便琢磨着要在合岭市区建一幢大楼以显示自己的实力。由于合岭这些年发展得很好,市区的土地早已经被圈占一空,最终他们只在城郊拿下了这么一块地,在上面建了赵氏集团的办公大楼。

为了让这幢楼显得有气派,赵家兄弟专门花重金从省城渔源请来了一位顶级设计师。设计师还真有两把刷子,在听罢赵家兄弟的要求后,没花多少时间就画出一张图纸,设计了一幢美轮美奂的大厦。

赵家兄弟走南闯北,见过许多霸气的建筑,脑子里难免就要拿自家的大厦与这些建筑相对比,于是不断地给设计师支着儿,一会儿让他在这边加两根柱子,一会儿让他在那边开几扇窗户。照他们的说法,就是要"博采众家之长",让路过的人看上一眼就忍不住想跪。

面对赵家兄弟那层出不穷的"脑洞",顶级设计师自己先跪了。他一开始还试图给兄弟俩讲讲啥叫建筑美学,让他们知道不是把一堆东西凑在一起就好看的。但后来,他发现这个努力完全是徒劳的,于是也就自暴自弃,对方怎么说,他就怎么画,最终设计出了这样一幢审美极其怪异的楼房。

据说,在拿着赵家兄弟给的丰厚酬金回到渔源之后,设计师便到山里找了个禅院静修去了,这种工作的确是很挑战人类心理极限的。

此刻,唐子风就站在这幢大楼下,陪同他前来的,是韩伟昌。

"赵兴根的办公室就在顶层,唐总,你看到那个窗框镶着金边的窗户没有?那就是赵兴根的办公室。"

韩伟昌用手指点着,给唐子风做着介绍。

"这位赵总的品位……的确是比较阳光啊。"唐子风给了一个很积极的评价。

审美这种事情,其实还是很个性化的。人家自己花钱建的楼,愿意建成啥样,别人还真没资格去挑剔。合岭市规划局都不找赵家兄弟的麻烦,他唐子风只是上门来谈事的,又有什么必要去计较这个呢?

"哎呀,唐总、韩总,贵客贵客啊!快请进,快请进!"

从四根罗马柱拱卫着的大门里走出来一群人,当先一人远远地便向唐子风和韩伟昌热情地打着招呼,脚下也变成了小步快跑,显然是很在意唐子风一行的。

"是旺总啊,有劳你还专门出来接我们,真是太客气了。"

唐子风认出那人正是赵家兄弟中的老二赵兴旺,于是也快走两步迎上去,与对方握手寒暄。赵兴根是赵氏集团的董事长兼总经理,赵兴旺是副董事长、副总经理兼总工程师,都是"赵总"。为了区分,集团内部以及一些熟悉的客户、合作伙伴等便将赵兴根称为根总,把赵兴旺称为旺总。唐子风经韩伟昌教过,所以便用上了这个称呼。

"哈哈,唐总太客气了,叫我兴旺就好了。"赵兴旺打着哈哈。他是搞技术的人,原本并不擅长交际,但这些年集团生意做大了,他也要经常参加各种应酬,于是也学会了一些场面上的话。

"旺总,你也发福了。"韩伟昌待唐子风与赵兴旺寒暄过后,才上前来搭话。他是跑市场的,与赵氏集团联系比较多,光和赵家兄弟在一起喝酒就有数十次,所以说话更为亲昵。

赵兴旺摸着自己的肚子,装出一副郁闷的样子,向韩伟昌说道:"韩总,没办法啊,这人一过五十岁,想不胖都不行。我们上次见面,好像也就是一年前的事情吧,我比那个时候又胖了五斤,这肚子怎么都收不回去了。"

"有点肚子才符合旺总的身份呢。"韩伟昌调侃道。

"哪里哪里,在唐总面前,我哪敢说什么身份嘛。来来来,我们到里面去谈……"

一群人乱哄哄地说着各种客套话,在赵兴旺的引导下进了办公楼,又坐电梯上到了顶楼。电梯打开,正对面就是一个大会议室,早有穿着旗袍的服务员等在那里,见了众人,便齐齐地鞠躬,喊着"欢迎唐总"。只可惜这些服务员也都

第五百零九章 实在有些强人所难啊

是赵家兄弟从老家村子里聘来的,说的普通话里带着浓重的井南口音,听起来颇有一些喜感。

顶楼的这个会议室,是赵家兄弟接待贵客用的,房间布置类似于领导人接见外宾的会议厅,沙发摆成了一个半圆形,中间两个位置便是主位了。

赵兴旺招呼唐子风在主宾的位置上坐下,韩伟昌则坐在了唐子风的一侧。看到赵兴旺走到主人位置上坐下,韩伟昌心念一动,问道:"怎么,旺总,根总不在吗?"

"哦,这件事我得向唐总解释一下。听说唐总要来,我哥专门推掉好几件事情,就等着欢迎唐总。可事情就这么不凑巧,就在你们快到的时候,市里突然来了个电话,指名道姓让我哥过去一趟。

"唐总也知道的,我们赵氏集团虽然说也还有点规模,可毕竟也是合岭的企业,市里发了话,我们是不敢不听的。我哥再三交代我,见了唐总要替他向唐总道个歉,他说他处理完那边的事情,马上就赶回来。"

赵兴旺解释着,满脸都是歉意。

唐子风摆摆手,微笑着说道:"根总言重了,还说什么道歉?我是不请自来的恶客,怎么敢耽误根总的正事?"

赵兴旺说:"没有没有,我哥说了,唐总的事情就是正事。好在市里离这里也不远,我哥办完事一会儿就回来了。对了,不知道唐总和韩总这次到我们赵氏集团来有什么事情,方便的话,能不能先跟我说说?"

听到他这样说,唐子风淡淡一笑,说道:"哦,其实也没啥大事。我们听说赵氏集团有意要收购德国的博泰公司,不知道有没有这件事?"

"呃……这个……"

赵兴旺显然是没料到唐子风会如此开门见山地问这个问题,一时竟噎住了。

早在得知唐子风要上门来拜访的时候,赵家兄弟就分析过,断定唐子风此行的目的是来谈博泰这件事。临机集团也想收购博泰,这是赵家兄弟知道的事情。赵兴根故意放出风来,说赵氏集团要收购博泰,其实就是想与临机集团做点交易。

赵兴根其实并不是被什么突然来的电话叫走了,此时他就待在自己的办公室里,通过装在会议室天花板上的隐蔽摄像头监视着赵兴旺与唐子风的交谈。

关于收购博泰的事情,赵兴根有自己的想法,他没法直接与唐子风谈这些想法,所以才安排赵兴旺出场,先探探唐子风的口风。

以赵家兄弟的想法,唐子风要谈这件事,肯定要先兜几个圈子,比如打打感情牌啥的,然后再提此事。可谁承想,赵兴旺刚刚发问,唐子风就把来意说出来了,倒是打了赵兴旺一个措手不及。

"哈哈,这事都传到唐总耳朵里去了?"赵兴旺假意地笑道,脸上的表情有些僵,"我们的确是有这个打算,正准备安排人去德国和博泰那边联系呢!怎么,唐总对博泰也感兴趣?"

最后这个问题,就属于赵兴旺失言了。按照事先的安排,赵兴旺是不应当主动问及此事的,赵兴根给他的指令是与唐子风打太极,逼着唐子风不得不自己说出此事,然后赵兴旺还要装出吃惊的样子,说些诸如"如果早知道如此"之类的话,以便后面与唐子风讨价还价。

计划是美好的,可执行计划的人有点不给力。赵兴旺本质上依然是个工科宅男,就算是学了一点应酬的技巧,论心理素质,岂能与唐子风和韩伟昌这种老到的人相比?唐子风云淡风轻地问出赵氏集团打算收购博泰的事情,赵兴旺便有些慌了,然后就把脑子里一直想着的事情说出来了。

"你说得对,我们临机打算收购博泰,所以,赵氏集团还是放弃吧。"唐子风直截了当地说道。

"这……"

赵兴旺傻眼了,这个剧本他没背过啊,让他怎么接话?

按照常理,唐子风难道不该是很委婉地说出这些话吗?

如果唐子风说得委婉,赵兴旺就可以用更委婉的方式表示拒绝,从而迫使唐子风向赵氏集团开出诱人的条件。唐子风开出的条件如果能够让赵家兄弟满意,赵兴根就会出现,来与唐子风商谈具体细节。唐子风开出的条件如果不足以满足赵家兄弟的胃口,则赵兴旺会以自己不了解集团经营情况为由,顾左右而言他,给唐子风一个软钉子碰碰。

可现在这个样子,唐子风似乎根本就不知道委婉是何物,直接就要求赵氏集团放弃,这让赵兴旺还怎么与他周旋?

"唐总,你这个要求,呃,实在有些强人所难啊。"赵兴旺讷讷地说道。

没有剧本,他就只能本色出演了,这才是他的真实性格。

第五百一十章　绝对不和自己人竞争

"旺总,我听说你是搞技术出身,我就问你一个问题,如果赵氏集团把博泰收购了,你们能消化得了吗?"唐子风淡淡地问道。

"我们……呃,总会有办法的……吧?"赵兴旺支支吾吾地应道,说到最后的时候,不由自主地加了一个疑问词。因为他知道,唐子风的这个问题,正捅中了赵氏集团的要害。

赵氏集团早年是靠模仿其他企业的产品起家的,后来虽然兼并了夏梁第一机床厂,技术上有了很大的提升,但先天不足的缺陷一时半会是没有办法弥补的。这些年,赵氏集团的规模扩张得很快,但主要是在房地产、物流等领域的发展,机床业务的进步很有限,与临机、丹机等一些企业的距离已经越拉越远了。

唐子风出发之前,与集团里的同僚们讨论过,大家都认为,赵氏集团如果收购博泰,基本上是无力消化博泰的那些技术的。要让博泰保持原来的势头,唯一的办法就是赵氏集团不介入博泰的日常经营,留下博泰原来的全套人马,相当于只接管博泰的所有权,其他的一概不变。

但如果真的这样做,赵家兄弟恐怕就是脑子进水了。博泰现在已经是全面亏损的状态,赵氏集团把博泰收购过来,如果不改变它的经营模式,它就只能继续亏损,不管赵氏集团投进去多少钱,都会被博泰再糟蹋掉,这显然不是赵家兄弟想要的结果。

既然无法消化博泰,赵家兄弟又为什么要收购它呢?

照韩伟昌的分析,赵家兄弟或许有一个机床梦想,想借着博泰这个平台去实现。这就是那种发烧友心态,愿意花几万块钱去买一个手办,既不能吃也不能喝的,可人家就是乐意,你有什么办法?

对于韩伟昌的这个观点,临机的高管们都是不认同的,尤其是唐子风,根本就不相信。要拿下博泰,最起码也需要十几亿欧元,折算成人民币就是100多亿。赵家兄弟的全部身家也就是100来亿，他们会为了一点兴趣爱好就拿出100亿去赌吗？

答案当然是否定的。

既然赵家兄弟收购博泰是一个非理性的选择，而他们又非常高调地声称要这样做，那么真正的可能性就是他们其实是在虚张声势，要么是想用这个办法来证明自己具有实力，以便在资本市场或者其他地方捞到一些好处，要么就是单纯做给临机集团看，等着临机集团上门来商量。

唐子风就是带着这样一个判断来的，见赵兴根躲起来，只派了一个技术宅弟弟出来与自己见面，唐子风便知道赵兴根的打算了。他也懒得去和赵兴旺玩什么心眼，直接就戳破了对方的谎言，逼着对方亮出底牌。

"哈哈哈，是唐总来了，真是抱歉，我刚才被市里叫去了，没能在第一时间欢迎唐总，还请唐总恕罪！"

随着一阵"哈哈"，赵兴根推开会议室的门进来了。赵兴旺连忙起身，把中间的位置让给哥哥。赵兴根没有忙着落座，而是走到唐子风面前，伸出双手做出了一个要与唐子风握手的姿态。

赵兴根不露面不行了。他从监控视频上听到唐子风直言不讳地要求赵氏集团放弃收购博泰的打算，又直言赵氏集团根本无力消化博泰，他便知道再和唐子风玩什么心眼只能是自取其辱了，弄不好还会得罪这位浑身都是主角光环的年轻的国企老总。

赵兴根记得很清楚，夏梁第一机床厂的上一个东家高锦盛就是因为与唐子风作对，被唐子风轻轻松松地击败。一度在井南如日中天的锦盛集团也因此而转入颓势，现在已经沦为一家很不起眼的小企业了。

有高锦盛的例子在前，赵兴根怎么还敢去捋唐子风的虎须？他原本的打算是借这么一个由头，与唐子风做点交易，现在才发现，用这种方式来钓唐子风的鱼，更大的可能性是反被唐子风拽到水里去。

明白了这一点，赵兴根也不敢再装了，匆匆忙忙地离开自己的办公室，来到了会议室。他此前让赵兴旺骗唐子风说自己去市里了，现在也就不得不装出一副风尘仆仆的样子，以便把戏做足。

唐子风起身与赵兴根握了手，双方简单寒暄了两句，然后各自落座。赵兴根坐下来之后，假装不知道此前的事情，看着已经坐到一侧去的赵兴旺，问道：

第五百一十章　绝对不和自己人竞争

"兴旺,你刚才和唐总聊什么了?"

"我们……聊了收购博泰的事情。"赵兴旺讷讷地回答道。

"哦,唐总也关心这件事吗?"赵兴根回转头来,向唐子风问道。

唐子风笑笑,说道:"根总,绕这个弯子就没意思了,你直说吧,想要我答应什么条件?"

"这个……"赵兴根有些窘,"唐总说到哪里去了,我哪敢要唐总答应什么条件?只是,我们真的不知道临机也对博泰感兴趣,如果我们早知道的话……"

唐子风说:"目前,欧洲的情况很糟糕,葡萄牙、西班牙、希腊等欧盟国家都出现了严重的财政困难,失业率创战后至今的新高。现在是去欧洲抄底收购企业的好时机,但有一条,那就是咱们中国的投资商之间不能互相竞争。如果咱们自己竞价,就相当于便宜了人家。"

"对对,唐总说得太对了。"赵兴根赞同地说,"我们井南有家企业想收购意大利的一家金属加工公司,本来说好的收购价是500万欧元,结果别的企业去竞价,现在人家说没有1000万就不卖,生生涨了一倍的价钱。"

"博泰的情况也是一样。"唐子风说,"现在博泰对外报的出售价是25亿欧元,合200亿人民币。我们找人评估过,以博泰目前的经营状况,如果我们能够统一口径,不与它私下媾和,很有可能在100亿人民币之内把它拿下。

"博泰目前口气很强硬,摆出一副不急着出手的姿态。但其实它已经偷偷地找了好几家公关公司,到全球各地去宣传,想找到买家。

"据了解,口头上表示过对博泰感兴趣的企业很多,但真正有意向也有实力收购博泰的,只有中国的企业。如果有几家中国企业同时向博泰提出收购要求,博泰百分之百会坐地起价,非200亿人民币不出手。我们现在要做的,就是避免出现这样的情况。"

"原来是这样。唐总如果不说,我和兴旺还都蒙在鼓里呢。"赵兴根装出一副恍然大悟的样子说。事实上,这样的事情哪里需要唐子风来说?赵兴根好歹也是在市场上混了几十年的人,哪会看不出真实的形势?

唐子风懒得去揭穿赵兴根的谎言,他继续说道:"我已经联系过发改委和国资委,向他们说了这个情况。发改委和国资委也都注意到了这一点,他们表示,会很快出台一个指导意见,对于有意到欧洲去收购破产企业的投资者,要给予一定的引导,其中最重要的一条,就是中国投资者绝对不和自己人竞争。如果存在几家竞争的情况,要在私底下磋商,不给欧洲企业留下坐收渔利的机会。"

"那么……"赵兴根欲言又止。

唐子风说:"我们临机打算收购博泰,这一方面是我们自身发展的需要,另一方面也是上级领导对我们的要求。博泰手里掌握了一大批关键性核心技术,都是我们的生产所需要的。我们虽然已经开发出了一些替代技术,但要论成熟度和技术的完整性,和博泰相比还是有差距的。

"所以,这一次听说博泰有意出售,我们就想抓住这个机会,掌握博泰核心的技术。这件事赵氏集团恐怕很难参与进去。"

"我明白了。"赵兴根点头道。他原来还真的没想过这么多,现在听唐子风一说,才知道自己即便真的打算收购博泰,恐怕也难以实现。

嘴里说着明白,赵兴根却还是眼巴巴地看着唐子风,一脸纠结的样子。

唐子风笑了:"老赵,你有什么事情就明着说吧,成天这样玩心眼,你也不嫌累。我跟你说,你别指望拿博泰这事来跟我谈条件,我有 100 种办法能够让你鸡飞蛋打。你有事干脆直接说出来,如果是正经事,冲着咱们两家企业过去的交情,我也会帮你去疏通疏通。但如果你要做的事情不那么光明正大,我想你就免开尊口吧。"

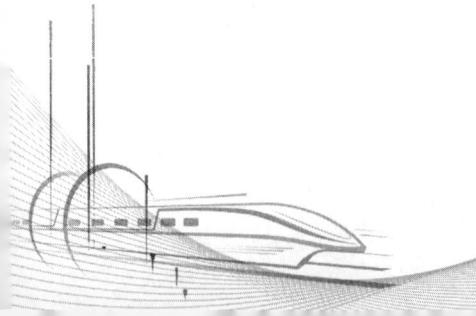

第五百一十一章　并不成其为问题

听到唐子风的话,赵兴根讪笑着说:"我真是以小人之心度君子之腹了,早知道唐总有这样的胸怀,我又何必搞这些名堂呢?"

"根总搞了什么名堂?说来听听。"唐子风像是在说一件与己无关的事情一般。

"就是收购博泰这事啊……"赵兴根尴尬地说道,"其实,兴旺早就跟我说过,我们赵氏集团根本就吃不下博泰,我这不就是为了……"

他说不下去了,因为后面的话实在有些难听。唐子风却替他说出来了:"不就是为了拿这个来和我们临机谈条件吗?说说看,你们的真实目的是什么?"

"其实也不是要和临机谈条件,我就是想,我们这样搞一下,唐总或许就会关注到我们,这样我们就有和唐总说话的机会了。"赵兴根说。说罢,他又赶紧补充道:"不过,唐总,我是真的没想到你会亲自跑到我们合岭来,我原本是想带着兴旺到临河去拜访你的。如果我早知道唐总会专门跑到合岭来,我是万万不会想出这个办法的。"

唐子风摆摆手,说道:"这话就没必要说了。反正现在我已经来了,根总是不是可以说说,你的真实用意是什么?"

"其实,我们看中的,是意大利的梅罗。"赵兴根说道。

"梅罗?这是干什么的?"唐子风皱着眉头,他还真没听说过这个名字,甚至都分不清这是一家企业的名字,还是一个人的名字。

韩伟昌"哦"了一声,然后小声地向唐子风解释道:"唐总,这件事,在井南的民营企业家圈子里已经传了很长时间。梅罗是意大利的一个汽车品牌,有一百多年的历史。听说,20世纪六七十年代,梅罗也算是一个国际大品牌,后来慢慢衰落了,到现在为止,它最少已经有三十年时间没有造过车了。"

"难怪我从来没听说过这个品牌。"唐子风点点头,又转向赵兴根,问道,"这样一个起码有三十年没有造过车的品牌,根总打算拿来干什么用?"

"就是造车啊。"赵兴根说。事情已经挑破,他也就不再藏藏掖掖了,恢复了正常的说话方式:

"唐总,我们赵氏集团这些年主要搞房地产和物流,赚了一些钱。但是,现在房地产越来越不好做了,井南有很多搞房地产的老板都在准备转型,其中就有一些人看中了汽车市场,想搞一家汽车厂出来。

"造汽车现在已经是很容易的事情了,不过就是四个轮子加上三个沙发,技术都是很成熟的。最大的困难就是,凭空搞出来的一个汽车牌子,消费者不买账,车子就卖不出去。

"后来,有人想到了一个办法,就是到国外去找老汽车牌子,花点钱买过来用。这个梅罗汽车,我听人说过,在过去是和奔驰、宝马齐名的大牌子,后来因为经营不善才慢慢衰败了。到 20 世纪 80 年代的时候,这家公司就彻底停产了,所以我们都不知道这个牌子。"

"所以你就想把这个牌子买进来,用在国产汽车身上?"唐子风听懂了。

汽车这东西,其实技术真没多复杂。要想造一台顶级的法拉利赛车出来,当然还是有一些难度的。但寻常的家用小轿车,早已没有什么技术门槛,只要资金到位,采购全套的设备,就能够生产出来,品质上的差异并不明显。

乘用车市场上的竞争,现在很大程度上是品牌之争。汽车是财富、身份以及品位的象征,所以消费者对汽车品牌是很敏感的。国产品牌汽车卖不过国外品牌汽车,说到底就是消费者觉得国外品牌更高档,哪怕开个韩国车,也比开国产车显得更有身份。

赵兴根看中了汽车市场上的商机,打算造汽车,可能是自己独家造,也可能是联合其他的民营企业一起造。为了吸引国内的消费者,他们决定到欧洲去买一个早已衰落的品牌,贴到自己生产的汽车上,以冒充外国品牌车。这样一个算计,也的确是够精明了。

"买下梅罗的品牌,要花多少钱?"唐子风问道。

"光是品牌倒没多少钱,也就是几百万欧元吧。"赵兴根说,"梅罗公司还有一些老专利,现在欧洲的很多汽车公司都在用。如果我们把这些专利拿到手,就可以用来和奔驰、宝马它们换其他的专利,这个也是很有价值的。梅罗的那些老专利,能值三四千万欧元,我们几家企业打算联手买下来。"

第五百一十一章 并不成其为问题

"三四千万,再加上几百万的品牌费,也没多少钱啊。"唐子风说。四千万欧元,也就相当于3亿多人民币,的确不是什么大钱。

"是啊,钱这方面,不是什么大问题。"赵兴根说,"我们担心的是,国家会不会允许我们这样做。我们让人去打听过,说国家对汽车这方面管得很严。我们打算找一家国有汽车公司合作,打个擦边球。"

"可这事和我有什么关系?"唐子风诧异道,语气里带上了一些不悦。

赵兴根赔着笑,说:"我们知道唐总在上面有很多关系,如果唐总能够帮我们疏通一下,我们的事情就好办多了。我原先的想法是,我们让出博泰,然后麻烦唐总支持我们收购梅罗。把梅罗收购过来,它就是咱们中国的品牌了,国家怎么也该支持一下的,是吧?"

唐子风这才彻底弄明白了事情的原委。

闹了半天,赵氏集团收购博泰是假,想用收购博泰这件事来和临机做交易才是真正的目的。更确切地说,对方是想和他唐子风做笔交易,把收购博泰的机会让给临机,换取唐子风替他们去疏通贴牌造车的事情。

不管怎么说,欧洲的工业化比中国早两百年,品牌上的优势是中国一时难以超越的。你也没法批评消费者崇洋,这是人之常情,不是随便就能改变的。更何况,临机的产品市场还有相当一部分是在国外,要让西方用户接受一个中国品牌,难度远比让他们接受一个成熟的欧洲品牌要大得多。

想到此,唐子风突然心念一动,说道:"根总,你们造车,主要是面对国内市场吗?"

"当然。"赵兴根应道,"现在咱们的国产车要想卖到国外去,太难了。"

"难的原因是什么,你们分析过吗?"

"原因嘛……可能还是品牌知名度太低了吧。咱们的国产汽车品牌,最多也就是二十年的历史,哪比得上国外品牌的历史悠久?至于那些合资品牌,人家外国合资方也不让咱们往国外卖。"

"可是,这两个问题,对于根总你们来说,并不成其为问题啊。"唐子风笑呵呵地说道。

"对于我们来说……"赵兴根一愣,旋即便反应过来了,"可不是吗?如果我们把梅罗的牌子拿到手了,可就是国际知名品牌了。而且这个牌子是归我们所有的,我们想往哪卖就能往哪卖。"

"最起码,你们往非洲卖是没问题的。"唐子风说道,"非洲人对欧洲品牌是很崇拜的,我估计非洲的大街上还能看到梅罗品牌的汽车呢。在那些国家,一辆汽车用上四五十年也不奇怪的。"

"没错没错,唐总真是提醒我们了。"赵兴根兴奋起来,"唐总,如果我们的车子能够卖到非洲去,给国家出口创汇,是不是就容易获批了?"

唐子风笑道:"根总的思想也该更新更新了,现在还讲什么出口创汇?咱们国家手里存着好几万亿美元的外汇还嫌花不出去呢。"

"嘿嘿,唐总说得对,我这个脑子还真是跟不上时代了。那么,唐总觉得我们该怎么说呢?"赵兴根请教道。

唐子风说:"国家刚刚提出了建设'一带一路'的构想,鼓励企业到'一带一路'沿线国家去开拓。根总如果能够把你们的汽车厂建到非洲去,雇当地的工人,产品也在当地销售,绝对可以算是一个'一带一路'建设的典范项目,你还愁发改委不支持你吗?"

"太好了！哎呀,我们如果早点想到去向唐总请教,何苦绕这样一个弯子呢？唐总,你放心吧,收购博泰这件事情,我们赵氏集团完全退出了。不但我们退出,井南如果有其他公司动这个心思,我们也会劝他们放弃,肯定不会给唐总你添任何麻烦。"

赵兴根把胸脯拍得山响,向唐子风做着保证。

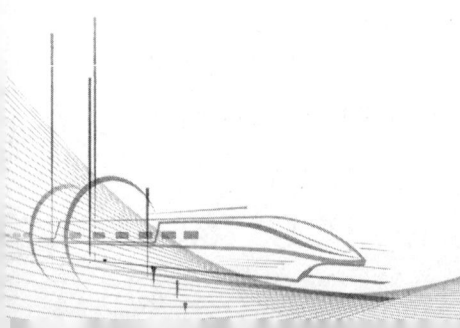

第五百一十二章　我真不是这个意思

说服赵家兄弟放弃收购博泰的想法，对于唐子风来说并不觉得有什么难度。

事实上，早在欧债危机爆发之初，决策层就已经做出了一个安排，要求财政、央行、发改委、商务部等部门严格规范海外并购事项，避免国人自相竞价。要限制自我竞价，就存在一个优先次序的问题。谁有资格去并购，谁需要做出一些退让，都是有一些规则的。

赵家兄弟真实的意思是想让发改委同意他们与其他几家井南企业联手收购意大利的古董汽车品牌梅罗。这件事与国家意志并不冲突，而且如果赵家兄弟收购梅罗品牌之后，能够把汽车卖到亚非拉等发展中国家去，与国家正在力推的"一带一路"也是相吻合的，值得支持。所以，唐子风也就送他们一个顺水人情，答应会在合适的时候替他们说说话，赵家兄弟自然是满口感激。

解决了赵家兄弟的问题，唐子风又马不停蹄地返回临河，去面见临河市分管经济工作的副市长赖东尧，谈另一件更棘手的事情。

"找我贷款？唐总不会是跟我开玩笑吧？"

在自己的办公室里，赖东尧看着面前的唐子风，半真半假地说道。

把别人说的正事曲解成开玩笑，是一种很高超的搪塞技巧，相当于告诉对方，对方说的事情太匪夷所思，自己连信都不信，对方还是免开尊口为宜。

"千真万确。我们临机现在已经是黔驴技穷了，非得请你这位大领导出手相助才行。"

赖东尧那点小技巧，哪能拦得住唐子风？他笑呵呵地说着，可那表情里怎么也看不出"黔驴技穷"的味道来。

赖东尧也笑着说："唐总，你没听人在网上说吗？临机现在是整个临河最有钱的单位，怎么也不可能倒闭。你唐总到我这里来叫穷，这不是寒碜我们市政府吗?"

"这都是谁在胡说八道?"唐子风装出愤怒的样子,"这不是在造谣吗?我们临机马上就要资不抵债了,还要编这样的谣言来毁坏我们的声誉!"

"唐总这可说错了,这是帮临机扩大声誉呢。"赖东尧说罢,又微微地皱了一下眉头,问道,"唐总,你说你们临机马上就要资不抵债,这不会是真的吧?"

也难怪赖东尧会相信,他与唐子风打交道不多,以往临机到市里来办事,都是张建阳出面,张建阳虽然办事活络,说话还是比较靠谱的。唐子风是那种说话喜欢煽情的人,即便是当了十几年的总经理,这个毛病也没改。赖东尧乍一听他的话,还真分不清是真是假。

"绝对是真事。"唐子风说,"赖市长,我跟你说,我们最近有一笔大支出,我们全集团的流动资金投进去,都不够三分之一。如果市里不能给我们协调到一笔足够多的贷款,我们集团可就要破产了。"

"你们集团的全部流动资金投进去也不够三分之一,这是多大的一笔支出啊!你说希望市里帮助你们协调到一笔足够多的贷款,那么这个足够多,具体是多少呢?"赖东尧惊讶地问。

"100亿。"唐子风竖起一个手指头,见赖东尧的脸上骤然露出骇然之色,他又赶紧安慰道,"赖市长,你别担心,我说的是人民币,不是美元。"

赖东尧哭笑不得:"人民币也不行啊!100亿,唐总,你还是直接杀了我吧!临河去年一年的地区生产总值也就是200多亿,财政连40亿都不到。你一张嘴就是100亿,真是不知民间疾苦啊。"

"我也没让市财政出这笔钱啊,我只是想请市政府帮我们担保,从银行借贷100亿。如果不是这么大的额度,区区三五个亿,我怎么会来惊动赖市长的大驾呢?"唐子风说道。

赖东尧开始认真起来,唐子风说到具体的数字,显然就不是开玩笑了。他盯着唐子风问道:"唐总,我能不能先打听一下,临机要贷这么大的一笔款项,具体是用来做什么呢?"

唐子风说:"收购欧洲老牌机床企业博泰公司。这家公司目前对外报的收购价是200亿元人民币,不过我们估计在100亿元之内应当能够拿下。现在的问题就是,我们拿不出100亿,只能请赖市长帮忙。"

"博泰,嗯嗯,我听说过。"赖东尧点点头。他虽然不是干机床行业的,但平

第五百一十二章 我真不是这个意思

日里看各类经济资料很多,所以博泰这个名字对他来说并不陌生。他还知道,博泰是一家很有实力的德国企业,收购这样的一家企业,在全国也算得上是一件大事了。

"像这么大的收购案,你们是不是应当向国家的政策性银行申请贷款啊?"赖东尧提醒道。

唐子风摇摇头:"这件事,有点敏感。博泰手里掌握着不少尖端技术,我们要收购博泰,其实就是冲着它的尖端技术去的。如果由国家政策银行出资,很可能会触动一些西方政客的敏感神经,从而给我们的收购带来一些麻烦。我们从地方银行贷款,看上去就更像是一次民间性质的收购,在欧盟那边也是比较好过关的。"

"哦哦,原来还有这样的考虑。"赖东尧明白了。

西方国家多少有些掩耳盗铃的意思。他们的经济已经衰退,需要来自中国的资金,也需要中国市场给他们回血,所以从政客到商人,都是赞成与中国开展经贸合作的。

但同时,他们又觉得自己是老牌贵族,向中国低头有损形象。为了证明自己并没有依靠中国,他们需要时不时地抛出几个法案,抹黑一下中国,至少让舆论和选民心理平衡一点。

这样做的结果就是,他们凡事都要讲个名目,比如在中国企业收购博泰的事情上,他们声称绝对不能让博泰手里的尖端技术落到中国政府手里,同时又暗戳戳地表示,如果是中国的民间机构来收购,则是无妨的。

大众看欧美的新闻,发现他们的官员信口雌黄,一会儿这样说,一会儿又那样说,其实并不奇怪。他们在不同的场合自然要说不同的话,听他们说什么是毫无意义的,真正做的事情才是正道。

欧盟官员立了这样一座"牌坊",就打消了临机从国家手里借钱的可能性。但如果临机的钱是从一些下级支行借出来的,那么就无所谓了,这就可以算是民间投资了。

明白了这一点,赖东尧的眉头皱得更厉害了,他叹着气说:"唐总,这事挺麻烦啊。照理说,临机收购德国的大型机床企业,这是鼓舞民心的大好事,对于增强我们临河市的综合实力,也有很大的帮助,我们市政府无论如何都是要全力支持的。

"可是，巧妇难为无米之炊啊。100亿的贷款，真不是我们市政府能够办到的事情。说句难听的，我们临河市政府的面子，还值不到100亿呢。"

"我们能做的，充其量就是帮你们把几家银行的行长请过来，在我们市政府好好谈一谈。不过嘛，对于能够谈成什么样子，我可是一点包票也不敢打。"

"看看，老张，这就是人心啊。"唐子风向张建阳摊了一下手，说道。

"唐总误会我们了，我们真的不是不愿意帮忙，实在是……"赖东尧赶紧解释。临机集团是临河市最大的企业，也是市政府的钱袋子之一，赖东尧是不愿意在唐子风心目中留下一个坏印象的。

唐子风说："赖市长，你也别解释了，你不就是想要我们拿出东西来抵押吗？"

"我没这个意思啊……咦，唐总，你的意思是说，你们愿意拿出东西来抵押？"赖东尧刚解释了半句，忽然脑子里电光一闪，一个念头涌上来，让他有些惊喜。

"临一机生产区加行政区，大约900亩地，我们全部抵给市政府，由市政府拿去拍卖。拍卖之后，扣除市政府应得的费用，剩下的用来偿还银行贷款，赖市长觉得如何？"唐子风笑着说道。

"那可太好了！有这块地做抵押，别说100个亿……"

"嗯？赖市长的意思是说，能够帮我们争取到更多的贷款？"

"不是不是，我不是这个意思！"

"你可以是这个意思。"

"我真不是这个意思……"

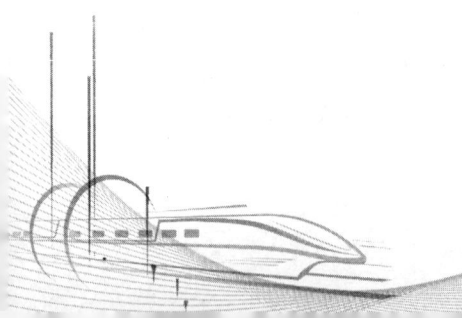

第五百一十三章　账不能这样算

临河市觊觎临一机的 1000 多亩土地已经不是一天两天了,甚至早在二十年前,唐子风刚刚跟着周衡来到临一机的时候,为了这块土地的事情就与市政府小小地交锋过一次。

也正是那一次的交锋,让临河市的官员们认识了唐子风。在此后的二十年里,没人再敢赤裸裸地向唐子风提出征收临一机土地的事情,不过,私底下找张建阳等人刺探口风是免不了的,而且频率越来越高。

临一机建厂的时候,是 20 世纪 50 年代。当时临河还只是一个很小的城市,临一机所在的位置又是城郊,土地不值钱,当年的市政府大笔一挥,便给临一机批了 1350 亩土地。据说,最初市政府打算给临一机的土地还远不止这些,而是多达近万亩。反而是临一机的厂方及时识破了市政府的目的,非常机智地抵制了这个计划。

原因无他,临一机如果真的收下这近万亩土地,原来土地上的那些农民,就要由临一机来安置了……

时过境迁,今天的临河市,市区规模比六十年前扩大了十倍有余,临一机在临河的位置由远郊变成近郊,如今已经算是市中心的一部分了。在这个寸土寸金的地方,却"趴"着一家工厂,房地产无法开发,商圈无法建立,甚至城市干道也不得不绕路而行,市政府官员心里的郁闷可想而知。

早在几年前,市里就放出风来,说临机集团如果同意把临一机的土地还给临河市,临河市愿意以每亩 400 万元的价格给予补偿。

不得不说,临河市的这个表示,还是很让临机集团的高管们心动的。

这些年,全国各地都在搞城市开发,像临一机这样处于城市中心的工业企业比比皆是,全都占着市里的黄金地段,在每亩几百万的土地上赚着三万五万的利润,给市里上缴的税收还不及一个商城的收入。

为了让这些企业搬迁，各地纷纷开出高价，因此而迁走的企业数不胜数。

临一机的土地是1350亩，其中近400亩是临一机的家属区，经过临一机的几轮开发，现在是临河市最高档的住宅小区，这是不可能还给市里的。

余下的900多亩土地，是临一机的生产区和行政区，搬迁难度不大。如果交出来，马上就可以获得近40亿元的现金，即便以今天临机集团的规模，这笔钱也堪称巨款了。

其实，搬迁这件事情，对临一机来说也是有好处的。临一机的厂址位于市区，大件运输便成了麻烦事，生产中的噪音污染、废水废气污染也很成问题，为此与环保、城管等部门没少扯皮。如果搬到郊区去，这些问题也就都不存在了，其实是有利于生产的。

不过，当张建阳在集团办公会上提出此事时，唐子风却直接投了反对票，理由是集团还没到需要卖地筹钱的地步。其他的高管心里对唐子风的意见有些不以为然，但也没有坚持，这件事就被搁置下来了。

搁置了几年之后，大家终于理解了唐子风的远见。因为从那时到现在，临河市的地价又涨了好几轮，临一机的那900多亩地，现在已经值70亿了，如果当年就出手，现在大家都得哭昏在厕所里了。

有了这样一个经历，当唐子风终于提出要把土地交还给临河市的时候，原来积极支持卖地的那帮高管，却又齐刷刷地转向了反对卖地，理由是土地价格涨得这么快，如果再捂几年，没准儿能涨到100亿、200亿，现在卖掉，岂不是吃亏了？

唐子风凭着自己所剩无几的先知先觉告诉众人，中国的城市大开发热潮已经过去，未来的开发重点将转向三四线城市，临河现在好歹算是二线吧，市中心的土地价格上涨的余地已经不大，到了把土地拿出来变现的时候了。

促使临机集团决定出卖土地的关键原因，就是收购博泰的计划。博泰目前的估价在15亿至20亿欧元，相当于120亿至160亿人民币，临机集团是不可能一下子拿出这么大一笔钱的，唯一的办法，就是卖地。

"临一机的生产区和行政区，一共有900多亩土地，市里可以给你们60亿。在这个基础上，市政府还可以出面替你们担保，协调几家银行给你们提供不少于40亿的贷款，这样你们收购博泰的资金就够了吧？"

赖东尧听明白了唐子风的意思，压抑住内心的狂喜，开始与唐子风讨价

第五百一十三章 账不能这样算

还价。

"赖市长，咱们说正经的。我们那是小1000亩地，照目前周边的土地价格，至少值100亿。我们发扬点风格，95亿卖给市里好了。"唐子风大度地说。

赖东尧叫苦道："唐总，你这可是狮子大开口啊。照你这个算法，你们一亩地都算到1000万了，临河哪有那么高的地价？"

唐子风说："怎么没有？临河上个月刚刚拍出的一块地，才40多亩，就卖了6个亿，一亩合1500万了。我们都快打七折了，赖市长还说是狮子大开口？"

"那块地被报纸称为我们临河的地王，临河现在的土地均价，也就是一亩不到300万，我们按600万一亩收购临一机的土地，已经溢价一倍了。"

"赖市长说的300万一亩，是高滩那种鸟不下蛋的地方吧？我们临一机可是在市中心，旁边的地，一亩就算没到1500万，八九百万是有的吧？"

"唐总，这个账不能这样算的。土地之所以值钱，是因为供不应求。现在临一机一口气拿出900多亩，这个供给就多了，市场不可能一下子消化掉，价格肯定不能按周边的水平计算的。"

"是这样的啊？那也容易，我们先拿出100亩来，市里先卖着。等这100亩消化完了，我们再拿100亩。赖市长放心，我退休之前，这900多亩地肯定能够卖完的。"

"唐总，谁不知道你年轻有为？退休之前，恐怕当个部长都不够，以后我们临河这样一个小市，还得仰仗唐部长你照顾。这几百亩土地的事情，你就别让我们为难了。"

赖东尧哭丧着脸，开始给唐子风戴高帽子，大打感情牌。他可听人说过唐子风的臭脾气，知道跟唐子风玩啥欲擒故纵之类的心理游戏绝对是会被打脸的。万一惹得唐子风不开心，直接收回卖地的动议也是有可能的。

临机卖地是因为要筹钱收购博泰，以临机的地位以及唐子风的人脉，要从其他地方弄到100个亿也是完全有可能的，所以在卖地这件事情上，临河市政府还真的无法要挟唐子风。

既然手里没有可打的牌，再假装强硬就没啥意思了，还不如低低头，给唐子风说几句软话。

一番周折之后，双方终于达成了一个基本算是双赢的协议，临机集团答应用一年时间完成搬迁，把生产区和行政区迁到临河市郊，腾出大约950亩土地交还给临河市政府。

临河市政府答应在市郊以低廉的价格为临一机提供1000亩工业用地，置换临一机交出的950亩土地，同时协调银行为临机集团提供100亿元贷款，用于收购博泰。

临河市在收回临一机的950亩土地之后将进行开发，其中一部分土地会用于公益事业，另外一部分土地则会进行拍卖，拍卖所得用于抵偿临机集团的银行贷款。临河市承诺给临机集团的保底价是70亿元，如果拍卖结果超出预期，则超出部分再按双方协定的比例分配。

此前唐子风开出95亿的价码，其实的确是漫天要价。临一机这块地，不可能全部用来开发房地产，中间还要修路、搞绿化以及建设一些公用设施，真正能拿出来拍卖的土地只有六七百亩，市政府答应保底70亿，差不多是要赔本的。

当然，从市政府的角度来说，是不能这样算账的。收回临一机的土地，市中心的交通和商业就都盘活了，绝对能够带动周边土地升值，这就是所谓1+1大于2的效应。目前临河市的地价还处于上升状态，如果拖上几年，谁知道临一机那块地又会涨成什么样子？现在花70亿收回来，肯定是划算的。

唐子风是个有分寸的人，知道凡事要追求双赢。虽然他也可以向临河市政府提出更高的价码，但做得太过分也没有意义了。

谈妥了出让土地的事情，收购博泰的资金也就有保障了，唐子风当即下令，开始启动对博泰的收购程序。

就在这个时候，梁子乐从欧洲给唐子风发来消息：

欧盟发出了一条收购禁令，禁止中国企业收购博泰。

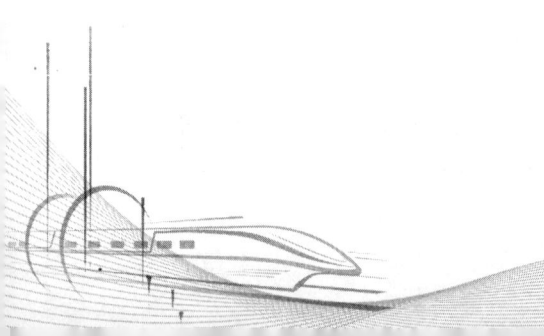

第五百一十四章　我们之间可以有一个合作的机会

自从欧债危机爆发，梁子乐便把自己的办公地点迁到了欧洲。许多中国投资者想借这个机会收购欧洲的破产企业，却苦于不熟悉相关程序，梁子乐正好可以给他们做中介。当然，收取高额的佣金也是必须的。

欧债危机对欧洲经济的打击是空前的。这段时间里，欧洲各国每天都有大批的企业陷入破产境地，不得不寻求出售。由于需要出售的企业太多，而有能力收购这些企业的投资者却很少，企业主以及各国政府都把投资者当成了救星，对梁子乐这样一位能为他们带来投资者的中介自然也是极尽拉拢。

就这样，梁子乐成了欧洲许多国家各级政府部门的座上宾，结识了一大批政界和企业界的朋友，信息极其灵通。

关于欧盟禁止中国企业收购博泰等一批所谓"涉及敏感技术企业"的决定，正是梁子乐在欧盟的一位朋友告诉他的。这位名叫布罗夫的意大利朋友同时还透露了欧盟做出这个决定的背景，那就是有一家名叫"全球和平观察"的非政府组织进行鼓噪，向欧盟施加了压力，欧盟不得不屈从。

"'全球和平观察'，我过去怎么没听说过这个组织？"梁子乐向布罗夫问道。

欧洲的各种非政府组织多如牛毛，梁子乐当然不可能全都听说过。但是，一家能够让欧盟不得不屈从于其主张的非政府组织，就另当别论了，梁子乐对此应当是有所耳闻的。

"这是前两年刚刚成立的一个组织，活动能力非常强，在欧洲有很大的影响力。"布罗夫介绍道。

"它的背景是什么？"梁子乐问。

布罗夫耸耸肩膀："谁知道？它的负责人是斯德哥尔摩大学的一位博士，过去并没有什么名气，但现在，他是欧洲舆论场上一位不可忽视的意见领袖。有人猜测,他的背后可能是美国人。"

"这样就解释得通了。"梁子乐冷笑道。

也不知道是因为有了一些社会阅历,还是因为与唐子风这种另类接触得太多,梁子乐现在看问题也喜欢带上几分阴谋论,凡事都要问问背景。他知道,所谓非政府组织,其实十有八九背后都有政府在操纵,打着非政府组织的旗号,不过是为了掩人耳目而已。

欧洲和美国虽然名义上同属于一个阵营,但实际上有着种种竞争关系。一个团结一致的欧洲,能够与美国分庭抗礼,这无疑是美国不愿意看到的。为此,美国便在欧洲培植了大量的非政府组织,从各个方面给欧盟添乱,拉欧盟的后腿,让欧盟难以真正地发挥作用。

这个"全球和平观察",想必便是美国培植的代理人之一,否则仅凭一个斯德哥尔摩大学的博士,怎么可能在短短两三年时间内就崛起成为重要的意见领袖?

"就是这个'全球和平观察'组织,发布了一个中国敏感技术报告,指出中国掌握的一些尖端技术会被用于军事目的,从而对全球和平造成威胁。鉴于此,他们要求欧盟审查中国投资者有意收购的欧洲企业,将拥有敏感技术的企业从出售名单中剔除。

"你此前曾专门交代我要特别关注博泰的消息,而这一次,'全球和平观察'所列出的不允许中国投资者收购的企业中间,便有博泰的名字。他们认为,博泰掌握的一些精密机床技术,能够帮助中国改进战略武器。"布罗夫说。

"这件事情,还有回旋的余地吗?"梁子乐问。

布罗夫说:"余地不大。'全球和平观察'提出的要求,其实也是美国的要求,只是换了一种更容易为欧盟接受的方式提出来而已。欧盟还需要美国提供防卫上的支持,同时,欧盟内部也有一些国家与美国关系密切,愿意充当美国的代言人,所以欧盟要想拒绝美国人的要求,难度是很大的。"

"博泰方面呢?对欧盟的这个禁令没有一点反应吗?"梁子乐又问。

布罗夫说:"博泰当然是不可能赞成这条禁令的。在听到这个消息之后,他们便声称要向欧盟委员会提出申诉,要求欧盟委员会批准包括中国投资者在内的机构收购博泰。"

"他们不傻嘛。"梁子乐带着几分嘲讽地说道。

第五百一十四章　我们之间可以有一个合作的机会

时下,美国还没有从金融危机中恢复过来,欧洲则是完全陷入了欧债危机,其他发展中国家既没有实力,也没有动力去收购博泰这样的大型机床企业,中国可以算是绝无仅有的潜在买主。欧盟的禁令,相当于掐死了博泰出售的可能性,博泰当然是要反对的。

听到梁子乐的话,布罗夫摇了摇头,说道:"梁,事情并不是像你想象的那样。博泰的确表示了要向欧盟委员会提出申诉,但到目前为止,他们还没有这样做。据我了解到的情况,他们似乎还没有开始准备申诉所需要的材料。"

"这是……"梁子乐话说到一半,忽然眉毛舒展,笑着说道,"我明白了,这种伎俩,用中国的成语来说,就叫欲擒故纵。他们是想向我们展示收购的难度,逼着我们涨价。等我们出到让他们满意的价格后,他们才会启动向欧盟委员会申诉的程序。届时,以他们的游说能力,打败一个斯德哥尔摩大学的博士,应当是没什么难度的。"

"我想,他们应当是存着这样的想法吧。"布罗夫点头附和道。

大家都是在商界历练多年的,博泰的这点小心思,他们又岂能看不穿呢?更何况,博泰这样做,本身也没打算隐瞒自己的真实意图,他们或许觉得这就是一种阴谋吧?

"可是,这样拖下去,对博泰也不利吧?"梁子乐分析道。

"他们赌的是,你在中国的委托者也急于达成交易。"布罗夫说。

"不,我的委托者并不急。"梁子乐斩钉截铁地回答道。

"沃登伯格先生,我向你发誓,中国人绝对是会着急的。"

同一时间,在博泰公司总部,曾经多次去过中国的业务代表默斯向公司董事长沃登伯格赌咒发誓道。

博泰公司陷入经营困难之后,董事会便做出了出售公司的决策。欧洲制造业的衰退是有目共睹的,也许像技术总监劳瑟尔之类的技术专家对博泰还有一些感情,投资人和职业经理人都是高度理性的,一家企业对于他们来说不过是一个营利工具,既然赚不到钱,而且每时每刻都在贬值,那么何不尽早出手呢?

博泰最初试图在欧洲找到一个"接盘侠",但问了一圈,没有哪家企业愿意收购博泰,因为他们自己现在也都是焦头烂额,哪有资金和精力来接手一家亏损企业?无奈之下,博泰只能把目光转向东方,并派出了一些熟悉中国市场的人员前去探风。

默斯在此前就是负责中国市场销售的,在中国有不少业务上的熟人。他到了中国之后,联系上这些熟人,向他们了解是否有企业有意收购博泰,结果得到了各种五花八门的信息。

临机集团打算收购博泰的事情,默斯也听说了,甚至还知道了唐子风亲自前往井南去与赵氏集团协商的事情,从中分析出临机集团对博泰是志在必得的。

除了临机集团之外,默斯还了解到其他一些企业也有意收购博泰,有些是想把博泰整体收入囊中,有些则是对博泰的其中一部分业务感兴趣。

这就叫"人的名,树的影",博泰作为一家老牌装备制造企业,在中国市场上有着很响亮的名声,有些中国企业仅仅是想借用博泰的品牌,也愿意支付一笔高额的收购费用。

临机集团当然也属于眼馋博泰品牌的企业之一。

得到这些消息之后,默斯就打算启程回国了。就在他准备订机票的时候,一位曾经与他有过一面之交的中国同行出现在他面前,这位中国同行的名字叫何继安。

"默斯先生,或许我们之间可以有一个合作的机会。"何继安开门见山地说。

默斯在中国期间聘了一位兼职翻译,可以把何继安的话译给默斯听。

"何先生,我不明白你的意思。如果我没记错的话,你应当是染野公司的市场总监,你说的,是染野和博泰之间的合作吗?"默斯冷冷地问道。他与何继安没有太深的交情,博泰马上就要被兼并了,他也没太多兴趣与染野之类的公司谈什么合作。

何继安说:"我说的合作,可以说是染野和博泰之间的合作,也可以说不是。"

"什么意思?"默斯皱着眉头问道,他并不喜欢对方这种故弄玄虚的说法。

何继安说:"默斯先生,请允许我做一个解释。我在几年前就已经离开染野公司了,我不太喜欢受约束的生活,所以便主动辞职,办了一家咨询公司,主要业务是中国与国外之间的机床贸易。

"我这次上门来,是想以我自己的身份来与博泰合作,当然,其中也会涉及染野公司,这是我下一步要向默斯先生解释的事情。"

第五百一十五章　欲擒故纵

"你想和我们合作什么？"默斯淡淡地问道。

何继安能感觉到默斯的冷漠，不过他并不介意。他在染野工作的时候，已经习惯于被外国老板呼来喝去了，默斯给他一点脸色，还真算不上啥事。

"我听说，默斯先生这次到中国来，是想寻找一个投资者收购博泰。如果不出意外的话，你们所看中的投资者应当就是临机集团了，我没有猜错吧？"何继安问道。

默斯点点头说："你猜得没错，我们的确是希望找到一个合适的收购方。至于是不是临机集团，取决于我们和临机集团之间的谈判。如果临机集团开出的条件能够令我们满意，我们并不拒绝与它合作。毕竟，我们过去也曾经是合作伙伴。"

"不过，据我了解的情况，临机集团可没把博泰当成合作伙伴，而是当成一个竞争对象。博泰之所以会落到现在的地步，很大程度上是拜临机集团所赐吧？"何继安尖锐地说道。

默斯请来的翻译水平还是不错的，何继安说的这个"拜……所赐"也被她很准确地翻译成英语了。

默斯面有不豫之色，说道："我不明白何先生的意思。企业竞争是很正常的行为，我们与临机之间的关系，自然是合作与竞争并存的。

"目前，博泰公司在经营上出现了一些困难，但这并不是因为在与临机的竞争中落败，而是受到欧洲经济整体形势的影响，这是人力所不能改变的。

"如果临机集团能够收购博泰，对于博泰的员工来说，应当是一个不错的选择。毕竟，临机集团也是一家值得尊重的机床企业。我想，他们会珍惜博泰的技术，让它继续保持辉煌。"

"我非常钦佩默斯先生的胸怀。"何继安赶紧改口。

何继安的本意是，在博泰与临机之间拉一些仇恨，以便推销他的方案。不料他的话却让默斯觉得扎心了。默斯断然否认博泰与临机之间存在矛盾，而将博泰破产的原因归于欧债危机，这就是为了给自己遮羞，何继安哪还能再说下去？

"刚才默斯先生说，如果临机集团开出的条件能够让博泰满意，不知道博泰认为满意的条件是什么？"何继安岔开了竞争的话题，问到核心问题上了。

默斯把手一摊，说道："何先生，这是我们公司的商业秘密，你提出这个问题，似乎有些不太合适吧？"

"请不要误会，默斯先生。"何继安说，"我想说的是，临机集团虽然有收购博泰的意向，但他们愿意支付的收购资金，只有不到 15 亿欧元，甚至有可能只愿意出价 12 亿欧元，不知道默斯先生觉得这个条件可以接受吗？"

默斯终于有些动容了，他问道："你是从什么地方听到的消息？"

何继安矜持地一笑，说道："这其实是圈子里公开的秘密了，只是因为默斯先生是德国人，和中国的机床圈子不太熟悉，所以才不知道这件事。临机集团的总经理唐子风亲自去井南赵氏集团，劝说赵氏集团退出对博泰的竞争，目的就是为了消除其他的竞价者。

"除了向赵氏集团施压之外，临机还向许多大型国有企业打了招呼，让这些企业不要染指收购博泰的事情。

"一旦全中国只有临机集团一家向博泰开价，那么即便他们开出 10 亿欧元的低价，博泰恐怕也只能就范，否则就无法出手了。"

默斯的眉头皱成了一个疙瘩。何继安说的这个情况，他其实还是有所耳闻的。他知道有不少中国企业对博泰感兴趣，但同时也听到一种说法，那就是这些企业不会和临机集团展开竞争，如果临机集团志在必得，其他企业肯定是会选择放弃的。

初听到这样的说法，默斯有些不在意。他觉得临机集团也不过就是一家普通的中国企业，就算是国资委名下的大型企业，也并非能够一手遮天。其他那些对博泰感兴趣的企业中也有大型国企，人家凭什么要给临机面子？

可现在听何继安这样一说，默斯才觉得有些不妙。临机集团或许做不到一手遮天，但万一它以什么利益作为交换条件，换取其他中国企业不出手，那么博泰的确就会面临只有单一买家的境地。

第五百一十五章 欲擒故纵

买卖这种事情,心理因素是很重要的。博泰现在已经陷入了亏损,每拖一天,都会有更大的损失,所以博泰是急于找到下家的。但临机没有这样的负担,它尽可能与博泰打拖延战,耗尽博泰的耐心,最终博泰就不得不接受一个极其屈辱的出价了。

"何先生,你到我这里来,就是为了告诉我这个消息吗?"默斯问道。

何继安摆摆手,说:"当然不是。我前面已经说了,我是来和博泰合作的。我能够让博泰在与临机的谈判中获得主动权,逼迫临机开出一个让博泰满意的价格。"

"你打算如何做到这一点?"默斯问道,他不敢像一开始那样轻视何继安了。

何继安说:"很简单,那就是为临机引入一个竞争者。如果临机发现有其他企业也对博泰感兴趣,并且愿意支付比临机更高的价格,那么临机就不敢怠慢博泰了。博泰可以等待两个竞争者互相提价,最终达到博泰的心理价位。"

默斯只思考了一秒钟,便明白了何继安的意思,他问道:"何先生,你说的竞争者,是指日本染野公司吗?"

"正是。"何继安应道。默斯能够猜出他的计划,这并不让他觉得意外。他前面已经向默斯暗示过,临机有能力让中国国内的竞争者退出,他如果要引入一家新的竞争者,就必然是国外企业。而何继安最熟悉的国外企业,莫过于染野。更何况,他此前也说过,这件事与染野是有一些关系的。

"那么,染野有意收购博泰吗?"默斯问道。

何继安很干脆地摇了摇头,说道:"完全没有这个意向。"

"哦。"默斯点点头。

何继安的这个回答并没有让默斯觉得意外。事实上,博泰在欧洲找不到买主的时候,也曾动过到日本找买主的念头。但稍一打听,便知道日本的情况也并不乐观。从20世纪90年代初开始,日本经济就陷入了停滞,到目前已经是"失去的二十年"了。

在这种停滞的情况下,日本企业基本都是在吃过去的老本,没有什么进取心。花十几二十亿欧元购买一家欧洲破产企业这样的事情,染野肯定是不会做的。

既然染野无意收购博泰,而何继安又说可以引进染野作为临机的竞争者,显然就是想演一出戏给中国人看,让临机感到压力,从而提高博泰的谈判地位。

"这件事情,是染野方面的想法,还是仅仅是你个人的想法?"默斯问道。

何继安说:"这个想法是我先提出来的,并征得了染野中国公司董事长冈田清三先生的认同。如果博泰接受这个方案,染野总部会配合博泰做必要的工作。"

"那么,我们需要付出什么代价呢?"默斯问。

"几乎不需要代价。"何继安说,说罢又赶紧补充道,"当然,适当的佣金可能还是需要支付的。毕竟,我作为一名中间人,操办这件事是有一些成本付出的。不过,我相信我能够为博泰额外争取到的利益,会是我提取的佣金的百倍。"

博泰期望的出售价格是 20 亿至 25 亿欧元,而临机的出价却是 15 亿欧元,其中便至少有 5 亿欧元的差价了。如果何继安的方案能够让博泰避免低价出售的命运,少损失 5 亿欧元的差价,那么拿出 1%,也就是 500 万欧元来作为何继安的佣金,也是值得的。

"你是说,除了你的佣金之外,染野公司方面并没有自己的诉求?"默斯不放心地问道。

何继安说:"是的。染野公司并不打算在这件事情上获得报酬,他们只是不愿意看到像博泰这样伟大的企业被临机廉价收购。即便最终博泰会落入临机之手,至少也要让临机付出很大的代价,这是起码的市场规则。"

"我明白了。"默斯点了点头。

何继安说的这些,默斯当然不会相信。在欧洲人眼里,日本人哪会站出来替博泰打抱不平?

染野从中搅局,只是为了让临机付出代价,因为临机是染野的竞争对手,如果因为收购博泰的事情而占用了大笔的资金,其发展就会受到影响,这对染野来说无疑是有好处的。

虽然明白日本人的动机,但默斯觉得,与染野合作也不失为一个好办法。如果染野愿意配合,两家联合放出风声,说染野将收购博泰,临机肯定就坐不住了。在染野完成对博泰的收购之前,临机会做出最后的努力,通过加价的方式与染野争夺博泰的所有权。

"这个方法,出自中国古代的兵书,叫作欲擒故纵。"

何继安装出一副成竹在胸的样子,对默斯说道。

第五百一十六章　这一招其实是个败笔

"染野欲并购博泰，打造全球最大机床巨头……骗谁呢！"

读着国内几家财经报纸上的新闻标题，唐子风嘴角露出一个嘲讽的笑容。

默斯把何继安的建议带回德国之后，博泰高层进行了讨论，认为请染野来演一场戏的办法还是有其可行性的。此时，正值"全球和平观察"向欧盟施压，要求欧盟禁止并购欧洲的高技术企业，如果再放出有关博泰可能花落染野的消息，临机应当是会着急的。

"全球和平观察"施压这件事，对欧盟来说可轻可重。欧洲这些年经济低迷，偏偏还要端着老欧洲的那副贵族范儿，不肯承认自己不行。他们不敢得罪美国，事事唯美国马首是瞻，但又时不时地要犯点别扭，以示自己并不是美国的走狗，而是有尊严、有自信、有主见的。

在欧洲政客的心目中，把一批如博泰一样的高技术企业卖掉，跟欧洲的安全其实一点关系都没有。到目前为止，对欧洲安全构成最大威胁的依然是俄罗斯。

当下困扰欧洲的，是严重的经济危机，西班牙、葡萄牙等国的青年失业率已经接近50%了，这些荷尔蒙旺盛的家伙成天在街上游荡，对社会安全造成的威胁胜过了数千枚导弹。出售一些严重亏损的企业，能够帮欧盟减轻经济压力，让欧盟腾出手来恢复经济、促进就业，何乐而不为呢？

接到"全球和平观察"的要求之后，欧盟便派出官员前往博泰进行调查，请博泰自证清白。欧盟官员说了，只要博泰能够提交一份报告，签字画押声称自己掌握的技术并不能帮助提高军工水平，那么欧盟就可以拒绝"全球和平观察"的要求，给博泰签发出售许可证。

前去调查的欧盟官员还向沃登伯格暗示，博泰的报告只需要在字面上合理即可，不会有人去纠缠内容是否属实。毕竟，技术是在发展的，而军工技术又是高度保密的,你说已经掌握了某项技术,只是秘而不宣,谁能证明你说得不对?既然已经掌握了这项技术,那么博泰把这项技术卖了,自然也就不存在问题了。

得到欧盟这个暗示,沃登伯格心里就有数了。他一面让人放风说博泰反对欧盟的出售禁令;另一方面又拖拖拉拉,迟迟不提交欧盟要求的自查报告,给人一种博泰的确有可能会被禁止出售的错觉。

正如梁子乐看出来的,博泰是在待价而沽,只要中方的出价达到他们的预期,他们就能迅速地摆平欧盟,然后把自己洗得白白净净的,跳进锅里。

何继安的出现,给了沃登伯格一个新的谈判砝码。染野方面并没有任何的要求,纯粹就是为了让临机多出一些血,博泰并不需要为此付出什么代价。代价为零,收益无限,这样的事情有什么理由不做呢?

至于说这件事会不会弄巧成拙,导致临机知难而退,放弃对博泰的收购,沃登伯格并不担心。博泰也不是没有自己的情报渠道,沃登伯格早就知道,临机高层对收购博泰一事是非常急切的。

虽然具体的出价仍处于高度保密状态,不是集团里的普通中层干部能够了解的,但集团已经在安排接管博泰的人手,与临河市商谈出售临一机土地事宜,这些事情是瞒不过外人的。临机的高层也不可能没有估计过收购博泰的成本问题,现在就这样大张旗鼓地做准备,想来也不至于因为几亿欧元的差价就彻底放弃了。

毕竟,博泰自己的心理价位也是很低的,不过是20亿欧元而已。相比博泰拥有的有形资产和无形资产的实际价值,20亿欧元也算是良心价了。

"唐总,万一是真的呢?咱们也不得不防啊。"总工程师郭代辉忧心忡忡地提醒道。

对于博泰手里拥有的大量技术专利,郭代辉早就垂涎欲滴了。自从集团启动收购博泰的程序之后,郭代辉无数次从睡梦中笑醒,老婆都已经威胁他要分床睡了。

"老郭,你就放心吧,染野现在自己都自身难保,它拿什么去收购博泰?"销售公司总经理韩伟昌淡定地安慰道。

此时大家正在一起开集团办公会,今天讨论的主题便是收购博泰的事情,这也是近一段时间里集团高管们最关注的事情了。

"染野还是有一些实力的,咱们都能收购博泰,染野就更没有难度了。"郭代辉说。

韩伟昌说:"你说的是染野的技术实力吧?论市场占有率,它早就不如我们了。我们收了博泰,立马就能够把它的技术应用到生产中去,推出新的机床品种。染野收了博泰,对它有什么用?染野现在缺的又不是技术,而是市场。"

"万一呢……"郭代辉讷讷地继续质疑。市场的事情,郭代辉是不懂的。不过,染野近年来没有什么新的机床产品问世,郭代辉也是知道的。

他曾向韩伟昌询问此事,韩伟昌当时给他的答复就是如此,染野不缺技术,但因为产品价格高,售后服务不到位,市场竞争力远不如前,自然也就没有动力去推出新产品了。

一家连原有技术都没动力去更新的企业,会花十几二十亿欧元收购一家其他企业进来吗?即便是郭代辉这样的技术宅,也是能够猜出答案的。

"唐总,关于欧盟禁令的事情,你是怎么看的?"韩伟昌回答完郭代辉的质疑之后,转向唐子风问道。

"据梁子乐反馈回来的信息,欧盟禁令不是没有余地的。只要博泰愿意到欧盟去做证,证明自己的技术并不敏感,欧盟就会解除这条禁令。"唐子风说。

"博泰估计是在等我们开价呢。"张建阳笑着说道。

"建阳,自信点,你可以把'估计'二字去掉。"唐子风笑呵呵地说。

集团副总詹克勤附和道:"唐总说得对,博泰就是在等我们开价。咱们搞出了这么大的动静,博泰知道我们对它是志在必得的,所以就配合欧盟放了这样一个风,等着咱们上赶着去和他们谈呢。"

"他们搞出染野这件事,也是这个目的。"韩伟昌说。

"唉,早知道如此,咱们就不该过早暴露自己的意图。"郭代辉懊悔地说道。

暴露收购意图这件事,郭代辉的责任可能是最大的。他安排了不少工程师研究博泰的技术,对于那些即将能够从博泰那里拿过来的技术,集团技术部减少了投入,相当于留了一个坑,等着从博泰那里拿一批现成的萝卜栽进去。

临机把事情做得如此明显,博泰岂能看不出临机的意图?

"这种事,想瞒也是瞒不过去的。"唐子风说,"说到底,生意场上最终决定胜负的只能是各自的实力,靠伎俩即便能够赢得一时,也赢不了一世。"

"对对,唐总真是说出了营销的真谛。这就像我们做市场一样,客户最终还是要看你的产品是不是物美价廉,光靠耍心眼、搞阴谋,是不能长久的。"韩伟昌说。

众高管点头不迭,心里却都憋着坏笑。

整个集团,不就数你们俩最喜欢搞"阴谋诡计"吗?尤其是你唐总。

至于说韩伟昌,原来在临一机技术处的时候,还多少有点工程师的朴实味道,自从跟唐子风开始跑市场之后,眼见着一天天狡猾起来了。

你们俩在这里大谈什么不靠伎俩、不搞阴谋,真让人觉得不适应啊。

笑归笑,大家还是承认,唐子风和韩伟昌二位,对于临机集团的发展是功不可没的。

"我倒是觉得,博泰拉染野来配合它演戏,正说明它心里没底。在这场交易中,它反而是更着急的。咱们是不是可以利用它的这种心理,狠狠地压它的价?咱们原来打算在 15 亿到 18 亿欧元之间完成收购,现在干脆就把目标定在 15 亿。它如果不答应,咱们就立马放手,让它卖给染野去。"高管陈波建议道。

"老陈说的,正是我的想法!"唐子风说,"我也是觉得,博泰这一招,其实是个败笔。咱们就利用它的心理,狠狠地压价啊。"

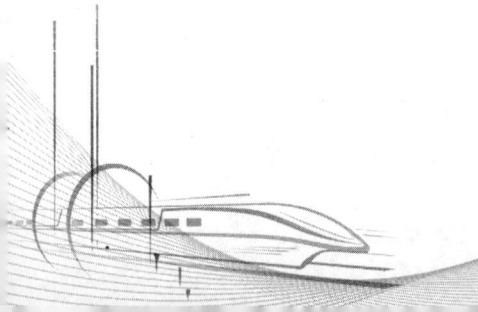

第五百一十七章　你们是否有把握

　　临机集团派出以副总经理詹克勤为首的谈判团队前往德国,与博泰公司开展并购谈判。梁子乐受聘为首席投资顾问,全程参与谈判过程。

　　照着唐子风的想法,和博泰的谈判没必要费太多口水,直接来一句"爱卖卖,不卖走",对方估计就输了。

　　博泰此前就已经是亏损严重,自从动了出售的念头之后,人心思动,销售部门没有推销的热情,客户方面也不敢轻易下订单,生怕买来了设备未来得不到保障,业务可谓是断崖式下降。

　　业务没有了,公司还不能轻易裁员。因为如果把公司员工清退了,公司就更不值钱了。但留着这些人,公司就得给他们开工资,车补餐补冰补炭补啥的,一分钱都不能少,眼见着财务上的窟窿越来越大,博泰的董事会能不着急吗?

　　在这种情况下,给博泰撂句狠话,对方还能怎么样?

　　不过,临机毕竟还是一家在乎节操的公司,即便总经理有点不着调,其他的高管还是有理性的,知道做人留一线的道理。詹克勤一行与博泰进行谈判的时候,说话还是非常委婉的,没有那种嚣张的气势。

　　"肖尔特先生,我们是带着诚意来的。临机和博泰之间曾经有过良好的合作,对于博泰的技术以及在行业中的良好口碑,我们一向是非常敬重的。这一次,听说博泰出现了暂时性的经营困难,我们出于同行的情谊,愿意向博泰伸出援手,全资收购博泰的所有资产,并最大可能地保留博泰的生产经营体系,使博泰这个品牌能够永葆光荣。"

　　在谈判室里,詹克勤带着满脸真诚之色,向负责出售事务的博泰销售总监肖尔特说道。

　　"非常感谢中国同行的好意。"肖尔特心里骂着娘,嘴里和詹克勤一样客气,"我们一向把临机集团视为我们最好的合作伙伴,对于临机集团这些年的进步,我们是非常欣赏的。临机集团有意全资收购博泰,对于博泰这个品牌以及博泰公司在全球各地的近万名雇员而言,是一个很好的消息,我们非常愿意接受临机的收购要约,并相信这会是一次能够载入史册的合作。"

"这是我们共同的心愿。"詹克勤说。

"当然……"肖尔特话锋一转,"作为一家全球性的企业,博泰的合作伙伴并非只有临机一家。我不知道詹先生是否知道,就在不久前,日本染野公司也向博泰发出了收购要约,我们双方进行了初步的接触,他们对博泰的品牌和技术也表现出浓厚的兴趣,所以——"

说到这里,他意味深长地拖了个长腔,等着詹克勤自己去体会。

染野有意收购博泰,这是一家日本企业对一家德国企业的收购,与中国可以说是一点关系都没有。可就是这样一条消息,却登上了国内几家财经媒体的首页,还有一堆所谓"业内人士"大肆点评,其目的不就是想让临机的管理层看到吗?

肖尔特问詹克勤是否知道这件事,颇有些欲盖弥彰的意思,詹克勤岂能听不出来?

"染野吗?"詹克勤微微一笑,"肖尔特先生,这样的传闻,对于我们今天的谈判似乎没什么意义吧?"

"这个……并不只是传闻。"肖尔特有些尴尬,"事实上,公司董事会对于这件事还是比较重视的。虽然我们对与临机的合作非常看好,但我们毕竟还要对股东的权益负责。如果有其他的公司出价更高,我们不可能不考虑与其他公司合作的可能性。"

梁子乐微笑着插话说:"肖尔特先生,我非常理解你们的想法。作为职业经理人,为股东利益考虑是非常必要的。就博泰出售这件事来说,如果有其他的可能性,你们当然是应该考虑的,这无可厚非。"

"正是如此。"肖尔特点头道。

"可是,染野收购博泰这件事,你觉得有可能性吗?"

"呃……"

梁子乐的问题抛出得如此突然,把肖尔特闪了个措手不及。

"这个嘛……我个人认为,还是有一定的……不,我的意思是说,还是很有可能性的。"肖尔特支支吾吾地说道。

梁子乐摇摇头,用真诚的目光看着肖尔特,说道:"肖尔特先生,我心中一直

第五百一十七章 你们是否有把握

是把你当成一位营销专家的,你不会这样缺乏市场经验吧?请告诉我,你刚才真的只是随便说说而已,不是当真的。你心里其实知道染野完全不可能收购博泰,是不是这样?"

梁子乐是在美国长大的,与肖尔特对话,直接说的就是英语。中方的翻译反过来给詹克勤等人做着翻译,听到梁子乐这样说,詹克勤等人差点笑喷了。

梁子乐这小伙子,原来还有点沃顿硕士的精英气质,到中国这几年,跟着唐子风、李可佳这些人厮混,近墨者黑,节操向着数轴的负方向狂奔,刚才那几句话,也不知道肖尔特能不能受得了。

"这……"肖尔特有一种牙疼的感觉。大家都是聪明人啊,事实是怎么样,谁又不清楚呢?

何继安琢磨出一个用染野来向临机施压的方案,自以为聪明,但在真正的聪明人眼里,其实是傻到极致了。何继安说自己的策略是欲擒故纵,结果却是此地无银三百两,反而让人看出了博泰的虚弱。

的确,博泰如果不是脑子进水,怎么会接受这样一个拙劣的计划?默斯犯傻看不出来也就罢了,沃登伯格等一帮高管居然也觉得不妨一试,这不是病急乱投医吗?

肖尔特自己也想到了这一点,觉得拿染野来说事是不妥的,但又想着既然已经这样做了,没准儿中国人一时看不出来,岂不是也可以诈一诈对方?

梁子乐这一番话,对肖尔特来说就相当于赤裸裸的打脸了。是啊,好歹你也是一把岁数的人了,资深职业经理人,染野有没有可能收购博泰,你心里没点数吗?这么浅显的套路,你拿到大庭广众之下来使,不觉得丢人吗?

"梁先生,我想其中或许有一些……呃,误会。"肖尔特在心里组织着语言,磕磕巴巴地说,"的确,从染野目前的情形来看,收购博泰的可能性……不太大。不过,如果价格合适,染野或许也希望得到博泰所拥有的技术。另外就是我们的全球服务体系,其中与染野的服务体系是有一些互补性的。"

"嗯哼。"梁子乐做了一个美国原装的耸肩动作,不置可否。

"事实上,虽然我们更倾向于与中国企业合作,以便让博泰获得更好的市场机会,但欧盟向我们发出了出售禁令,禁止我们把敏感技术出售给中国企业。博泰毕竟还是一家欧洲企业,对于欧盟的禁令,我们是不能不接受的,也正因为存在这样的障碍,所以我们才会考虑与染野合作的事情。"

"肖尔特先生的意思是说,欧盟不会允许我们获得博泰的核心技术?"詹克勤问道。

"目前的确是这样的。"肖尔特说。

"那么,我们在这里谈判的意义又何在呢?"詹克勤逼问道。

肖尔特说:"欧盟的禁令,也不是没有回旋的余地。我们正在积极地与欧盟协商,向欧盟证明我们出售给中方的技术并不敏感。如果欧盟能够接受我们的解释,那么取消禁令也是可能的。"

"我想明确一下,博泰的意思,是向我们出售的技术并不敏感,还是打算把敏感技术从出售的清单里取消?"詹克勤问道。

"这两种可能性都是存在的。"肖尔特应道。

所谓两种可能性,一种是博泰把欧盟禁止出售的技术从出售清单中拿掉,只把不受欧盟限制的技术卖给临机;另一种就是博泰把所有的技术都卖给临机,只是在欧盟面前虚晃一枪,说这些技术并不敏感。

临机收购博泰,很大程度上是盯上了博泰的那些所谓的敏感技术,这一点博泰方面是非常清楚的。如果迫于欧盟的压力,博泰不出售这些敏感技术,则中方的收购意愿就不会那么强烈了。

詹克勤向肖尔特问的,就是博泰在这件事情上的态度。肖尔特知道这道题是送命题,回答哪个选项都不合适,只能含含糊糊地答一句"这两种可能性都是存在的"。

想想看,如果博泰说绝对能够把敏感技术卖给临机,那么肖尔特能拿什么来与詹克勤谈价呢?而如果博泰说无法突破欧盟的禁令,无法出售这些敏感技术,那未来的谈判还能谈啥?

詹克勤哪是随便就能够被糊弄过去的?他盯着肖尔特说道:"肖尔特先生,在继续谈判之前,我希望贵方给我们一个明确的答复,你们是否有把握说服欧盟放弃对所谓的敏感技术的限制。"

"如果你们没有这个把握,那我们也就不必再浪费时间了。博泰最值钱的资产就是所拥有的技术,如果博泰不能保证完整地向我们移交这些技术,我们是不会考虑收购博泰的。"

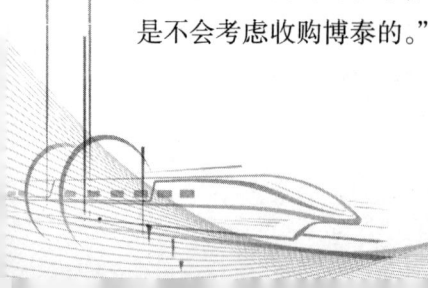

第五百一十八章　他们并非稳操胜券

一个不想做选择题,另一个却逼着前者必须做选择题,最终决定做还是不做的,自然就是各自所处的谈判地位了。

肖尔特属于自家人知道自家事,明白如果要与临机比拼耐心,博泰是肯定要输的。他迟疑了片刻,说道:"詹先生,很抱歉,我现在还无法给你一个明确的答复。我们正准备就此事向欧盟提出申诉,要求欧盟取消禁止中国企业收购博泰的命令。

"但你们是知道的,欧盟做决策需要考虑到各种力量的平衡,而我们所能借助的力量,也有他们自己的利益考量。如果博泰的出售不能让这些利益群体获得足够的好处,他们是没有动力去向欧盟陈述自己的意见的。"

他这一番话说得很委婉,以至于詹克勤听了翻译译过来的内容居然有些反应不过来。梁子乐不得不再给他解释几句,说对方的意思就是不见兔子不撒鹰,要想让博泰去欧盟进行游说,临机必须开出一个好价钱才行。

听过梁子乐的解释,詹克勤笑了,他说道:

"肖尔特先生,我想我们不必兜圈子了。贵公司故意在出售的问题上设置这么多的障碍,不外乎借此来抬价。我们是带着诚意来的,不会恶意地压低收购价格。但如果贵公司认为我方是收购心切,因此漫天要价,那就错了,我们并非一定要获得博泰的技术。

"事实上,博泰技术优势只是相对的,最多不超过十年时间,博泰现在所拥有的技术都会成为过时技术。

"贵公司如果希望达成这笔交易,就请丢掉这些不必要的手段,提出一个合理的出售价格,我们双方在公平合理的前提下进行讨论。否则,我们只能向贵公司说一句'抱歉'了。"

听到詹克勤的最后通牒,肖尔特心里有些慌,脸上却保持着镇定。他说道:

"詹先生，请不要误会，我刚才所说的情况都是真实的。欧洲的情况和中国不太一样，我们企业在做一些事情的时候，还是要考虑到社会影响的。"

"至于你说的合理的出售价格嘛，我方曾请专业的评估机构做过估算，博泰的所有资产，包括技术专利和品牌资产在内，价值是35亿欧元。"

"考虑到目前全球经济正处于低谷，而博泰也的确面临着经营上的严重困难，再考虑到博泰与临机之间的友好关系，我们愿意以30亿欧元的价格为基础，与临机进行谈判。"

"30亿欧元？"詹克勤笑了，"肖尔特先生，这就是你说的合理价格，而且还是在考虑了贵我双方友好关系基础上的优惠价？"

"我想这个价格的确是比较优惠的。"肖尔特硬着头皮说道。

"我们的期望收购价是10亿欧元之内。"詹克勤懒得再废话，直接抛出了自己的开价。

临机能够接受的心理价位在15亿至18亿欧元之间，最好能够在15亿欧元这个价位上成交。为了给对方一些讨价还价的余地，詹克勤是应当把价格报得更低一些的。但博泰的价值在那里放着，詹克勤如果张嘴就说5亿欧元，这就不是谈判，而是来寻衅了。临机毕竟也是一家大企业，不能这样过分是不是？

"10亿欧元我们是绝对不能接受的！这是对我们的侮辱！"肖尔特露出不高兴的表情，说道。他原本打算表现得更愤怒一些，比如直接拂袖而去之类的，无奈这笔交易对博泰来说太重要了，他赌不起。

"刚才肖尔特先生说的30亿欧元，又何尝不是对我们临机的侮辱呢？"詹克勤反驳说。

"博泰的实际价值有35亿欧元，我们已经做出了让步。"

"35亿欧元只是一个理论价值，博泰拥有的很多技术专利已经过时了，真正有价值的专利并不多。"

"我们还有品牌资产呢，光是博泰的品牌就价值10亿欧元以上。"

"你说的是传统市场意义上的品牌估值，今天的市场情况已经完全不同了。在这样一个信息化的年代里，打造一个新的品牌所需要的投入远低于过去，今天的用户是非常健忘的。"梁子乐插进话来，向肖尔特抛了一个新理念。

品牌估值这种事情，能够操作的余地太大了，梁子乐就是做投资这一行的，岂能不懂其中的猫儿腻？

第五百一十八章　他们并非稳操胜券

"即便如此吧……"肖尔特有些语塞。落毛的凤凰不如鸡,现在是博泰求着人家收购,人家怎么挑毛病,他都只能忍着。

"最少28亿欧元,少于这个数字,我们是无法向股东们交代的。"肖尔特退了一步。

"12亿,这是我们的底价。"詹克勤也退了一步。

"最少26亿。"

"12.5亿。"

"……"

谈判不可避免地陷入了僵局。作为双方的第一次正式谈判,出现这样的结果是毫不意外的。谈判本来就是一个互相摸底的过程,双方都会把谈判的情况带回自己的企业进行研判和讨论,确定新的谈判策略,再进入下一次会谈。

"中国人的心理价位很低,我估计是在15亿至16亿欧元之间。"

在博泰公司董事会上,肖尔特汇报了自己与詹克勤谈判的过程,并且做出了自己的推测。不得不说,他的推测还是很准确的。

"这个价格我们是绝对不能接受的!"高管波林一听就急了,"他们这是趁火打劫!"

"这是谁都能够看出来的。"另一位名叫弗鲁因的高管冷冷地说,"但是,波林先生,你认为我们有什么办法吗?"

"这都是营销部门的过错!如果不是营销部门无能,公司怎么会陷入这样的困境?"波林气势汹汹地嚷道。

面对波林甩过来的大锅,肖尔特眼皮都没抬一下,都到这个时候了,再争论是谁的责任,实在是一件很无聊也很愚蠢的事情。他把头转向董事长沃登伯格,问道:"沃登伯格先生,对于中国人的开价,我们应当如何答复?"

"当然是坚决拒绝!"波林抢着说道。

"然后呢?"肖尔特扫了波林一眼,用略带嘲讽的口吻问道。

"然后……我们可以寻找其他的收购者。我就不信,除了中国人之外,我们难道就找不出其他愿意收购博泰的投资人吗?"波林说。

肖尔特说:"道斯倒是和我们联系过,他们对我们在全球的分销渠道比较感兴趣。"

"他们愿意出多少钱?"波林问道。

道斯也是一家德国机床企业,目前的情况比博泰略好一些,至少还没到破产的程度。它表示对博泰的分销渠道感兴趣,或许是想利用这些渠道再搏一次吧。

"2亿欧元。"肖尔特淡淡地应道。

"这怎么可能!"波林失声道。

"他们只想要我们的分销渠道,我们的技术专利和设备,他们都不感兴趣。除销售部门外,其他部门的员工他们都不想要。"肖尔特说。

波林脸上有些尴尬,迟疑了一会儿才问道:"前几天,不是说染野对我们也有兴趣吗?"

"染野的开价是4亿,要整个公司。"

"还有其他的吗?"

"中国临机集团,目前的开价是12.5亿欧元,预计还能再加一些。"

"……"

波林彻底哑了,怎么转了一圈,还是中国人最讲良心啊?

其实关于这个问题,公司里早就分析过。受金融危机影响,全球经济都不景气,唯独中国还能保持高速增长,所以中国人对机床技术是最为青睐的。此外,欧洲企业、日本企业的技术水平都比较高,对博泰所拥有的技术专利兴趣不大,只有中国企业愿意出高价收购博泰的技术。

因此,博泰如果想在欧洲、日本找买主,肯定是卖不出价的,卖给中国人才是最好的选择。

可谁承想,中国人虽然对博泰感兴趣,开出来的价钱却让博泰极其难受。接受这个价格,就相当于挥泪大甩卖,实在有些不甘心。但不接受这个价格,把博泰捂在手里,只能是一天天贬值,未来没准儿连这样的价钱都卖不到了。

"其他的中国公司呢?你们接触过没有?"弗鲁因问道。

肖尔特叹了口气,说道:"我们一直在试图寻找其他的中国收购者,但大家知道,中国是一个非常讲究集体主义的国家,在跨国并购这件事情上,他们形成了统一意志,其他的潜在收购者都已经被打了招呼,放弃对我们的出价。也就是说,我们要么与临机达成交易,要么就只能直接破产了。"

"这是违背国际贸易规则的!"弗鲁因说。

肖尔特耸耸肩:"那又如何?我们能够因为这一点而去起诉中国吗?"

"看来,只有让欧盟再添一把火了。"沃登伯格沉吟半晌,缓缓地说道,"肖尔特,你继续保持和中国人的接触,要向他们强调,我们是非常愿意与他们达成交易的,但欧盟的压力也非常大,我们正在进行努力。

"至于弗鲁因先生,你找一下媒体,把'全球和平观察'的诉求炒作一下,同时要想办法让中国看到这些报道。我们要向他们传递一个信号,那就是这桩收购案是存在着许多变数的,他们并非稳操胜券。"

第五百一十九章 谁还没点民意咋的

"小唐,你们收购博泰的事情,没准儿是真的有麻烦了。"

国资委办公室里,谢天成向前来汇报工作的唐子风说道。谢天成今年已经六十出头,很快就要退休了,坊间传说,谢天成退休之后,最有可能接替他职务的就是唐子风。

在一边作陪的法规局副局长吴均说:"子风,商务部那边传来消息,说欧盟正在制定一个关于中资企业并购欧洲企业的管理规定,拟对涉及敏感技术的欧洲企业采取限制收购的措施,其中就包括了博泰公司,还有其他一些我们期望并购的装备技术企业。

"欧洲议会有几位持反对立场的议员,这段时间活动频繁,针对临机收购博泰一事,在媒体上发表了不少言论,欧盟受到的压力很大。

"与中国关系比较好的欧盟官员建议我们,如果对某家欧洲企业感兴趣,最好加快并购的步伐,抢在欧盟的管理规定出台之前完成并购,否则就有可能受到限制了。"

唐子风不以为然地说道:"吴局,欧盟放这个风也不是一天两天了,我琢磨着,他们也就是虚张声势而已。如果他们真的不想让中国企业收购他们的所谓敏感企业,随时都可以发布禁令,又何必这样不停地放风呢?"

谢天成说:"你的分析有一定道理,但小吴说的风险,也是可能存在的。这段时间,欧洲那边对于中国企业并购欧洲企业的事情的确有不少议论,你们就不担心夜长梦多吗?"

"的确有一点这样的担心。"唐子风承认,但随即又说道,"但是,担心归担心,如果因为担心就多花几亿欧元,就有些可惜了。其实,我们也不是非要把博泰买过来不可。买下博泰,能够缩短我们追赶国际先进水平的时间。如果买不下,我们自己多投入一些,要追赶上去也是办得到的。

第五百一十九章　谁还没点民意咋的

"我相信大势所趋,时间是在我们这边的。博泰也罢,欧盟也罢,想和我们打拖延战、消耗战,我们还真不怕他们。

"我估摸着,欧盟现在是又想卖那啥,又想立那啥,处于两难境地。他们说的那个什么规定,恐怕也是为了应付舆论,不见得真的会出台。"

"欧盟那边也是觉得面子上不好看了。"吴均说,"据一位欧盟官员私下里向商务部那边抱怨的说法,你们向博泰开的收购价,未免太低了。博泰的价值,欧盟官员也是看得到的。你们的出价,是把博泰和其他那些垃圾企业混为一谈了。"

唐子风眉毛一扬:"吴局,'垃圾企业'这个说法,也是欧盟的人说的?"

吴均没想到唐子风会关注这个问题,稍一错愕,便点点头说:"应当是他们自己说的吧,我也是听商务部的同志转述的。这段时间,咱们国内企业在欧洲收购的破产企业不少,大多数企业没有太多的核心技术,连欧盟自己都看不上,估计他们内部也是把这些企业称为垃圾企业的。"

"呵呵,也就是说,如果我们收购的是他们的垃圾企业,他们是不会在乎的。偏偏博泰就不属于垃圾企业,所以他们要横生枝节。"唐子风说。

吴均说:"这是肯定的。那些没有太多核心技术的企业,欧盟当然不会在乎。对于他们来说,这些企业纯粹就是包袱,我们愿意去并购,他们还求之不得呢。但博泰的情况就不一样了,它手里有很多技术专利,是欧洲的竞争力所在。这样三文不值两文地卖出去,欧盟面子上也下不来啊。"

"既然我们收的都是欧洲的垃圾企业,那还不如不收呢。谢主任,咱们国资委是不是可以下一个通知,要求各家企业不能收购欧洲的垃圾企业,不能白白便宜了欧洲人?"唐子风说。

谢天成摇摇头说:"小唐,你这个想法也太偏激了。小吴说的垃圾企业,并不是真的垃圾,只是没有太多关键性的核心技术罢了。有些企业本身还是有一些技术的,相比国内企业也还算是领先。国内企业如果能够并购这些企业,取长补短,对于我们企业的发展也是有好处的,怎么能说一句不收就不收了呢?"

唐子风说:"谢主任,这不是偏激,而是涉及国家尊严的问题。你想想看,欧洲现在深陷债务危机,一大堆企业濒临破产,唯一能够救他们的,只有中国。在这种情况下,他们还牛哄哄的,只允许我们收购他们认为的垃圾企业,稍有一点技术含量的企业就不允许我们收购,这样的气,你能忍?"

"这也正常吧,欧盟也有他们的想法……"吴均脱口而出。没等他说完,谢天成摆摆手,拦住了他,然后看着唐子风,问道:"小唐,你觉得我们该怎么做?"

唐子风把手一摊:"我刚才不是说了吗?直接由国资委发一个通知,要求国内企业不得收购欧洲的垃圾企业。最好能联合财政部、发改委、商务部啥的一起发通知,非但国有企业不去欧洲并购,连民营企业也不去,让欧盟把那些垃圾企业留在手上沤肥好了。"

听到唐子风这样说,吴均下意识地张了张嘴,想说点啥,却发现谢天成皱着眉头,似乎是在思索唐子风的方案,吴均于是也就不敢再说啥了。吴均曾是谢天成的秘书,办事稳重,但要论急智,那是远远比不上唐子风的。

见唐子风胡说八道一通之后,老领导非但没有予以痛斥,反而陷入沉思,吴均才意识到唐子风的话里或许还有其他的玄机。吴均和唐子风也是老熟人了,素知唐子风鬼点子多,看上去像是随便说的一句玩笑话,其中却往往是有深意的。

"国资委直接下这样的通知,有些不妥。"思虑多时,谢天成对唐子风说道。

"有什么不妥?"唐子风问道。

谢天成说:"师出无名。我们直接干预企业的并购行为,没有太充分的理由,很容易引起欧盟方面的不满,说不定反而会促使他们通过那个限制中国企业并购行为的规定。"

"并购欧洲企业,对于咱们的很多企业来说还是有益的,你们不也是真心实意想并购博泰吗?如果国资委下这样一个通知,就相当于把路给堵死了,未来周旋的余地不大。"

"的确,咱们国家和欧盟之间是有经贸合作协议的,如果国资委发文限制企业到欧洲开展并购,相当于单方面违约,容易招致欧盟的报复。"吴均又赶紧附和谢天成的话。

"理由不是现成的吗?"唐子风满不在乎地说,"欧盟官员自己都说允许咱们收购的只是垃圾企业,好企业是不会允许咱们收购的,这算不算是歧视性条款?他们不仁,我们不义,这不是很正常的事情吗?"

谢天成说:"垃圾企业这种话,只是个别欧盟官员私底下说的,不是欧盟的官方态度。咱们以这样一句话来向欧盟发难,分量不够。到时候他们不承认自己说过这样的话,咱们就被动了。"

第五百一十九章 谁还没点民意咋的

"谢主任,我怎么觉得你的官越做越大,胆子却是越来越小了?"唐子风笑着调侃道。

吴均听到这话,嘴角抽了抽,不知道该说什么好。要论起来,他跟谢天成无疑是更亲近的,但要让他指着谢天成的鼻子说谢天成胆子越来越小,他是万万不敢的。

唐子风一向是个"人来疯",哪个领导跟他随便,他就敢和这个领导乱开玩笑。一开始他只是和周衡没大没小,后来与谢天成混得熟了,对谢天成也同样口无遮拦。像这种当面呛谢天成的事情,吴均已经见过很多回了。

可事情就这么奇怪,唐子风越是装傻卖萌,领导还越是欣赏他。唐子风的年龄比吴均小七八岁,级别已经在吴均之上,未来没准儿还会接替谢天成的职务,成为吴均的顶头上司。

"不是胆子小,而是处在这个位子上,做事需要考虑周全。"

果然,谢天成并没有在意唐子风的不敬,反而乐呵呵地做着解释,似乎是很在意唐子风的批评。见唐子风似乎没有开窍的意思,谢天成又补充道:"小唐,有些事情,由国资委直接出面来做,并不合适。如果能够以民间的声音来推动,效果就更好了。到时候,无论是进是退,国资委都有更多的余地,你说呢?"

"哈!原来谢主任是打着这个主意呢!"唐子风一下子就明白了,不由得笑出声来,"谢主任,你想拿我当枪使,明着说就是了,何必这样拐弯抹角呢?没错没错,欧盟那边没有直接出手,而是找了几个枪手向咱们隔空喊话。咱们应当以其人之道,还治其人之身。不就是民意吗?谁还没点民意咋的?"

"既然明白了,那你还待在我这干吗?想让我请你吃午饭吗?我告诉你,没门儿!"

谢天成挥挥手,做出一个赶苍蝇的样子,似乎是对唐子风嫌弃到极点了,脸上却带着慈爱的笑容。

吴均的玻璃心又碎了。

第五百二十章　更为理智的行为

《欧洲上空的鹰》。

这是欧洲一家著名媒体上的文章标题,配图是一只翅膀上画着红五星的老鹰,正瞪着凶残的眼睛盯着地上的欧洲地图。

文章的内容毫无悬念地充满着煽情,宣称欧洲正在遭遇一场空前的浩劫,中国企业在大肆收购欧洲破产企业,如老鹰吞食猎物的腐肉一般。在列举了一堆诸如中国临机集团意欲染指博泰之类的案例之后,文章的作者发出呼吁,要求欧盟和欧洲各国政府扎紧篱笆,禁止中国企业并购欧洲的战略性企业。

几天后,在中国的一家重要媒体上,出现了一篇署名"王梓杰"的文章,直接与欧洲的那篇文章撑上了。

在这篇标题为《跨国投资切忌成为吃"腐肉"》的文章里,王梓杰先是引经据典地论证了跨国投资在自由市场经济中的必然性和必要性,声称在欧盟遭遇经济危机的时候,中国企业出手对欧洲破产企业开展并购,既是一种正常的市场行为,也是对贸易伙伴雪中送炭的善举。

紧接着,他话锋一转,引用了《欧洲上空的鹰》中的观点,声称欧洲有"一小撮"固守冷战观念的人,为正常的跨国投资无端设置了骇人听闻的限制,把欧洲破产企业分为"鲜肉"和"腐肉",只允许中国投资者吃"腐肉",而拒绝中国投资者吃"鲜肉"。

"如果在欧洲政客心目中,中国投资者仅仅是一只吃腐肉的鹰,那么中国投资者完全没有必要去开展并购,因为这样的贸易限制非但是对中国投资者的羞辱,还严重损害了中国投资者的利益。

"那些被欧洲政客们当成'腐肉'的企业,技术落后、经营不善,完全没有投资的价值,中国企业辛辛苦苦攒下来的资本,为什么要投到这些'腐肉'身上?"

王梓杰义正词严地发出了质问。

第五百二十章　更为理智的行为

"教授，你这是偷换概念。"

办公室里，一位身材窈窕的金发女郎抿嘴笑着，对王梓杰说道。她嘴里的称呼很是恭敬，但眼神里是秋波荡漾，蓝莹莹的，让人心醉。

这位金发女郎名叫米莉亚，是法国一所大学的经济学讲师，年方二十八岁，现在在人民大学做访问学者，王梓杰是她的导师。这位米莉亚有着法国姑娘与生俱来的浪漫情怀，一来就黏上了比自己大十几岁的王梓杰，据说王梓杰已经快要沦陷了。

"米莉亚，我没有偷换概念。欧盟把企业分成了两个档次，允许中资企业收购的，都是没有什么价值的企业，和腐肉有什么区别？真正有价值的企业，他们不允许中资企业收购，这难道不是一种歧视性政策吗？"王梓杰辩解道。

米莉亚说："这篇文章里说的腐肉分明不是这个意思，它是说你们中国企业把欧洲的破产企业当成腐肉了。事实上，过去两年里中资企业在欧洲进行了不少于100起并购，被并购的很多欧洲企业都是非常具有成长性的，它们之所以陷入经营困境，仅仅是受到全球经济低迷的连累而已。"

"但欧盟声称不允许中资企业收购博泰公司，这总是事实吧？"王梓杰问。

米莉亚撇着嘴说："这只是因为你的合伙人唐子风心太黑了，打算用区区12亿欧元吞下价值不少于30亿欧元的博泰，欧盟只是不希望把自己的企业贱卖了。"

"欧盟的官员可不是这样说的。"王梓杰说，"他们声称博泰是一家拥有核心技术的企业，所以不允许中国人收购。换一个说法，那就是他们允许中国人收购的企业，都是没有核心技术的。你认为我们应当接受这样的歧视性政策吗？"

米莉亚叹了口气，说："教授，你应当知道，在我们西方，很多人对中国始终是存在着疑虑的。博泰的技术有可能被用于军工，这是欧盟不愿意中国人获得博泰技术的根本原因。如果博泰的技术不涉及这方面，欧盟或许就不会这样紧张了。"

王梓杰笑着问道："米莉亚，你说西方人对中国存在着疑虑，其中也包括你吗？"

"当然不是。"米莉亚笑着说道，"教授，我对中国以及中国人，尤其是像教授你这样才华横溢、性格温柔的中国人，一向是非常有好感的。我认为，中国是一个爱好和平的国家，欧洲那些政客对中国的看法，纯粹是偏见。"

王梓杰拉过米莉亚的手,同时说道:"你说得对,中国是一个爱好和平的国家,中国和欧洲的经贸合作,是双赢的。米莉亚,我希望你能够和我一道,致力于中欧友好。"

"我觉得,中欧友好可以先从咱们两个人开始……"

"这倒是一个好主意……"

王梓杰发表这篇署名文章,正是唐子风授意的。临机对博泰的收购一波三折,让唐子风很是不耐烦。他嘴里说时间是在自己一边的,心里却想着要赶紧把博泰搞定,所以才找来自己的金牌搭档王梓杰,让他出头向欧盟发难。

消化吸收博泰的技术也是要时间的。

王梓杰的文章只是一个开头。很快,国内的许多家媒体上都出现了类似的论调,由包娜娜组织的大批文章,对中资企业赴欧洲并购的行为评头论足,其中颇有一些"捡垃圾""人傻钱多""有损国格"之类的指责,文章标题更是一个比一个吸引眼球,让人觉得但凡去欧洲收购破产企业,都是一件丧权辱国的事情。

"沃登伯格先生,我非常遗憾地通知你,欧盟无法为博泰提供庇护了,欧盟将宣布不会对中资企业的并购行为施加任何限制。"一位脸色冷峻的欧盟官员向来访的沃登伯格说道。

"我们只是希望欧盟象征性地做出一些限制,不要给中国人造成一种博泰不得不贱卖的错觉。"沃登伯格黑着脸说道,"如果博泰能够获得一个更好的收购价,我想对于欧盟来说也是一件好事吧?"

"我们最开始也是这样认为的。"欧盟官员说,"但是,对博泰的限制政策给中国人造成了另外一种错觉,那就是那些未被欧盟限制出售的企业,都是没有价值的。"

"中国人在欧洲并购,绝对不是在做慈善,他们想收购的企业,都是对他们有益的,他们不可能放弃这些并购。"沃登伯格说。

欧盟官员耸耸肩膀,说道:"沃登伯格先生,欧盟对这件事的看法与你完全一致。我们相信中国人最终是会对那些企业感兴趣的,但是,因为博泰的事情,他们可能会暂时搁置其他的并购。"

"欧盟现在没有资金去救助那些濒临破产的企业,如果不能在短时间内把那些企业卖给中国人,那些企业就会成为我们沉重的包袱,届时哪怕中国人把并购价格压到只相当于现在的一半,我们也不得不答应他们的要求。"

第五百二十章　更为理智的行为

"为了一家博泰,而损害至少 50 家大型企业的利益,这是欧盟无法做到的。事实上,博泰也并没有什么特别敏感的技术,欧盟完全没必要为博泰而采取单独的政策。"

"你的意思是说,欧盟打算牺牲博泰,以换取中国人的欢心?"沃登伯格气呼呼地质问道。

欧盟官员一摊手,说道:"不,我们完全没有牺牲博泰的想法,我们也没有权利决定博泰的命运。不过,我们将不会对中资企业收购博泰的事情给予任何限制,这是我们对贸易伙伴的承诺。至于说换取中国人的欢心,我想你是过于感情用事了,欧盟和中国之间只是贸易往来而已。贸易中照顾对方的情绪,也是必要的。"

"但这将意味着我们手里没有任何砝码。"沃登伯格说。

"我个人感到非常遗憾。"欧盟官员冷冰冰地说,"或许,博泰应当对自己的处境有更清醒的认识,尽快与中国人达成一个比较理想的收购协议,这会是更为理智的行为。"

第五百二十一章　天下大同

"小唐,祝贺你们捡了个大洋捞啊。"

京城一幢不起眼的小楼里,周衡给坐在自己办公室沙发上的唐子风递了一杯水,笑呵呵地说道。

"马马虎虎吧。博泰也就是名气还比较响,真正有用的技术已经不多了。好在花钱不多,就权当是去欧洲扶贫了。"唐子风大大咧咧地接过水杯,同样笑着回答道。

以严格限制所有中资企业并购欧洲企业相威胁,迫使欧盟取消了关于禁止中资企业并购欧洲"敏感企业"的限令。博泰失去这样一把保护伞,在与临机谈判的时候,再也没有了腾挪的余地。

梁子乐通过自己的关系网摸清了博泰的底牌,知道博泰的几个大股东目前都陷入了财务困境,急于把博泰出手,以换取流动资金,于是建议詹克勤咬住收购价不松口,与博泰拼起了耐心。

经过两个月的僵持,博泰终于扛不住了,临机最终以不到15亿欧元的价格获得了博泰的全部资产。临机入主博泰之后,把博泰在欧洲的一部分生产设备迁回了中国,利用中国相对廉价的劳动力来降低生产成本,提高博泰机床的市场竞争力。

同时,由于晓惠带队的一支技术队伍远赴德国,与完整保留下来的博泰研究院的欧洲工程师们一起工作,接收博泰在一百多年历史里积累下来的核心技术。

唐子风说博泰真正有用的技术已经不多,纯粹就是一种凡尔赛式的抱怨。事实上,博泰手里的好东西是很多的,除了可以看到的专利之外,还有大量隐藏在博泰员工脑子里的技术诀窍,甚至档案馆里那些实验记录都价值连城。来自中国的工程师通过分析这些实验记录,可以了解到欧洲同行们的科研套路,这

第五百二十一章 天下大同

也是十分难得的隐形技术。

临机收购博泰一事,遭到了"全球和平观察"之类的一批非政府组织的强烈抗议。但博泰的背后是一群大资本,这些资本不吭声的时候,看起来像是人畜无害的小花猫,一旦发现有人要妨碍他们赚钱,小花猫就立马变身为大老虎了。

几家大资本同时出手,各家非政府组织的鼓噪在一夜之间就消失得无影无踪了。欧洲媒体上全都是赞美中欧贸易的声音,让人觉得此前的那些噪音完全就是一个幻觉。

"去欧洲扶贫,这话也就你小唐敢说了。"

周衡这话说得很轻松,让人觉得他是在开一个无伤大雅的玩笑,但唐子风知道,周衡叫他过来有其他原因。

唐子风照着周衡手下发的定位找到这幢小楼的时候就已经看到,小楼的门前挂着一块普普通通的木牌子,上面写着一行字:"一带一路"机械工业合作办公室。

唐子风随后还打听到,周衡现在的职务,正是这个办公室的主任。

"怎么,周主任,你们这么大的买卖,还要惦记我们这么个小公司?"唐子风笑着问道。

周衡摇摇头:"唐总这话可就是打我的脸了。我们这个办公室,是彻头彻尾的一个空架子,除了这幢小楼,我们可是一分钱资产都没有,只能找你们这些大老板化点缘了。"

两个人完成了一轮商业互吹,唐子风这才收起笑容,问道:"老周,你们这个办公室是什么情况?怎么把你拉进来了?"

周衡十年前就已经退休,随后一直在几个协会里挂职,做些力所能及的事情。这个"一带一路"机械工业合作办公室,唐子风从来没有听说过,不知道周衡怎么会跑到这里来当了个主任,而且似乎还不是那种仅仅挂个职务的主任,而是要实实在在干活的。

周衡说:"国家搞'一带一路',要求各部门结合自身特点提出工作思路。许老等一些老同志提出,'一带一路'沿线有很多发展中国家,工业水平低下,有些处于工业化前期,有些连工业化的门槛都没摸到,是纯粹的农业国。

"要帮助'一带一路'国家发展,很重要的一个步骤,就是要帮助他们跨过工业化的门槛,让他们摆脱靠天吃饭的命运。而要帮助这些国家实现初级的工业化,机械工业方面的合作是最关键的。

"这不,就有了这么一个机械工业合作办公室。许老说我对机械行业比较熟悉,就亲自点名让我来当这个主任了。"

"帮助'一带一路'国家实现工业化?"唐子风把眉头皱起来,说,"老周,这些国家如果需要工业品,咱们给他们提供就是了。他们有的有矿,有的有油,没矿没油的那些,搞搞农业也不错,出口点水果、大豆啥的,跟咱们换彩电、冰箱,何乐而不为?"

周衡盯着唐子风问道:"你的意思是说,让这些国家永远给咱们当原料供应地,咱们用廉价的工业品去换他们的矿产品和农产品?"

"西方国家不就是这么干的吗……"

唐子风说到一半,还是把后面的话给咽回去了。周衡好歹也是七十岁的人了,唐子风不便在他面前太放肆。

周衡倒是没有在意唐子风的俏皮话,他点了点头,说道:"小唐,你的这种想法,很多同志都有。过去中国受西方国家的剥削太多了,现在我们国力增强了,尤其是工业水平提高了,已经能够和西方分庭抗礼了,于是就有很多人想让中国去学西方的模式,像西方国家那样去剥削其他的发展中国家。"

"这个也不能算是剥削吧。"唐子风辩解道,"搞工业化哪有那么容易?这些国家自己估计也没这个想法,咱们又何必强人所难呢?我和一些搞中非贸易的人聊过,他们说,中国人和非洲国家做生意还是很公平的,比那些西方国家好得多。只要我们能够做到公平交易,也就不能算是剥削这些国家了吧?"

周衡笑着说:"你想说的,不仅仅是这些吧?"

唐子风有些窘,讷讷地说道:"其实,这也不是我一个人的想法,很多人都是这样想的。全球市场说大也不大,总需求是有限的。现在东南亚一些国家已经在和我们抢市场了,如果非洲国家也实现了工业化,那这个市场岂不就没有我们的地盘了吗?"

周衡用手指了指唐子风,说道:"小唐,我一直觉得你是一个很有格局的人,在这件事情上,你的格局到哪去了?"

唐子风嬉皮笑脸地说:"周主任,我的格局到哪去了,你不是最清楚的吗?过去有你在临一机掌舵,我只需要在旁边划划水就可以,不用考虑那么多俗事,当然就有格局了。现在可好,一个集团好几万人,吃喝拉撒都得我操心,我每天

第五百二十一章 天下大同

一睁开眼睛,就要想着当天上哪赚几百万来给大家发工资,哪有心思琢磨什么格局?"

周衡认同地点点头,说道:"可以理解。临机这副担子,的确是挺重的。你能够带领临机做出这么好的成绩,的确很不容易。不过,小唐,大家对你的期望,可不仅仅是让你当好一家大型企业的总经理,所以,你还是需要有更多的大局观,不能把视野仅仅局限于你们一家企业里。"

"周主任批评得对。"唐子风赶紧认错,他知道周衡后面还有其他的话,在这个时候,他不便强词夺理把话题带歪。

果然,周衡在批评过他之后,继续说道:"国家提出'一带一路'倡议,并不是要像西方国家那样,把'一带一路'国家变成自己的经济殖民地。我们的国策是永不称霸,这一点不仅仅是停留在口头上,也是真真切切落实在行动中的。

"我们和西方国家具有不同的全球治理观念。他们追求的是以西方为核心的国际秩序,这个秩序根本上是服务于西方国家利益的。而我们追求的,是天下大同的理想。"

"这个……毕竟还只是理想吧?"唐子风嘟哝道。

周衡说:"的确如此,真正的天下大同,不是那么容易实现的。但是,至少我们现在做的事情,应当是对天下大同有益的,而不是有害的。比如说,西方国家对发展中国家的经济殖民,带来的是这些国家的绝对贫困化。

"贫困是动乱的根源,一旦这些国家陷入贫困,就容易发生战争,带来世界的动荡。这几年,中东、北非一带动乱频繁,大批难民拥向周边国家,包括拥进欧洲,对欧洲的经济和社会秩序都造成了极大的影响。

"我们国家虽然目前还没有直接受到中东地区动乱的影响,但这种威胁是客观存在的。即便是为了给咱们自己创造一个和平稳定的发展环境,我们也有义务帮助这些国家恢复经济、恢复秩序,你说是不是?"

第五百二十二章　授人以渔

　　话说到这个程度，唐子风的态度也严肃起来了。他想了想，说道："老周，你说的这些，的确有些道理。不过，就算要帮助这些发展中国家发展经济，咱们也没必要通过机械工业去帮吧？

　　"要让他们摆脱贫困，办法有很多。我们动员全国人民多吃点进口香蕉、菠萝之类的，也能让一个热带国家全面进入小康了，为什么非要去帮助他们实现工业化呢？

　　"非洲可是有10亿人口的，而且年轻人的比例很高，劳动力极其丰富。如果他们实现了工业化，对咱们来说绝对是培养了一个竞争对手，会让咱们的出口加工业完全失去竞争优势。"

　　"你的顾虑是有道理的。"周衡说，"但是，帮助非洲国家实现工业化这一点，也是有其道理的。首先，你说的动员全国人民多吃点进口香蕉、菠萝的方法，并不能真正解决非洲国家的贫困问题，农产品的市场再大，也不可能与工业相比。非洲国家不实现工业化，就不可能真正地摆脱贫困。"

　　唐子风不吭声了，他刚才说的话，其实连他自己都不信。

　　"其次……"周衡见唐子风不说话，便继续说下去，"你光看到非洲工业化会抢走我们的传统市场，为什么不想想，一旦非洲摆脱贫困，会培育出一个完全不亚于中国的大市场？

　　"我们目前的出口主要是面向欧美国家，这中间存在着很大的风险，万一欧美国家联手制裁我们，限制我们的出口，那我们的产能就将无处释放。

　　"国家提出搞'一带一路'，就包含了培育'一带一路'新市场的思路。如果东南亚、南亚、中亚、西亚和非洲的发展中国家经济有所提升，所带来的购买力将是何等强大！我们占据了这样一个庞大的市场，就不用担心西方国家的讹诈了。"

第五百二十二章 授人以渔

"原来是这样!"唐子风豁然开朗。

如果有了亚洲和非洲将近30亿人口的一个新市场,哪怕人均购买力比不上欧美,其市场的总规模也是极其可观的,完全可以抵消西方给我们造成的损失。

而要让亚非的发展中国家形成可观的购买力,就需要先发展当地的经济,帮助这些国家实现初级工业化,这是一个明智的选择。

人除了有两只手,还有一张嘴。非洲国家的百姓富裕了,同样要买冰箱、彩电,要买手机、小汽车,而这些东西都是中国制造的,这就相当于中国自己为自己创造出了一个新市场,何乐而不为?

"老周,你们打算怎么和'一带一路'国家开展机械工业领域的合作?"唐子风问道。

周衡知道唐子风已经想通了,他欣慰地点点头,说道:"很简单,就是要帮助这些国家建立一些中小型工厂,包括各种轻工业企业,也包括少量的机械企业,至少要让他们形成基本的机械维修能力。

"咱们有一些企业到非洲去办厂,机器设备损坏了,在当地买不到任何配件,连一个普通的齿轮都要从中国运过去,严重影响了生产。

"我们考虑,机械行业的这些企业,比如你们临机,可以到当地去建立一些机修服务站,同时帮助当地建立一些小型机械厂,至少要让当地能够完成一些最常规的机械保养工作。"

"你是说,常规的机械保养?"唐子风确认道。

"对啊,就是常规的机械保养。"周衡笃定地回答道。

"这么说,你们没打算让我们帮助非洲国家建立一家像博泰那样的大型机床企业?"唐子风再次问道。

周衡笑着说道:"如果能够在非洲建成一家像博泰一样的大型企业,当然是最好的。不过,饭要一口一口地吃,以这些国家的工业基础,要想一步到位地自己制造中高端机床,是不太现实的,咱们也没必要揠苗助长是不是?"

"周主任英明!"唐子风赶紧向周衡跷了个大拇指,送上一句恭维。

中国有句老话,叫作"授人以鱼,不如授人以渔"。建设"一带一路",实现天下大同,这是中国作为一个负责任大国的使命与担当。要帮助"一带一路"国家摆脱贫困,不能光靠经济援助,还要教会他们一些创造财富的方法,其中最关键的就是帮助他们跨过工业化的门槛,学会用工业来赚钱。

周衡一直强调只是帮助这些国家形成最基础、最常规的机械加工能力,其实就是在教他们"钓鱼"的方法。

当然,中国这样做,其实也有无奈之处。并不是每个国家都能够像中国这样形成一个完整的工业体系,许多非洲国家也就是百十万人口,能够建立起最基本的工业就已经不错了,怎么可能做到一切都自给自足呢?

想明白了这一点,唐子风的情绪就高涨起来了,他问周衡:"周主任,你希望我们临机怎么做,就直接吩咐吧。"

周衡笑着说:"吩咐我可不敢当,只是有一些工作设想,还请唐总提出批评意见。"

唐子风苦着脸:"周主任,你就别难为我了,打死我我也不敢向你提出什么批评意见啊,你还是快说出来吧。"

周衡这才抛开客套,说道:"目前,国家通过开发贷款,帮助'一带一路'国家建设了不少工业项目,包括纺织厂、服装厂、制鞋厂、糖厂、食品厂、化肥厂、农药厂等等,还有一些民间企业也纷纷在'一带一路'国家投资,开办了各种工业项目。

"咱们机械行业是为各行各业提供工作母机的,在这个过程中也不能落后。我们初步考虑,希望国内的机床企业能够到这些国家帮助建设一些小型机械厂,以满足日常设备维修和制造小型配套设备为目标。

"这些小型机械厂,主要设备就是各种机床。我今天请你过来,就是想让你们临机带个头,搞一个'机床进非洲'的活动。"

唐子风说:"机床进非洲,当成一个活动来搞,倒是不难。但如果要搞出实效,我心里还真没什么底。开机床也是需要一些文化基础的,我担心在非洲能不能招到足够多的机床操作工。

"如果当地人无法操作机床,需要我们千里迢迢地派工人过去,这对我们来说压力就比较大了。当地的那点维修业务,赚到的利润恐怕连工人的工资都不够。长年累月地这样补贴进去,再大的企业也会被拖垮的。"

"说到当地人能不能操作机床,我倒想起一件事来。"周衡乐呵呵地说。

"什么事?"唐子风问。

周衡反问道:"子风,我记得当初临一机有个青年钳工,名叫宁默的,据说还是你的中学同学，有这么回事没有？"

"有啊。"唐子风说。

"这个宁默最近在做什么，你知道吗？"周衡问。

"他在非洲。"唐子风随口答道，接着又补充道，"对了，宁默去非洲做的，就是机械维修业务，他走之前还专门去向我咨询过，我是大力支持他的。"

周衡笑着说："你说的这个，已经是过去的事情了吧？宁默目前在做什么业务，你知道吗？"

唐子风一怔："我倒是有一段时间没和宁默联系了。怎么，周主任，你是说你知道宁默现在在干什么？"

"没错。"周衡说，"宁默在埃塞俄比亚开了一所机床学校，专门培训当地人操作机床。他的学校收费很低，教学却很严格，培养出了不少合格的机床操作工，在当地赢得了好评。大使馆把他的事情作为'一带一路'的先进事迹报回国内。我因为原来当过临一机的厂长，所以外交部那边就把这事也向我通报了。"

"不会吧？"唐子风惊得目瞪口呆，"就宁默那胖子，能够成为'一带一路'的先进？他开维修公司开得好好的，怎么会突然改行办学校去了呢？"

第五百二十三章　宁默的追求

"你用心了吗？教你多少遍了，还不记得！"

埃塞俄比亚首都亚的斯亚贝巴郊区的一处厂房里，宁默不厌其烦地教着一位黑人青年。

那位黑人青年脸上带着憨笑，冲着宁默用生涩的汉语说道："对不起，校长，刚才那个操作，我的脑子是记得的，就是手忘记了。"

"你的手长能耐了，自己都能独立思考了？你这叫啥？机械手？电子手？人工智能手？"宁默絮絮叨叨，说着不着调的牢骚话。

对方当然是听不懂宁默这些怪话的。这所机床学校里的学员，都是当地的黑人，几年前甚至连中国人都没见过几个，遑论懂得汉语。这几年，随着中非经贸往来越来越多，当地的中资企业不断增加，许多黑人为了能够在中资企业里工作，便开始学习汉语了。

不过，在使用字母语言的国家里，汉语一向被认为是最难学习的语言，只有那些脑子比其他人灵光，同时也愿意吃苦的黑人青年，才能够勉强学会一些，也就够与中资企业里的管理人员或者技术人员进行一些有限的沟通而已。

机床学校是要学技术的地方，那些黑人青年所掌握的几句日常汉语，在这里就远远不够用了。为了让学员们能够听懂中国技师讲授的技术，宁默开的这所机床学校除了开设机床课程之外，还有汉语的强化培训，当然，其中并不包括教黑人学员们听懂宁默的垃圾话。

宁默在埃塞俄比亚开办机床学校，纯属偶然，至于因此而成为国家认定的"一带一路"先进，就真的是无心插柳柳成荫了。

最开始，宁默是听别人鼓动，加之不愿意待在国内吃软饭，这才和自己的技校同学赖涛涛一道，远赴非洲开办了一家机床维修中心。

在这样一个工业化刚刚起步的国家里，机床维修中心的业务是很不错的。

第五百二十三章　宁默的追求

由于没有竞争者，维修机床的收费几乎可以由宁默他们说了算。没有人敢抱怨他们收费太高，因为如果不接受宁默他们的服务，这些企业就只能花 10 倍以上的价格去请欧洲厂商来维修，而且还要等待数十天。

在客户企业那里做维修的时候，宁默发现一个问题，那就是当地的机床操作工手艺实在是很糙，许多机床故障都是因为操作不当而产生的，有些故障的原因低级到让宁默忍不住暴跳如雷。

作为机床维修中心的经营者，宁默其实应当喜欢这种没事就犯点错的机床工，因为他们会为维修中心创造源源不断的业务。但宁默同时也是一位有情怀的装配钳工，看着别人糟蹋自己的劳动成果，他实在是忍无可忍。

"这种工人，在我们那里早就被踹出去了，我真不明白，你们留着这样的人干吗用？"宁默不止一次地向客户企业的老板吐槽。

"可是，宁先生，这已经是我们能雇到的技术最好的机床技工了。"老板满脸都是无奈之色。

"你们国家就没有技校吗？"

"有，但是……"

老板没有说下去，这个"但是"后面的内涵实在是太多了，多到让他无从说起。

生在当代中国的人，很难想象什么叫作"百废待举"。非洲国家过去没有工业传统，百姓连识字都还是大问题，更别提学技术了。政府开办的技校，请来的老师都是欧洲白人，需要好吃好喝侍候着不说，在教学生的时候，也是脾气大得很，学生稍微有点不明白，白人老师直接就赶人，说这个学生太笨，无法教，云云。

这样一来，政府的技校倒是开办了一些，但能够从技校毕业的学生实在是非常有限，而且其中还有相当一部分人实际上只是半吊子，技术根本不过关。估计是白人老师懒得管了，随便签了个毕业证就给放出来了。

就这样一些半吊子的技术工人，在当地也成了宝贝。这就应了一句中国的老话，叫作"蜀中无大将，廖化作先锋"。企业老板对这些技术工人得拍着哄着，生怕他们一不高兴，跳槽到其他企业去，自己这一摊子活可就要抓瞎了。

"开个机床能有多难？只要不瞎不傻，最起码的一些操作总是能够学会的吧？"宁默的犟劲上来了，"你把你们厂里那帮操作工找来，我给他们讲讲机床入门课。"

宁默在临一机的时候是装配钳工,后来又专攻机床维修,过手的机床种类数以百计。非洲的工业水平很低,也用不上什么高精尖的机床,一般企业里的机床,还真没宁默不会开的。虽说他的技术达不到专业车工、铣工的水平,但教一教这些本地工人是没啥问题的。

宁默的免费机床培训开始之后,他才发现,教当地人开机床的确是一件比较有挑战性的事情。从事工业行业是需要有一些悟性的,而悟性往往来自日常生活的经历。中国的小孩子平常都有接触机械的机会,哪怕是拆装自己的玩具小汽车,也能给人一些工业的启蒙。

相比之下,非洲的年轻人大多没有接触过工业技术,面对着机床这样的复杂机械,他们的知识储备远远不够。往往是宁默在机床上示范了十几次,旁边围观的工人们依然看不出所以然,一上手就犯错,屡屡把宁默气得跳脚大骂。

"宁,你就别费劲了,这些非洲人是不可能学会开机床的,上帝在赐给他们卓越的运动天赋的同时,也把他们的工业技能拿走了。"

这是一位白人同行对宁默的劝诫。此人是欧洲一家机床企业的售后服务代表,他到当地企业维修机床的时候,向来是一声不吭,干完活收了钱就走。有时候对方向他询问故障是如何发生的,未来如何避免,他只回答一句:"这个问题已经超出你们的水平了。"

"涛涛,你觉得黑人能学会开机床吗?"宁默回去向自己的合伙人赖涛涛求证。

"应该能学得会吧?"赖涛涛有些犹豫地回答道,"这些黑人的文化水平的确不怎么样,学东西也慢。不过,过去咱们在技校的时候,班上不也有几个学技术慢的兄弟吗?多学几次也就学会了。机床也没啥难的,我觉得如果有个好师傅耐心点教,黑人应当也是能学会的。"

"那么,你觉得我在这里开个机床学校怎么样?"宁默抛出了自己的计划。

"你疯了!"赖涛涛一惊,"咱们现在生意多红火啊!再开个学校,咱们顾得过来吗?再说了,开学校可真的不赚钱,就当地人那收入水平,你指望收他们多少学费?"

"我打算分文不收。"宁默认真地说。

"分文不收?那你图个啥?"赖涛涛更不明白了。

140

第五百二十三章　宁默的追求

宁默恨恨地说："我就是看不惯那帮白人牛烘烘的样子，说什么黑人学不会开机床。你记得吗？过去咱们在临一机的时候，也见过这种牛烘烘的白人，看咱们中国人也是鼻子翘到天上去，总说咱们开不了他们的高级机床。"

"他们翘他们的，最后咱们不是把博泰给收购了吗？"赖涛涛笑着说道。他虽然离开临机集团已经很多年，但在内心还是把临机当成自己家的，所以一张嘴便说"咱们"。

宁默说："是啊！现在他们是不敢在咱们面前翘鼻子了，可是他们在老黑们面前翘鼻子，我看着也不爽。他们不是说黑人开不了机床吗？我就开个机床学校，专门培训黑人技工，教出几个八级工来震一震他们。"

"八级工……"赖涛涛捂着腮帮子，"胖子，咱们能实际点吗？你自己那点技术，够三级工不？你还想教出几个八级工来。"

宁默说："三级也行啊！最起码，教到我这水平，也不至于被人家耍了。"

赖涛涛看着宁默："胖子，你可别搞错了，咱们到非洲是来赚钱的，不是来扶贫的。你开个学校，还打算学费分文不收，这不就是来扶贫了吗？"

宁默说："其实吧，我到非洲来，赚钱只是一个不太重要的目的，我是想让老唐他们看看，我胖子不是光会吃软饭的人。教黑人开机床这事，我觉得挺有意义的，比修机床赚钱更有意义。我要是把这事干好了，以后回去也有个吹牛的本钱了，有句话是怎么说的，咱们虽然经济上贫困一点，但精神上很富裕。"

赖涛涛叹了口气："得了，我早就知道你是个脱离了低级趣味的人。你老婆有大河公司的股份，一年光分红就比我这半辈子赚的钱还多。你觉得这事有意思，你就去做吧！维修中心这边，大不了我们再从国内招几个工人来。你看不上这点钱，我还指着赚这笔钱给我儿子出国留学用呢！"

宁默笑着拍拍赖涛涛的肩膀，说道："那就这么说定了，维修中心这边，我把我的股份全转给你，一分钱也不要。不过，以后我的机床学校开起来，可得拿维修中心当实习基地，你别不耐烦。"

第五百二十四章　胖子机床学校

与赖涛涛不同，宁默到非洲来经商的目的不是赚钱，或者确切地说，他的最终目的不是赚钱。如果说宁默曾经在乎赚钱这件事，只是因为他希望通过赚到钱来证明自己的价值，让人不说他是个吃软饭的废物。

维修中心的收益很是可观，至少对于赖涛涛这种在国内属于普通中产阶层的人来说，这笔收益是比较让人满意的。但是，宁默是一个已经脱离了低级趣味的人，他在大河公司一年的分红就有上千万，这还是因为大河公司现在正处于扩张期，大多数的红利都被用于扩大再生产了。要按企业的市值来算，宁默一家的资产已经达到几十亿的规模了，维修中心的这点收入，对于宁默来说真是不够看的。

宁默到非洲之后，先是经历了一段创业的亢奋期，随后就开始有些倦怠了，原因无他，就是创业的收益不像他先前想象的那么大，这点收益还不足以证明宁默的价值。

好吧，其实宁默在开始创业之前，对于能够获得多少收益并没有一个明确的计算，他只是觉得自己"应当能够"赚到很多钱，多到让大家都看得起他。但这个目标其实是注定无法达成的，别说他只是一个修机床的，就算是临机这种大型机床企业，收益也无法和大河公司相比，想靠机床来赚大钱是做不到的。

开一所机床学校，是宁默从未考虑过的事情。但当突然想到这个点子时，他立马就觉得这才是他真正想做的事情。他想起当初唐子风分给他丽佳超市股份的事情，赠人玫瑰，手有余香，说的就是这样的事。

现在他已经衣食无忧了，在这个时候，钱对于他来说就只是一个数字，而能够用钱去帮助别人，似乎是更有意义的事。宁默小时候接受的教育，让他觉得帮助"亚非拉兄弟"是一件崇高的事情。到了非洲之后，看到当地的贫困和落后，他心里那种扶助弱者的冲动就越发强烈了。

第五百二十四章 胖子机床学校

有了新的目标，宁默又迸发出了激情。他没有向张蓓蓓以及唐子风说起自己的想法，生怕他们听说之后会阻拦自己，或者插手自己的事情，这样就无法体现出他的独立性了。他动用自己的私房钱，租了场地，又从国内雇了几名机床技师过来当帮手，便在亚的斯亚贝巴的郊区把这所学校办了起来。

宁默并没有办技校的经验。一开始，他打算全盘模仿自己上过的东叶机械技校的模式，给学生开设从机械原理到"音体美"的全套课程。及至把学生招进来，与学生进行初步接触之后，宁默才发现自己想多了。

这些自称有高中学历的黑人年轻人，实际水平甚至达不到中国国内初一初二学生的标准。要给这些数学基础、物理基础都非常薄弱的学生讲机械原理，难度堪比让宁默减肥。

至于那些机械之外的课程，在当地也没什么用处。对于穷人来说，全面发展是奢侈的，他们更需要的是快速地掌握一门技术，以便到工厂去干活赚钱。

这时候，赖涛涛给宁默支了一着儿，那就是干脆啥理论课都别上了，直接给学生人手一台旧机床，让他们拆了装、装了再拆，直到在他们的骨子里都烙上机床的印象。

这一招，其实是临一机的几位老钳工日常侃大山的时候向他们讲起过的。新中国成立前，穷人家的孩子根本没有上学的机会，小小年纪便被送到工厂里当学徒。这些人基本都是文盲，也没有任何机械基础，只能懵懵懂懂地跟着师傅拆装机床。

可就是这样一些人，因为拆装机床的次数多了，慢慢便对机床有了感觉，由给师傅打下手，发展到自己能够独立维修机床，再往下，便学会了使用。有些钳工出身的老师傅，开车床、铣床比一般的三四级车工、铣工还要强，其实就是因为他们比后者更熟悉机床原理。

宁默自己也不算是一个聪明人，至少在面对唐子风这种学霸的时候，他是自认脑子不灵的。他在技校学技术，也是凭着"熟能生巧"这四个字，从一开始一头雾水，到后来能够独当一面，这中间似乎并没有经历过什么"顿悟"的过程，只是积累经验而已。以己度人，宁默也觉得赖涛涛的这个主意实在是太适合非洲年轻人了。

说干就干，宁默联系了在国内的朋友，让他们在国内替他收购了一大批报废机床，全都装船运到了埃塞俄比亚，塞进他租下的那处旧厂房里。

随后，宁默便开始了自己的"宁氏教学法"。他先教学生们学会使用各种工具、掌握最基本的拆装技巧，然后就让他们去拆装那批报废机床。宁默采取的完全是放羊的做法，让学生自己琢磨拆装方法，中国技师们只在关键时候稍加点拨而已。

可以想象得出，最开始的教学现场是何等混乱。面对着一台台的机械怪兽，学生们既兴奋又胆怯，一个个叽里呱啦地乱叫，这里磕磕，那里碰碰，壮着胆子进行操作，每卸下一个螺丝都恨不得跳一段非洲舞蹈以示庆祝。

至于在拆装过程中损坏了零件或工具，那实在是太平常的事情了。一天不发生一两百起这种事情，都会让宁默以及其他中国技师感到诧异和不安。

顺便说一句，黑人学徒们损坏的可不只是机床上的零件以及铁质工具，还包括他们自己身上的零件和"肉质工具"。那段时间里，宁默光是让人买创可贴和纱布都花了上千块钱。

熬过最初的忙乱，学校的教学工作逐渐步入了正轨。一些熟练的学生摸到了机床拆装的门道，非但自己会做，还可以给新生做示范。

老生带新生的效果，甚至超过师傅带学徒的效果，因为这些老生自己也是从毫无头绪摸索过来的，对于新生会犯什么错误，以及他们犯这些错误的原因，都了如指掌，指导的时候更能够做到有的放矢。中国技师们有时候还真的想象不出这些非洲年轻人会开出什么样的"脑洞"。

在把机床结构摸得滚瓜烂熟之后，学生们开始在中国技师的指导下学习机床操作。此时，机床对于这些黑人青年来说，不再是充满神秘感的"高科技"，而是他们玩得想吐的大玩具，操作的时候没有任何的陌生感和畏惧感。

第一批学生只学了八个月就毕业了。宁默请来了当地一些机械厂的老板，让他们观摩学生们的毕业表演。看着这些黑人青年娴熟地安装零件毛坯，在控制面板上设定各种加工参数，再操纵机床加工出符合标准的零件，老板们都震惊了，纷纷开出令人目眩的高薪，争抢这批毕业生。

当然，这里说的高薪，也只是相对于埃塞俄比亚当地的收入标准而言的。毕竟，这个国家的人均 GDP 只相当于中国的 1/10。

消息传出后，机床学校的大门瞬时就被报名者挤爆了。

宁默在办学之初就确定了不谋求盈利的原则，学费收得很低。如果不是赖涛涛提醒，他甚至都想直接对学生免费。

第五百二十四章 胖子机床学校

赖涛涛提醒他,免费的东西会让人不珍惜,如果学校免费,那么很多人就会抱着无所谓的态度,不会认真学习。适当地收一些学费,可以起到提高学习积极性的目的。

宁默接受了赖涛涛的建议,确定了一个象征性的学费标准,比当地的技校收费要低不少。一开始,还颇有一些人因为学校的学费低,而有些瞧不起这所学校。现在,知道在这所学校能够学到真本领,那么学费低廉就成了另一个显著的优点。当地的寒门子弟,更是把到胖子机床学校学技术当成了一个跳龙门的机会。

报名的人多了,宁默便有了挑三拣四的权利。他提出的第一条招生标准,便是学生必须具备基本的汉语对话能力,同等条件下,汉语水平高的报名者会被优先录取。

这个选拔要求,也得到了用工单位的支持。随着中非经贸合作日益频繁,当地的中资企业不断增加,非中资的企业也有很多业务与中国相关,汉语在当地的地位已经超过了英语,各家企业也希望自己的员工能够有很高的汉语水平。

为了学机床,就必须先学汉语。学好了汉语,就算考不上机床学校,未来没准儿还有其他的中国技术学校会招生,届时自己的语言优势还能发挥作用。这样的想法,导致当地出现了一波新的汉语热。有些中资企业里的中国员工利用业余时间教授当地年轻人汉语,居然也能赚到一笔不错的外快,这就算是胖子机床学校的一个溢出效应了。

第五百二十五章　有什么不一样吗

"胖子！"

"唐帅！"

首都机场，宁默与亲自前来接机的唐子风来了一个熊抱。他身上带着的那股机油味让唐子风皱了皱鼻子，旋即又呵呵笑了起来，胖子还是原来那个胖子，没有在非洲那个花花世界里迷失自己。

拥抱完毕，没等唐子风说什么，宁默向身后招了招手，十几位穿着蓝布工装的黑人小伙迅速站成了一排，然后也不知道是谁带的头，众人齐刷刷地向唐子风行了个鞠躬礼，还用勉强够得上标准的汉语大声问候道：

"唐总好！"

这一嗓子，非但把唐子风吓了一跳，接机大厅里的其他人也都纷纷行来注目礼，不知道这边是个什么阵势。

"胖子，这是……？"唐子风诧异地问道。

"这都是我的学生，怎么样，长得都挺精神的吧？"宁默得意扬扬地显摆着。

唐子风打量着这一群黑人小伙，发现还真都有些眉清目秀的感觉。还有就是他们身上的工装，让唐子风觉得有些眼熟。

"你不会是从临一机的库房里把过去的工作服倒腾到非洲去了吧？"唐子风向宁默问道。

他认出来了，这些工装不就是从前临一机的工作服吗？收腰收袖口，胸前有两个口袋。这种款式的工作服在临一机用了几十年，后来顺应时代发展，临一机重新请专业设计师设计了新款的工作服，这种老工作服已经有很多年不用了，也不知道宁默是从哪把它们淘出来的。

"哈，这都让你看出来了。"宁默哈哈笑道，"这是我拿我的一件老工作服做样子，在井南找厂子专门定做的，现在是我们机床学校的校服。怎么样，有点意

第五百二十五章　有什么不一样吗

思吧？"

"不错不错。"唐子风赞道，"你那个机床学校连校服都有了，看起来还挺正规的嘛。我上次碰见蓓蓓，她还说你那个学校就是一个草台班子，上不得台面呢。"

"她懂个啥？"宁默牛哄哄地说道，"她总说我在非洲是不务正业，其实我现在在非洲威风得很。其他地方我不敢说，在亚的斯亚贝巴，提起我宁校长的大名，那是无人不知、无人不晓。大使馆要办点啥事，还得让我帮忙呢。你们说是不是？"

最后一句话，他是转头向那群非洲学员说的。听到宁默的话，众人都挺直了胸膛，同时大声应道："是！校长威武！"

唐子风只觉得尴尬，他看着宁默，问道："这都是你教的？"

"嗯哪。"宁默坦然应道。

"你带这么多人跟你一起回来，就是为了让他们给你撑场子的？"

"这都让你看出来了。"宁默立马就窘了。

他带着这些学员回来，的确有让他们给自己撑场子的意思，但这层意思被唐子风直接挑破，就让他有些尴尬了。他讷讷地说道：

"撑场子只是附带，我带他们过来，其实是让他们来参加下周的全国高职院校机加工技能大赛的。这些人学了点皮毛，就觉得自己挺了不起的，我带他们过来开开眼界，让他们知道啥叫天外有天。"

"原来是这样。"唐子风点点头。

全国高职院校机加工技能大赛，临机集团是协办单位之一，所以唐子风是知道这件事的。宁默带一群非洲学员来参赛，估计是和主办单位协商过，没准儿主办单位还挺欢迎，因为这能够增加不少宣传点。

"我带了一辆中巴车过来，你让他们跟小李走吧，你跟我一车走。"唐子风交代道，同时给宁默指了一下自己带来的中巴车司机小李。

"何三，你带人跟这位李先生走，你们的住宿、吃饭会有人给你们安排。记住了，到了中国，一切要守规矩，否则回去之后我开除你们的学籍。"宁默向那群非洲学员的领队吩咐道。

"何三……"唐子风看着那位黑黝黝的非洲小伙，琢磨着"何三"这个名字有什么寓意。

"他叫何赛。"宁默一边拉着自己的行李箱随着唐子风往停车场的方向走,一边给唐子风做着解释,"我们学员里有五个叫何赛的,喊一句,好几个人同时回头,乱得很。后来我就给他们起了艺名,从何大到何五,这个就是何三。"

"看来你在当地还真是有点说一不二的意思,直接把人家的名字改了,人家也没意见?"唐子风笑着调侃道。

"他们敢!"宁默霸道地说了一句,随即又换了个口气,说道,"其实吧,老唐,我跟你说,我的威信,是靠我干出来的。非洲那个地方,实在是太穷、太落后了。"

"美国人、欧洲人、日本人、韩国人,还有什么稀奇古怪的国家去的人,都瞧不上非洲人,跟他们说话都是翘着鼻子的。也就是咱们中国人,讲究人人平等,对他们客客气气的。

"人心都是肉长的,非洲人也不傻是不是?谁对他们好,谁对他们坏,他们还能分不出?你别看我平时跟他们嘻嘻哈哈的,他们还是从心底里尊敬我。

"我刚才说在亚的斯亚贝巴没人不知道我,其实也不算是吹牛。我在当地要办点事,打个招呼就有人给我办了。为什么?就是因为我教这些人学技术的时候,那是真心教的。我那个学校,收的学费低,培养出来的工人水平高,一来二去就有了名气了。"

"你的事情,老周跟我说过了。"唐子风说,"胖子,你这件事干得漂亮,国家要把你树为'一带一路'的典型呢。"

"典型不典型的,我倒是不在乎。"宁默装出一副无所谓的样子,但那胖脸上洋溢着的笑意却暴露了他内心的真实想法。

宁默所求的,其实就是别人对他的承认。他原本只奢望得到老婆以及朋友的承认,谁承想误打误撞,居然成了国家树的典型,要说他不得意,那是绝对不可能的。

"我这次回来,还有一大堆事情要请你帮忙呢。有些事情,我自己也能办,但如果你能够帮忙,那就是最好的。我胖子这辈子唯一佩服的人就是你了,所以,这些忙,你可一定要帮我。"宁默说着,伸出一只手打算搭在唐子风的肩膀上,以示亲昵。

"胖子,把你的肥手拿开!"

唐子风露出一副嫌弃的表情,制止了宁默的行为。他倒不是对宁默有什么歧视,实在是宁默的胳膊又沉又热,搭在肩膀上的感觉太差了。

第五百二十五章 有什么不一样吗

"你别跟我来这套,有什么事情就直说,要秀恩爱,回去找你家蓓蓓秀去。"唐子风义正词严地说。

"说得好像我爱秀恩爱似的!"宁默不忿地说,"我说是找你帮忙,其实也是给临机送机会。现在很多企业都去非洲开拓了,非洲的机床操作工供不应求,我琢磨着,这表明机床的需求也会暴涨。

"这两年,国内机床市场不像前几年那么火爆了,临机是不是也在找市场?我如果能够帮你们打开非洲市场,算不算帮了你的忙?"

"这倒是。"

听宁默说的是正事,唐子风也就不起哄了。他说道:"我们已经在向'一带一路'国家销售机床了,在非洲开拓的情况也不错。你说你能够帮我们打开非洲市场,具体是什么情况,和我们现在做的事情有什么不一样吗?"

"当然不一样。"宁默再度得意起来,"咱们临机的销售人员,就算是韩伟昌,能知道非洲是什么情况吗?说到底,他们就是拿着在国内的经验,跑到非洲去卖机床。我也不是说他们就卖不出去,但肯定是有一些问题的,你说是不是?"

因为和唐子风的交情,宁默尽管已经辞职下海十几年了,说起临机的时候还是一口一个"咱们临机",这就是把临机当成自己家了。

"你说说看,有哪些问题?"唐子风问。

"最基本的一点,就是咱们的机床不适合非洲人使用。"宁默说,"我是开机床学校的,非洲当地人开机床的时候有什么问题,没人比我知道得更清楚。

"我们一直都是在让非洲人适应我们的机床。有句话是怎么说的,叫作'江山易改,本性难移',要让人家适应咱们的机床,难度有多大,你能想得出吗?

"这一两年,我一直都在想,为什么我们不能照着非洲人的特点,开发一批适应非洲人操作习惯的机床?如果有这样的机床,我们教起来容易,你们卖起来也容易,这不就是你经常说的双赢吗?"

"有道理!"

唐子风只觉得眼前一亮,隐隐地抓住了一些重要的东西。他说道:"胖子,你先别忙着说,我交代人把午餐重新安排一下。我原来准备的是一个家庭餐会,只有你、我和文珺一起吃饭。现在我得让李可佳也过来,带上她公司里的工程师,大家一起听听你说的非洲人的操作习惯是怎么回事。"

第五百二十六章　用户的习惯太顽固了

既然是要谈工作，唐子风索性把王梓杰、包娜娜、梁子乐等人也一并叫来了，这些人与宁默都有过在临一机夜市一起吃烧烤的交情，现在就算是共同给宁默接风了。

李可佳带来了新经纬软件公司的技术总监刘啸寒和工控事业部经理邓磊，准备听宁默介绍来自非洲的机床需求。

经过与图奥的一场血战，新经纬公司在全球工业软件市场上名声大噪，加之有中国工业高速发展带来的机遇，新经纬公司如今已经跻身国际工业软件巨头之列，在国内更是当之无愧的头牌。

从早期最简单的制图软件延伸开，新经纬公司的业务已经覆盖了CAD、CAM、CAE等诸多领域。临机集团开发的机床，有许多控制软件都是外包给新经纬公司完成的。宁默声称中国的机床不适应非洲人的习惯，要改变机床设计，涉及的很大一部分就是机床软件，所以唐子风专门让李可佳带新经纬公司的技术人员过来。

"非洲人没有咱们中国人那么细心，他们操作机床很随意。有些错误，换成任何一个中国人都不会犯，但非洲人就经常犯，怎么教都纠正不过来。"

饭桌上，宁默甩开腮帮子吃了个七成饱，这才开始进入正题，给众人讲起了自己的非洲见闻。

"这个不能算是习惯吧？"包娜娜有些不屑地说，"我做事也粗心啊，但我不会抱怨事情不对，粗心就是我自己不对，没听说过喜欢犯错误还有道理的。"

"这个和人种倒没啥关系。"梁子乐说，"主要还是教育水平的问题吧。非洲人受教育程度普遍比较低，经济发展水平也低，有些地方甚至还停留在刀耕火种的状态。刀耕火种的时候，也就不需要什么太精细的操作了，所以人们就养成了做事比较粗放的习惯。"

第五百二十六章　用户的习惯太顽固了

包娜娜说:"就算是这样,那也算是坏习惯,是需要改正的。听唐师兄和胖哥的意思,好像是想设计出一种不怕犯错的机床去适应他们,这也太惯着他们的毛病了吧?"

李可佳笑道:"说是惯着他们的毛病,也没错。我们搞软件设计的,就经常要考虑到用户的使用习惯问题。有些地方是用户经常出错的,我们设计的时候就会将错就错,把用户的错误操作变成一个正确的结果。"

"我知道我知道。"包娜娜笑着说,"我用的拼音输入法就是这样的,我分不清平舌音和翘舌音,结果不管输进去的是 su 还是 shu,都能够打出 shu 字来。"

"这也是没办法的事情,用户的习惯太顽固了。"刘啸寒嘟哝道。

作为程序员,其实他是最不愿意迁就用户的。像李可佳说的那种将错就错的事情,每次都让刘啸寒痛苦不堪,因为他觉得在程序里掺进这种错误,会导致整个程序都不干净了。为这种事情,他可没少和李可佳等一些负责开拓市场的高管吵架。

"容错设计还是很有必要的。"肖文珺说,"用户也是整个工作系统的一个组成部分,进行系统设计的时候,是应当把用户的特征也考虑在内的。比如说,我们设计机床的时候,就要考虑工人的身高问题。欧美工人个头高,所以他们的机床也高,我们的工人使用起来很不方便。

"还有,像苏联的机床,都是适应俄罗斯人比较粗放的操作风格的,亚洲人用苏联机床就会觉得很吃力,不如日本机床轻巧。"

"对对,我说的就是肖教授这个意思。"宁默说,"还有,梁总说得也很有道理,非洲人读书少,机床上有些太复杂的操作,他们学不会。有些很高级的机床,他们买过去就是当成普通机床来用,那些机床上的功能,他们连 1/10 都用不上,非常浪费。"

唐子风问:"你的意思是说,让我们开发一批低端机床卖到非洲去?其实也用不着开发,把各家厂子里淘汰下来的老机床翻新一下卖过去,是不是就符合你说的要求了?"

宁默认真地摇摇头,说道:"不是的。咱们国内的老机床其实更难用,需要懂很多技巧。我的感觉是,使用的时候麻烦一点不要紧,但不要太复杂,这就是最合适的。"

"啥叫麻烦一点,又不要太复杂?你这不是自相矛盾吗?"包娜娜笑着评论道。

王梓杰说:"我倒是听明白了。胖子的意思是不是说,机床操作的时候多几个步骤不要紧,重要的是这些步骤要特别简单易学。就比如说吧,踢足球的时候,远距离一脚香蕉球入网,效率最高,也最好看。但如果你没这个技术,那就带着球一步一步蹭到大门前面,再把球踢进去。"

"胖子的意思是说,直接抱着球冲进球门去。"唐子风笑着纠正道。

"嗯嗯,对对,这样更省事。"王梓杰倒是改口极快。

"胖子,你是这个意思吗?"肖文珺问。

"差不多就是老唐说的这个意思吧。"宁默说,"其实吧,就我们教的那些学员,如果让他们做特别复杂的操作,他们掰着手指头算半天,也不见得能算明白。还不如把操作设计得简单一点,多做几个动作,也花不了多少时间的。"

梁子乐说:"我觉得宁哥说得有道理。对于成熟的工业国来说,生产过程非常追求效率,能够用一个动作完成的事情,就不会分解成几个动作。但非洲是工业水平比较落后的地区,劳动力成本低,对效率的要求没那么高,反而是正确性的要求更重要。

"让他们的工人花两个小时加工出一个合格的零件,比让他们只花十分钟,但零件不合格要强得多。我们的传统设备,都是为了追求效率的,所以宁哥会说这些设备不适合非洲。"

肖文珺皱着眉头说:"我总觉得,胖子说的这种情况,是不是主要针对他那个机床学校的情况啊?当学徒的时候肯定是不太熟练的,但实际参加生产之后,是不是就越来越熟练了?

"如果我们的机床一律是照着不熟练的操作工来设计,等这些人技术熟练之后再用这样的机床就很没效率了。"

李可佳把头转向刘啸寒和邓磊,笑着说道:"二位,你们有没有什么办法,能够让机床自动升级?不熟练的时候用一套程序,等熟练了再用另外一套程序。"

邓磊苦着脸说:"李总,你这可就难住我了。这样的程序倒也不是开发不出来,可是实在太麻烦了。我们怎么知道他们不熟练的时候是什么样子,等到熟练了又是什么样子?"

"这很简单,等胖子回非洲的时候,邓工跟着一块儿去就是了。胖子,你那里是不是还缺个中国厨子?邓工的厨艺可是非常不错的。"唐子风笑着说道。

第五百二十六章　用户的习惯太顽固了

"完全可以啊。"李可佳接过唐子风的话头,"邓磊,有没有兴趣到非洲去待一段时间?如果你愿意去,公司可以让你带队,组织一支队伍去考察一下那边的环境。"

"李总,你不会是说真的吧?"邓磊问。

李可佳说:"当然是真的。不过,如果你不愿意去,我就安排其他人去。你也是公司的老人了,公司肯定不会勉强你做事的。"

"我去!我去还不行吗?"邓磊赶紧说道,"其实,我早就想到非洲去逛逛了,有这种免费旅游的机会,我能不去吗?"

"哈哈,邓工如果愿意去,没啥说的,非洲大陆,你想去哪旅游,我都能给你安排。"

"我倒是真打算到非洲去走走。"王梓杰说道,"国家提出'一带一路'倡议,要求我们高校也积极配合。我打算在学校成立一个'一带一路'研究院,专门把中国的发展经验介绍到'一带一路'国家去,着重介绍给广大的非洲国家。"

"听说胖子在非洲干得风生水起,我早就打算去他那里看看了。胖子干的事情,意义很大。过去西方国家也罢,我们也罢,都只关注从经济上扶持非洲发展,很少有人从智力上扶持非洲发展,胖子这也算是做出了一个积极的探索了。"

第五百二十七章　比游戏好玩一百倍

接下来的几天，宁默同时做着几件事，忙并快乐着。

最重要的一件事，自然是参加有关部门举办的"'一带一路'模范人物"表彰仪式。果如王梓杰说的那样，受到表彰的一群人中，只有宁默是在非洲搞智力帮扶的，其他的都是在"一带一路"地区办企业、做工程的，还有诸如中非工业园区管委会干部之类。

表彰会上，当主持人宣读完宁默的事迹时，参会者中颇有一些人露出了惊奇和钦佩交加的神情。记者们更是不吝惜相机的内存空间，给宁默拍了无数的特写，这些特写未来都是会登上各大媒体头版的。

在表彰仪式之后，宁默被留下来，接受了一项任务。有关部门有意以宁默的机床学校为基础，开办一所规模更大的技术培训学校，办学的费用是从国家的援非资金里拨付的，额度不少。宁默被任命为这所学校的常务副校长，并有了一个正式的国家干部编制，相当于副处级的那种，这足够让宁默在朋友们面前嘚瑟上好几年了。

另一件事，就是宁默提出的专门为非洲开发机床之事已经列入了苍龙设计院的开发计划，宁默需要去向开发团队介绍自己的思路。

把面向非洲的机床交给苍龙设计院开发，而不是由临机集团的技术部开发，意味着这件事并不仅仅是临机集团一家的事情，而是由其他机床企业共同参与。

宁默提出的概念是很有启发性的，对于那些工业传统薄弱、人民受教育程度较低的国家来说，降低机床操作的门槛是非常必要的，效率问题在这些国家可以次要考虑。这种机床不但适用于非洲，还适用于南亚、东南亚、拉美等地，市场前景很不错。

苍龙研究院成立了一个非洲机床项目组，由一批机床工程师和新经纬公司

第五百二十七章 比游戏好玩一百倍

派来的软件工程师组成，大家首先做的事情就是听宁默介绍在非洲遇到的各种机床操作上的问题。宁默带来的何三等非洲学员也被请到苍龙研究院去做了几次机床操作表演。当然，大家不是为了欣赏他们的操作，而是要看看这些人在操作中能够犯下哪些超乎想象的错误。

何三等人同时也参加了由工信部和教育部联合举办的全国高职院校机加工技能大赛，并毫不意外地被中国学员们的高超技艺打击得灰头土脸，一个个哭丧着脸向宁默保证，说自己回去之后会加倍努力地学习技术，还要告诉自己的同学们啥叫天外有天。

请唐子风过来给备受打击的何三等人做了个励志报告，帮助这些人重新鼓起勇气，再把这些人送上返回埃塞俄比亚的飞机之后，宁默在京城的事情也就办完了。他买了一张机票，飞回井南省会渔源，去看望自己的老婆和孩子们。

"你还知道回来啊！"张蓓蓓一边皱着鼻子敦促宁默换下脏兮兮的衣服，一边唠叨着，"家里不缺你吃不缺你穿的，你非要跑到非洲去创什么业。创业就好好创业吧，一转身又去办学校了。你自己读书的时候都是一个问题学生，还去办学校，你也不怕误人子弟！"

"我怎么就误人子弟了？"宁默光着膀子，很不雅观地用手搓着胸前的泥，同时不忿地对张蓓蓓说道，"我读书的确不如老唐那么灵，但学技术的时候可没掉过链子。你看不上我办学校，可国家看得上啊。我告诉你，我现在是国家办的中埃职业技术学校的常务副校长，国家承认的副处级干部。

"当年老唐刚到临一机的时候，也就是个副处级吧，那也是敢跑到市里去和市长拍桌子的人呢。"

"你是不是打算在家里冲我和惊鸿拍桌子啊？"张蓓蓓笑着调侃道。

成为副校长这件事情，宁默在第一时间就给她打电话吹嘘过了。对于宁默能够得到国家承认，还有了一个不错的职务，张蓓蓓也是打心眼里开心的。刚才的唠叨，不过是常规操作，哪有不唠叨的老婆呢？

"爸爸，爸爸，你又胖了，你在非洲肯定没有天天锻炼。"

十一岁的女儿宁惊鸿凑上前来，伸手捏着宁默腰上的肥肉，嘻嘻笑着说道。

"非洲生活好啊，天天大鱼大肉的，所以爸爸就胖了。"

宁默享受着女儿的亲昵，乐呵呵地说道："惊鸿，等放了暑假，我带你们到非洲去看看。那里的风景可好了，还有什么斑马啊，长颈鹿啊，都是你喜欢的动物,我们去抓几只带回来养,你说好不好?"

"又骗我!那都是保护动物,不能抓的。"宁惊鸿噘着嘴说,"爸爸,我都十一岁了,不是小孩子了,你这些话骗不了我的。"

"唉,可不是吗?一转眼,你都十一岁了。"宁默有些感慨。他去年回来的时候,女儿还是个天真烂漫的小丫头,缠着他要他下回带一只长颈鹿回来。转眼间,女儿就已经知道这事不靠谱了,也不知道她是如何突然间就长大的。

"对了,你哥呢?"

宁默与老婆和女儿笑闹过后,才想起自己还有一个儿子宁一鸣,不由得奇怪地问道。

"我哥说他去店里写作业了。"宁惊鸿答道。

"去店里写作业,为什么?家里不能写作业吗?"宁默问。

宁默一家从合岭搬到渔源的时候,宁默曾买下了一个店面,准备继续做机床维修业务。但因为种种原因,这个机床维修店最终也没能开起来。宁默没有把店面卖掉,而是把这个店改成了自己的车间,买了几台加工中心摆在里面,有时候跑去做点小玩具给儿子和女儿玩,也权当是一个业余爱好了。

宁默去非洲之后,这个店也就闲置在那里了。倒是有人建议过张蓓蓓把店面租出去,张蓓蓓以照顾宁默的情绪为由,没有接受这个建议。实质上,是因为宁家如今真的不缺那点租金收入,店面空着也就空着,张蓓蓓才懒得去管。

也不知道什么时候起,儿子宁一鸣瞄上了这个店面,磨着张蓓蓓在店面里给他布置了一间书房,没事就跑到店里去待着,美其名曰那里清静,便于学习。

要说起来,家里的环境比那个车间一般的店面要好出十倍也不止,可小孩子的心理就这么奇怪,总觉得有一个完全属于自己的空间是更为愉快的。

顺便说一下,其实宁惊鸿也一直心痒痒地想跑到店里去待着,无奈岁数太小,又是女孩子,张蓓蓓岂能答应?

这件事,宁默也知道一些。不过,老爹大老远地从非洲回来,儿子居然不在家里等着欢迎,这就让宁默觉得有些不爽了。

"这小子,躲到店里不回来,不是在玩游戏吧?"宁默信口问道。

"谁知道呢?"张蓓蓓无奈地说,"他也是上高中的人了,不愿意别人管他的事。游戏啥的,估计他也玩过。不过上次月考,他在年级里排名进了前二十,我也就懒得管他了。我们同事都说,小孩子还是要有一点自由的,管得太多了也不好。"

第五百二十七章 比游戏好玩一百倍

"年级前二十吗？嗯嗯，不错，比他老子强。如果能保持这个名次，玩玩游戏也无妨。当年老唐也是很贪玩的，贪玩的人才聪明呢。"宁默满意地点点头，评论道。

宁一鸣上的是渔源的一所重点中学，能够进年级前二十，已经算是很好的成绩了。宁默和张蓓蓓二人读书的时候都是学渣，儿子能够有这么好的成绩，他们两口子也的确没啥可说的。

听到父母的话，宁惊鸿抿着嘴，露出一个神秘的笑容。她的动作颇有一些夸张，明显就是想吸引父母的注意力，宁默两口子岂能看不出？

"什么意思？惊鸿，你是说你哥在店里不是在玩游戏？"宁默问道。

"我哥已经不玩游戏了，他现在玩的东西比游戏好玩一百倍，不过他不让我告诉你们。"宁惊鸿说道。

这就是典型的此地无银三百两，她只差对着父母喊出来：这里有八卦呀，快来问我呀，我都憋得快忍不住了。

比游戏好玩一百倍……

"那他现在玩什么？"宁默问。

"我告诉你们，你们可千万别说是我说的。"宁惊鸿压低声音说道。

"嗯嗯，一定。"老两口许着廉价的诺言。

"他现在在玩机床。"

宁惊鸿给出了一个让老两口彻底想不到的答案。

第五百二十八章　做一个小玩具

老两口在宁惊鸿的陪同下，来到维修店。推开大门，厅堂里一片寂静。三人来到宁一鸣的房间门前，探头看去，只见宁一鸣正坐在书桌前奋笔疾书，面前摆着一本砖头般厚的习题集，显然是正在做题的样子。

宁默嘿嘿冷笑，他抽了抽鼻子，然后转回身走到一台加工中心前，伸手一摸，那机器果然还是热的。

"宁一鸣，给老子滚出来！"宁默大吼了一声。

正在假模假式做题的宁一鸣打了个激灵，连忙扔下笔跑出来，还装出一副惊诧的样子，向三人问道："咦，你们什么时候来的？爸，你从京城回来了？"

"监控探头装哪了？"张蓓蓓寒着脸问道。

"什么监控探头？"宁一鸣继续装傻。

张蓓蓓伸手揪住儿子的耳朵，训道："你给我装！你也不看你妈是干什么的！你用的这套监视器材，是不是从公司里弄来的？谁帮你装的？"

"我自己就会，干吗要别人帮？"

宁一鸣挣脱了母亲的魔爪，捂着耳朵不满地嘟哝道。事情已经穿帮，他想瞒也瞒不住，还不如掰扯一下自己会不会安装监控设备这件事，没准儿还能分散一下父母的注意力。

机床是热的，说明在宁默一行过来之前，宁一鸣还在开机床。但等宁默他们进店的时候，宁一鸣却已经关了机床，假装在做题，这就说明他肯定是在外面的某个地方装了一套监控设备，专门防范父母前来查岗。

大河无人机有一个重要的应用场景，就是用来监控各种异常现象，比如在林区监控火警，在旅游区监控游客的危险行为，以及在重大活动现场监控各种安全隐患。张蓓蓓作为大河公司的高管，对这种设备岂能不熟？

她甚至想到，没准儿宁一鸣装的监控设备还是带人脸识别的，看到她的脸

第五百二十八章 做一个小玩具

就会自动报警,这种技术在大河公司算不上啥高端技术了。

宁默没有去纠缠监控一类的事情,他用手敲了敲加工中心的外壳,问道:"你动机床干什么?你刚才在做什么?"

"就是做一个小玩具。"宁一鸣讷讷地说。

"拿出来给我看看。"

"没啥可看的,就是一个玩具嘛,我做着玩儿的。"

宁一鸣话是这样说,看着父亲那严肃的表情,他还是磨磨蹭蹭地打开旁边的一个柜子,从里面取了一个巴掌大小的金属件出来。

"这是什么?"宁默看着那个外观古怪的金属件,一时无法与自己熟知的工件联系起来,便向宁一鸣问道。

"这个……还没加工完,其实就是一辆虎式坦克的车身。"宁一鸣说。

"虎式坦克?"宁默更蒙了。

"是啊,就是二战的时候德国人造的最厉害的坦克,模型是俄罗斯那边的发烧友设计的,但机加工他们就不灵了,所以……"宁一鸣得意地说着,话说到一半才觉得不妙,但想收回已经来不及了。

"俄罗斯的发烧友?"张蓓蓓多精明啊,一下子就抓住了问题的核心,"你是说,你这个玩具是给俄罗斯的发烧友做的?"

宁一鸣挠了挠头皮,似乎是考虑要不要说实话。但犹豫了不到一秒钟,他就决定坦白从宽了,因为母亲张蓓蓓实在不是一个好糊弄的人,与其事后被她查出来,不如现在招供。

"网上有一些机械发烧友,我们互相交流机加工的技巧。大家会找一些有意思的东西,讨论怎么用机床把它们加工出来。这个虎式坦克,就是俄罗斯那边的几个发烧友提出来的,他们有完整的图纸,但不会加工。"宁一鸣说。

宁默拿着那个模型上下看了好一会儿,脸上露出一些喜色:"不错不错,好小子,水平挺高嘛。"

"你是跟谁学的开机床?"张蓓蓓问。

"我爸过去教过我一些,后面就是我自学的。开机床,其实挺容易的。"宁一鸣说。

张蓓蓓转头去看宁默,宁默赶紧赔着笑脸,说道:"蓓蓓,这事嘛,我主要也是觉得技不压身,从小学点技术总没错。万一以后他考不上大学,跟着我当钳工也挺好的……"

"什么挺好的!"张蓓蓓低声训斥了一句,却也不便多说啥,要收拾这个死胖子,也不能当着孩子们的面。

此外,宁默教宁一鸣开机床,应当是前几年的事,那时候她在国内天南地北地跑业务,家里两个孩子都是交给宁默管的。宁默找不出什么东西来给孩子们玩,教他们开开机床,没准儿也是带着消耗一下神兽们的精力的想法,张蓓蓓也不好指责什么。

"你跟俄罗斯的发烧友是怎么认识的?你说你们在网上互相交流,这是个什么网?"张蓓蓓换了一个话题,问道。

听到张蓓蓓问起这事,宁一鸣顿时就来了劲头,眉飞色舞地说道:"就是唐易网啊,子妍姑姑开的那个唐易网。上面有很多论坛的,其中就有一个论坛叫作'机床发烧友',上面有好多像我这样的人在聊机床的事情。"

"这怎么又和子妍扯上了?"宁默有点蒙。他在国外待的时间太长,已经有点弄不懂国内的事情了。唐子妍开的唐易网,不是一个电子商务网站吗?怎么又开起发烧友论坛来了?

张蓓蓓倒是知道这事,她点点头说:"我知道,很多玩无人机的发烧友也在唐易网上开了一个论坛,讨论各种无人机的玩法。我们公司还专门安排了两个人参与论坛里的各种讨论,那些发烧友有时候还真的能够提出一些不错的想法,对我们公司开发新产品很有启发。"

"就是就是。"宁一鸣附和道,"我们的机床发烧友论坛也是这样的,大家有什么机床上的问题都会拿到论坛上讨论,然后就有一些很专业的人教大家该怎么做。还有一些人会在论坛上发布任务,我做的这个,就是几个俄罗斯人发布的任务。"

"做这种任务,能赚钱吗?"宁默饶有兴趣地问道。

宁一鸣说道:"当然能赚钱。他们发布任务,就要先付一笔钱到唐易网上放着,我们这些人接了任务,把东西给他们做好寄过去,他们签收以后,唐易网就会把钱付给我们。

"像我做的这种,都是很小的任务,一般也就是几百块钱,最多也就是一两千块钱。有些人发布的任务,是真正的机器上用的零件,几万块钱的都有呢。"

"什么人会在这种地方让人帮忙做机器上用的零件?"张蓓蓓诧异道。她被

第五百二十八章 做一个小玩具

宁一鸣说的事情吸引住了,早忘了自己是来向儿子兴师问罪的。

"当然有了。"宁一鸣说,"妈,你不知道吧?唐易网搞了一个'机床云'项目,是子妍姑姑和晓惠姐一起搞的,不过最厉害的是临机集团的一位王工,叫王俊什么的……"

"你不会是说王俊悌吧?"宁默想起一人,脱口而出。

"对对,就是这个名字,晓惠姐说他特别厉害。"宁一鸣说,"他们一起建了一个网上平台,国内的机床都可以在这个平台上登记。谁要加工一个什么零件,找不到合适的机床,就可以发布到这个平台上,然后这个平台就会匹配空闲的机床,帮他加工出来。

"不过,人家登记的都是特殊机床,像咱们店里这种烂大街的加工中心,登记上去也接不到活儿……"

"这还真是一个好办法呢。"张蓓蓓一下子就听懂了这个模式的优点,不禁赞道。

机床的种类有很多,有一些零件的加工需要用到某种特殊的机床,而生产商又不可能每种机床都配备,这时候就需要请拥有这种机床的同行帮忙。反过来,那些拥有某种特殊型号机床的厂商,平日机床的加工任务也不满,也希望从同行那里获得订单,来提高机床的利用率。毕竟,机床闲着就是浪费,只有开满负荷才能尽快收回成本。

以往,厂商要了解哪些同行拥有什么样的机床,以及这些机床当前是否有空闲,需要花费很大的精力。此外,就算知道某个厂子有自己需要的机床,人家愿不愿意帮忙,也是一个问题。

唐易网建的这个"机床云"平台,正是满足了这种寻找机床协作的需求。加入云平台的机床,都是愿意承接外包业务的,求助者不用担心被拒绝。平台还能随时掌握机床的使用情况,确保匹配上的机床都是处于空闲状态的。

这些需要特殊机床加工的零件,往往都是非常重要的,一个零件的加工费用上万也不是什么稀奇的事情。对于需要这种外包加工的厂商来说,能够解燃眉之急,多付出一些费用又有何妨?

第五百二十九章　做金融才是最有前途的

"一鸣说的那个王俊悌,你认识?"张蓓蓓扭头向宁默问道。

宁默点点头:"认识。他原来是临一机技术处的,也算不上是什么很出名的人。后来不知道为什么,老唐对他特别重视,让他搞什么互联网机床,我也不懂是什么意思。再后来我离开临一机,就不知道他的情况了。刚才如果不是一鸣提起来,我都差点把他忘了。"

"你是说,在咱们离开临河之前,唐总就让这个王俊悌搞互联网机床了?"张蓓蓓惊讶地问道。

宁默离开临一机到井南来创业,是20世纪90年代末的事情。那时候国内的互联网才刚刚起步,大家对互联网能够做什么,完全是一头雾水。唐子风在那个时候就已经安排王俊悌搞互联网机床的研究,实在是太有远见了。

宁默听出了张蓓蓓话里的意思,他得意地说:"那是当然。你想想看,老唐是什么人?当年我们都不懂啥叫互联网,可老唐懂啊。我琢磨着,唐易网上搞的这个'机床云',说不定也是老唐提出来的,王俊悌、晓惠他们,都是照着老唐的吩咐去做的。"

"我觉得有可能,这么大气魄的事情,也只有唐总才能想到。"张蓓蓓感慨道。

他们不知道,唐子风安排王俊悌做的互联网机床研究,其层次远非他们看到的这个"机床云"可比,"机床云"不过是这个项目中的一个副产品而已。

临机与新经纬公司合作开发的机床远程诊断系统,目前已经得到广泛应用,各家机床厂商可以借助这样的系统对客户的机床进行监控,及时发现故障隐患,有时还能够远程进行故障修复。

此外,通过将大量机床联网,机床厂商还可以收集到海量的机床使用数据,用于指导机床研发。由于中国是全球机床拥有量最大的国家,机床的使用数据

第五百二十九章　做金融才是最有前途的

积累得也是最多的,这就成为中国机床超越德、日的重要基础。假以时日,德、日等老牌机床强国的技术优势就将不复存在了。

宁默想不到这么复杂的事情,但他还是能够嗅出这件事对自己的意义。他说:"早知道有这样一个平台,我和涛涛在非洲修机床就方便多了。缺个什么零件,直接在平台上发个需求,就有人给我们做出来,邮寄到非洲去,比我们苦哈哈地找厂子做方便多了。你是不知道,非洲有些厂子里的机床,还是几十年前的欧洲货,有些原厂家都已经关门了,根本就找不到合适的配件。"

"爸,以后你就把需求发过来,我给你做。如果咱们家的加工中心做不了,我会联系我的那些发烧友朋友,用他们的机床做。"宁一鸣兴冲冲地说道。

发现自己说的话题引起了父母的兴趣,宁一鸣心里充满了成就感。这个岁数的熊孩子,正是需要得到别人承认的时候。宁默长期不在国内,张蓓蓓一天到晚只关心他的学习,不在乎他的其他想法,他觉得非常失落,现在算是找着显摆的机会了。

宁一鸣不说这话,张蓓蓓还想不起自己和宁默为什么跑到这里来。听到宁一鸣插话,她的脸色顿时就沉下去了,转回头对宁一鸣训道:"做什么做?你的事还没说呢。家里不缺你的吃、不缺你的穿,谁让你到网上接什么任务赚钱了?你现在最重要的任务就是考大学,如果考不上大学,你真的想像你爸爸那样去当个工人吗?"

"当工人也没啥不好的。"宁一鸣下意识地应了一声,见张蓓蓓有暴走的趋势,赶紧又改口道,"没有啦,我也就是偶尔玩一玩,没有耽误学习。子妍姑姑给我寄了好多习题,我天天做题,就是做累了才玩会儿机床,这叫劳逸结合嘛。"

"开机床算什么劳逸结合?你以后又不指着开机床吃饭。"张蓓蓓说。

宁一鸣很认真地说:"谁说我不指着开机床吃饭了?我跟晓惠姐说了,以后我也要去学机械,像晓惠姐那样当个机床设计师。"

"不行!"张蓓蓓断然道,"当机床设计师有什么好的?机床是夕阳产业,干这行以后根本就没前途。我不是跟你说过吗?你得去学数学,然后再转金融,金融才是最好的专业。"

"这个不对吧?"宁默忍不住插话了,"蓓蓓,一鸣如果想当机床设计师,我觉得挺好的呀。晓惠现在多厉害,还有文珺,现在也是国际知名的机床教授。"

"当机床教授有什么好的?"张蓓蓓脱口而出。说罢,她又觉得有些不妥,毕竟肖文珺是唐子风的老婆,而且还是清华教授,是他们家仰望的对象,她还真没有底气直斥肖文珺的职业不好。

她沉默了一下,说道:"肖教授的情况不一样,她那个时候,还是讲究'学好数理化,走遍天下都不怕'的。可现在是金融时代,人家美国都已经不搞机床了,人家靠金融就能够赚全世界的钱,做金融才是最有前途的。"

"妈,我叫你少看点朋友圈,你那套都是陈年老鸡汤了,也就是你们这些中年妇女会相信。"宁一鸣嚷道。

"你说什么?"张蓓蓓的脸一下子就黑了,出门前抹的好几层增白霜都没能挡住。

女儿宁惊鸿噗的一声就笑崩了,她可知道,"中年妇女"这个词对母亲有何等的杀伤力。哥哥平日里只敢在私底下和她嘀咕,说母亲脾气越来越大,有点更年期前兆,现在他当着母亲的面把这话说出来,母亲不急眼才怪。

"好了好了,蓓蓓,一鸣也没说错,你真的已经是中年妇女了嘛。"宁默拍着老婆的背安慰着她,"你说的那些东西,我听老唐和王教授他们聊过,他们都说美国现在搞那一套是走了邪路。美国人搞金融搞得太过火了,现在是产业空……空什么来着?"

"产业空心化。"宁一鸣替老爹把话补上了,"美国经济被华尔街的那帮金融大鳄绑架了,产业脱实向虚,现在连基本的制造业都无法维持。前几年美国金融危机就是这样来的。还有这些年的欧债危机,也是这个原因,欧洲的制造业也衰退了。现在只有中国风景一家独好……"

张蓓蓓盯着宁一鸣,狐疑地问道:"这些话,你是从哪看到的?我怎么从来都没听人说过?"

"你天天只看你那个圈子里的消息,当然看不到这些。用王教授的话说,你这是给自己结了一个'信息茧房',就是蚕结的那种茧。我们同学现在最喜欢上的,就是王教授他们办的辨识网。你刚才说的那些,在辨识网上都已经被扒得连裤……呃,都被批得体无完肤了,也就是你们这些人还当成个宝贝。"

宁一鸣好不容易逮着一个能够数落母亲的机会,光顾着说得痛快,差点把属于他们这代人的网络语言都说出来了,话到嘴边才赶紧刹住,换了一个比较斯文的说法。

宁默和宁一鸣说的王教授,是同一个人,那就是人民大学的王梓杰教授,张

第五百二十九章 做金融才是最有前途的

蓓蓓也是认识的,而且知道他名气很大,属于能够和领导谈笑风生的那种。相比她在朋友圈里看到的那些大V的言论,张蓓蓓当然更相信王梓杰的观点。她看看宁默,不确信地问道:"胖子,你是说,王教授也认为学金融不如学机床好?"

宁默想了想,说道:"他倒没有直接这样说。不过,听他和老唐的意思,咱们国家的发展应当是和美国不一样的。美国是发展到一定程度就开始搞金融了,咱们国家应当不会把金融当成主要产业。

"听王教授说,领导有过一个指示,说我们国家不能允许金融业侵蚀实体经济,金融是为实体经济服务的。我琢磨着,咱们临机搞的机床,还有你们大河搞的无人机,都是实体经济,国家政策应当还是鼓励你们大力发展的吧?"

"这倒是。"张蓓蓓回过味来了。

她从事的行业,就是搞实体经济的,大河无人机从国外赚回来很多钱,丝毫不比那些炒股票的赚得少。她从前没有认真想过这个问题,只是人云亦云地认为金融比实业更有前途,听了老公和儿子的这一通教育,她隐隐觉得,似乎自己过去喝的鸡汤的确有点馊味。

最起码,苏化正是靠着造无人机跻身国内新贵行列的,比那些靠做房地产起家的富豪牛气得多。张蓓蓓亲眼看着大河公司的成长,心里也不止一次地感慨过"生子当如苏化"。现在儿子想未来去做实业,自己有什么理由不支持呢?

以宁一鸣现在就能够在机床发烧友中混出一些小名气的天赋,再加上她家拥有的财富,以及唐子风、唐子妍、黄丽婷、王梓杰、李可佳这些长辈的帮衬,没准儿未来宁一鸣也能成为一个像盖茨、乔布斯那样的实业大亨,这不比让他去华尔街当个"红马甲"要强得多?

心里是这样想,但老母亲的权威还是需要捍卫的。张蓓蓓虎着脸,威胁道:

"我不管你以后要学什么专业,最起码现在你的主要任务是考大学。下次考试,如果你考不进全年级前十名,我就把你的这些机床都卖掉,不许你再摸它们了!"

第五百三十章　我真的不是于先生

被张蓓蓓当成典范的苏化,此时正在西南乌蒙水电站首台77万千瓦水轮机组转子吊装成功庆祝仪式的现场,接受记者的采访。

苏化是作为于晓惠的家属被邀请参加这次庆祝仪式的,而于晓惠的身份则是乌蒙水电站整体转轮制造工地的驻场总工程师,她在这个群山环抱的建筑工地上已经待了一年有余。

依托三峡电站70万千瓦水轮机组的技术引进,中国的电机企业迅速掌握了大型水轮机组的制造技术,一大批装备70万千瓦以上规格机组的水电站在西南地区纷纷开工建设。这些大型机组的建造,需要各种重型精密机床,这又给中国的机床制造商创造和带来了空前的机会与挑战。

大型水轮机的建造是世界难题,其中最重要的原因之一就是大型水轮机的部件过于庞大,寻常的机床完全无法完成加工任务。以三峡电站的70万千瓦机组来说,其中一个顶盖的重量就达到410吨,直径14米。如果加上加工时用于支撑的部件,机床要承受的重量达500吨,这远远超出了国内现有各型机床的加工极限。

国内各家大型机床企业都接到用于水电机组加工的重型、超重型机床的研制任务,相比一座水电站动辄上千亿元的投资而言,一台机床几千万元的研制经费实在算不上什么。而一旦掌握了这些重型、超重型机床的设计和制造能力,中国的机床技术水平又将跃上一个新台阶。

临机同样接到了这样的任务。分配给临机的,是一台16米数控单柱移动立式铣车床和一台超重型数控双龙门移动式镗铣床。

于晓惠以临机集团副总工程师的身份,担任了这两台机床的总设计师。她带领一支平均年龄不到三十岁的团队,历时两年,先后解决了设计、生产、装配等环节的一系列困难,最终把两台达到国际领先水平的设备交到了用户的

第五百三十章 我真的不是于先生

手上。

随后,于晓惠又带着她的团队来到了施工现场,帮助解决水轮机部件加工过程中的各种技术问题。

考虑到大型部件运输不便以及其他的一些问题,部件现场整体制造成为水电建设的一种新规范。水电建设现场的条件与工厂有所不同,厂房的工位布置和设备组合都需要进行精心设计。于晓惠凭着在 82 厂学到的系统工程技术,把现场管理得井井有条,生产效率比从前提高了三成以上,从而赢得了业主方和施工方的一致好评,也成为获得"项目建设突出贡献奖"的唯一外来人员。

乌蒙水电站首台 77 万千瓦水轮机组转子吊装,是一个重要的技术节点。转子吊装成功后,国家几大部委联合在现场举行了庆祝仪式,于晓惠与其他获得突出贡献奖的人员一道,披红挂彩地上了主席台,接受了领导的嘉奖,随后便是蜂拥而上的记者们的采访。

由于模范们身边挤了太多的人,有些凑不上前的记者便开始在会场上寻找其他的新闻点,作为报道花絮。也不知道是谁最先发现了坐在台下的苏化,于是便有十几个人拥上前来,请他以家属的身份发表几句感言。

苏化前来参加庆祝仪式,其实有些偶然。他原本是到西南这边来参加一个技术论坛,论坛结束之后,他便顺路到工地来看望于晓惠,结果正赶上庆祝仪式,于是也跟着来到会场,据说是专门来为老婆喊"666"的。

尽管两个人都已经不再是少年,苏化自己也是备受媒体追捧的青年才俊,但他在于晓惠面前的崇拜者属性丝毫也没有减退,这几年似乎还有一些强化的征兆。

于晓惠对于老公的这种呵护,嘴里满是不屑,心里却是颇为受用的。她带着苏化来到庆祝仪式现场,只向别人介绍说这是自己的爱人,同时享受着他人的恭维与祝福。记者们听说这位年轻貌美且颇具传奇色彩的驻场女总工程师带着家属来了,一下子就嗅出了新闻点,于是便把苏化当成了采访的重点。

"于先生,过去人们总说,在每一位成功的男人背后,都有一位默默奉献的女人。于总工是一位成功的女士,在她的身后,也离不开你的默默奉献。请你谈谈,你是如何支持于总工成为一位成功女性的。"

一位记者把话筒一直杵到了苏化的鼻子底下,等着他爆出一些能够吸引眼球的猛料。

"于先生……"苏化满脸郁闷,我啥时候成了于先生?想来记者也是有着惯性思维,张先生的夫人可以称为张太太,那么于女士的先生自然就叫于先生了。

"谢谢,我姓苏……"苏化解释道。

"哦哦,对不起对不起,苏先生,是我弄错了。不过,能不能请你回答一下我前面的问题?"

"你前面是什么问题?"

"就是……你是怎么支持于总工成为一位成功女性的?于总工今天获得的军功章,是不是也有你的一半?"

"这个嘛……其实,晓惠的成功,完全得益于她自己。事实上,从我们认识到现在,一直都是她在帮助我,我对她的关心很少,这让我非常惭愧。"苏化极其低调地说道。

"苏先生太谦虚了。"另一位记者说,"苏先生,能不能请你介绍一下,你和于总工是如何认识的?你是她的大学同学吗?你也是研究机床的吗?"

"我和晓惠是中学同学。她是班上的学霸,而我则是班上的学渣。后来她考上了清华大学,而我只上了一个委培的大专。"

"哇!居然这么浪漫!"记者假意地惊呼着,心里涌上来的却是一丝不屑。

合着于总工的先生只是委培大专毕业,看他这一身装扮挺高档的样子,脸上还戴着一副遮住半边脸的墨镜,是一个很贵的牌子,没准儿就是专业吃软饭的。

刚才的表彰会上,领导还专门点了于晓惠的名,称她是撑起中国工业脊梁的人,想来于晓惠的前途是不可限量的,眼前这位苏先生的软饭事业应当也会很光明吧。

"那么,苏先生,平时在家里,是你做饭还是于总工做饭呢?"有人不怀好意地问起了生活细节。当然,这样的细节未来也是可以写在报道里的,比如塑造一下于晓惠柔情的一面,或者描写一下"于先生"对于总工的温馨支持。

苏化笑笑,说道:"其实,我和晓惠平时也是聚少离多。我的单位在渔源,而且经常出差。晓惠的单位在临河,这一年多时间又一直在乌蒙水电站这边。孩子都是爷爷奶奶和外公外婆帮着带的。"

"原来是这样。"记者们赶紧在本子上记着,这可是很能吸引读者眼球的

第五百三十章 我真的不是于先生

内容。

"苏先生,我觉得,你应当想办法调回临河工作,这样也方便照顾于总工的生活。于总工是咱们国家的重要人才,临机集团这么大的企业,理应为她解决生活上的困难。"有记者开始献计了。

"听听,苏化,连记者都看不下去了。"

人群外传来一个声音,众人回头看去,原来是刚刚接受完采访的于晓惠走过来了。她听到记者的话,忍不住向苏化调侃了一句。

大家让开路,让于晓惠走到苏化面前。苏化一扫刚才在记者们面前的慵懒神态,殷勤地走上前,帮于晓惠抻了抻略有些皱的衣服,又递上一瓶拧开了瓶盖的矿泉水,说道:"晓惠,热了吧?来,赶紧喝点水……"

记者们齐齐地发出惊呼,闪光灯顿时亮成了一片。

"其实,苏化对我的工作是非常支持的。"

于晓惠接过水喝了一口,然后伸手搭在苏化的胳膊上,向众记者说道:"苏化自己的工作也非常忙,但对于我的工作,他非常支持。我们在设计16米数控机床的过程中,需要借鉴很多国外的资料,有一些资料就是苏化托他们在国外的客户帮忙弄到的,为此还花了不少钱。

"此外,我们在设计双龙门镗铣床的时候,遇到的最大的一只'拦路虎'就是两坐标摆角铣头的三维建模。我们临机在这方面的技术积累有限,是苏化把他们公司的三维建模团队全部贡献出来,才帮助我们解决了这个问题。"

"还有这样的事!"记者们震惊了,看来这位"于先生"也不是吃软饭的嘛,他的公司手里居然有一个比临机还强的三维建模团队,而且听起来,这个公司似乎还是这位"于先生"拥有的。

"等等,于总工,你刚才说,苏先生的名字是苏化,难道他是……"

终于有人后知后觉地发现了其中的奥妙。苏化,普通人对这个名字可能有些陌生,但这些搞财经产业报道的记者,有谁没听说过苏化的大名呢?

众人再仔细一看,这身材、脸型,可不就是苏化吗?他们过去没采访过苏化,但在报纸、电视上可真没少见过这位大神的形象。

大河无人机,这也是堪称"中国名片"的一个品牌啊,闹了半天,于总工的先生居然就是苏化!大家真是瞎了眼了!

错愕之际,众人又兴奋起来了。

哇咔咔，还有比这更劲爆的新闻吗？有记者在脑子里已经把新闻标题都拟好了——《神雕侠侣——大河无人机和16米数控机床的传奇情缘！》。

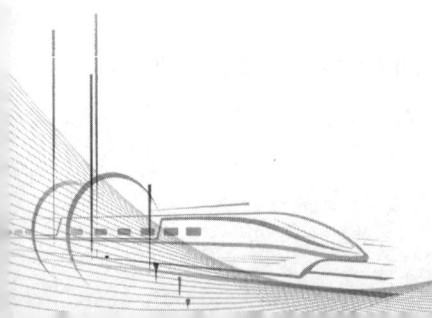

第五百三十一章　你们有啥必要去搭理他

"老八,你可把我给坑苦了。"

京城一家饭馆的包间里,一位有些英年早秃的斯文汉子向唐子风抱怨着。

包间里有十几个人,年龄相仿,看起来也都有点"成功人士"的气质,只是相互之间的称呼还带着一些孩子气,叫排行或者叫绰号啥的,间或有称呼官衔的,听起来也有些阴阳怪气,显然是称呼者并没把对方的官衔放在心上。

这是唐子风大学同学的一次寻常聚会,聚会的名义正是欢迎那位秃顶汉子来京城出差。酒过三巡之后,大家便三三两两地分别聊起来了。秃顶汉子揪住了唐子风,向他大倒苦水。

秃顶汉子名叫崔硕,是唐子风在大学时的同寝室同学,在寝室里排行老三。毕业时,他被分配回了老家宁乡省,经过二十多年的奋斗,如今在宁乡省下面一个名叫春泽的地级市当副市长,分管工交财贸。

"崔市长何出此言啊?我怎么就坑你了?"

唐子风平白被崔硕埋怨了一句,不明就里,不过也没在意。这位崔三哥当年在学校的时候就喜欢一惊一乍的,没事玩点别人都听不懂的哏,然后看着别人蒙圈的样子,自己乐不可支。

唐子风自忖最近没和崔硕以及春泽市产生过任何联系,于是认定崔三肯定又在抖机灵。

崔硕撇撇嘴,说道:"唐大总经理,你虽没坑我崔硕,我崔硕却因你而被坑,你说这事怨不怨你?"

"愿闻其详。"唐子风说。

崔硕说:"我问你,你们集团是不是最近搞了一个16米数控镗铣床,号称'世界最大',在媒体上吹得神乎其神的?"

"的确有这么回事。"唐子风说,"不过这也是因为媒体那边不了解情况。其实我们搞的16米镗铣床,只是并列世界最大。我们正在搞的28米镗铣床,那才真正是世界最大的,把德国、日本的同类机床都甩到南极去了。"

"你还吹!"崔硕不满地说,"你们搞台什么设备,自己偷偷摸摸地搞,静悄悄地把钱赚了,不就得了,成天在报纸上吹个屁啊?"

唐子风笑道:"崔市长说这话就不讲理了,你们春泽不也天天吹牛吗?说你们当地生产的圆珠笔笔芯产量占全世界的30%,还逼着我们集团采购你们春泽生产的圆珠笔,我说过你啥了吗?"

崔硕一拍大腿,说道:"坏就坏在这圆珠笔笔芯上了。我跟你说,就因为你们吹嘘你们的16米机床,结果,我们市的圆珠笔产业就'中枪'了。现在省里天天给我们施加压力,这不,我实在扛不住了,就到京城来了。我告诉你,我这趟来京城,跑农业部、商务部都是捎带的,我主要就是要见你这位临机集团的总经理。"

"有这事?"唐子风听对方说得认真,知道不是开玩笑了,他问道,"你找我干什么?还有,我们的16米机床,怎么和你们的圆珠笔扯上关系了?"

崔硕长叹一声,说道:"你有所不知,就因为你们的16米机床宣传得太猛了,有人脸上挂不住,就拿我们开刀了。这个人,想必你也知道,就是咱们学校的那个齐木登。"

原来,随着中国工业水平的不断提高,这些年国家越来越强调自主创新,不断宣传中国的各种创新成就。临机自主开发的16米数控机床在乌蒙水电站设备制造中取得重大成就,自然也就成了媒体宣传报道的重点,一些媒体使用了诸如"国际领先""世界一流"之类的说法,而这就难免刺激到一些精神"跪"族的敏感神经。

齐木登就是精神"跪"族中的一个,他打心眼里认为中国不可能拥有世界一流的技术,所以无论听到什么消息,都要下意识地质疑,顺便写点酸溜溜的文章讽刺一下。16米数控机床是一个超出他知识范围的东西,媒体上说的内容言之凿凿,有数据,有对比,他想反驳也找不出一个破绽来。

憋了好几天,齐木登终于从自己偶然看到的另一条消息上找回了自信,于是写了一篇博文发在网上,和临机的16米机床唱起了反调。

在这篇博文中,齐木登爆了一个陈年老料,说中国目前是圆珠笔笔芯生产大国,每年的圆珠笔笔芯产量占全球的90%。然而,中国用于加工圆珠笔笔芯前头那个小钢珠的机床,却是从国外进口的。用齐木登的话说,叫"不得不依赖于外国"。

所有中国能够制造的东西,都是别人不屑于造的东西,是落后技术。

所有中国造不出来的东西,都是高科技,是人类文明的最高表现。

这就是齐木登等人的世界观。

齐木登在博文里把临机的16米数控机床说成是傻大黑粗的过时设备,之所以要造这么大,仅仅是为了满足领导好大喜功的嗜好,对国民经济没有任何作用。

而中国目前还需要进口的圆珠笔钢珠制造机床,则是关系到国家兴衰的重器。哪个国家制造不出这样的机床,将无法自立于民族之林。

如他从前写过的其他博文一样,这篇文章里充斥着诸如"深刻反思""脚踏实地""大国之殇"之类的套话,同时也如过去一样在网络上博得了不少廉价的喝彩。

"齐木登的这篇文章,直接点了我们春泽市的名,说我们每年都要花费大量外汇从国外进口钢珠加工机床。我们全市也就是那么几十台钢珠机床,每年新采购的不过就是四五台,一台机床也就是30多万美元,怎么就成了'花费大量外汇'了?我们出口圆珠笔,哪年也得有上亿美元的创汇额,花这么点钱买机床有什么不行的?!"崔硕愤愤地说道。

"圆珠笔钢珠加工机床,我还真听说过。"唐子风笑了。

这个哏还真是一个旧哏了。当年有一家报纸到处找中国需要进口的产品,把每一种需要进口的东西都称为"卡脖子技术"。因为它每天都要发一篇这样的文章,结果被业内人士称为"日卡一脖"系列,在一段时间里还成了一个挺有名的媒体事件。

关于加工圆珠笔笔芯头上那个小钢珠的机床,也是"日卡一脖"系列中提到过的。记者把它渲染成了工业技术皇冠上的明珠,说要造出这样的机床,既不是靠办多少所理工科大学,也不是靠建立多少个研究所,而是需要一种玄之又玄的日耳曼工业文化基因。

"中国人的文化中不可能酝酿出这样的基因!"

这是记者掷地有声的断言。

对于这样的话,工业界的大佬们连批判的兴趣都没有。用肖文珺的话说,对于这样一群连机床长什么样都没见过的记者,谁搭理他们一句都是输了。

齐木登其实也不知道所谓圆珠笔钢珠机床是怎么回事,他只知道目前中国并不生产这样的机床,进而就"脑补"出这种机床非常高级的结论。

"你说说,我们这不是受了无妄之灾吗?"崔硕说道。

唐子风笑道:"他说他的,你们理他干吗?这厮黑我们临机也不是一次两次了,也被我们打了无数次脸。可'古语'说得好,人不要脸,奈何以打脸惧之?他根本就不在乎别人打他的脸,这样的人,你们有啥必要去搭理他?"

崔硕叹道:"我们也没想搭理他啊。可是我们省里有领导看到了他的文章,觉得他说得对,于是就要求我们解决这个问题,你说我们怎么办?"

"……"

唐子风无语了。齐木登这些人能够这样蹦跶,也是因为国内仍然有不少人相信他们的论调。有些人在自己的领域里堪称睿智,很有工作经验,也很有头脑,但对于自己领域之外的事情,却是一窍不通。

工业技术是有一些门槛的,很多人对工业技术都是一知半解。这些人不喜欢看严肃的科普,却愿意听一些人忽悠,被忽悠"瘸"的比比皆是。

"那你们打算怎么办呢?"唐子风问。

崔硕说:"我们哪知道该怎么办?这不,我想起你是机床集团的老总,造钢珠的机床,也算是机床吧?我想问问你,如果我们春泽市要委托你们临机集团为我们开发一种国产的钢珠机床,性能不能低于进口机床,价格还不能太贵,你们能不能办到?"

"这有何难?"唐子风轻松地说,"我实话告诉你,这种机床,我们过去还真的做过预研,主要的技术障碍都已经解决了。只是因为这种机床的市场太小,我们专门去开发这种机床没什么意思。"

"有意思啊!"崔硕拉着唐子风的胳膊,"老八,这事对你们没意思,对我们春泽市可太有意思了。实不相瞒,这件事在我们政府那里都已经上过会了,市里准备拿出2000万来突破这个技术难关。"

"既然你说你们过去就搞过预研,而且已经没有技术障碍,那你就好事做到底,直接把这种机床研发出来吧。"

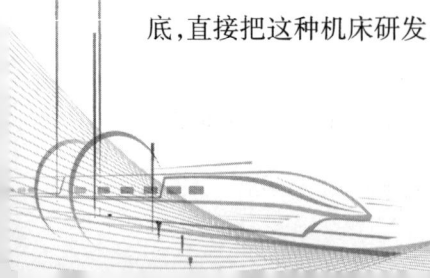

第五百三十二章　看谁最后玩不下去

"研发一种钢珠加工机床不是什么难事,关键在于,我们研发这种机床有什么用?"唐子风说,"我们过去评估过,全球一年采购这种机床的数量不会超过50台,按每台30万美元计算,也就是区区1500万美元的产值。

"目前德国的米朗公司是这种机床的唯一制造商,我们如果要和它竞争,最终的结果估计是平分秋色,各占一半的份额。这样一来,一年也就是750万美元,不到5000万人民币的样子。

"为了这区区750万美元,我们要单独搞一套技术标准,还涉及售后服务,实在很不划算。现在我们做的哪个产品,都比钢珠机床的市场大得多,我们有什么必要去搞这个呢?"

这就是财大气粗的表现了。想当年,唐子风刚刚跟着周衡到临一机去脱困的时候,一个几十万元的业务就能够让全厂欣喜若狂,而现在,唐子风居然会觉得一桩年产值不到5000万的业务不值得一做。

唐子风之所以会这样说,是因为临机集团手里有许多个年产值远高于此的项目可以做,只是抽不出足够的人手和其他资源去做。用管理学上的概念来说,就是接这桩5000万的业务所付出的机会成本,远远高于5000万,唐子风当然不愿意接。

如果换成一家小型机床企业,没有太多的业务机会,能够抓住这个机会,当然也是很好的。但开发这种钢珠加工机床涉及一系列技术难题,比如钢珠的精密磨削就是一个很大的障碍,寻常的小企业还真没这个能力去做。

"我哪能不知道这个道理?"崔硕叹道,他也是干了多年管理的人,唐子风能想到的道理,他没理由想不到,他说道,"这件事,对于你们企业来说,是一个经济问题,对于我们政府来说,就是一个政治问题了。

"如果没有齐木登鼓噪,大家不关注这件事,也就罢了。现在齐木登直接声称我们使用进口机床就是受制于人,还上纲上线说这是缺乏创新精神的表现,说我们地方政府只重视没有技术含量的 GDP(国内生产总值),没有能力搞技术开发。你想想看,我们能扛得住这么大的压力吗?"

"你们扛不住压力,就让我们替你们扛啊?凭什么?"唐子风笑道。

崔硕说:"老八,看在兄弟一场的分上,你拉拉三哥不行吗?这件事,对于你们来说不过是举手之劳,又用不着你亲自去动手,你发个命令,下面的人不就给你做出来了?"

"我发个命令那么容易?"唐子风说,"我们企业做事,是要考虑经济效益的。你想让我们搞钢珠机床也行,先把研发费用打过来,5000万,不接受还价,而且要一次性付清。"

"5000万!你这是趁火打劫呢?!"崔硕怒道,"你不是说你们早就研究过吗?主要技术障碍都突破了,就是整合一下技术的事情,你就敢跟我要5000万?!"

"我不白要你的。"唐子风说,"你们出5000万,我免费送你价值2000万的公关宣传,说春泽市知耻而后勇,不惜重金携手临机集团突破技术瓶颈,打破国外讹诈……"

崔硕说:"打住打住。公关宣传的事情,等你们把机床研发出来,我们自然会去做,顺便还会把你们临机也吹捧一通。我只需要你们帮我们把机床研发出来就行了。

"我们最多能够出到2000万,而且这笔钱也不全是给你们的研发费用,你们还需要为我们提供一批成品机床,嗯,马马虎虎有个十几台就行了。"

"十几台机床,按照现在进口机床的价格,一台30万美元,十几台就是四五百万美元,折算成人民币起码也是3000万了,你这是欺负我不会算账呢?"唐子风揭露道。

"没有十几台,七八台也行啊。"崔硕改口倒是挺快。

"一台都没有!"唐子风说,"而且5000万,一分钱也不能少。我告诉你,这还是友情价,换成别人来说,少于1个亿我都懒得理他。"

崔硕看着唐子风,觉得对方似乎不像是在开玩笑,便问道:"子风,你这是啥意思?2000万这个数,我们也是请人评估过的,以你们的技术实力,研制出这样一台机床,应当花不了1000万吧?我给你们2000万,你再返还我们几台机床,这笔账你们不亏啊。"

唐子风笑道："为什么不是另一个方案呢？你们出 5000 万，我们临机和你们结个对子，向你们赞助 4000 万，不管是用来建希望小学也好，用来扶贫也好，反正是把钱还给你们。这样算下来，你们也不亏啊。"

"可是，这是为什么呢？"崔硕诧异道。

唐子风笑着说："天机不可泄漏，泄漏了就不好玩了。齐木登不是想玩吗？咱们就陪着他玩，看谁最后玩不下去。"

崔硕挠着已经秃了一半的头皮，大惑不解。他实在想不出，唐子风的这个建议与齐木登有什么关系，又怎么能够让齐木登玩不下去。

这时候，王梓杰也凑过来了。崔硕知道他这些年与唐子风走得很近，便拉着他，把事情又向他讲了一遍，并向他讨教，问唐子风究竟是什么意思。

王梓杰愣了几秒钟，便反应过来了。他拍拍崔硕的肩膀，说道："老三，这件事，你就照着老八的意见做吧。他既然承诺返还你们 4000 万，你们在这件事情上肯定吃不了亏，是不是？"

"老八的想法，我大概能猜出一些，不过如果现在说出来就不灵了。老八说要对付一下齐木登，也是有道理的。你想想看，齐木登随便胡扯几句，咱们就折腾得鸡飞狗跳的，如果惯着他这个毛病，以后大家都没好日子过。老八的意思，应当是想釜底抽薪，只是效果如何，现在还不好说。"

"跟你们这些知识分子打交道可真是太麻烦了。"崔硕嘟囔着，却也不再争了，转而对唐子风说道，"老八，你刚才说的是我们给你们 5000 万，你们返还给我们 4000 万，实际只收 1000 万，是这个意思吧？"

唐子风装出无奈的样子，说道："不是这个意思又能怎么样？谁让我和你崔市长在一个宿舍住了四年，被你讹上，还能有什么好的？不过，这 4000 万也不能直接从我们集团出，我会安排集团下属企业用合适的方法赞助你们，总金额不少于 4000 万就是了。"

"这又是何苦呢？你们不好走账，我们也不好走账，这不是脱了裤子放屁吗？"崔硕说。

"不会吧，崔市长说话也这么粗俗？"唐子风笑道。

5000 万的资金，对于一个比较富裕的地级市来说，不算是很大的一笔钱。崔硕把唐子风的意思带回去，春泽市政府开了个办公会，便把这事定下来了。

随后，春泽市与临机集团联合召开了一个新闻发布会，向社会公众通报开发钢珠专用机床的事情。在包娜娜的安排下，一众媒体记者充分发挥了煽情鼓动的天赋，报纸上的文章标题一个比一个吸引眼球，生生把这么一件普普通通的事情炒成了惊天新闻：

《春泽市携手临机集团欲突破圆珠笔钢珠瓶颈》；

《小笔尖上起波澜，春泽市一掷千金研制圆珠笔钢珠专用机床》；

《是沉沦还是奋起，春泽市冲冠一怒为哪般？》；

……

"中国人这是什么意思？"

德国米朗公司的总裁办公室里，总裁普勒看着销售总监杜兰蒂送过来的简报，只觉得一头雾水。

米朗公司是一家小型机床公司，只生产少数几种型号的机床，其中用于加工圆珠笔钢珠的精密磨削机床是它最主要的产品，产值占到了公司总产值的70%以上。

由于公司规模很小，米朗公司在欧洲之外没有开设任何销售服务中心，也没有安排专人关注中国市场的动态。春泽市联手临机集团开发钢珠机床的事情，还是米朗公司在中国的一家客户向杜兰蒂通报的，那家客户还专门搜集了报道此事的一些报纸，给杜兰蒂邮寄过来。

杜兰蒂不懂汉语，收到报纸后，他托人找了一位中国留学生，把报纸上的相关内容给他做了翻译，然后形成一份简报，送到了普勒的手上。

"根据中国报纸上的这些报道，还有客户那边反映的情况，这个名叫春泽的城市，打算斥资700万欧元，开发替代米朗的钢珠磨削机床。"杜兰蒂报告道。

"可这是为什么呢？"普勒说，"钢珠磨削机床是一种非常小众的产品，这个市场上有我们一家供应商就足够了，中国人开发这种机床，完全是无利可图的。为这样一个产品，投入700万欧元，我认为他们根本就不可能收回这笔投资。"

"按照报纸上的说法，他们似乎是担心我们会在钢珠机床的出口方面对他们采取限制措施，用他们的话来说，就是'卡脖子'。"杜兰蒂说。

"这完全是一个荒唐的猜测，我们为什么要限制向中国出口这种机床？如果限制了，我们的机床卖给谁？"普勒有一种抓狂的感觉。

第五百三十三章　这是图个啥呢

　　圆珠笔钢珠磨削机床是一种专用机床,全球一年的销售量也不过区区四五十台,用户仅限于圆珠笔头的制造商。也正因为销售量少,所以市场上只能养得起米朗这一家公司,再多一家生产商,大家就都要喝西北风了。

　　随着中国成为"世界工厂",许多商品的制造都被中国企业垄断,圆珠笔头便是其中之一。全球90%以上的圆珠笔头是在中国生产的,而这又导致了米朗公司的产品主要销往中国。

　　如果把整个中国当成一个买家,则钢珠机床这个市场就是一个典型的一对一的市场,只有一个卖家,同时也只有一个买家。

　　在杜兰蒂送来的那些中文报纸上,记者们声称中国使用的钢珠机床全部来自海外,一旦出现海外向中国禁售此类机床的情况,中国的圆珠笔企业将会被"卡脖子"。这样的论断,寻常中国人看了会觉得很有道理,但在普勒和杜兰蒂看来完全就是荒唐可笑。

　　我吃饱了没事干"卡"你的"脖子"干什么?

　　试问,米朗公司的机床不卖给中国企业,还能卖给谁?

　　"卡"中国人的"脖子"？没等中国人被卡死,米朗公司自己就先饿死了,我有必要干这种损人不利己的事情吗?

　　"中国人不可能不懂这个道理,这种'卡脖子'的说法,一定是他们玩的一个花招。"普勒断言道。一件事一旦太不合常理了,背后一定有阴谋,这是谁都能想到的。

　　"可是,他们为什么要玩这个花招呢?"杜兰蒂诧异道。

　　普勒想了想,说道:"或许,他们是想用这样的方法诱骗我们降价吧?报纸上说的这个春泽市,有咱们好几家客户,他们曾经以订购数量较大为由,要求我们给他们一个优惠价格,但被我们拒绝了。我想,这是他们想出的一种新的谈判策略。"

"有可能。"杜兰蒂点头说,"他们通过这样的方法,向我们发出威胁。如果我们不答应他们的降价要求,他们就会自己开发同类机床来替代我们的产品。"

"那么,杜兰蒂,你认为他们真的会这样做吗?"普勒问。

杜兰蒂摇摇头,说:"我觉得不会吧。他们自己开发的机床,就算品质和我们的相仿,价格上也不会便宜多少。如果一台机床便宜5万欧元,他们先期投入700万欧元,至少需要卖出140台机床才能收回投资。"

"而春泽市每年从我们这里采购的机床还不到10台,这意味着他们的投资回报期要超过十四年,这还没有考虑到700万欧元的利息。如果考虑到利息支出,他们恐怕永远都无法收回这笔投资,所以这是一个完全不符合理性的决策。"

"没错,这完全就是一个骗局,哪怕一个小学生都能够看出来。"普勒笃定地说,"杜兰蒂,给你寄这些报纸的那家中国企业,肯定也是参与了这个骗局的。你等着瞧吧,不出一个星期,他们肯定会和你联系,商讨降价的问题。"

"那么,我们该如何答复他们呢?"

"坚决地表示拒绝。他们如果想自己研发机床就去研发好了,我不相信他们会做出如此不理智的行为。"普勒信心满满地说。

普勒的预言很快就得到了印证,仅仅过了三天,杜兰蒂便带着两个中国人来到了普勒的面前,称他们是专程从中国飞过来与米朗公司谈判的。

"我叫李甜甜,是中国临河机床集团公司下属销售公司海外业务部的高级业务经理,这位是我的助手刘江海。我们是受我们临机集团总经理唐子风先生的委派,来与米朗公司商谈合作事项的。"

二人中的女子用流利的英语向普勒做着自我介绍。

普勒的英语不错,听到女子的话,他同样用英语回答道:"李女士,非常欢迎你们。我听说过临机集团,知道你们是一家值得尊重的企业。我还知道,博泰公司现在就是你们的子公司。自从你们收购了博泰公司之后,它的业务比过去增长了一倍多,这简直就是一个奇迹。"

"谢谢普勒先生的夸奖。"李甜甜微笑着点了一下头,接受了普勒的善意,然后说道,"我们唐总经理也曾多次说过,米朗公司是一家卓越的企业。在我们出发之前,唐总还专门交代我们,要代他向普勒先生表达他的敬意。"

第五百三十三章　这是图个啥呢

"谢谢唐先生，谢谢李女士。"普勒应道。他心里明白，所谓那个什么唐总要向他表达敬意之类的话，估计也就是李甜甜随口说的，反正他也不会去找唐子风对质不是？

说完这些客套话，普勒招呼李甜甜和刘江海在沙发上坐下了，自己则坐回到自己的大办公桌后面去。杜兰蒂客串了服务员的角色，给李甜甜和刘江海各倒了一杯水，然后也在旁边坐下了。

"李女士，刚才你说你是来与我们商谈合作事项的，不知你们打算在哪个领域与我们合作，又将如何合作？"普勒没有绕弯子，直截了当地提出了问题。

"普勒先生，中国的春泽市政府前一段时间和我们临机集团联合召开了一个新闻发布会，宣称将合作开发钢珠专用机床，不知道普勒先生是否听说了这个消息？"李甜甜问道。

普勒沉默了一下，然后点点头，说道："我听我们公司在中国的合作伙伴说过这件事。"

"不知道米朗公司对此事有什么看法？"李甜甜继续问道。

普勒微微一笑，说道："我们非常高兴有同行关注这个领域，就我个人而言，我非常期待早日看到贵公司的研发成果。"

"这也是我的愿望。"杜兰蒂画蛇添足地补充着，想强化普勒营造出来的装腔作势的效果。

因为事先就认定中国人肯定是在行诈，所以普勒和杜兰蒂对于眼前这场谈判没有任何心理压力，反而是带着几分看戏的心态。他们想看看这两个中国人会如何装腔作势地威胁他们，而他们要做的，仅仅是像一个绅士一样地微笑，看对方表演。

这是多么有趣的一件事情啊！

李甜甜笑得像她的名字一样甜，她看看普勒，说道："这么说来，普勒先生并不相信我们会真的涉足这个领域？"

"不不不，我丝毫没有这个意思。"普勒耸耸肩膀说道，脸上的表情却在说，没错，我就是不信，请继续你的表演吧。

李甜甜向刘江海做了个手势，刘江海打开自己带的公文包，从里面拿出一沓资料，站起身走到普勒的办公桌前，把那沓资料放到了普勒的面前，接着一声不吭地坐回了原处。

普勒愣了一下,下意识地拿过资料,想看看对方葫芦里卖的是什么药。他才看了几页,脸色就有些不好看了。接着他便快速地翻看起来,一目十行地浏览着资料中的主要内容,越看脸色就越黑。

"普勒先生,这是……"杜兰蒂注意到了老板神情的异样。

普勒把资料合上,向前推了推。杜兰蒂明白普勒的意思,连忙上前拿过资料,也同样翻看起来。看了几页,他的脸色也变了,他抬起头看着李甜甜,问道:"李女士,请问这是什么意思?"

"这是我们公司申报的技术专利,我们唐总觉得,贵公司可能会对这些专利感兴趣,所以专门叫我们带过来,请普勒先生和杜兰蒂先生过目。"李甜甜说道。

"你们真的想做钢珠专用机床?"杜兰蒂惊愕地问道,脸上不再有刚才那副装腔作势的淡定表情了。

原来,刘江海拿给普勒看的这些资料,正是一些与圆珠笔头钢珠专用机床相关的专利申请资料。米朗公司自然是有自己的技术专利的,它生产的钢珠专用机床便是基于这些专利开发设计的。

临机集团要开发钢珠机床,要么是向米朗公司申请使用他们的专利,要么就只能自己开发另外一套专利。钢珠机床并非只有一种设计方案,换一个设计思路,就可以绕开米朗的专利。

当然,米朗公司作为一家从事钢珠机床研发制造多年的企业,其使用的技术路线应当是最优的。避开它的技术路线另搞一套,机床的成本和效率都有可能更差,而且还要解决一些未知的技术难题,研发成本也是相当高的。

普勒正是因为知道这些情况,所以认定临机集团和春泽市只是做个姿态,不可能真的去开发钢珠机床。所谓"卡脖子"的威胁根本就是子虚乌有,政府官员和临机集团的高层都不可能不懂这个道理,没理由去做这种费力不讨好的事情。

可他觉得不可能的事情,却偏偏发生了。刘江海拿给他看的资料,明显地证明临机集团的确是在开发一种新的钢珠机床。普勒是懂技术的,一看这些专利的内容,就知道这些技术肯定是为钢珠机床而开发的。或许这些技术也可以衍生出其他的一些用途,但最直接的用途就是用来加工圆珠笔头上那粒小小的钢珠。

这是图个啥呢?

普勒在内心里狂躁地质问。

第五百三十四章　自由就是自由

"李女士,恕我直言,我依然不相信你们会真的开发这种机床。"调整了一下心绪之后,杜兰蒂向李甜甜说道。

"如果不出意外的话,我们集团拥有自主知识产权的钢珠磨削机床的样机将会在下个月问世,杜兰蒂先生想和我打个赌吗?"李甜甜说。

"可是,这是一件完全没有必要的事情!"杜兰蒂说。

李甜甜微微一笑,说:"杜兰蒂先生,作为一名销售人员,我的看法和您完全一致。但是,老板考虑的事情,又岂是我能够质疑的?"

普勒这个时候已经冷静下来了,他问道:"李女士,我很想知道,你们集团准备投入多少资金用于开发这种机床?"

李甜甜说:"具体数字我并不清楚。公开的数据是,总投入会达到 1000 万欧元,其中的 700 万欧元是由春泽市政府提供的,我们集团会另外增加不少于 300 万欧元用于这项研发。"

"投入 1000 万欧元,仅仅是为了瓜分一个年产值不到 1500 万欧元的市场,这绝对不是一个理性的企业管理者应该做的事情。据我了解,临机集团是一家有着八十多年历史的企业,而且近年来的经营业绩也令业界瞩目。这样的一家企业,应当不会做出如此不理智的决策吧?"普勒说道。

李甜甜说:"普勒先生,你恐怕对中国人不够了解。我们中国人,呃,用我们唐总的话说,有一种'产能不足恐惧症',如果有什么产品我们不能独立制造,甚至仅仅是产能不足以满足自己的需要,我们就会感到焦虑……"

"这是为什么呢?"普勒蒙了。

"产能不足恐惧症",普勒没听说过这种病,但好像杰克·伦敦的一篇什么小说中写过这样的事情。主人公在荒野中经历了长时间的饥饿,获救之后总是担心食品不够,在自己身边藏了一大堆吃食。

可是，中国是"世界工厂"啊，产能比整个欧洲都大，电视机产量占全球的80%，粗钢产量占全球的55%。这样一个国家的人跑来跟自己说，他们患有"产能不足恐惧症"，这是哄鬼呢？

"普勒先生，你们没经历过我们的生活。"李甜甜说，她的语气里带上了几分凝重，"我小时候，中国的物资供应状况已经大为好转了，我没有经历过像我父母他们那个连手纸都要凭票供应的年代。但即便是那样，我们的物资仍然是极度匮乏的。

"我举个例子吧，那时候，我们如果在路上看到一个遗落的螺母，都要捡回家里去的。"

"捡这个干什么？"普勒诧异道。

造机床的，最不缺的东西就是螺母。这东西是消耗品，采购的时候都是论公斤的。海关进口螺母则是按吨计算的，一个集装箱就是几十吨，谁会把这东西当宝贝呢？

哦，对了，德国机械企业使用的螺母，大多数是从中国进口的，加上运费和关税，比德国本土制造的螺母要便宜一半以上。

李甜甜说："那时候，物资缺乏，任何金属制品都是非常宝贵的。一个螺母捡回家里去，说不定就能够用来修家里的什么东西。最不济，用来挂灯绳也可以啊。"

"挂灯绳？"屋子里其他三人眼睛里都露出了茫然之色，连刘江海也是如此。这孩子是个90后，还真不知道啥叫挂灯绳。

李甜甜说："我小时候，家里的电灯是用拉线开关的。拉开关的那根线，就叫灯绳。灯绳下面如果不挂个重物，风一吹就会飘起来。如果在下面挂一个螺母，灯绳就能坠着，拉起来比较方便。"

众人都无语了。李甜甜描述的场景，他们没见过，但多少也能想象得出来。他们还"脑补"出了这样的场景：一个小姑娘，走在放学的路上，看到泥地里有一个锈迹斑斑的螺母，于是欣喜若狂地捡起来，带回家，清洗之后，小心翼翼地系在一根晃晃荡荡的灯绳上……

如果配上《二泉映月》这样的背景音乐，再去理解啥叫"产能不足恐惧症"，就真的没啥障碍了。

"可是，李女士，中国现在已经不再是物资匮乏的国家了，你们拥有全世界

第五百三十四章　自由就是自由

最大的工业产能。如果中国的螺母工厂失火了……呃，好吧，我也许应当假设他们的工人放假过节去了，整个德国的机械公司都要停产。

"在这种情况下，最应该具有'产能不足恐惧症'的，难道不是我们这些德国企业吗？"

杜兰蒂磕磕巴巴地说道。

"没有人会对欧洲禁运任何产品，所以欧洲人没有'产能不足恐惧症'，这并不奇怪。我们中国是曾经饱受国外制裁之苦的，所以，如果一种产品是我们自己不能制造的，我们就会感到恐惧。

"自己开发钢珠磨削机床，就是源于我们自己的这种恐惧症。我不知道普勒先生和杜兰蒂先生有没有看到前段时间中国一些媒体上的文章，有专家警告我们，说欧洲人，实际上就是指贵公司，随时都有可能停止向我们提供这种机床，从而使中国的近百家圆珠笔头制造企业陷入困境。"李甜甜说。

"这完全是无稽之谈。"普勒说道，"我们从来没有说过要停止向中国出售钢珠机床，我们和中国的客户维持着非常好的合作关系，媒体上的这种猜测，完全是没有根据的。"

"但春泽市政府承受了很大的压力，正是这种压力迫使他们拿出700万欧元来委托我们开发这种机床。"

"原来是这样。"普勒应了一声，随后问道，"既然你们已经决定要开发这种机床，而且还完成了一些基础工艺的专利开发，那么，你们二位到米朗公司来，又是为了什么呢？"

"合作。"李甜甜回答得很干脆，"我从一开始就说了，我们是来寻求合作的。"

"合作？怎么合作？"普勒问。

李甜甜说："正如杜兰蒂先生刚才说的，钢珠磨削机床这个市场实在是太小了，不需要两家卓越的企业去满足这个市场的需求。临机集团投入1000万欧元去开发一种新型的钢珠机床，既是对临机集团资源的浪费，也会影响到米朗公司的经营，这是一种毫无意义的行为。"

原来你也知道这是毫无意义的……

普勒和杜兰蒂在心里嘟囔道。不过，他们俩都没插话，想等等李甜甜的下文。

"春泽市政府之所以委托我们开发钢珠机床，根源还是在于对机床供应的担忧。如果贵公司能够做出一个承诺,保证在任何时候、任何情况下,都不会停止对中国企业提供此类机床,那么春泽市就不会有这种担忧了,而我们临机集团也就没有必要去做这种没有意义的事情了。"李甜甜说。

"你们需要的仅仅是一个承诺吗?"杜兰蒂问。

李甜甜笑着说:"当然不够。欧洲以各种名目违反承诺的事情,我们见得还少吗?如果我们自己没有掌握相关技术,你们随便找一个理由就可以把做出的承诺当成手纸扔进马桶里去。中国人是吃过这种亏的,否则也不至于有'产能不足恐惧症'了。"

"那你们需要什么?"杜兰蒂有点晕。听李甜甜这个意思,还是要自己掌握相关技术,那还合作个什么劲?

李甜甜说:"我们希望能够和米朗公司签订一个技术合作协议,米朗公司永远授权临机集团使用米朗公司所拥有的机床专利,还有那些并未申请专利的技术诀窍。当然,我们是会按照市场标准向米朗公司支付专利使用费的。"

"我们承诺,只要米朗公司不做出对中国企业断货的行为,我们就不生产此类机床,不会影响到米朗公司的销售。但是,在技术合作协议上,需要有这样的条件,那就是如果出现不可抗力导致米朗公司不能向中国供货,我方有权自由地使用这些专利和其他知识产权以生产替代机床。"

"你说的自由,是什么意思?"普勒和杜兰蒂同时问道。

在此之前,他们对春泽市与临机集团的合作并不在意,只是觉得这是中方的一场表演,目的是在采购方面增加一些讨价还价的砝码。可李甜甜对他们说的事情完全超出了他们的预期,这让他们有些措手不及。

李甜甜并没有提出降价的要求,而是说了一个名叫"产能不足恐惧症"的概念,然后要求米朗公司向中方开放所有的专利和内部诀窍,只是为了获得独立生产钢珠机床的产能。

普勒和杜兰蒂无论如何都理解不了中国人的担忧,因此也就无法理解临机集团为什么要与米朗公司进行这样的合作。很显然,这种合作对于临机来说没有任何作用,因为米朗公司肯定不会对中国断货,所以临机永远都没有使用这纸协议的机会。

那么,中方所需要的"自由",到底是什么意思呢?

"自由嘛……"李甜甜想了想,然后嫣然一笑,说道,"就是自由呗。"

第五百三十五章　感谢普勒先生的美好祝福

普勒和杜兰蒂当然不会不懂得自由是什么意思。

李甜甜的意思分明就是说，临机集团受人之托，要开发钢珠机床，但是，大家都是聪明人，知道花上千万欧元去开发这样一款机床是没意义的。

于是，临机就跑来和米朗商量，让米朗把钢珠机床的技术传授给临机，这些技术包括了各种公开的专利，还有一些更核心的技术。

临机还要求米朗"签字画押"，同意临机在所谓"不可抗力"的条件下，自由地使用这些技术。

所谓自由，就是说不需要征得米朗的同意，甚至不用顾忌米朗的反对，这就相当于把米朗的技术全霸占了。

李甜甜倒是说了，临机承诺不会轻易地使用这个权利。但是，正如她说的另一句话："承诺这东西，是靠不住的呀！"

带着这样的想法，普勒他们当然不可能相信李甜甜的说法，他们更愿意怀疑这背后有一个什么阴谋。既然中国人是在搞阴谋，那么自主开发钢珠机床这件事，肯定就是为了掩盖这个阴谋而使出的障眼法，那么自己也就无须顾虑了。

想到此，普勒摇了摇头，说道："李女士，很抱歉，我认为贵公司的要求是让我们无法接受的。米朗的技术诀窍，是米朗在市场上生存的根本，我们不会把这些技术诀窍转让给其他任何企业。"

"如果是这样，那我们就只能自己去摸索这些技术诀窍了。1000万欧元的投入，或许是够的。"李甜甜威胁道。

普勒把手一摊，说道："请便吧，这是你们的权利。"

"普勒先生，你真的不愿意考虑我们的方案吗？"

"抱歉，我们对这个方案不感兴趣。"

"如果是这样……"李甜甜站起身来，说道，"很遗憾，我们将要在钢珠机床市场上和米朗公司进行切磋了,或许,这场切磋不会有胜者。"

"我想会有的。"普勒冷冷地说。

"是吗?"李甜甜笑道,"那我就先感谢普勒先生的美好祝福了。"

"……"

李甜甜带着刘江海离开了。杜兰蒂把他们送出公司,然后回到普勒的办公室,发现普勒正坐在自己的大皮转椅上,手里捧着一本《杰克·伦敦小说集》,似乎看得津津有味的样子。

杜兰蒂知道自家的老板有看书装文化人的习惯,而每一次他假惺惺地看书,其实都是为了掩饰内心的焦虑。杜兰蒂也不敢去揭穿普勒的伪装,只是规规矩矩地汇报道:"普勒先生,那两个中国人已经走了。"

"我知道了。"普勒应道,他没有抬头,而是用手指着书,说道,"杜兰蒂,刚才那个中国人说的'产能不足恐惧症',我觉得有点意思。我在杰克·伦敦的书里也看到了这种现象。我认为,这应当算是一种精神方面的疾病。"

"可是,普勒先生,你认为中国人会真的自己开发一套钢珠机床吗?"

杜兰蒂没有接普勒的话,而是直接提出了自己担忧的事情。他知道,普勒其实也在思考这件事,只是不愿意主动提出来而已。

"我认为他们只是虚张声势。"普勒说。

"但是,如果把他们的行为只是解释为对我们的欺诈,他们的欺诈成本是不是太大了一点?你看,我们拒绝了他们的要求,那位李女士也没有做更多的努力,直接就离开了。"

"他们在此之前,应当也是评估过我们与他们合作的可能性的,他们会为了一件可能性如此小的事情而做出这么多的事情吗?"杜兰蒂置疑道。

这其实也是普勒觉得不踏实的地方。临机为了这件事情,是做了很多铺垫的,光是米朗的那家客户给他们寄来的报纸,就显得动静很大的样子。或许临机集团与媒体有良好的关系,可以很容易地串通媒体给他们造势,但这种资源也是用一回少一回的,没理由浪费掉。

更何况,临机和春泽市如此高调地在媒体上宣布要共同开发钢珠机床,如果最终无声无息,声誉也是会受到损失的,临机难道不需要考虑这个问题吗?

如果这的确是一个骗局,临机要达到最终的目的,应当会做出更多的努力吧?可刚才来的那两个中国人,领头的女士看上去也就是三十来岁,职位也只

第五百三十五章　感谢普勒先生的美好祝福

是一个什么高级业务经理,不算是有分量的角色。那个小跟班就更不用说了,年纪轻轻,话都不敢说,是可以直接无视的那种。

临机派出这样两个人来与米朗谈合作,似乎有点不在乎的样子,这算啥?

欲擒故纵吗?

企业间的合作,能这样轻率?

"或许,他们还会有其他的举动吧。我想,这绝对不是他们最后的底牌。"普勒说道。

果不其然,就在李甜甜他们来访之后的第二天,一个自称是欧洲某报记者的人给普勒打了电话,向他询问中国临机集团上门寻求合作的事情。

"你是怎么知道这件事的?"普勒向记者问道。

"临机集团在中国召开了一个小型的新闻发布会,通报了这件事情。"记者说道。

"新闻发布会?"普勒觉得有些头疼,"他们说什么了?"

"他们说,他们无意与米朗公司开展这种必然是两败俱伤的竞争,希望通过公司间深层次合作的方法来消除中国客户的忧虑。他们说,他们向米朗公司投来了橄榄枝,但被米朗公司拒绝了。"记者说。

"见鬼的橄榄枝!"普勒在电话里骂了起来,"他们只是想用这种方法来无偿获得我们的技术诀窍。我们的技术是花费几十年的时间积累下来的,他们仅仅是在媒体上发几篇文章,威胁我们一下,就想得到这些技术,这是赤裸裸的海盗行为!"

"这么说,这件事情是真的?"这个记者的耳朵天然自带过滤膜,他直接过滤掉了普勒的牢骚话,抓住了问题的核心。

"是的,这件事情是真的。"普勒说,"他们派了一个高级业务经理来向我们施压,被我们识破了。"

"那么,你们会和中国人合作吗?"

"绝无可能!"

"如果中国人真的开发出了同类技术,是否会威胁到米朗公司的市场份额呢?据说,全球每年对钢珠磨削机床的需求不超过1500万欧元,如果有一家中国公司也掌握了这项技术,米朗公司的市场份额恐怕会受到严重的侵蚀,甚至于有可能完全丢掉这个市场。

"毕竟,我们知道中国人的成本控制能力是非常强的,他们会用不到欧洲企业1/3的成本造出完全不逊色于欧洲的产品。"

"我非常期待看到这一幕。如果他们能够为我们的传统客户省下2/3的采购成本,我会替客户们感到高兴的。"

"……"

记者无语了,这位大爷明显是不把中国人的威胁放在心上啊。不过,记者最喜欢的也就是这样的事情,所谓看热闹不嫌事大,就是这种状态了。

中国人威胁米朗,米朗满不在乎。如果未来中国人真的能够把米朗干掉,普勒会有什么样的反应呢?拿他现在的傲慢与未来的失落做对比,将会是多么具有戏剧性的一条新闻啊!

记者的内心活动,自然就表现在文字上了,一篇极具煽情色彩的文章很快出现在欧洲的一家大报上。在这篇文章里,记者描写了一场剑拔弩张的商战,一方是咄咄逼人的东方恶龙,另一方是宁死不屈的日耳曼好汉,虽然配图上这位好汉的肚腩显得太大了一点。

"见鬼!这些媒体难道是想故意挑事吗?!"

看到报纸上的文章,普勒恨不得把那个记者抓来安到机床上去加工成小球球。这样的文章,分明就是要把临机架到火上烤,逼着临机非要兑现自己许下的誓言不可。

在普勒看来,临机的宣传,只是一种骗术。但让媒体这样一搅和,临机就骑虎难下了,没准儿牙一咬心一横,还真的就研发钢珠机床去了。

这件事对于临机来说,的确是无利可图的,属于杀敌一千,自损八百的败招。可问题在于,米朗的血拢共也只有一千,而临机的血却远不止八百。白白扔出去1000万欧元,对于临机来说是无关痛痒的事情,造成的后果却是米朗将面临破产的境地,这谁玩得起啊!

更可怕的是,如果临机真的把米朗给整死了,这个市场又会回到只剩下一个卖家的状态,临机还能慢慢回血。从这个意义上说,临机还真有可能就这么干了。

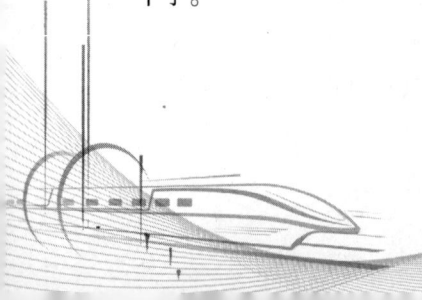

第五百三十六章　技术是需要分享的

普勒的心理活动，唐子风是看不到的，他也懒得去看。得到米朗公司的回复之后，他便下令技术部开足马力研制钢珠磨削机床，务必以最快的速度拿出样机。

研发钢珠磨削机床这件事，从一开始就很荒唐。唐子风原本是不想掺和的，但碍于崔硕的面子又不得不接。

既然无法拒绝，那就想办法把坏事变成好事，这就是唐子风的行事原则。带着这样的想法，唐子风要求春泽市配合自己唱了这样一出戏，给米朗公司刨了一个坑。当然，这个坑里要埋的，可不仅仅是米朗一家。

李甜甜上门去与普勒谈合作，啥也没谈成，而这也正是唐子风所希望看到的。"一个死掉的米朗比一个苟活着的米朗更有用"，这是李甜甜向唐子风汇报的时候，唐子风对李甜甜说的话。

临机集团技术部得到了1000万元的研发经费，这1000万是人民币，而不是欧元。靠着这区区1000万元人民币的经费，技术部竟然在一个月内便完成了设计，随后生产部门便拿出了样机。

临机的技术部其实有一些技术积累，在此基础上开发一台钢珠机床，并不需要投入太多的资金，也不需要耗费太多的时间。临机此前不研制这种机床，更大的原因是嫌利润太低，一年不过几十台的销售量，还要提供售后服务啥的，太不值得了。

唐子风让春泽市为机床研发支付了5000万元的经费。这笔钱到账之后，唐子风交代集团公关部以各种名目向春泽市提供捐助，前前后后返还了4000万元，相当于最终只收了春泽市1000万元。

唐子风这样做，是为了媒体宣传的需要。开发一台机床，投入5000万元，配得上"不惜成本"这样的说法了。

有些事情，讲究横的怕愣的，愣的怕不要命的。地方政府花费5000万，只为解决一个"卡脖子"问题，这就是一种不要命的做法。谁碰上这样的对手，都得忌惮三分的。

担忧被"卡脖子"，上门寻求合作，被粗暴拒绝，不得不奋发图强，最终一举突破，把中国不能制造钢珠磨削机床的帽子扔到太平洋里去了……

这是唐子风写的剧本，他的专职公关包娜娜便组织人照着这个剧本开始炒作。早先去采访普勒的那家欧洲报纸，并不是包娜娜安排的，记者只是看到中国的媒体闹得沸沸扬扬，出于记者的本能而在欧洲添了一把火。及至临机完成了钢珠机床的样机制造，那家报纸又刊登了一篇篇幅更长的报道，果然给普勒做了一个前后对比，制造出了一些戏剧性效果。

这件事的始作俑者齐木登也被裹挟进去了，前后有七八拨记者去采访了齐木登，请他谈谈对此事的看法。齐木登自然是一副不屑一顾的样子，说中国人缺乏创新精神，没有啥啥能力之类的，只能靠这种大撒钱的方法来追赶世界先进潮流，这样的成功是毫无意义的。

"就算这个钢珠机床，春泽市可以一掷千金请人去做，最终勉强弄出一个四不像的成果来，中国有这么多被人'卡脖子'的技术，每个技术都能这样搞吗？"齐木登质问道。

"齐教授，您说中国还有很多被人'卡脖子'的技术，您能再给我们举几个例子吗？"记者好奇地问道。

"当然可以。我上个星期在网上就看到有业内人士爆料，说我们国家用于加工风电机齿轮的专用铣床是从法国进口的。机床协会那边自吹自擂，说什么中国的机床产量世界第一，一台小小的专用铣床都造不出来，他们还有脸吹吗？"齐木登说。

"见鬼！能让那个白痴闭嘴吗？"

法国凯兰机床公司，董事长索拉特看完驻华销售代表发回来的消息，当即就爆了粗口。

"什么小小的专用铣床？我们生产的是加工直径15米的超大型铣床，而且这种铣床是专用的，没有哪个国家需要单独掌握这种铣床的技术。这位教授是从哪冒出来的？他到底懂不懂工业？知不知道什么是全球分工？"索拉特咆哮道。

"这位教授是一位经济学教授。他是中国一位非常著名的独立学者，以经

第五百三十六章 技术是需要分享的

常发表具有独立思想的言论而著称。"销售总监多米克介绍道。

"独立思想？你是说独立于事实和常识的独立思想吗？呸，那不叫独立，那叫无知！"索拉特骂道。

多米克说："可是，他在中国拥有很多的拥趸。米朗公司的那件事，就是因他而起的。"

索拉特说："我知道！也正因为知道这件事，我才说这家伙是个白痴，他想让我们像米朗公司一样完蛋吗？"

"中国人造出钢珠机床样机后，米朗公司的订单已经损失了80%，这还是在米朗公司主动提出产品降价30%的情况下。业内同行估计，米朗公司最迟在下个季度就会破产。普勒亲自跑到中国去向临河机床集团公司请求投降，但并没有被接受。"多米克说。

索拉特阴沉着脸说："中国人给过普勒机会的，但他因为自己的傲慢而放弃了这个机会。事实上，我们也没想到中国人居然会用这么短的时间就研制出了具有自主知识产权的同类机床，而且价格比米朗机床便宜将近一半。米朗的钢珠机床主要客户都在中国，普勒是不该挑起这场竞争的。"

"严格地说，这场竞争不是米朗挑起来的，而是中国人自己挑起来的。"

"但中国人一开始是想和米朗合作的，是普勒拒绝了合作。事实上，中国人开出的条件并不是不可接受的，他们只是需要一个承诺而已。"

"的确，报纸上就是这样说的……"

"哼，愚蠢的德国人，他们真的以为自己是不可战胜的。"

"那么，索拉特先生，我们该怎么做呢？"

"我们法国人不会像德国人一样迂腐。"

"明白，我马上去买机票，我们应当在中国人关注到这件事之前，和他们签订一个合作协议。"

唐子风接到通报，说法国凯兰公司的销售总监来访，他还一头雾水，不知道是怎么回事。直到听秘书汇报说前几天媒体上刊登过齐木登的一番言论，其中涉及了凯兰公司销往中国的风机齿轮专用铣床，唐子风才反应过来，不由得感慨网友诚不我欺。

"临机集团是一家伟大的企业，是国际机床行业里一颗冉冉升起的明星。我们非常希望有机会与临机集团建立战略合作关系，以便经常获得唐总经理的指导,学习到临机集团的成功经验,帮助凯兰公司取得更好的经营业绩。"

多米克一见唐子风便开始狂拍马屁。

"感谢多米克先生的褒奖。我想知道,贵公司希望和我们开展什么样的合作呢?"唐子风问道。

"全方位的,包括凯兰公司所有的业务。"多米克说。

"凯兰公司的大型风电机组齿轮专用铣床技术全球闻名,我们一直想向凯兰公司学习这方面的技术……"

"不不不,不是你们向我们学习,而是我们之间相互交流。如果临机集团对我们的这项技术感兴趣,我们非常愿意与临机的同行分享我们对这项技术的认识。我们的董事长索拉特先生认为,技术是需要分享的,只有相互分享,才能消除彼此的芥蒂,实现长远的合作。"

"你说的芥蒂,是指什么呢?"

"当然是某些无知人士的无聊猜测。我们注意到,中国的一家报纸上刊登了一位经济学教授的谈话,其中对凯兰公司与中国合作伙伴之间的关系进行了恶意的诋毁。为了消除中国朋友的顾虑,索拉特先生特地安排我到中国来,与唐总经理洽谈技术合作事宜。"

"非常感谢索拉特先生的理解。的确,我们最近也受到了一些压力,有媒体指责我们技术落后,导致中国的风机齿轮加工完全依赖进口设备,存在着很大的风险。我们正在向有关部门申请一笔……呃,5000万欧元的资金,准备突破这个技术瓶颈,研发出具有完全自主知识产权的风机齿轮铣床。"唐子风笑呵呵地说道。5000万这个数字,是他随口编的,也不指望对方能够相信。

"我们愿意在这方面与中国朋友进行合作,具体的合作条件,可以参照贵公司此前向米朗公司提出的条件。我们认为,市场是需要分工的,贵国希望自己掌握技术的心情是可以理解的,但掌握技术并不意味着需要进入这个市场。"

"我们愿意向临机授权风电机组齿轮铣床的核心技术,并答应在遇到不可抗力影响的情况下,临机可以自由地使用我们的专利,以填补空缺。但在这种不可抗力出现之前,临机完全没有必要花费高额的费用去独立开发一套冗余的技术。"

多米克看着唐子风说道,他的眼神里满是真诚,只恨自己不会传说中的催眠术。

第五百三十七章　中国能答应吗

"小唐,你们这次动静闹得有点大啊。"

国资委办公室里,谢天成笑呵呵地对唐子风说道。

"借力打力吧,其实原来真的没想这样做。"唐子风谦虚地说。

谢天成笑道:"我听人说,你唐总经理得了一个雅号,叫作'专治不服唐子风',据说欧洲的那些小机床企业都是谈'唐'色变呢!"

"呃……"唐子风尴尬了,"谢主任,这个都是他们黑我呢!其实我的绰号是'人畜无害小郎君'。你看我这脸,每道皱纹里都写着'温和'二字呢。"

"不会吧,你小唐都已经有皱纹了?"谢天成关注的却是另外一件事。

"我也是奔五的人了,也就是在谢主任这里还会被叫作小唐。"唐子风说。

"是啊,时间过得多快啊。"谢天成感慨道,"当年二局安排老周去临一机,老周别人都不带,非要带你去。大家还都担心你年纪太轻,不稳重。现在看来,还是老周慧眼识珠,发现了你这个人中龙凤。"

"别别别,谢主任,您千万别夸我。您一夸我,我心里就不踏实。"唐子风装出惶恐的样子说道。

"我还没夸你呢,你就原形毕露了!"谢天成斥了一句,随后便转入了正题,问道,"小唐。据我们初步统计,目前和我们系统内企业签了合作协议的欧洲中小机床企业已经有上百家了。

"你给大家出的计策,是让他们答应在面临不可抗力的时候,中国企业可以自由地使用他们所拥有的专利,而不需要等待他们的授权。

"这些和咱们签约的企业,生产的产品都不在《瓦森纳协定》限定的范围,至少到目前为止,并不存在他们会对我们采取限制措施的迹象。

"委里的同志们讨论了一下,觉得你好像有点未雨绸缪的意思。怎么,你认为未来欧洲有可能会对中国采取全面的技术限制政策吗?"

西方国家对中国的技术限制一直都有,从最早的巴统,到延续了巴统风格的《瓦森纳协定》,都规定了所谓"可用于军事目的"的高技术产品不得向中国销售。

但这一次,唐子风出手敲打的米朗公司、凯兰公司等,其生产的产品都不属于这种能够与军事用途挂上钩的高技术产品。像圆珠笔钢珠机床这种技术,与军事领域差着十万八千里,欧洲是没有任何理由限制这种技术的出口的。

唐子风借着齐木登的胡言乱语,声称中国可能会被"卡脖子",逼着米朗公司同意技术授权,这一点非但普勒理解不了,连谢天成也觉得未免有些小题大做。可唐子风偏偏就这样做了,而且效果还挺不错,一大批欧洲的中小企业都跑到中国来谈合作了,生怕自己成为下一个米朗。

唐子风给这些企业开出的条件,在大家看来毫无意义。唐子风承诺不会与这些企业争夺细分市场,只是要求他们答应在特殊情况下向中国进行技术授权。换句话说,就是如果不出现这种"特殊情况",这份合作协议就是一张废纸。

在那些欧洲企业看来,唐子风此举,应当只是为了应付中国媒体上关于"卡脖子"的警告。对于那个动不动就危言耸听的齐教授,大家可以说是恨到了骨子里。

多米克与临机签署了技术合作协议之后,应临机的要求,专门接受了一次记者采访。在那次采访中,他毫不掩饰自己对齐木登的反感,始终用"某白痴教授"这样的称谓来指代齐木登,并且先后说了十几次之多。

一些大媒体自然不便把这种骂人话报道出来,但一些喜欢炒作花边新闻的小媒体则毫不客气地原样照用了。随后,这个称呼又被一些好事者转到了网上,传得世人皆知。

被多米克隔空骂了一通,齐木登的脸上也挂不住,开始找更多的证据证明中国制造不行,"卡脖子"现象比比皆是。也不知道是怎么回事,他越是想找这样的证据,这种证据就越容易出现在他面前,似乎有一只看不见的手在故意把一些东西推送给他。

他过去写文章,也就是差不多一两周发一篇,因为平时还有教学、科研、应酬之类的事情,时间表上哪里还有空间容得下一张平静的课桌?可这段时间不同了,被人打脸的滋味是很不好受的,他必须要把面子找回来,于是进入了狂躁状态,一日四更、五更都不在话下,甚至于有好几场重要的酒席都被他推掉了。

第五百三十七章 中国能答应吗

齐木登口无遮拦，逮谁咬谁，欧洲那些企业可就被坑苦了。大家都知道，米朗就是因为被齐木登拿来说事，才招惹了春泽市和临机集团。这两家冲冠一怒，直接砸了1000万欧元进去，把米朗用来压箱底的技术给破解了。

现在齐木登又点了其他家企业的名，谁知会不会同样惹急了中国的某地政府或者某家企业，给自己无中生有地制造出一个竞争对手。

于是，大家一看到齐木登的文章里出现了自己的名字，就急匆匆地跑到中国去澄清，声称自己绝对不会做出伤害中欧关系的事情。"卡脖子"啥的最讨厌了，自己怎么可能会做这样的事情？

澄清之余，难免要和中国这边的企业签一个合作备忘录，然后召开一个新闻发布会，驳斥"某白痴教授"的不实之词。

然后，齐教授就更急眼了，于是进入循环……

对于吃瓜群众来说，看热闹不嫌事大，齐教授愿意一日十更才最好，大家是在乎那几个订阅费的人吗？可谢天成这些人知道，这件事的背后有唐子风。唐子风此人虽说平时有些不着调，但也不至于纯粹为了耍弄齐木登而搞出这么多事。

结合唐子风和这些欧洲企业签的协议，大家隐隐觉得，唐子风应当是预见了一些事情，现在的所作所为，都是在做相应的准备。

"大洋彼岸的'大统领'上台了，上台伊始就谈论中美贸易顺差的事情。我估计，他在任时肯定会有一番大折腾的。"唐子风简要地回答道。

谢天成点点头，说："这一点中央已经注意到了，也向各部委发了提示。专家分析，'大统领'有可能会采取一些关税措施，最高有可能会把关税水平在现有基础上提高一倍，这将会给我国的出口贸易带来很大的影响。"

"远不止于此。"唐子风说，"'大统领'是一个商人，他和此前的美国领导人都有所不同。此前的美国领导人多少还是讲一些国际规则的，而'大统领'最擅长的就是违反规则。

"我们集团的政策研究部门专门分析过'大统领'此前的商业经历，发现他很喜欢在竞争中采用极限施压的方法，动辄摆出一副要和对方拼个鱼死网破的架势。

"大家都担心他是个愣头青，不愿意与他同归于尽，所以在他的极限施压面前往往会采取退缩政策，而他则可以借机讹诈，让对方做出更大的让步。

"具体到中美贸易方面,'大统领'的目的绝不在于缩小美国方面的逆差,他想要的东西会更多。所以他可能采取的政策,绝对不只是增加关税,还会有一套'组合拳'。我们不能掉以轻心。"

"你说'大统领'想要的更多,你觉得他想要什么?"谢天成问。

唐子风说:"比如说,要求中国彻底放弃半导体产业,放弃大飞机产业,全世界只有美国企业能够进入这两个产业。"

谢天成倒抽了一口凉气:"这胃口也太大了吧!如果答应他的条件,就意味着他们能够在这两个领域获得垄断地位,届时他们想怎么赚我们的钱,我们都无法拒绝,只能白白地给他们送钱。"

"如果他用关税作为条件,换中国放弃这些产业,中国能答应吗?"唐子风问。

"当然不可能答应!"谢天成说,"如果答应了,就意味着我们的产业会被永远钉死在低端,那时候关税已经不重要了,他们随便拿一枚芯片就能够换走我们一集装箱的服装,我们就算出口形势再好,又有什么意义?"

"所以,'大统领'的手段绝对不会仅限于提高关税这一个。"

"你是说,他有可能会联合欧洲企业,扩大对中国的技术限制范围,把技术限制的领域扩大到像圆珠笔头这样的低端产业上?"

"为什么不可以呢?"

"可是,这就意味着完全颠覆了国际贸易规则,以后还有谁敢和他们做生意呢?"

"对于西方人来说,规则不过就是一块遮羞布,需要的时候就披在身上,不需要的时候就可以扔掉。"

"但这样一来,全球的产业链就无法维持下去了。今天的世界,是你中有我、我中有你的。如果欧美单方面对中国进行全面技术限制,就相当于双方在经济上脱钩,受到影响的绝对不止中国一方,欧美也同样会遭受严重损失。"

"'大统领'会在乎这个吗?"

唐子风用讥诮的口吻说道。

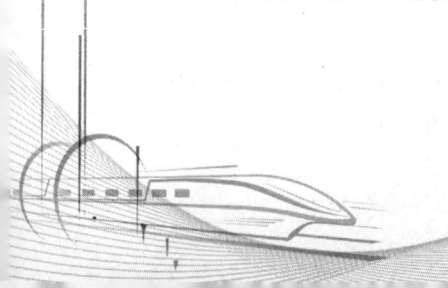

第五百三十八章　他们没有机会

"你说的情况,我们会再研究一下,然后向上级领导做一个详细的汇报。的确,我们是应当有极限思维,战略上藐视敌人,战术上重视敌人,避免被敌人打个措手不及。"谢天成认真地说道。

听谢天成这么说,唐子风反而有些紧张了。在这个时期,国际上还没有人看破……自己做出这样一个预言,没准儿有朝一日国家就要把自己拉去研究了。

为了掩人耳目,他尴尬地笑着说道:"我这个人向来都是不惮以最大的恶意来推测西方人的,这一次就算是我杞人忧天好了。美国好歹也是一个超级大国,总还是要脸的吧?"

谢天成摇摇头:"你这不叫杞人忧天,而是居安思危。事实上,你说的情况,现在也已经有一些端倪了。最近几个月,已经有十几家国际大牌企业把在中国的制造基地迁到印度、越南这些国家去了。对这件事,你有什么看法?"

唐子风说:"我觉得,这件事可以说正常,也可以说不正常。"

"你先说说为什么正常。"谢天成说。

唐子风说:"企业的生产布局是有其规律性的,或者是选择生产成本较低的地区,或者是贴近主要的目标市场,还有运费、产业政策、安全性等方面的考量。

"许多跨国公司选择中国作为制造基地的一个重要原因,就是中国拥有丰富的廉价劳动力资源和巨大的市场,劳动力成本一度只有欧美的几十分之一。

"这些年,中国的劳动力成本上升很快,长三角和珠三角地区的普通蓝领的工资,在十几年前只是每月几百元,而现在已经上升到七八千元,有技术的蓝领拿到一两万元的月薪也不奇怪。

"相比之下,南亚和东南亚的劳动力成本就低廉得多,一个蓝领工人的工资水平只有我们的1/4,甚至更低。资本都是逐利的,把制造基地迁往劳动力成本更低的地方,并不令人意外。"

谢天成点点头,唐子风的这番分析,在时下的国内基本上属于共识,无论是业内人士,还是经济学家,说的都是这一套。他接着说道:"那么,你再说说不正常的一面吧。"

唐子风说:"不正常的一面,就是这些企业的行为其实并不是完全理性的。事实上,随着智能制造的发展,工业生产中劳动力成本的影响已经越来越小了。

"有些外迁的企业,产品档次比较高,生产附加值高,其实已经不是很在乎劳动力的差价,而是更在意当地的产业配套水平和安全环境。

"相比之下,南亚、东南亚的这些国家,除了劳动力成本低廉这个优势之外,在其他的生产要素方面,都是远逊于中国的。

"一部分劳动密集型产业外迁是很好理解的,我们也不心疼。但一些资本密集型和技术密集型的企业也向外迁,这就不正常了。"

"你说得对,这些企业的行为的确是不正常。"谢天成说,"我们了解过,一些企业之所以把制造基础迁到越南、印度这些国家去,一是图那里的廉价劳动力,二是受到了……压力。这些企业担心会殃及池鱼,所以才做出了决策。"

"这就叫不讲武德啊。"唐子风开了个玩笑。

"谢主任叫我来,就是要谈这件事情吗?"唐子风说罢自己的冷笑话,向谢天成问道。

谢天成说:"是的。对于这件事,中央非常重视,要求我们认真研究,提出对策。你是咱们委里目光最敏锐的干部,我相信你在这个问题上也会有不同于常人的看法,因此想听听你的思路。"

"谢主任这样夸我,让我很忐忑啊。"唐子风笑着说,"我倒宁可谢主任你揪着我的耳朵对我下个命令啥的,这样我更适应一些。"

谢天成笑道:"哈哈,你如果喜欢这个,改天咱们到许老那里去,让他揪揪你的耳朵,我是不敢揪了。

"领导说了,这一次,是对中国的一次大考,同时也是对你小唐的一次小考,看看你在面对这种复杂形势的时候能不能经得起考验,我们这些老家伙能不能放心地把担子交给你。

"你想想看,你是领导点名要挑重担的人,我能随便揪你的耳朵吗?"

唐子风听出了谢天成话里的潜台词。其实这件事他也是知道的,以他做出的成绩以及在行业里的影响力，挑更重的担子只是一个时间问题。现在看来，领导的意思是想让他有一些更亮眼的表现，这就是考试的意思了。

他没有接谢天成说的关于挑担子的话，而是装出一副可怜巴巴的样子说："瞧谢主任说的，我是属猪的，天生长了一对大耳朵，就是用来给人揪的，您想揪随时都可以揪，只是希望下手轻一点。"

"这可是你说的，那就先欠着。"谢天成说，"你先说说你对时下产业外迁一事的看法，说得好，这耳朵我就不揪了。如果不动脑子，敷衍了事，我可就要替许老来揪揪你的耳朵了。"

"不敢不敢。"唐子风告饶道，说罢，他便回到了正题，"我前面说了，有些跨国企业把制造基地迁出中国，其实是不明智的做法。既然是不明智的做法，那么就总有后悔的那天，到那时候，他们肯定还要迁回来的，没准儿还会交一笔不菲的'赎罪金'。

"中国能够成为'世界工厂'，是有很多原因的，劳动力成本低廉只是其中一方面，而且已经逐渐成为不太重要的一方面。我们有一个南亚和东南亚国家都无法比拟也无法获得的优势，那就是强大的产业配套能力。

"跨国公司在长三角、珠三角这些地方建制造基地，水电气路都是现成的，零配件是现成的，设备也是现成的，只要投入资金，5公里范围内就能够凑齐所有的生产要素。这一条，南亚和东南亚怎么学？"

谢天成说："没错，这是国内很多地方招商引资时宣传的重点。相比之下，印度、越南这些国家，还处在工业化的初级阶段，国内的产业配套能力是很弱的。"

唐子风说："工业化阶段是一个方面，它们根本就没有形成产业配套能力的可能性，这才是更关键的。越南也罢，印度也罢，给他们七十年时间，他们也不可能从目前的状态发展成一个有着完整工业体系的现代化国家。"

"哦，这么自信？"谢天成笑着说，"你倒说说看，它们为什么就不可能发展成一个有完整工业体系的现代化国家？"

唐子风说："这是明摆着的。越南是个小国，根本不可能支撑起像咱们一样庞大的工业体系，这个自不用说了。印度倒是有十几亿人口，但它的百姓受教育程度低，尤其是缺乏组织性，这是它与中国之间最大的差别。

"此外，还有很重要的一点，那就是全球产业转移的机会已经消失了，地球上不可能同时存在两个十亿人口级别的工业国。既然中国已经抢到了先手，印度就无法再获得这个机会了。"

"这倒是一个有趣的提法，是你提出来的吗？"谢天成问。

唐子风愣了一下，依稀记得这似乎是后世互联网上的一种说法，至于这种说法是否有理论依据，他就说不上了。他摇摇头，说："这个提法也不能算是我的原创，我和一些同行探讨的时候，大家你一嘴我一嘴说出来的，也没有形成一个完整的体系。

"或许这种说法也不严谨。随着人类技术的发展，工业的范畴也会不断扩大，也许到某一天，地球上真的需要好几个十亿人口级别的工业国，也未可知。

"不过嘛，至少在可预见的未来，还没有这样的机会。据我们了解，印度这些年一直在宣传工业化，但市场上的中国产品越来越多。

"就拿我们机床行业来说，印度要想建成一个像我们一样的机床工业体系，恐怕是没有可能的。我们的机床种类多、质量好、价格低廉，他们从零起步，凭什么能够取代我们？

"或者说吧，他们或许是有机会能够取代我们的，但这需要有稳定的政策和甘守寂寞的决心，他们有吗？"

"你说得对。"谢天成深有感触地说，"我们当年也是从零起步，但我们有一个坚定的信念，那就是工业母机必须掌握在自己手上。别人的东西再好、再便宜，我们也不会放弃自己。没有这股劲头，恐怕我们今天也得仰人鼻息呢。"

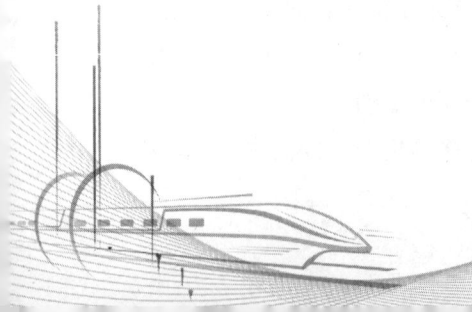

第五百三十九章　来去自由

井南省芮岗市,美资企业特威格(井南)公司总经理汉斯利的办公室里。

一男一女两位政府官员模样的中国人坐在汉斯利的对面,正在苦口婆心地给对方做着工作。

"汉斯利先生,请您再认真地考虑一下工厂迁移的问题。当初特威格公司落户芮岗,我们芮岗市是给了你们很多优惠政策的。这些年来,我们双方的合作非常愉快,特威格公司的投资也获得了丰厚的回报,总的利润恐怕已经超过了投资的五倍。

"在这种情况下,特威格公司突然提出要把工厂迁出芮岗,我们感到非常突然。我们认为,此举不仅会对芮岗的经济发展造成影响,同样也会对特威格公司的发展造成影响,这并不是一个明智的举措。"

说话的人是芮岗市招商局的副局长龙正勇,坐在他旁边的漂亮姑娘则是他的助理朱婧。

"龙先生,对于这件事,我也感到非常遗憾。"汉斯利用不太纯熟的汉语说道。他是一个地道的美国人,但在中国工作了十几年,已经学会了不少汉语,能够与中国人进行正常的沟通。

"迁移的事情是公司总部决定的,我只是一个执行者而已。于我个人而言,我是非常喜欢中国的,包括喜欢芮岗的饮食。正如龙先生说的那样,我们双方过去的合作也非常愉快,离开你们这些老朋友,我是非常难过的。"

"可是,你们把工厂迁出中国的原因是什么呢?难道就是'大统领'的那些警告吗?"龙正勇问道。

"正是如此。"汉斯利把手一摊,"他毕竟是美国的'大统领',他说的话,我们是必须要照办的。他已经向我们发出了好几次警告,要求我们必须把生产基地迁出中国,随便迁到哪个国家去都行。"

"可是,美国不是自由国家吗?为什么你们还必须服从'大统领'的命令呢?"朱婧忍不住插话道。

龙正勇看了朱婧一眼,心里觉得她的这个问题有点傻,但转念一想,似乎这样装傻也不错,至少可以听听汉斯利的真实想法。

果然,听到朱婧的话,汉斯利轻叹了一声,说道:"朱小姐,你说得对。美国是一个崇尚市场自由的国家,政府一般是不向企业下行政命令的。但我们的这位'大统领',他并不是一个正常的政客。没有人知道他在想什么,也没有人敢去质疑他的决定。

"美国的很多大企业,都已经屈从于他的指令,把生产基地从中国迁出去,迁到了印度以及东南亚的那些国家。我们特威格公司只是一家小企业,甚至没有院外游说的能力,就更不敢挑战'大统领'的权威了。"

"也就是说,你们也打算把企业迁到南亚或者东南亚的某个国家去,那么,具体是迁往哪个国家呢?"龙正勇问。

汉斯利摇头道:"这个我还不清楚,我也是刚刚接到总部的通知,让我做好迁移的准备。我想,我们是老朋友了,这样的事情,我肯定是要提前向你们通报一声的,这涉及场地的退租,还有工人的辞退等问题,我想,这应当会给你们增加不少麻烦的。"

龙正勇微微一笑,说道:"这倒无所谓,我们就是做这方面工作的。当初特威格公司落户芮岗的时候,我们过去的老局长就向你们承诺过,我们芮岗招商局会保护每一家外来企业的合法权益,每一家企业都是来去自由的。

"你们到芮岗来,我们欢迎。你们要离开芮岗,不管是出于何种原因,我们都会热烈欢送,并协助你们做好所有的善后工作。

"此外,如果你们有朝一日想重新回到芮岗,我们也仍然会持欢迎态度,和你们第一次来的时候没有任何区别。事实上,在过去的这二十年时间里,已经有许多家企业离开芮岗之后又回来了,毕竟,芮岗的营商环境是其他很多地方都无法比拟的。"

龙正勇努力想把话说得委婉一些,但汉斯利也算半个中国通,岂能听不出对方话里的暗示意味?他笑着点点头说:"我会记住龙先生这些话的,或许,某一天我们的确会回到芮岗来,我的意思是说,也许我们会在芮岗建一个新的生产基地的。"

第五百三十九章 来去自由

"届时我们必将扫榻相迎。"龙正勇转了一句文,也没考虑对方是不是听得懂这样的典故。

从特威格公司出来,朱婧愤愤然地对龙正勇说:"龙局长,这个汉斯利也太不是东西了。我们早就知道他们在跟越南人联系,而且就是由他主导的,他居然还说不知道迁往哪里。你看他口口声声说跟咱们是老朋友,我信他的大头鬼!"

龙正勇笑道:"小朱,你还是太年轻了,咱们干招商的,遇见人遇见鬼都很正常。汉斯利有他自己的想法,不愿意跟咱们说实话,也不奇怪。"

"龙局长,你说,'大统领'真的这么厉害吗?美国的这些企业居然不敢违抗他的意志?"朱婧好奇地问道。

龙正勇想了想,说道:"这个事情,我也说不清楚。上次国资委派临机集团的唐总来调研,唐总给我们讲了一次课,倒是讲到了一些。唐总说,'大统领'本质是个商人,喜欢搞商业阴谋。他过去最擅长的,就是向竞争对手进行极限施压,摆出一副要和对手同归于尽的架势,对手担心他是个疯子,不敢和他拼,最终就会选择妥协。

"美国的企业也不知道'大统领'会不会真的向他们下手,出于规避风险的考虑,暂时向'大统领'妥协,也是有可能的。不过,具体到特威格公司嘛,恐怕原因就不那么单纯了。"

"你是说,特威格公司早就想离开,现在是找了这个借口顺水推舟?"朱婧问道。她也是名校硕士出身,智商是足够的,龙正勇提了个头,她便猜出了其他的内容。

龙正勇说:"我不止一次地听人说过,汉斯利抱怨中国的劳动力成本太高,说特威格刚到中国的时候,一个工人的月工资才500元,现在花5000元都雇不到人,中国已经丧失了劳动力廉价的优势。他们这次要迁往越南,也是看中那边的人工便宜。至于'大统领'的贸易战,当然也是一个因素,或许可以算是压垮骆驼的最后一根稻草吧。"

"不光外企这样想,咱们很多民营企业也是这样想的。这几年,已经有很多民营企业跑到东南亚建厂去了。"朱婧说。

龙正勇说:"这个是难免的。咱们总不能永远都靠着廉价劳动力来发展吧?凭什么外国工人就能住别墅、开豪车,咱们的工人就得永远都拿500块钱的工资？"

朱婧说："可是，这样一来，咱们的经济不就受到影响了吗？"

龙正勇说："关于这个问题，省里、市里的不少领导也都表示过担忧。上次唐总来的时候给大家讲课，其实也是在给大家吃定心丸。唐总说，少数劳动密集型企业迁出中国，不会影响到中国的发展，咱们要通过产业升级，来保持我们的竞争力。

"唐总还说，中国过去是处于食物链的底端，靠给别人打工赚一点辛苦费。现在我们发展起来了，也该进军食物链的顶端了，要靠技术吃饭，让别人替咱们打工。

"我对照唐总的话，观察了一下咱们芮岗的发展，觉得很有道理。这些年，咱们芮岗原来的那些出口加工业迁走了不少，但经济发展速度依然很快，原因就是我们引进了很多技术密集型的产业，赚的是高端制造的钱。"

朱婧抿着嘴笑道："龙局长，我怎么觉得，你挺服气那个唐总的，就像我们年轻人说的那样，是唐总的粉……呃……"

她说不下去了，龙正勇却笑着替她补充上了："你不就是想说我是唐总的粉丝吗？这个评价，我完全承认啊。你是不知道，唐总的眼界，那是连上面的领导都很欣赏的，我一个小小的市招商局副局长成为他的粉丝，有什么奇怪的？"

小姑娘想了想，又问道："龙局长，你刚才跟汉斯利说了半天来去自由的问题，难道你真的觉得特威格还会回来吗？"

龙正勇笃定地点点头，说道："我觉得他们一定会回来的，而且时间不会太长。不过嘛，从芮岗离开容易，再想回来，可就没那么容易了。小朱，你要做一个黑名单，所有在这个时候离开芮岗的外资企业，都给我列到名单上去，等到他们想回来的时候，咱们怎么也得好好地跟他们算算账。"

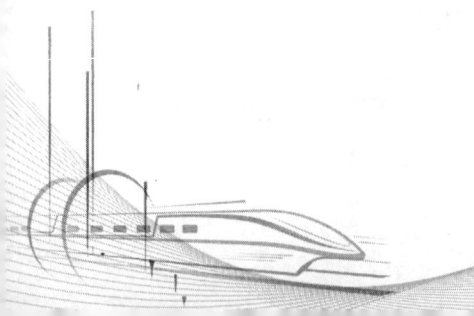

第五百四十章　世界上唯一的傻瓜

汉斯利在龙正勇他们面前说自己不知道特威格公司要迁往哪里,但实际上,他早已相中了越南的一个经济开发区,并向公司提交了报告,建议把芮岗的生产基地迁往这个名叫侯板的开发区。

"在这里,各位的公司将见到什么是全世界最好的营商环境。"

侯板工业园管委会主任阮德拍着胸脯,向前来考察的汉斯利以及其他美资企业高管说道。

"'三通一平'、三年免税、一站式办公、对口专属政府服务人员……咦,阮先生,你们的这套制度是从中国抄来的吗?"

汉斯利阅读着阮德发给他们的招商资料,越看越觉得眼熟,不由得发出了一个灵魂拷问。

"这怎么可能!"阮德像是被人踩了尾巴一样跳了起来,"汉斯利先生,你怎么会有这样的感觉?我们的这些管理制度,都是我们自己研究出来的。招商引资是我们的国策。我们的宗旨是,急投资商之所急,想投资商之所想,谁让投资商不痛快,我们就让谁不痛快……"

"可是,我在中国也听到过这样的话。嗯嗯,那应当是十几年前的事情了。"一位美企高管说道。他与汉斯利一样,也是在中国待了多年,最近才考虑要把企业迁出中国。阮德说的这些,即便是用英语表述的,也让他有一种熟悉的感觉。

"唉,的确,这已经是十几年前的事情了。"另外一位美企高管发着不着调的感慨,"自从中国人富起来,他们的官员原来答应给我们的待遇,也被他们偷偷地取消了……"

"就是就是,中国的营商环境真是越来越差了,工人工资也高,稍不满意就跳槽……"

"现在的越南,真的很像二十年前的中国,虽然又穷又破,但对待我们这些投资商的态度还是很不错的……"

阮德的脸色有些难看了。作为招商官员,他是精通英语的。对方私聊的时候也没刻意回避他,所以这些贬损越南的话,他听得真真切切的。

"各位,越南和中国是完全不同的,你们大可不必用中国来类比越南。我们有自己的发展思路,绝对不会拙劣地去模仿中国的模式。"阮德郑重地声明道。

"可是,阮先生,这份材料上写着'具体协调事务由芮岗市发改委负责'是怎么回事?"汉斯利将一份材料送到阮德面前,淡淡地问道。

什么不会拙劣地模仿,你们的模仿还能更拙劣一些吗?这份招商细则分明就是从芮岗原文抄来的好不好?抄袭者在文件里做了个地名替换,也不知道是什么原因,还是遗漏了几处,结果就出现"芮岗市发改委"等词句了,你还跟我说这是你们的原创?

阮德的脸一下子就变成了酱紫色,心里把负责抄文案的下属恨到骨头里。没错,侯板工业园的所有管理文件都是从中国抄来的,而且授意去抄文件的,正是阮德自己。

越南一直都想证明自己并不比北方的邻居差,所以,北方的邻居做什么,他们就要逆着来,非要搞出一套自己的东西不可。顺便说一下,这个毛病可不是现在才有的,在过去的一千年中,它一直都是这样的。

情怀很美好,但现实是骨感的。北方邻居经过三十多年的改革开放,经济欣欣向荣,人均 GDP 高出了越南好几倍,越南市场上充斥着北方邻居生产的工业品,甚至老百姓最喜欢的电视剧也是来自北方,这就让越南的高层难堪了。

无奈之下,越南只好腆眉奤眼地开始偷偷学习北方邻居了。政府的所有文件,都闭口不谈北方邻居的事情,但他们所推出的所有政策,无不是北方邻居政策的翻版。

北方邻居的改革开放,是"摸着石头过河",经历了无数的曲折,才找到了比较合适的方法,而且这些方法还在不断的动态调整之中。越南要模仿北方邻居,想在短时间内学到精髓,无疑是做不到的,最好的办法,就是直接把对方的规章制度拿过来,复制粘贴,替换一些词句,变成自己的制度。

侯板工业园正是井南几个成功开发区的翻版,阮德自己就曾到芮岗等地去考察过,拍了几百个 G 的照片,复印了十几个行李箱的文件。回国之后,他让自

第五百四十章 世界上唯一的傻瓜

己的手下全文翻译芮岗市的文件,再把文件中的"芮岗"替换成"侯板",这样就成了自己的文件。

阮德倒也不是没有想过要对这些文件进行一些修改,但他尝试着做了几次之后就发现,芮岗的这些文件写得精准之至,几乎所有阮德能够想到的问题都已经涵盖其中,阮德要想在内容上进行创新,堪比登天。

这里又得说回来了,其实芮岗的情况和侯板的情况是大不相同的,芮岗的文件拿到侯板来用,并不妥帖。换成龙正勇来当侯板开发区的主任,他肯定可以编出一套与芮岗有着很大区别的管理文件。但阮德没有这方面的经验啊,在他眼里,芮岗的文件简直完美无瑕,让他如何去改?

原版照抄的坏处,就在于懂行的人一眼就能够看出来。阮德铁了心,决定不管谁问,他都一口咬定这是自己的原创,如果个别词句和中国某个地方的某份规章雷同,纯属巧合。

什么?你说99%的词句都和人家雷同?

嗯嗯,那就是巧合的N次方呗,谁说小概率事件就不会发生了?想想恐龙是如何灭绝的,行星撞地球的事情都发生过,两份规章制度出现雷同有啥奇怪的?

可是,再雷同,侯板工业园的管理文件里也不能出现"芮岗市发改委"的名头吧?

"我想,这只是一个文字上的失误罢了,我们还是谈一些实质性的问题吧。"

先前那位美国人替阮德开脱了。在他看来,侯板工业园照抄芮岗的管理文件没什么不好的,他们如果另搞一套,反而让人不放心。

大家把企业从芮岗迁出来,除了响应号召之外,还有就是看中了南亚和东南亚一带的廉价劳动力。在营商环境方面,大家还是更信得过中国。大家愿意接受阮德的邀请,到侯板来落户,看中的也是侯板那酷似芮岗的环境,甚至侯板的文件中遗漏下来的"芮岗市发改委"这个名头,也让人有一种踏实的感觉。

听到有人打岔,阮德松了一口气,赶紧赔着笑脸说道:"对对,各位,我们还是谈一些实质性的事情吧。"

实质性的问题,便是场地、交通、水电、行政服务、生活服务、工人管理等等。平心而论,阮德和他的同事们已经尽了最大的努力,要让侯板工业园与中国的开发区保持一致,但在汉斯利等人眼里,两者之间的差距至少有一个世纪那么远,中国的开发区是 21 世纪的水平,侯板工业园只相当于 20 世纪的水平。

道路的确是通了,而且也是水泥路面,但走在上面总让人觉得这水泥层可以用"薄如蝉翼"来形容,虽然建成不久,却已经出现了许多处裂纹。

厂房也是现成的,阮德带着几分牛烘烘与几分羞答答声称,屋顶的钢结构是从中国进口的,质量可靠。但汉斯利等"中国通"能够分辨得出来,这并不是中国国内大厂生产的钢结构,芮岗的农民自家盖房子都不愿意用这种小牌子的。

还有水电供应,那水管、电缆、阀门、空气开关等都透着一股山寨味。没错,二十年前的芮岗开发区也用过这类劣质材料,但后来就陆续换成了优质品。想不到,二十年过去,自己要重新品尝劣质材料带来的让人生无可恋的感觉了。

最让大家觉得崩溃的,是当地工人的素质对技术的悟性,和中国工人相比,实在是差太多了。

"听我的,从中国带 20 名工长过来吧。"

这是一位先来者对汉斯利等人的告诫。

"你永远也想不出这些工人会犯什么样的错误。要把他们培养成熟练的技工,必须依靠来自中国的工长。

"我花了相当于在中国五倍的代价,才请来了 10 名中国的工长,现在我的生产线完全是靠这些中国工长撑着,否则我的公司到现在都不可能生产出一件合格的产品。"

那人带着一脸的疲惫向众人说道。

"你是建议我们不要把企业迁到越南来吗?"汉斯利向对方问道。

"不,恰恰相反,我非常希望你们把企业迁过来,因为这样我就不会觉得自己是世界上唯一的傻瓜了。"

对方这样回答道。

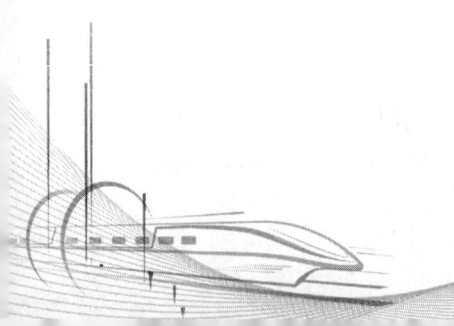

第五百四十一章　启动内循环

"从今年四月份以来，芮岗已经有超过 80 家外资企业离开了，还有 200 多家本土的民营企业把业务重心迁到了南亚和东南亚的一些国家。另外，仍然留在芮岗的许多出口型企业的业务也有较大幅度的萎缩。

"虽然到目前为止，芮岗的经济增速还没有出现明显下降，但我们担心照这个势头持续下去，我们后续的发展将会出现困难。"

芮岗市发改委的大会议室里，主任崔峻向一众来访者做着情况介绍。

来访的是由国家发改委挑头，国资委、商务部等部门派人参与组成的一个工作协调小组。协调小组的组长是发改委的一名司长，名叫邵瑶。

"芮岗的情况，和国内很多地方的情况类似，尤其是一些传统的出口加工工业基地，受到的影响特别明显。相比之下，芮岗的情况还算是比较好的，这说明崔主任和各位的工作做得很好啊。"邵瑶笑呵呵地说道。

"我们发改委做的工作是非常有限的，是招商局、开发区管委会等部门做了大量的工作，劝阻了不少打算迁走的企业，否则，我们的情况肯定是会更糟糕一些的。"

崔峻说着，用手向自己旁边的几个人比画了一下，大致意思就是说成绩是由大家做出的，军功章里有他的一小半，也有大家的一大半。

见崔峻的手指向了自己，招商局副局长龙正勇微笑着接过话头，说道："我们遵照市领导的要求，在发改委的统一部署下，和一些准备外迁的企业进行了沟通。市领导指示，我们一方面要想方设法留住这些企业，另一方面也绝对不要对他们卑躬屈膝，央求他们留下来。

"我们向那些想离开的企业重申了芮岗在招商引资方面的政策，提醒他们重视芮岗的优越环境，同时也向他们表示绝对不会干预他们的经营决策，他们在芮岗是来去自由的。

"经过我们做工作,有些企业认识到此前的决策过于草率,从而放弃了外迁的打算。也有一些企业执迷不悟,坚持要迁走,对此,我们也没有设置任何障碍。因为我们相信,他们是一定会回来的。"

"龙局长用的'执迷不悟'这个词,实在是很传神啊。"邵瑶笑着评论道。

"哈哈,邵司长说得太好了!"崔峻笑道,"现在在我们芮岗,无论是政府还是群众,有一种共识,那就是把企业迁走就是一种执迷不悟的行为。不过,'执迷不悟'这个词可不是我们芮岗的干部'发明'的,而是唐总'发明'的,我们都是拾唐总的牙慧呢。"

听到崔峻点名,坐在邵瑶旁边的协调小组副组长唐子风笑着摆了摆手,说道:"崔主任言重了,'执迷不悟'可是一个成语,我哪敢说是我发明的?不过,对于目前一些企业外迁的事情,大家的确不用太过紧张。

"企业在什么地方布局,是要符合经济规律的。中国能够有今天的发展,包括咱们芮岗能够有今天的发展,不是靠谁施舍的,而是我们自己扎扎实实干出来的。

"兵法说:'故善战者,求之于势,不责于人,故能择人而任势。……故善战人之势,如转圆石于千仞之山者,势也。'"

"唐总说得太好了!"龙正勇跷起一个大拇指赞道,"对于现在的形势,我们原本也是有些担心的,后来听唐总讲过,我们就把心放回去了。"

"龙局长这是把我当成道士了,我可没有铁口直断的本事。"唐子风笑着说。

"哈,唐总可比那些铁口直断的道士强多了,我们芮岗的那些民营老板,谁不知道唐总的威名?"崔峻说。见唐子风又打算谦虚,崔峻没有给他机会,而是话锋一转,说道:"不过呢,眼下芮岗的困难也是客观存在的。国家要求我们克服困难,保障增长,我们也做了大量的工作,并且取得了一些成效。现在有邵司长、唐总你们过来,我们就更有信心了。"

邵瑶笑道:"崔主任这是在将我们的军呢。地方上的困难,我们也都是知道的。发改委这次挑头,组织了十几个工作协调小组前往各地,也是为了帮助地方上解决一些客观存在的困难。具体到芮岗嘛,恐怕主要的戏还得请唐总来唱,我也就是给唐总敲敲边鼓、跑跑龙套。"

"有邵司长敲边鼓、跑龙套,随便上哪找一个哑巴来唱戏,也能把戏唱好。"唐子风说,"中央指示,我们要不为所动,做好自己的工作,搞好内外两个循环,这样就不用担心外界环境的变化了。

"中国是一个有14亿人口的国家,人口数量超过了整个西方世界的总和。我们就专心致志地搞内需,启动内循环,把自己的市场培育起来。"

"启动内循环,这个提法好!"崔峻说,"最近一段时间,外贸形势出现变化,我们芮岗的很多企业也在考虑转向国内市场的问题。不过,具体该怎么做,我们还缺乏经验。在这方面,唐总能给我们一些指导吗?"

"指导可不敢说。"唐子风说,"我也是做企业的,我们临机集团也面临着扩大内需的压力,在这方面,我们也还在探索。不过,眼下倒是有一件事情可以做,而且大有可为……"

"什么事?"崔峻着急地问道。他当然知道即便自己不问,唐子风也会说出来。不过,既然唐子风要卖关子,他总得捧捧场,这也是人之常情。

"扶贫。"唐子风郑重地说道。

"扶贫?"芮岗的一众官员微微皱起了眉头,唐子风的这个回答超出了他们的预料,同时也让他们感觉到一些失望。

井南是个发达省份,即便是省内靠近西边的几个市经济发展水平不及沿海地区,也是早已实现了脱贫的。不过,按照国家的扶贫开发安排,井南与西部的峰西省结成了"扶贫对子",每年除了调拨大量资金、物资支援峰西之外,还要派出大批干部去峰西挂职,实地参与当地的扶贫开发工作。

对于扶贫这件事,芮岗的官员们并不陌生,所以当唐子风说出"扶贫"二字的时候,大家便迅速"脑补"出了具体的做法,就是为西部贫困地区提供更多的物资呗,这勉强也能算是扩大内需。可是……

这是单纯的支援,不能产生经济效益啊!

没有收入,哪有经济发展?

唐子风看出了大家的心思,他微微一笑,说道:"各位,你们弄错意思了。我说的扶贫,可不是让大家去向西部捐献物资,虽然这样做也是非常必要的,但这与我们这个协调小组的工作并没有直接的关系。

"我说的扶贫,是要帮助西部地区的贫困市县形成造血能力,让那里的百姓拥有消费能力,这就相当于培育起了一个新的市场,能够吸纳咱们芮岗的产出。

"事实上,经过国家这么多年的扶贫开发,西部的许多地区已经实现了脱贫,他们只是还没能致富而已。所以,我们要做的事情,就是帮助他们致富。这既是帮助他们,也同样是在帮助我们自己。

"大家想想看,西部地区也有几亿人口,如果这几亿人口的消费水平能够与东部省市差不多,这将产生出多大的需求?"

"咦,这倒是一个新颖的提法。"崔峻认真起来,"唐总,你说的这种模式,有什么具体的做法吗?"

唐子风说:"有啊,我们临机集团已经在西部搞了十几个试点,其中也有在峰西省的。我们的做法,就是为当地提供生产设备,尤其是机床,帮助当地形成自己的加工工业。

"俗话说,无农不稳,无工不富。当地有了工业,百姓的收入就大幅度地提高了,消费水平也水涨船高。

"咱们芮岗的轻工机械非常发达,是否可以考虑到西部去帮助他们建立各种轻工企业,像什么食品厂、纺织厂、服装厂、家具厂、工艺厂等等。

"当地的劳动力价格低廉,并且有许多特色农副产品,可谓遍地是宝。如果我们能够把这些宝藏挖掘出来,西部的富裕指日可待。一旦西部的消费水平得到提高,芮岗还需要在乎出口方面的损失吗?"

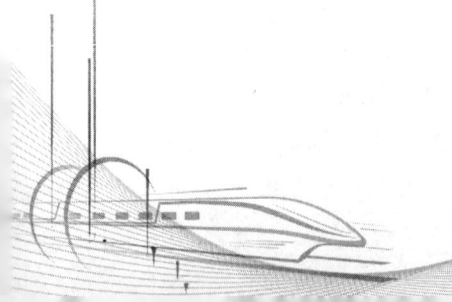

第五百四十二章　人拉肩扛

峰西省漕东市，连绵不绝的大山深处。

"真美啊！"

于晓惠站在一处山崖旁，擦了一把头上的汗水，抬眼看着远处的满目青翠，发出了一声由衷的感慨。

"于总工，这条路太难走了，真是难为你们了。"

说话的是漕东市政府的一位副秘书长，名叫胡学伟。他的体重足有于晓惠的两倍，头上的汗比于晓惠的还多，不过喘气倒还挺均匀。据他自己说，已经习惯走这样的山路了。这种路对于他来说，连减肥效果都达不到。

由国资委提出的"装备扶贫计划"被分解到了各家装备制造企业。临机集团也承担了其中一部分任务，于晓惠此行正是带领临机集团的装备扶贫小组，亲临贫困山区，寻求在当地开展装备扶贫的路径，胡学伟则是漕东市派出的陪同人员。

国家的扶贫工作是分阶段进行的。最初是针对极端贫困户，通过提供生活补助帮助他们解决实际的生活困难。随后便是技术扶贫阶段，通过为贫困地区的农户提供生产技术、作物良种、畜禽良种等，让他们依靠自己的劳动来改变贫困状况。

无农不稳，无工不富，这是国家在长期的经济建设中总结出来的经验。通过发展农牧业生产，能够帮助贫困地区实现脱贫，但要让这里的百姓富裕起来，最终还是要依靠工业。

中国的贫困地区主要集中于西部，尤其是偏远山区。这些地方并不具备发展工业的区位优势，属于被工业化进程遗忘的角落。国资委的"装备扶贫计划"可谓逆势而行，其目标就是让中国近七十年装备制造业发展的红利惠及这些贫困地区，让这些地区的百姓也能进入工业时代。

"于总,我觉得国资委的这个计划不可行啊。"临机集团研究院新入职的工程师陈泽森用手撑着山壁,一边喘着粗气,一边对于晓惠说道。

"怎么就不行了?"于晓惠转回头,看着陈泽森,微笑着问道。

陈泽森指了指他们走过来的路,说道:"别的不说,就这样的山路,机器设备怎么运得进来?咱们一台普通的磨床,怎么也得有吨把重,总不能靠着人拉肩扛运上山来吧?"

"人拉肩扛的事情,我们也是做过的。"胡学伟认真地说,他用手向前指了指,"你们看,前面那座铁塔用的钢结构,就是我们一根根扛上山来的。前些年,国家提出搞'村村通',每个村子都要通电,我们全市的干部都动员起来了,帮着电力公司搬运材料。好家伙,那一年干下来,我足足胖了20斤。"

"噗!"

跟在于晓惠身边的女工程师吴绮琪忍不住笑喷了。这几天大家一起搞调研,这位胡秘书长的体重一直都是大家的笑料。胡学伟或许是出于与大家搞好关系的目的,也喜欢拿自己的体重来自嘲,大家都已经习惯了。不过,听说干一年的活还能胖20斤,吴绮琪还是觉得有些匪夷所思。

"没办法啊,这山里头,夏天热得流油,冬天冷得透骨,要把这一根一根的钢梁运上山,没点体力还真顶不住。体力从哪来?不就是靠吃出来吗?那阵子,我一顿能吃一整个蹄髈,一年吃下来,可不就胖了20斤吗?"胡学伟说得像真的一样。

"这倒是,我有个胖子叔叔,他也说过,越干活就越容易胖,反而是闲着会瘦。"于晓惠笑着说道。想起远在非洲的宁默,她的内心不由得涌起一阵温馨的感觉。当年和唐子风、宁默一起去夜市吃烤串,听他俩无厘头地聊天,是于晓惠心里最温暖的记忆了。

"抬钢梁还是比较容易的,这东西细细长长的,多找几个人抬也就抬上来了。可是机床是一个铁疙瘩,就算有足够多的人手,也摆不开。还有,钢梁磕一下碰一下都无所谓,机床是精密设备,磕碰一下就坏了。"陈泽森给自己找着理由。他是名校毕业的硕士,头脑还是很灵活的,能够看到不少问题。

胡学伟说:"陈工不用担心,我们这边山里的农民有经验,要运那种笨重的东西也是有办法的。至于说磕碰的问题……呃,稍微小心一点,应当也是可以做到的。"

于晓惠摆摆手,说道:"我们来实地调研,就是要发现各种各样的问题,再想办法去解决。小陈、小吴,刚才这个问题,就是我们要解决的课题之一。你们考虑一下,有什么办法可以解决设备运送的困难?"

听于晓惠给自己出了题,陈泽森、吴绮琪都认真起来。他们素知这位于总工平日里待人很温和,但在涉及技术问题的时候,却是非常较真的。他俩都是于晓惠很看重的人,算是于晓惠亲自带的徒弟。现在师父发话了,他们岂能等闲视之?

"刚才泽森说的问题,就是我们的机床太重了,不便搬运。我觉得,肖教授搞的机床模块化技术可以解决这个问题。我们把机床拆分成多个模块,每个模块的重量不超过……呃,不超过 200 公斤,这样运输起来就比较方便了吧?"吴绮琪献计道。

"模块化的确是一个很好的方案。咱们开发的扶贫机床,可以全部采用模块化的方式,这样做的好处还不仅仅在于运输方便,将来维修也会比较方便。农村地区要找起重机也不方便,单个模块的重量轻一点,拆卸的难度也能大大降低。"陈泽森说。

"可是,机床底座怎么处理?"吴绮琪问,"难道我们把底座也拆成几块?这样会不会降低机床的结构强度?"

"理论上说,是会有一定影响的。"陈泽森皱着眉头说,"一般的机床,底座都是整体铸造的,这样受力比较均匀。如果拆成几块,各部分振动的情况不一样,会对加工精度产生影响的。"

"如果整体铸造,光一个底座就得一吨重,还是不方便运输啊。"吴绮琪苦恼地说。

"可是,我们为什么要底座呢?"于晓惠笑呵呵地问道。

"什么意思?"陈泽森一愣,"于总,什么叫为什么要底座?"

"就是字面上的意思啊,我们为什么非要一个底座呢?"于晓惠问,同时看着两个学生,等着他们自己去领悟。

"不要底座,难道我们把机床装到石头上? ……咦,我们还真的可以把机床装在石头上呢!"吴绮琪蹦了起来,脸上露出欣喜之色。

"把机床装在石头上?对呀,我怎么忘了这种操作?"陈泽森在短暂的错愕之后,也明白了于晓惠的意思。

"最好的机床,就是用天然岩石作为底座的。岩石的刚性、热稳定性和抗振动性,都优于铸铁。这大山里,最不缺的就是岩石。我们可以筛选一下,找出几种适合作为机床底座的岩石,直接在山里开采,再加工成机床底座,这不就解决了运输的困难吗?"于晓惠说道。

"这个我是内行。"陈泽森自信满满地说道,"我读研的时候,帮老师做过一个课题,就是关于岩石材料物化性能的,咱们这边的山里一定能够找到适用的石材。"

"哈,如果我们的机床用当地开采的石料作为底座,那可太酷了,一看就是扶贫专用机床,拍几张照片传到网上,肯定能亮瞎好多人的眼睛。"吴绮琪兴高采烈地说。

"还有一个问题,就是机床精度的问题。"于晓惠没有接吴绮琪的话头。这种上网炒作的事情是年轻人的最爱,于晓惠已不再是20多年前那个跟在唐子风、肖文珺身后的小姑娘,而是临机集团的总工程师,自然不可能去追这种时髦,于是便又向两个学生提出了新的问题。

"我觉得,这种农村搞副业的机床,也不用太高的精度吧?"吴绮琪迟疑着说。

"我们分析过的,农村用的机床,不外乎是做竹木加工或者石料加工,对精度的要求肯定是比较低的。"陈泽森说,"不过,再低的要求也是要求,还是需要考虑保持精度的问题。在这种大山里,如果机床出现一些小故障,要找人来维修,肯定也是非常麻烦的。所以,咱们在设计的时候,必须保证机床是免维护的,或者是易于维护的。如果机床在运输过程中有一些磕碰,导致精度发生变化,安装人员只需要做一些小调整,就能够调整过来。"

"咦,说到这里,我又想起一个问题,咱们的机床还应当是很安全的。农村人接触机械少,缺乏安全意识,我们的机床应当能够最大限度地保证操作者和旁观者的安全。"

"防潮的要求是不是也得考虑一下?我觉得这山里的湿度很大,机床的材料要充分考虑到防潮、防锈蚀的问题。"

"还有价格,不能太贵了……"

"用电也得考虑吧,农村不一定有动力电,应当考虑用220伏的民用电……"

第五百四十二章　人拉肩扛

两个年轻工程师张开了思想的翅膀,一旁的胡学伟听着他们的讨论,虽然有些技术问题听不懂,但脸上也绽开了笑容。

第五百四十三章　云开月明

"开动了,开动了!"

一阵激动的呐喊声在龙墩口村的打谷场上响起来,紧接着,噼噼啪啪的爆竹声也响起来了。硝烟弥漫之际,大人孩子的脸上都绽放着兴奋的笑容,像是过年节一般。

在打谷场的正中,搭着一个竹棚,竹棚里摆放着一台机器。一个精壮的汉子把一根毛竹塞进机器的一端,机器轻轻地响着,缓缓地把毛竹吸进去,再从另一端吐出一根根光洁细腻的竹篾。

"真薄啊!"

"一点也不扎手!"

"这么好的篾条,用来编竹篓真是太可惜了!"

"这当然不是用来编竹篓的。井南来的老板不是说了吗?东南亚那边特别流行竹编的家具和工艺品,咱们以后就要做出口生意了。"

"哈哈,根福爷,你不是总说你年轻的时候用篾条做过整套的家具吗?现在你大显身手的时候到了。"

村民们传看着那些工艺品一般的竹篾,议论纷纷,言语间透着喜悦和希望。

"大家别忘了,这台破篾机,是水娣第一个学会操作的,以后恩平哥和月花嫂都要享水娣的福了!"有人大声地提醒道。众人这才把目光从篾条上收回来,齐齐地看向了机器旁一位身材颀长的瘦弱姑娘。

十六岁的杨水娣正在紧张地控制着机器的手柄,盯着仪表盘上的几个数据,随时准备进行调整。感觉到周边的异样,她抬起头来,正迎上了无数充满欣赏、羡慕和祝福的目光,她的脸蓦地红了,旋即便觉出了眼眶里的湿意。

她清晰地记得,那一天,当来自东叶省的于阿姨对她说,如果她能够学会操作这种机床,她将因此而改变命运的时候,她是何等震惊,心中又涌起了何等的

第五百四十三章 云开月明

希望。没想到，这一切真的实现了。

水娣是龙墩口少有的几个上过高中的孩子之一，更是其中唯一的一个女孩子。只可惜，她的高中生涯只持续了一年，就因为父亲杨恩平生病而不得不中断了。

龙墩口村是峰西省的一个贫困村，国家有相应的扶贫政策，但也仅限于帮助村民摆脱贫困。杨恩平的治疗费用是由政府支付的，但病后恢复所需要的营养费支出就不在扶贫的范围之内了，只能由家里人去赚取。

水娣含着泪辍学回家，一边帮着母亲耕种家里的责任田，一边如村里的许多人一样，做一些传统的竹篾编织业务，赚取一些微薄的副业收入，补贴家用。她的学业显然是无法再继续下去的。

就在水娣放弃了求学的希望的时候，村里来了一群陌生的客人，为首的是一位姓于的阿姨，旁人都称她于总工。

这位于总工阿姨是带着一个团队来考察贫困山区的副业发展要求的。她看到龙墩口村的农民还在用篾刀加工毛竹，便声称可以为他们提供一种专用的破篾机床，这样大家就能够从破篾条的烦琐劳动中解脱出来，专注于篾制品的编制，而这将使龙墩口村的篾制品生产效率提高十倍以上，篾制品的档次也将提升一个很高的台阶。

于总工阿姨带来的破篾机床，是专门为山区农民开发的，操作和维护都尽可能地进行了简化。但饶是如此，许多村民还是弄不懂其中的道道，操作起来手忙脚乱，出了各种各样的错误。至于说机器如果出现故障，就更没人知道如何排除，这成为这种机床推广的一大障碍。

也不知道是谁向于总工阿姨提起，说水娣是上过高中的，有文化，而且心灵手巧，没准儿能够学会机床的操作。于总工阿姨于是来到了水娣家里，看到了躺在床上养病的水娣父亲，以及水娣房间里摆得整整齐齐的高中课本。

那一天，于总工阿姨把水娣叫到村外，先说了她自己小时候的经历。她说，她也出生在一个贫穷的家庭，她的父亲也常年卧病在家，她很小的时候就在厂子里的劳动服务公司做小工，赚点小钱补贴家用。

后来，她遇到了一位唐叔叔，还有一位肖姐姐，还有胖子叔叔，这些好心人帮助她勤工俭学，鼓励她立志，辅导她学习，后来她考上了清华大学，读了博士，成了一名工程师，再后来就成了一家大型机床集团公司的总工程师。

于总工阿姨告诉水娣,贫困不仅仅是一种磨难,也是一笔财富。只要她心中有志向,总有云开月明的那天。

随后的一些日子里,于总工阿姨亲自教水娣如何操作破篾机,教她如何维护机器。龙墩口村所在的镇子里有几十个自然村,都用上了类似的机床,但镇子里没有能够给机床做维护的人员。

水娣是学过物理的,能够理解一些机械原理。于总工阿姨讲课很清晰,几乎是手把手地教她,这让她很快就掌握了几种不同类型机床的基本维护知识。

镇扶贫办的工作人员告诉水娣,她将被聘为扶贫办的专职机床技术员,可以拿到一份成年人的工资。这笔工资比她全家目前的总收入还高出两倍,有了这笔收入,她家的经济状况将大为好转,她甚至可以存下一些钱,等到父亲病愈,她还可以继续自己的学业。

知识能够改变命运,这是于总工阿姨临走的时候对她说的话。这句话,其实她早在几年前就从学校的老师那里听到过,但此时她才真真切切地感觉到了这句话的分量。

"真看不出来,水娣一个女孩子,居然能够有这样的出息。"

"她读过高中,当然懂得比我们多。"

"唉,还是恩平两口子有远见,舍得花钱让水娣去读书,我怎么就没这个见识?"

"你就拉倒吧,你家那两个小子是读书的材料吗?"

"不行,回去把他们打一顿,也得让他们好好学习,读了书就是不一样……"

村民们的议论渐渐转了方向,他们从机器以及水娣身上看到了一种不同的东西,那是知识的力量,是工业的力量。

另一头,一位来自井南的张姓老板正在和镇扶贫办的干部以及龙墩口村的篾匠谈出口订单的事情。

"这是我们从东南亚的一些国家找来的图样,和这一样的竹编工艺品,你们能不能做出来?"张姓老板问道。

井南是全国民营经济发展最好的省份,与峰西省的对口扶贫也引入了民间力量。张姓老板自己就是做工艺品出口贸易的,早些年向东南亚一带出口木雕、竹编等工艺品,赚了不少钱。这些年,井南的劳动力成本不断上升,而工艺品恰恰是劳动力密集的产品,工资水平的上涨让他的出口贸易利润大幅度下降。

第五百四十三章 云开月明

这一次，他响应政府扶贫部门的号召，来到峰西省，准备在峰西开办工艺品加工厂，既帮助当地农民脱贫，又为自己找到一个新的供货来源。

他考察了龙墩口等村落，发现当地农民都有传统的编篾手艺，能够做出各种美轮美奂的篾编器具和工艺品。他让人带了一些样品到东南亚一带去试水销售，结果受到了广泛的欢迎。他于是决定专门做当地篾制品在海外的代理销售，而他面临的唯一障碍，就是当地编制篾制品的效率太低，难以为他提供足够的产出。

国资委提出的"装备扶贫计划"，为张姓老板带来了机会。临机集团开发的这种简易的破篾机床，能够大幅度提高篾片加工的效率，而且加工出来的篾片品质上乘。当地的匠人只需使用现成的篾片进行制作，篾制品的产量就能够有明显的提高。

"这样的一只篾编老虎，在印尼可以卖到5美元，合30元人民币。我只收10元钱，这里面包括了运费、包装费、销售费，余下20元全部留给你们，作为加工费。怎么样，我够意思吧？"张姓老板豪爽地对当地的扶贫干部说道。

"有这么高的加工费！"一旁的篾编匠人发出了惊呼。

这种篾编老虎，对于龙墩口的篾匠来说，没有任何难度。但这东西一不能吃，二不能用，平日里大家也就是偶尔编一个哄孩子用，没想到居然能够卖出这么高的价格。编制这种东西本身费时不多，但因为是给孩子的玩具，所以篾片的加工需要非常精细，要打磨得没有一点毛刺，这是最费工的环节。

现在有了破篾机床，加工篾片的工作就被完全替代了，用现成的篾片来编一只老虎，一天编不出10只，你好意思说自己是龙墩口村的人吗？

一只的加工费是20元，一天10只，那就是足足200元。支付掉篾片的成本之后，一天赚到150元应当是没问题的。乡下人也不讲究什么双休日啥的，一个月干足30天，就是4500元的收入，这个水平，差不多是过去一个劳动力一年的收入了。

"太好了，我们马上就可以签合同！张总，您放心，我们出的产品，质量是绝对不会出问题的！"

扶贫干部的眼睛里闪着光芒。

果然是无工不富，仅仅是做点这样的工艺品，收入都比搞种植业高出许多倍，当地农民致富可以说是指日可待了。

第五百四十四章　我是四期的

"要致富，用长缨机床！"

"中国机床就是棒！"

"长缨机床，你不会选错的！"

几万公里外的非洲卢桑亚国首都布加利街头，在一条极具中国特色的红色条幅下，几名黑人青年敲锣打鼓，嘴里喊着各种口号，卖力地做着宣传。在他们的身后，立着几块大展板，上面画着各式各样的机床和应用场景，最醒目的地方则是一个长缨飘舞的图案，那是长缨机床的商标。

卢桑亚是一个在战乱中涅槃的国家，这些年社会趋向稳定，经济开始恢复，百姓的生活得到改善，对工业品的需求与日俱增。

与非洲大多数国家一样，卢桑亚市场上的工业品以往主要来自西方国家和日本。这些工业品的价格非常昂贵，是大多数本地居民消费不起的奢侈品。

卢桑亚本地也有一些企业，但这些企业生产的产品价格也并不便宜。这是因为它们使用的生产设备同样主要来自西方，价格高得离谱，而且对使用环境的要求也非常严苛，这些生产成本都是要分摊到产品中去的。很长一段时间里，卢桑亚当地生产的工业品，甚至不如进口工业品有价格优势。

前些年，一个名叫"中国制造"的身影出现在"蓝星"，给蓝星的人民带去了物美价廉的工业制成品。卢桑亚人民也第一次发现，自己并不需要花很多钱，就能够享受到现代工业的产出，从T恤衫到旅游鞋，从微波炉到四卡四待超长续航的手机，无不是来自那个神秘的东方大国。

工业品的消费，是能够让人上瘾的。市面上那些精美的中国商品，虽然每一件的价格都不算贵，但要想把各种东西都收入囊中，把自己的生活完全用中国商品装备起来，需要的钱还是非常可观的。

光靠以刀耕火种方式收获的那些农产品，卢桑亚的年轻人无法赚到足够多

第五百四十四章 我是四期的

的钱来满足他们"买买买"的欲望。于是，他们开始走进城市，走进工厂，到生产线上去劳作，为自己创造富庶的生活。卢桑亚政府也是一个有着雄心壮志的政府，他们付出了许多努力去推进本国的工业化，力图使国家尽快地富强起来。

越来越多的工厂建立起来了，有一些也许只能称得上是手工作坊，但它们的确是非洲大地上的工业之光。工业的发展带来了对装备的需求，全球各地的装备制造商都拥向了这片热土。其中，中国装备又成为最抢眼的一类，包括长缨在内的一众中国品牌，极受卢桑亚企业们的青睐。

"有长缨的普通外圆磨床吗？"

"有现货吗？提货需要等多长时间？"

"你们的机床是原厂原装的，还是协作厂组装的？"

"对不起，我想了解一下价格！"

很快便有人围上来了，开始迫不及待地向宣传者们询问。他们的问题，无不得到令人满意的回答：

各种型号的机床都能提供！

货已经到了非洲几大港口，只要签合同，一两周之内就能送到！

机床是原厂原装的，磨床和镗床来自临一机，车床和铣床来自藤机，有原厂铅封为证！

至于价格……呵呵呵呵，只相当于欧洲同类机床价格的一半，而性能和品质丝毫不逊色于那些欧洲同类机床。

"可是，你们为什么要买中国机床呢？中国机床的品质，怎么可能和欧洲机床一样呢？"

人群中终于出现了一位质疑者，此人身上的西装穿得一丝不苟，一看就知道是在西方接受过教育的卢桑亚海归。

"买中国机床……还需要理由吗？"

有人脸上露出了诧异的神情，看向那个海归的眼神也像是在围观一只海龟。没错，卢桑亚是一个内陆国家，卢桑亚人民对于海龟是觉得很稀罕的。

"对啊！中国机床又好用又便宜，而且结实耐用，不像欧洲货那样娇气，不用中国机床用什么？"

"其实我最看重的是中国机床的售后服务，实在是太及时太贴心了！"

"就是就是。过去我用的是法国机床，换一根皮带都要半年时间，我真是受够了！"

"那算什么？我过去用过一台德国机床，然后……就没有然后了。"

众人纷纷吐槽，倒是把那个海归给听愣了。

不会吧？法国机床不在他们眼里，德国机床也不在他们眼里，自己的这些土鳖同胞得有多挑剔啊！自己好歹是在欧洲喝过莱茵河水的，怎么没觉得欧洲机床有那么不堪呢？

其实，还真不怪这位海归仁兄蒙圈。在以往，非洲的企业主们对欧洲机床也是顶礼膜拜的。至于说什么价格高、不够皮实、售后服务差之类，在大家想来，这些难道不是工业的特征吗？作为大厂派出的维修人员，不跩得二五八万似的，怎么能够显出独特的地位呢？

可是，自从接触了中国机床，大家的世界观就开始发生变化了，他们发现：

原来，花一半的钱就能买到同等品质的机床。

原来，机床也没那么娇贵，环境潮湿一点，电压不太稳定，也是能够使用的。

原来，售后服务是可以做到 24 小时及时响应的，而且售后服务人员也是会笑的。那些笑得很灿烂的中国工人，手上的技术丝毫不比高鼻子的西方技工差，自己有什么理由去看高鼻子们的脸色呢？

最让他们觉得震撼的是，有好几种欧洲品牌的机床，自从被中国收购之后，同样的产品，价格直接就降了一半，这意味着他们过去买这种机床的时候，至少多付了一倍的钱。

然后，他们就开始飘了，开始有了甲方的意识。

不错，买中国机床，你就是甲方。

买欧美日韩的机床，你就是花钱买气受的冤大头。

如何选择，还需要考虑吗？

"可是，你们都没有说到最重要的一点啊！"有人大声地提醒道。

"最重要的？你是说宁校长？"有人在短暂的错愕之后，便猜出了正确答案。

"没错，我选中国机床的主要原因就是，这是宁校长推荐的！"

有人声明道，脸上充满了自豪，似乎能够把那位姓宁的胖子称为校长，是自己的莫大荣幸，正如若干年前有些人以称呼常校长为荣一样。

"可是，你们说的宁校长是谁呀？"

海归仁兄看着周围众人眼睛里的狂热，更加迷惑了。怎么自己去欧洲读了

第五百四十四章 我是四期的

几年书回来,这个世界就变得陌生了呢?大家都在谈论一位什么宁校长,这难道是一位很有名的人吗?

"不会吧,你连宁校长都不认识?"一位脖子上挂着大金链子的壮汉鼓着眼睛问道。

看到海归仁兄脸上的迷茫之色,金链子壮汉带着几分愤怒和几分自豪大声地宣布道:

"宁校长是全世界最杰出的机床专家!任何人如果不知道宁校长,就不配说自己会开机床。我是宁校长的学生,是卢机四期的学生!"

"对对,谁不知道,为人不识宁校长,开遍机床也枉然!"

"我去,居然还有人不认识宁校长,你千万别说你是卢桑亚人!"

"也许是个乡下人吧!"

……

海归仁兄立马就"收获"了无数的鄙视,而那位自称卢机四期的学生的金链子壮汉,得到的却是诸多艳羡的恭维:

"大哥,你居然是四期的,太了不起了!听说你们四期读书的时候,宁校长是从头到尾亲自上课的。"

"那是当然!"金链子昂着头说,随后又用怜悯苍生的口吻反问道,"你呢,是几期的?"

"我是八期的。"

"八期?八期的时候,宁校长已经不亲自上课了,你们估计都没见过宁校长几回吧?"

"你胡说!宁校长给我们上过五次指导课!他还和我说过话呢!"

"和你说过话有什么了不起的,宁校长还拍过我的肩膀呢,我当时穿的那件T恤,现在还挂在我家墙上,我都没舍得洗。"

"那是肯定不能洗的……"

……

众人纷纷议论着,讲述着自己与宁校长的那些不得不说的故事。至于那些没有得到过宁校长亲自指导的人,在与别人说话的时候,脸上都带着讪讪的笑容,似乎有些低人一等的感觉。

当然,相比那位站在原地满脸郁闷的海归仁兄,但凡是毕业于卢中机床技工学校的学员，又都觉得自己是有资格吹牛的。毕竟，自己虽然没有得到宁校长的亲传，但好歹也是亲传的亲传，用医学术语来说，就叫"次亲传"，在当地也是颇有身份的。

"要购买长缨机床的，过来排队登记。凭卢机的毕业证书，购买长缨机床可以享受九五折！"

现场的宣传人员适时地喊出了新的优惠条件，顿时又激起了满场喧嚣。许多人都从怀里掏出一张花花绿绿的纸，高高地扬起来，喊着：

"我有毕业证！我是正宗的！"

都疯了！

莫非，我也得去卢中机床技工学校回回炉？

海归仁兄第一次对自己花钱买来的法国文凭产生了怀疑。

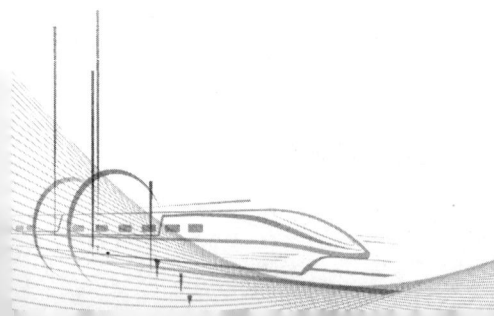

第五百四十五章　这有什么问题吗

热闹的销售现场旁边，一位小个子亚洲人小跑着来到一辆停在树荫下的丰田车旁，拉开副驾的车门钻了进去。车辆启动了，小个子转回头，向后排的一位男子报告道：

"冈田总裁，我已经打听过了，是中国临机集团在做宣传，推销他们的长缨牌机床。"

日本染野机床公司非洲事业部总裁冈田清三沉着脸，向那小个子问道："有人感兴趣吗？"

"呃……"小个子助理永井宏支吾起来。

"怎么……"冈田清三的语气里带上了不满。

永井宏不敢打马虎眼了，他低着头说："是的，当地人很感兴趣。"

"很感兴趣是什么意思？"

"他们……在抢购。"

"抢购？他们竟然在抢购中国机床？为什么？"冈田清三的声音大了几分，这是愤怒的表现。

"是的……"永井宏像是自己犯了错误一样，低声说道，"他们好像非常喜欢中国机床，而且据他们说，这都是由于一位来自中国的宁校长。"

"宁校长又是怎么回事？"冈田清三诧异地问道。

永井宏估计是特高课退役的，颇有一些情报天分，也就是刚才那一会儿的工夫，他已经把情况了解得差不多了。他回答道：

"这位宁校长，是卢中机床技工学校的校长。卢中机床技工学校是由卢桑亚政府和中国政府联合兴办的一所机床技工学校，资金和师资都是由中国提供的。类似这样的学校，在非洲的许多国家都有。

"到目前为止，这些学校已经为非洲培养了不少于5000名熟练的机床技工。这些技工现在有些是各家企业里的骨干,有些自己开了工厂。

"因为他们接受的是中国人的教育,所以对中国机床很熟悉,也很信赖。这位宁校长的中国名字叫宁默,原来是临机集团的员工,所以由他培养出来的学生,对临机集团的长缨牌机床又尤其信任。"

"我早就说过,中国人在下一盘很大很大的棋,现在,他们的棋势已经做成了,我们失去了先手。"冈田清三喃喃地说。

永井宏没有吭声,他知道,冈田清三的这番话本来也不是说给他听的,而是对染野公司高层,甚至是对日本政府高层的抱怨。

永井宏已经听冈田清三抱怨过很多次了。冈田清三每次这样发牢骚,都是因为他的业绩出了问题。冈田清三坚定地认为,自己的业绩不好,不是因为自己无能,而是因为染野公司和日本政府的错误。

冈田清三早先是在染野公司的中国区担任负责人的。随着中国国内机床产业的发展,染野在中国机床市场上的份额不断缩减,最后到了收益不及支出的程度。染野公司不得不将中国区公司降格为办事处,而冈田清三也被派到非洲来任非洲事业部总裁。

染野机床在非洲市场上一向有不小的市场占有率,但由于非洲市场总体规模不大,所以染野公司对非洲市场并不特别关注。这几年,染野机床除了在中国市场上的份额锐减之外,在亚洲其他国家以及欧美市场上的份额也受到了挑战,挑战它的,正是日益崛起的中国机床。

而与此同时,中国的"一带一路"倡议在非洲取得了很大的进展,非洲许多国家开启了工业化进程,带动了对机床的需求,非洲机床市场开始成为全球机床厂商关注的新焦点,染野公司也逐渐加大了对非洲市场的重视。

但也就在这个时候,冈田清三却感觉到了染野机床在非洲机床市场上份额在下滑。没错,仅仅是下滑,还不到崩盘的程度。不过冈田清三清楚地记得,他执掌的中国区公司当年也是这样过来的,一开始只是个别型号的销售受挫,然后就是更多的型号受挫,再然后……就没有然后了,老用户们像扔一只破鞋一样把染野机床给抛弃了。

难道自己在非洲市场上要重蹈当年在中国市场上的覆辙吗?

冈田清三越是这样想,就越发现的确出现了这样的势头,这让他陷入了惶恐。

这并不是我无能,而是对手太狡猾了。

第五百四十五章 这有什么问题吗

这是冈田清三对形势的判断。

他已经了解过,染野机床在非洲所丢失的份额,绝大多数都进入了中国机床企业的囊中。被中国人抢走了业务的不仅仅是日本企业,还包括欧美企业。

美国早就躺平了,根本没打算参与全球机床市场的竞争。欧洲各国倒是传统上的机床强国,但这些年受欧债危机影响,许多企业都半死不活,也失去了参与市场竞争的兴趣。不少欧洲企业甚至直接向中国人举了白旗,让中国企业兼并了自己,然后就在新东家的带领下过起了无忧无虑的生活。

日本企业其实躺平的也很多,它们还有一些技术老本可以吃,如果不折腾,十年八年还是可以过得很滋润的。染野算是日本国内少有的仍然想搏一搏的企业,所以面对着来自中国的竞争,便会感觉"压力山大"了。

人生的困扰,其实都来自理想。

如果你从一开始就想当一条咸鱼,又会有什么烦恼呢?

冈田清三其实也是想当一条咸鱼的,但无奈他的老板不容许他这样做。他几乎每天都会收到来自总部的训斥,要求他立即采取行动,以扭转在非洲市场上的颓势,这就让他不得不强打起精神来思考对策了。

"去卢桑亚贸易和工业部。"冈田清三向司机吩咐道。

跨国企业在非洲的许多国家都是拥有特权的,因为这些企业的年产值甚至比许多非洲国家的 GDP 还高。国家穷了,就谈不上什么尊严,政府的部长们见了跨国公司的总裁,也得客客气气。

冈田清三以往也曾多次造访卢桑亚的各个政府部门,他去这些部门是不需要提前预约的,只要一时兴起就可以上门去,对方绝对不会指责他的行为有什么唐突。

听说冈田清三来访,卢桑亚贸易和工业部的部长卡瓦加亲自带着助理到办公楼外迎接,把他和永井宏一行带到了自己的办公室。在简单地寒暄过几句之后,冈田清三向卡瓦加说明了自己的来意:

"卡瓦加部长,我非常荣幸地通知你,染野公司刚刚联合了 25 家日本企业,准备向卢桑亚提供一笔 2000 万美元的发展贷款,用于帮助卢桑亚对现有企业进行设备改造。我们的愿景是,让卢桑亚一半以上的工业企业的技术装备达到不低于西方 2010 年的水平。"

"竟然有这样的好事?!"卡瓦加的脸上露出了一些喜色,其中有七分夸张,倒也有三分真诚。

2000万美元,对于今天的卢桑亚来说,并不是一个很大的数字。但苍蝇再小也是肉,卢桑亚总体来说还是一个穷国,能够凭空得到2000万美元的贷款,也是一件不错的事情。

"染野公司一向把帮助非洲发展经济当成自己的社会责任。在过去的四十年中,我们为非洲国家的企业提供了不少于1万台机床,这些机床在非洲的工业化进程中发挥了重要的作用。

"现在,全球工业开始进入信息化、智能化时代,而非洲的大多数企业还没有开始这样的进程,这是一件非常遗憾的事情。我们筹措这样一笔资金,就是希望帮助卢桑亚的机械企业升级设备。

"染野公司是全球新一代机床技术的引领者,能够为机械企业提供包括车、铣、磨、镗等在内的各种智能化机床。我相信,卢桑亚的企业在获得这些机床之后,将会使自己的生产技术水平提升一个台阶,从而在国际市场上拥有更强的竞争力。"

冈田清三侃侃而谈,一旁的卢桑亚翻译磕磕巴巴地把他的话译成当地语言,讲给卡瓦加听,中间难免会遗漏一些煽情的词句,这反而让卡瓦加能够更准确地抓住冈田清三话里的玄机。

"冈田总裁,你的意思是说,你们提供的这2000万美元贷款,将主要用于采购染野公司的机床吗?"卡瓦加试探着问道。

"当然是。这有什么问题吗?"冈田清三反问道。

"没有什么问题,这是理所当然的。"卡瓦加讪笑道。

天上果然不会无端地往下掉馅饼,一家企业也果然不会无端地给别人送贷款。这就像那些什么"贷款中心"的业务电话,动辄就说可以给你一个几十万的贷款额度,你千万别以为人家是来给你送福利的。任何无缘无故的贷款,都必然是一个"天坑"……

那么,冈田清三亲自上门给自己"拜年",又是打算挖一个多大的坑呢?

"可是,冈田总裁,据我的了解,染野公司的机床价格是……比较昂贵的,一台普通的精密龙门铣床的价格就要50万美元以上,按这样的价格计算,贵司提供的这2000万美元贷款,好像也买不了多少台机床吧?"卡瓦加的助理克鲁塔问道。他是如假包换的卢中机床学校的毕业生,对机床颇有一些了解,他一下子就发现了其中的破绽。

第五百四十六章　还可以做一些努力

"不,我们的贷款政策不是这样规定的。"冈田清三纠正了克鲁塔的话,"我们向贵国提供的贷款,并非用于全额购买我们的机床,而是在贵国企业购买染野机床的时候提供补贴,补贴的比例嘛……呃,就暂定为20%好了。"

"原来是这样。"卡瓦加的脸上露出了失望的表情。

看起来,这个坑比自己想象的还要大。对方提供这2000万美元的贷款,是要卢桑亚的企业先拿出钱去买染野的机床,然后再由染野补贴20%的贷款。这20%的补贴并不是白给的,未来是要归还的,甚至可能还要付一些利息。

时下全球贸易形势都不好,很多厂家都在进行打折销售,20%的折扣率是很寻常的事情,甚至30%、40%也不在话下。冈田清三憋了半天,才给了一个20%的贷款补贴,这对于卢桑亚来说,没有任何一点用处啊。

"可是,我们的很多企业,需要的可能并不是染野的机床,染野的机床相对于他们来说过于昂贵了,他们更愿意购买价格比较亲和力的中国机床。"克鲁塔说道。

他这话就有些抬杠的意思了。他原本就是宁校长的粉丝,此时又气不过冈田清三的虚伪,说话自然就有些不好听了。

"不,克鲁塔先生,我并不认同你的看法。事实上,染野的机床是非常物美价廉的。"冈田清三争辩道,"你们不能用那些性能低劣的机床来和染野的机床做对比。染野的机床代表着全球最先进的技术,卢桑亚要实现工业的现代化,必须要使用染野所提供的先进机床,而不是你说的那种价格有亲和力的机床。"

"冈田总裁是说中国机床性能低劣吗?"克鲁塔不满地问道。

"不,我丝毫没有贬低友商的意思,我说的是一些技术相对落后的机床……"冈田清三才不会让自己落下一个话柄呢,他巧妙地打了一个太极。

"可是,你刚才并不是这样说的……"克鲁塔明显有些急眼了。

卡瓦加只能出来打圆场了,他打断克鲁塔的话,对冈田清三说道:"冈田总裁，你的好意我们都很清楚。不过，我想，以卢桑亚的国情，可能暂时还无法在全国范围内普及染野的机床。因此，这件事情我们还是稍微缓一缓吧。"

"不，我认为这件事情不能缓。我认为，卢桑亚贸易和工业部应当大力推进全国工业企业的技术现代化。"冈田清三说，"如果可能的话，我们希望能够和卢桑亚贸易和工业部联合开展一些宣传推广工作，相关的费用可以由我们来支付。

"我们愿意向卢桑亚的企业介绍现代制造技术，帮助他们识别什么样的机床才是能够适应新时代的。在这个宣传过程中，我们希望能够得到卢桑亚贸易和工业部的配合。"

"这也是我们接受2000万美元贷款的条件吗？"卡瓦加问。

"不，这不能算是什么条件，这是我们附送的优惠。"冈田清三说。

"是的是的，这的确是贵公司的一片好意。"卡瓦加懒得去和冈田清三争论，他敷衍着说道，"这样吧，我先代表卢桑亚的工业企业，感谢染野公司的好意。我们会尽快把你们的贷款政策通知所有的企业，让他们在需要的时候向贵公司申请这笔优惠的贷款。"

卡瓦加的话说得很委婉，但那口气分明就是不屑。即便冈田清三无法直接听懂卡瓦加说的当地语言，从他的脸上也能读出那种拒绝的味道。

冈田清三心里涌起了一丝愤怒，还有一丝悲哀。搁在过去，非洲国家的这些部长是不敢这样对冈田清三说话的，因为他们都希望从冈田清三那里获得一些好处。像他这回表示要向卢桑亚提供2000万美元的贷款，搁在过去，卡瓦加绝对是会感激涕零的，无论他提出什么样的条件，卡瓦加都只能答应。

但时过境迁，卡瓦加居然也会对他说"不"了。究其原因，一方面自然是因为卢桑亚比过去富裕一些了；另一方面，就是来自中国的"一带一路"政策，这些政策把许多非洲国家官员的胃口给养刁了。

中国人向非洲国家提供贷款，虽说也有一些互惠互利的要求，但绝对不会像西方国家那样苛刻。有中国的珠玉在前，冈田清三带来的这点残羹冷炙又哪里能入卡瓦加等人的法眼？

当然，出于礼貌，也可能是出于习惯，卡瓦加没有对冈田清三说什么刻薄的话。但很显然，这个以2000万美元贷款换取卢桑亚贸易与工业部帮助推广染野机床的设想，是完全破产了。

"他们迟早会后悔的！他们将永远地失去日本对他们的帮助！"

第五百四十六章 还可以做一些努力

从贸易与工业部出来,钻进自己的丰田车时,冈田清三愤愤地说道。

"冈田总裁,我认为,他们似乎并不在意这一点,因为他们有来自中国的帮助。"永井宏提醒道。他这个提醒可没多少善意,更像是在往冈田清三的伤口上撒盐。

"难道他们觉得有了中国的支持,就可以不在乎日本的支持了吗?在过去,他们可没少从日本那里获得贷款支持。"冈田清三说。

永井宏点点头:"的确如此,但那毕竟是过去了。现在,在非洲大陆上最有影响力的国家是中国,而不是日本。自从2010年中国的GDP超过日本以来,仅仅六年时间,中国的GDP已经相当于日本的两倍了。也就是说,中国只用了六年时间就建设出了另一个日本。

"现在中国每年都要投入数千亿美元在他们的'一带一路'建设上,而其中非洲又是他们重点投资的方向。相比之下,我们承诺给卢桑亚的2000万美元贷款,实在是太微不足道了。如果我们能够拿出20亿美元,或许卡瓦加会动心吧。"

"我们怎么可能拿得出20亿美元?"冈田清三怒道,"即便是这2000万美元的资金,我们也要联合好几家株式会社凑出来。我真不明白,日本的钱都到哪去了!"

永井宏说:"我听说过一句话,说任何一个国家都不要试图和中国人比投资,不但日本如此,美国也同样如此。中国的GDP虽然只相当于美国的60%,但美国人活得太奢侈了,而中国人是习惯于省吃俭用的,就像昭和年代的日本一样。

"中国人可以拿出几万亿美元在他们所说的'一带一路'地区修路,而美国人连自己国内的道路都拿不出钱来整修。

"日本的情况也是一样。中国人有远大的理想,愿意为了明天而进行投资。而我们日本人,已经是在透支未来了。"

"照你的说法,我们就只有认输这一条路了?"冈田清三问道。

"从长远来看,的确如此。"永井宏说。

冈田清三一向知道自己的这位属下擅长搞阴谋,平日里说话也是阴阳怪气,说一半留一半。他皱起眉头,说道:"也就是说,你认为在短期内,我们还是有希望的?"

"我认为我们还可以做一些努力。"永井宏说。

"怎么努力?"冈田清三问。

永井宏说:"冈田总裁,如果你允许我动用一些资金,我或许能够给中国人找一点麻烦。一旦当地的企业主,我是说一部分企业主,对中国的机床产生了怀疑,那么染野作为一个在非洲市场上有着长期口碑的品牌,应当会有一些机会的。"

"这倒是一个办法。"

冈田清三听明白了。既然自己无法做得更好,那么如果能够把对手拉下来,自己也就有机会了。中国机床的短板在于进入非洲市场的时间还很短,尽管由于那个什么"宁校长"的作用,许多非洲企业主对中国机床产生了好感,但这种好感还是比较脆弱的。

如果在这个时候,自己能够给中国机床制造一些麻烦,或许就能够冲抵掉"宁校长"产生的正面影响,届时再加上那2000万美元贷款的作用,或许染野机床在卢桑亚的销售还能有些起色。

但阴谋这种东西,效果总是有限的。中国机床的品质如何,冈田清三自己很清楚,考虑到价格和售后等因素,他相信染野机床并没有什么竞争力。

不过,即便是短期的效果,对于冈田清三来说也是很重要的,他至少可以对总部有个交代了。至于说长远,自己需要想这些吗?

"你打算怎么做?"冈田清三问道。

永井宏摇摇头:"我目前还不知道,但我想我是能够找到一些办法的。有些事情,事先的计划不如灵机一动,所以,我希望冈田总裁给我充分的授权,让我能够随机处置。"

"我明白了。"

冈田清三点了点头。他才不相信什么灵机一动的说法,他知道,永井宏是不想让他抢走自己的功劳。

永井宏觊觎冈田清三的位置已经不是一天两天了,冈田清三对此非常清楚。到了这个时候,他也没什么更好的办法了,让永井宏去折腾折腾也好。

"你去做吧。不过,你必须对所有的后果负责。"冈田清三说。

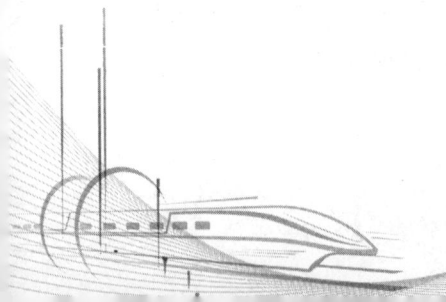

第五百四十七章　这的确是有些奇怪

"长缨机床质量低劣,在卢桑亚酿成不少于十起恶性事故!"

临机集团小会议室里,唐子风向一众高管通报了由卢桑亚大使馆通过电子邮件发来的消息,一时间把众人都惊得目瞪口呆。

"电机着火,主轴断裂,齿轮箱爆裂……这完全不可能啊。"

集团总工程师于晓惠拿过电子邮件的打印件,读了一小段,眉头就皱起来了。

邮件的抬头写得很清楚,这是卢桑亚当地发行量最大的报纸上的一篇文章,核心内容就是宣传中国机床品质不可靠。文章中列举了中国机床在卢桑亚出现的问题,尤其点了长缨机床的名字,并罗列了一大批长缨机床发生的质量事故,有些事故甚至还造成了操作人员受伤以及财产损失。

"机床出故障不奇怪,但要说发生这么恶劣的事故,而且有十起以上,这就有些离奇了。"于晓惠说,"长缨机床在卢桑亚卖得很好,这和胖子叔叔的宣传有很大关系。可是,到目前为止,整个卢桑亚拥有的长缨机床也不超过 1000 台,怎么可能会发生这么多起恶性事故?"

"我觉得,这应当是有人在造谣吧。"常务副总经理张建阳猜测道,"花点钱买通一个记者,编几个故事出来毁坏我们的声誉,这种事有人是能够做得出来的。"

"的确啊!在市场竞争中,这种事情并不罕见。"新上任的销售公司总经理郑康附和道。

"这种可能性当然是有的。"唐子风说,"大使馆那边传过来的消息说,他们在第一时间就和报社联系过了,希望报社不要捕风捉影,要对所报道的内容负责。报社方面坚称,他们的报道是有根据的,可以提供所有的原始资料。

"从报社的这个表态来看,这篇报道恐怕不完全是造谣,而是有一定的依据。"

"这就奇怪了。"分管海外事务的副总陈波说,"如果咱们的机床出了问题,客户那边肯定是要向我们的售后服务中心反映的,报修,或者投诉,都是必然的做法。按照这篇报道上的说法,这十余起质量事故,是在过去一年多的时间里发生的,而我们没有收到任何反馈,这不是咄咄怪事吗?"

"会不会是非洲售后服务中心那边隐瞒了消息?"总会计师舒欣问道。

陈波断然地摇了一下头,说:"这不可能。非洲售后服务中心那边的人员是非常可靠的,绝对不可能做出隐瞒消息的事情。而且,如果真的出现这样的质量事故,责任也不在售后服务中心这边,他们没有必要隐瞒消息。"

"这的确是有些奇怪。"唐子风说,"这样吧,老陈,你安排非洲售后服务中心那边了解一下情况,小郑也让销售公司去了解一下情况。我一会儿联系一下宁默,让他通过机床学校的渠道去了解一下。这样几方面的情况汇总起来,我们就能知道到底出了什么问题。"

隔着上万公里,大家着急也没办法,只能照着唐子风的安排,各自派人去了解情况。集团这边也没闲着,张建阳让相关部门核查过去一段时间出口非洲的设备清单,再检查相应的生产台账,确认是否存在质量上的隐患。事实上,这样做的必要性并不大,这些年中国的工业企业生产越来越规范,质量管理体系已经非常成熟,出现大规模质量缺陷的可能性几乎是不存在的。

临机集团的非洲售后服务中心不在卢桑亚,要安排人去卢桑亚调查机床事故情况需要花费一些时间。倒是宁默这边效率极高。在接到唐子风的微信消息之后,宁默先是暴跳如雷,发语音大骂了那家报纸十几分钟,然后信誓旦旦地表示这件事包在他的身上,保证以最快的速度摆平。

宁默此时其实并不在卢桑亚,他是卢中机床技工学校的校长,同时也是另外十几家中非合办的机床学校的校长,需要在许多个国家之间穿梭。不过,他在卢桑亚有一大批亲传弟子,随便找几个人去了解长缨机床事故的事情,是很容易的。

仅仅不到一天时间,宁默那边的消息便传回来了,还贴了几十张高清照片。众高管一看照片便全明白了,几乎都有一种荒诞的感觉。

恶性机床事故是真实存在的,那家报纸并没有造谣,但发生事故的机床不是长缨品牌,而是"常缨""长赢"等稀奇古怪的品牌。宁默让人拍回来的照片,正是这些机床上的商标,中文的部分与"长缨"不是一回事,但拼音是完全相同的。

第五百四十七章　这的确是有些奇怪

长缨机床在卢桑亚有很高的知名度,但大多数人记住的都是它的拼音,遇到那些拼音相同的山寨品牌,大家就有些搞不清楚了。

"也就是说,是记者摆了乌龙?"舒欣问道。

唐子风冷笑道:"这倒不见得。"

"怎么了?"舒欣诧异道。

唐子风说:"宁默专门让人去了解过,采写这篇报道的记者,中文功底是很不错的。如果是一个寻常人,即便懂一点中文,一时分不清几个中文字之间的区别,倒也有可能。但这位记者明显是冲着长缨品牌去的,要说他没注意到几个品牌之间的差异,你会相信吗?"

郑康附和道:"普通消费者一时不察,被山寨品牌骗了,这是完全有可能的。但如果是一位专门去调查的记者,注意不到这些品牌之间的区别,就有些离奇了。他写的报道中,牵强附会地对长缨机床泼了很多脏水,其中没有猫儿腻就奇怪了。"

"很明显,首先是有人山寨了我们的长缨品牌,利用谐音蒙混过关,欺骗非洲的用户。这些山寨品牌的设备质量低下,造成了多起事故。由于这些机床并不是从我们的销售点购买的,所以这些用户无法要求我们的售后服务中心提供维修服务,这就是售后服务中心没有反馈相关信息的原因。"陈波分析道。

"我猜测,应当是有用户向售后服务中心提出过服务要求的,但因为这些出故障的机床并不是真正的长缨机床,所以售后服务中心拒绝了他们的要求,也没有把这些情况记录在案。"张建阳说。

"这是一个很大的失误。"陈波说,"按道理说,出现这种山寨品牌,用户误以为是咱们的机床,向售后服务中心报告,售后服务中心这边是应当有所警醒的。如果他们能够早一些向我们报告这件事,也不至于被人抓住把柄,利用此事向我们泼脏水。"

唐子风摆摆手,说:"这件事也不必怪他们。非洲那边的机床销售增长太快,售后服务中心的工作压力太大,一时缺乏这样的敏感性也是可以理解的。至于说让人抓住把柄,其实这是欲加之罪的事情。

"我有十足的把握,那个报道此事的记者是拿了别人好处的,如果不出意外,他拿的应当是欧元吧。"

"没准儿是日元。"张建阳笑着说,"日本机床在非洲市场上也被我们挤压得很厉害,染野机床非洲区的负责人冈田清三可是咱们的'老朋友'了。"

"对对,我把日本人给忘了。"唐子风点着头说。

"这些人也太可恶了!"于晓惠皱着鼻子,恨恨地说。

"你说谁可恶?"唐子风问。

于晓惠说:"山寨我们品牌的那些厂家、在背后搞名堂的日本人,还有收了钱故意给我们抹黑的记者,这些人都可恶。"

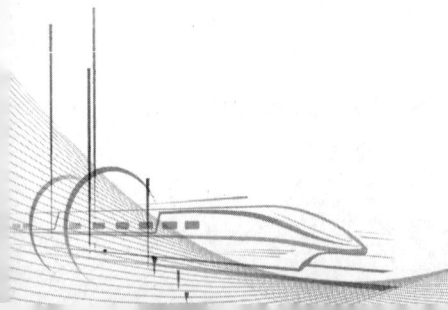

第五百四十八章　他真的不是我的学生

宝南省邓港市枫铺镇。

镇长王柄森得到消息，说镇子上来了一群客人，据说是从京城来的，开了好几辆挂着京牌的豪华越野车。王柄森不明就里，赶紧带着一群下属出门迎接，远远地便看见那几辆越野车向镇政府这边开过来了。

"欢迎欢迎！自我介绍一下，我是枫铺镇的镇长王柄森，请问各位是……"

看到从越野车上下来的众人，王柄森快步走上前去，先做了自我介绍，然后才开始询问对方的身份。

"人民大学王梓杰。"

领头的一位衣冠楚楚的男子淡淡地报出了家门。

"王……原来您就是王教授！"

王柄森稍一错愕，便想起王梓杰是何许人了。他以一种粉丝追偶像的姿势伸出两只手去，握住了王梓杰的手，同时用激动的语气说道：

"王教授，我是读您的书长大的！"

"……"

饶是王梓杰在各种场合里听惯了各种各样的奉承，此时还是被王柄森的这句话给"雷"住了。他愣了好几秒钟，才试探着问道："王镇长，你是说，你三岁时就读经济学专著了？"

"这倒没有……"

王柄森咧了咧嘴，我刚才那话是夸张好不好？

"我是说，我上大学的时候就读过您的书。您的很多书，我都是反复读的。您提出的那些经济发展理论，直到今天还是我工作的指南针，也是我们枫铺镇的工作指南。不信您问他们，我在他们面前讲过很多您的思想了。"

说着，他用手比画了一下，跟在他身后的副镇长、主任、科长等干部都纷纷点头，示意镇长说的都是实情。

王梓杰这个名字,他们还真的听说过。王梓杰写过什么书,他们不太清楚,但电视上三天两头就有王梓杰的名字出现,而且总是与国家出台某项政策相关,作为基层干部,能不关注到这些吗?

"原来如此。这么说,王镇长也是经济学科班出身?"王梓杰抽出被王柄森握着的手,平静地问道。

"是的是的,我本科和硕士都是在宝南大学经济学院读的,硕士毕业以后到了邓港,先是在市农委工作,后来去了商委,现在在枫铺镇当镇长。"王柄森倒豆子一样地报着自己的简历。

"王镇长理论水平可高了,他来我们枫铺镇之后,提出了很多高屋建瓴的工作思路,我们枫铺镇的经济就是在王镇长的领导下蒸蒸日上的。"一旁的办公室主任胡秋吹捧道。

"老胡,你这是在王教授面前寒碜我呢!"王柄森不满地瞪了胡秋一眼,说道,"在王教授面前,我哪敢说有什么理论水平?如果说我还能够说出一点点经济理论,那也都是王教授教的,我只是拾王教授的牙慧。"

"别别,王镇长可别这样说,我肯定没教过你什么经济理论。"王梓杰摆摆手说。

"王教授别谦虚,您真的教过我很多。"

"我真的没教过。"

"您教过,您就认了吧。"

"这个我可真不敢认。"

……

看到两个人为这么一个无厘头的问题争论起来,与王梓杰同来的一位男子走上前,拦住正准备再说点啥的王柄森,对他说道:

"王镇长,你可能是误会了,王教授的意思不是说他没资格教你,而是说他不敢收你这个学生。这就好比……对了,我不知道王镇长读过《西游记》没有。"

"呃……"王柄森蒙了,这怎么还扯上《西游记》了?他木讷地点了一下头,说:"读过,怎么……"

"《西游记》里有个情节,孙悟空学艺完成,告别师父准备回花果山的时候,他师父叮嘱的一句话,王镇长可有印象?"那男子问。

没等王柄森说啥,胡秋抢答道:

"我知道我知道,孙悟空的师父是菩提老祖。孙悟空要走的时候,菩提老祖

第五百四十八章 他真的不是我的学生

跟他说,日后你若惹出祸来,不把为师说出来就行了……呃,这个……"

他突然说不下去了,菩提老祖的这句话,可真不算是啥好话。结合王柄森非要认王梓杰为老师,王梓杰却死活不承认,其中的味道,似乎有些不对。

王柄森好歹也是名校经济学院的硕士,连胡秋都能悟到的事情,他岂能悟不出来?他收起了笑脸,看着王梓杰,迟疑着问道:"王教授,您这次到枫铺来,莫非有什么事情?"

王梓杰苦笑了一下,却不是因为王柄森,而是觉得被那男子给套路了,有些不爽。他用手指了指那男子,对王柄森说道:"这位是东叶省临河机床集团公司总经理唐子风。还有这位,是张宇处长。"

那位名叫张宇的处长向王柄森点了点头,接着便从怀里掏出一本证件向王柄森晃了一下,王柄森的脸立马就变成了很环保的绿色。

"王教授、唐总、张处长,你们这是……"王柄森话都说不利索了,全然没有了刚才那股劲头。

"我们是不是进去谈?"张宇用手向镇政府办公楼示意了一下,这就是反客为主的意思了。王柄森这个镇长只是科级,张宇是处长,级别上也是压王柄森一头的,更何况他的工作单位属于国家安全部门,向王柄森发号施令是没啥问题的。

"对对,我都糊涂了。王教授、唐总、张处长,各位快里边请。"王柄森忙不迭地招呼着。

众人来到镇政府会议室,王梓杰一行当仁不让地坐在了主人一侧,王柄森则带着枫铺镇的干部们坐在下首位置。

"咱们也不必兜什么圈子了。"坐定之后,王梓杰先发话了,"我这趟到枫铺来,是受了领导的委派,不过主角是唐总和张处长他们二位,我也就是来帮领导做做调研,看看能不能总结出一些规律性的东西。至于唐总他们的来意,唐总,要不你说说吧。"说着,他向唐子风示意了一下。

唐子风向王柄森微微一笑,说道:"王镇长,我和张处长的来意是什么,想必你也能猜得到吧,还需要我明说吗?"

"这个……"王柄森支吾起来,目光游移不定,显然是心虚到极点了。

"唐总,瞧您说的。您是大企业的领导,我们就是基层和农民打交道的,您的来意,我们怎么猜得着?"副镇长李世伟赔着笑替王柄森解围,他嘴里说猜不着唐子风一行的来意,但那尴尬的表情暴露出了真实情况。

唐子风没有理会李世伟,他盯着王柄森问道:"王镇长,你知道自己错在哪里吗?"

"我们镇在经济发展的过程中,没有加强对企业经营者的法律和道德教育,以至于在企业经营中出现了一些不尽如人意的现象,对临机集团的利益也造成了一定的损害。对此,我们镇政府表示高度的不安。"王柄森咬文嚼字地回答道。

"我是不是可以理解为,王镇长是在向我们道歉?"唐子风问。

"是的,我代表枫铺镇政府,向临机集团,向唐总您,表示诚挚的歉意。"

"然后呢?"

"然后……就没有然后了呀。"

"老王,你看,让我说着了吧?"唐子风笑着向王梓杰说,"没有什么事情是一个道歉不能抹平的,如果有,那就来个诚挚的道歉。"

"领导说得对,某些基层干部的法治意识和政治意识真的还很欠缺啊。"王梓杰发着悲天悯人的感慨。

"唐总,我不是这个意思。"王柄森哭丧着脸辩解道。他一向被评价为作风硬朗的干部,在镇子里是说一不二的,谁敢这样跟他说话?可眼前这几位的来头实在是太大了,人家拿他开涮,他是一点脾气也不敢有。

"唐总,其实您的来意,我是非常清楚的。我们镇有三十多家以生产机床为主业的企业,因为自身的品牌缺乏知名度,产品销售困难,所以就借鉴了一下国内一些知名品牌,打了点擦边球。其中,又以借鉴临机集团的长缨品牌最多,这是因为长缨品牌在国际上有很高的声誉,借鉴你们的品牌……"

"等等,王镇长,你把你们的这种行为叫作'借鉴'?"唐子风打断了王柄森的话,质问道。没等王柄森回答,他又转回头向王梓杰问道:"王教授,你提出的经济理论里,有把侵权叫作'借鉴'的吗?"

"他真的不是我的学生。"王梓杰委屈地说道。

到了这个时候,王柄森算是明白为什么刚才王梓杰死活不承认自己教过他什么理论了,合着人家是把他王柄森当成了一个负面典型,是来兴师问罪的,谁还乐意和他叙什么师承关系?

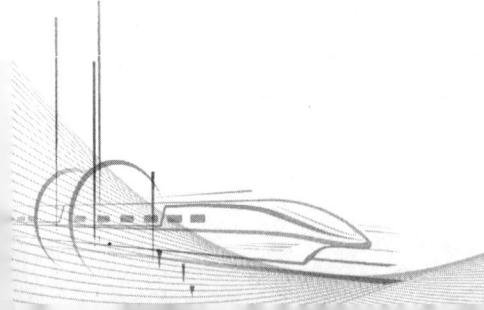

第五百四十九章　枫铺镇的创新产业

宝南是一个耕地资源比较贫乏的省份,历史上就有搞工业和经商的传统。改革开放以来,宝南省的地方经济发展很快,许多地方都建立了工业园区,靠着机械、家电、轻纺等产业实现了富裕。

枫铺镇是宝南中部的一个山区镇,工业区位比不上东部沿海地区,在发展工业方面有些吃亏。也不知道从什么时候起,枫铺人便点开了另外一棵科技树,开始寻找各种左道旁门的方法来实现发财梦,而且也的确取得了不少成效。

枫铺镇最早的产业,就是山寨国内外知名品牌的工业品,比如服装、鞋帽、小家电等。市面上卖100元一双的名牌旅游鞋,枫铺镇的批发价还不到10元,而且外观、包装等都与正宗品牌如出一辙。不过,这种鞋子只能穿一回,而且必须是在晴天穿,因为稍微淋点雨就会变成一堆纸浆。

靠着这一手,枫铺镇成了当地赫赫有名的富裕镇,镇子上建起了不少四层小洋楼,停在街边的小汽车也都是名牌。当地人有崇尚黄金的传统,有了钱,人人都开始添置黄金饰品。出太阳的时候,不戴墨镜是不能上街的,因为满街的金项链、金耳环、金镯子啥的,会把人晃出"金盲症"来。

后来,国家加大了对伪劣产品的打击力度,中央几次派出督查组赴宝南,敦促宝南省下力气打击枫铺这个"制假窝点"。在国家的重拳打击之下,枫铺的制假企业垮台了一大半,许多小老板逃之夭夭,好几年不敢回家,而枫铺的经济也急转直下,出现了好几年的萧条。

王柄森就是在那个时候被派到枫铺镇来当镇长的。上任伊始,他就提出要重振枫铺的制造业,让人给那些跑路的小老板捎话,让他们回枫铺来投资,并承诺既往不咎。

由于风头已经过去,社会公众早就忘了过去的事情,宝南省也已经把工作重心转向了其他地方,没人再关注当年的造假风波,所以那些小老板也就一个一个很低调地回来了。

人回来了,要想重操旧业,却不太容易。国内已经走过了物资短缺的时代,即便是农村居民,也学会了在网上购买各种便宜且品质不错的产品,质量过于低劣的产品没有了生存空间。

此外,国家法制建设也有了长足的进步,仿冒大品牌的产品将会受到被仿冒的厂家的严厉追究。王柄森毕竟是个接受过高等教育的官员,而且自觉前程远大,自然不会为了政绩而纵容山寨品牌。

不搞这种歪门邪道,仅凭正当竞争,枫铺镇实在没有太多的优势。王柄森找那些回乡的小老板座谈问计,大家都表示,如果不搞一些"创新",单单是纯粹地生产产品,在枫铺镇办厂子肯定是赚不到钱的。枫铺镇最大的优势,就是天高皇帝远,搞点"创新"也不用担心会被人发现。

当然了,大家都明白,要想人不知,除非己莫为,天底下还真没什么不会被人发现的事情。小老板们的想法是,被人发现了,大不了再次跑路,过几年回来,还是一个富翁。枫铺镇是个很隐秘的地方,搞"创新"被人发现的概率远低于山外,这是大家愿意回来的根本原因。

王柄森知道大家所说的"创新"是指什么。他不能接受过去的"创新"方法,但又知道不搞"创新"是无法取得政绩的。经过了若干个不眠之夜,王柄森终于发现了一种巧妙的"创新"方法,那就是玩谐音哏,"借鉴"一些知名品牌,却又不触犯法律。毕竟,国家的法律在这方面是有一些空白的,而这些空白,足够王柄森在枫铺镇创造出一个经济"奇迹"了。

枫铺镇谈不上有什么传统工业项目,枫铺的小老板们都是本着什么赚钱就做什么的原则,今天开的是鞋厂,明天就能转产微波炉,到山外去买一条人家淘汰的生产线,再聘几个被大厂子开除的工程师和技工,就能把产品生产出来。

什么?你说技术诀窍和质量控制?

枫铺镇出版的词典里有这样的词吗?

生产机床是一件偶然的事情。枫铺的一个小老板在山外的时候,邂逅了一个从非洲回来的掮客,听对方说现在中国机床在非洲热销,尤其是临机集团生产的长缨机床,在非洲几乎是一机难求。

"你能弄到长缨机床吗?有多少我要多少,卖到非洲去,起码是翻倍的利润。"那掮客说。

客户有需求,自己就要想方设法地去满足,这是枫铺人的"信仰"。

客户需要的是长缨机床,自己生产不出来,但提供一台常缨机床总是可以

第五百四十九章　枫铺镇的创新产业

的吧？你的商标的缨上有三个穗，我比你多两个穗，算是添头。还有，你的穗是顺时针卷的，我是逆时针卷的，非洲兄弟应当不会计较这个吧？

感谢肖文珺教授提出的机床模块化设计概念，现在制造一台机床的难度比过去降低了许多。机床上的核心部件是可以在市场上买到的，自己再做个床身啥的，组装在一起就成了机床。

枫铺小老板与那掮客定了个口头协议，不到一个月时间，就真的向对方提供了10台如"真"包换的仿长缨机床，非但中文品牌完全不同，英文品牌也完全不同。

至于说机身上那硕大的字母"Changying"，那只是中文品牌的拼音翻译，不是英文品牌，不涉及品牌侵权。厂家就有这样的"爱好"，你管得着吗？

王柄森是知道这件事的，他再三向小老板求证，确定这批机床并不会被投放到国内市场，于是就释然了。

在王柄森看来，机床是卖到非洲去的，就算是在质量上有点"瑕疵"，损害的也不是中国人，有什么关系呢？想想看，过去西方国家的冒险家们用几粒玻璃珠子就能在非洲换到大片的土地，枫铺的企业向人家销售的可是实打实的机床，价格也不贵，有什么错呢？

这件事对于临机集团，似乎也没啥损失。人家掮客说了，长缨机床在非洲卖断货了，很多非洲企业是拿着钱等机床，自己只不过是吃了临机吃不下的那些需求，对临机没啥影响呀。

这就像路边的瓜，瓜农没空摘，眼看着就要烂了。一个濒临渴死的路人把瓜吃了，解了渴，也没对瓜农造成损失，顺便还帮那个瓜实现了价值，这难道不算是一个"多赢"的选择吗？

对了，王教授的某本书里就讲过"多赢"的概念，回头要找出来重温一下。

头一批机床卖出去，紧接着第二批机床的订单也来了。其他的小老板看到这个商机，岂有不迅速跟进的道理？短短半年时间，枫铺镇就出现了三十多家机床企业，成为小有名气的"机床一条沟"。

枫铺镇的机床都是出口的，出口的机床至今没有收到客户的投诉。机床出口的目的地，是国家倡导的"一带一路"地区，按照枫铺镇向上级汇报的材料里的说法，是为"一带一路"建设做贡献的，王柄森因此还获得了邓港市几个相关部门的表扬。

倒也不是没人质疑过枫铺机床的那些奇葩品牌，毕竟长缨机床的名气足够响,许多人都是知道的,所以枫铺镇的那些机床品牌在玩什么花样,大家都能看得出来。可是,这种事情,人家厂家都不追究,本地官员何必多事呢?

王柄森不是没脑子的人,他非常清楚枫铺镇干的这些事情是什么性质,所以当王梓杰告诉他,同行者中有临机集团的总经理唐子风时,他就知道对方是来兴师问罪的。王梓杰和张宇二人的出现,说明这件事已经不仅仅是临机集团一家的事情,还惊动了国家。

"唐总,这件事情,我承认我们是存着一些狭隘的地方保护主义观念。最早有企业仿冒贵公司的长缨品牌时,我们没有予以重视。后来,这些机床在非洲取得了不错的销售业绩,成为我们镇的支柱产业,我们就有些投鼠忌器了。

"对这件事,临机集团有什么要求,请您尽管提出来,我们会在我们的职权范围内,最大限度地采取措施,维护临机集团的利益。

"不过,现在我们政府也都要求依法行政,我们要让那些企业放弃与长缨相似的品牌,也需要有法律依据,否则就只能是协调,而不能强制命令。这一点,还请唐总,还有王教授、张处长理解。"

王柄森满脸都写着"诚恳"二字,说话的语气也很谦恭,做足了一个基层官员面对上级领导时的姿态。

不过,他的话里却另有机锋,那就是暗示几位来宾,枫铺镇干的这些事情,是在法律边缘的,所以镇政府无权干预。这样一来,他自己的责任就能够撇清了,充其量就是一个敏感性不足的问题,这实在不算是很大的错误。

至于国家会不会对那些不法企业采取行动,王柄森也不担心。那些小老板早就说了,实在不行就再跑路呗……

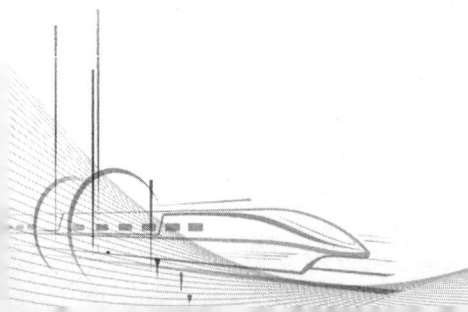

第五百五十章　和谐共赢

"王镇长,你们枫铺镇外销的机床质量低劣,严重损害了国外用户的利益。这些用户投诉无门,迁怒于所有的国产机床,导致中国机床乃至所有的中国产品在国外的声誉都受到了严重影响。这件事,你知道吗?"王梓杰沉声问道。

王柄森下意识地摇摇头,想了一下,又点点头,说道:"关于这一点,我略有耳闻。王教授,你是知道的,我是学经济出身的,对机床不太了解。

"我听说,枫铺产的这些机床,虽然质量不如唐总他们那样正规大公司的,但在非洲那些落后地区用一用,还是可以的。毕竟,非洲的企业资金也不太充裕,正规大品牌的机床,他们也不一定能买得起。"

"你的意思是说,只要你们的技术水平比非洲当地高那么一点点,就可以心安理得地赚他们的钱,而不必提出更高的要求?"王梓杰问道。

王柄森不吭声了。王梓杰这话明显就是在斥责他了,但王柄森并不觉得自己有什么错。

技术比别人好,就是可以为所欲为。西方人在非洲就是这样做的。当年中国自己的技术水平低,西方人把产品卖到中国来的时候,也是这样做的。

很多书上都记载过这样的事情,中国从西方引进的设备,只是换一个零件,人家就敢收上万美元。而当我们自己掌握了这项技术之后,人家立马降价,降到免费都有可能。

王梓杰看出了王柄森的想法,他叹了口气,说道:"王镇长,这就是我一开始说的,你非但法律意识不强,政治意识也不强。你是一位政府官员,对国家政策应当有更深刻的理解。你说说看,咱们国家搞'一带一路'倡议,是为了什么?"

"为了和西方国家争夺市场啊。"王柄森脱口而出。他也不愧是经济学硕士,平日里还是喜欢琢磨点国家大事的。他对这个问题的看法就是如此,所以听王梓杰问起来,便连脑子也没过就回答出来了。

"大错特错!"王梓杰厉声道。

他扫了一眼在场的枫铺镇的干部们,说道:

"各位,你们记住,中国搞'一带一路'倡议,终极目标是重塑全球治理体系,把世界从西方主导的'丛林法则'中解脱出来,走向共同繁荣的天下大同目标。我们不搞殖民,也不搞掠夺,我们要做的,是帮助欠发达地区摆脱贫困。

"'地球村'这样的概念,是西方人最早提出来的,但他们并没有真正地实践'地球村'的理想。而我们和他们不一样,我们知道,只有各国共同繁荣,世界才能和谐。如果地球上还有70%的人口处于贫困之中,这个世界是不可能和谐的。"

"这……"王柄森一下子有点蒙,他用狐疑的目光看着王梓杰,不知道对方说的是真是假。

王梓杰说的这些道理,王柄森当然也是听过的。报纸上、电视里说的都是这些。但王柄森觉得自己是个聪明人,他认为这些道理不过是说给别人听的,并不是国家的真实想法。

他的本科和硕士阶段接受的都是经典的西方经济学理论教育,西方经济学的鼻祖亚当·斯密就认为,人都是自私的,人人为自己,上帝为大家。国家间的关系也是如此,西方国家对发展中国家的殖民是理所应当的,是符合经济学原则的。那么,现在中国强大了,难道不应当学着西方的样子去做吗?

正因为有这样的认识,所以当他知道枫铺镇生产的那些劣质机床都是销往海外的时候,他是丝毫没有罪恶感的。我们又没有坑中国人,坑的都是那些落后国家的用户,有什么不行?

"王镇长,你是不是觉得王教授的话是在唱高调?"唐子风笑呵呵地开口了,一语道破了王柄森内心所想。

"没有没有,我怎么会这样想呢?"王柄森掩饰着否定道,但言不由衷,他说话的底气自然是有些弱的。

唐子风说:"这不奇怪啊!因为你是被西方强权理论洗过脑的,觉得弱肉强食是天经地义的事情,锄强扶弱反而是虚伪,是这样吧?"

王柄森不说话,显然是默认了。他对于唐子风说他被洗过脑这一点有些不服,他觉得人家西方人的理论就是对的,自己是被启蒙了,而不是被洗脑了。但他不敢与唐子风争论,因为他知道唐子风地位比他高,他不服也不能说出来,于是只能沉默了。

唐子风笑道:"我说你被西方人洗了脑,想必你是不服气的。我告诉你,西

第五百五十章 和谐共赢

方人懂个屁啊！中国人谈论天下的时候，西方人还在树林中茹毛饮血呢。他们不懂得和谐共存才是最高的境界，总觉得能抢到一点、偷到一点，就是占大便宜了。

"这也难怪，西方人没有历史，他们从来没有思考过超过十年的事情，他们信奉的是死后不管洪水滔天。

"从大航海开始，他们就在掠夺非洲和亚洲，靠着掠夺积累起了财富，过上了骄奢淫逸的生活。可当非洲和亚洲的财富都被掠夺完了，无力再供给他们时，他们的好日子就过不下去了。

"你看看今天的世界，有这么高的科技水平，原本可以让所有的人都过得很好，而实际情况却是，有几十亿人生活在贫困之中。这些贫困人口聚集的地方，往往成为世界混乱的策源地，欧洲也罢，美国也罢，都受到了威胁。

"这十几年来，美国深陷反恐旋涡，欧洲深陷难民危机，都是因为他们把事情搞砸了。欧美有这么强的技术、这么雄厚的经济实力，还有无数政治、经济精英，却把事情搞得一团糟，你不觉得这是一种失败吗？"

"可是……"王柄森想说点啥，话到嘴边又不知道该怎么说了。唐子风的这番话，可谓是颠覆了王柄森的三观，但他又不得不承认，唐子风说的这些是有道理的，他没法反驳。

王柄森也的确很认真地思考过这颗蓝色星球上的事情，很多时候也觉得困惑。

欧洲也罢，美国也罢，无论是政府还是民间，都是非常关心贫困国家的。君不见欧美的艺术家成天搞啥行为艺术，都是为了关怀贫困国家的儿童啊，枪击案啊，女性地位啊，那格局别提多高了。还有些大富翁，动辄为非洲捐款多少多少亿美元，建立了无数的基金会，还让太太去当基金会负责人，那爱心秀得不要不要的。

西方的孩子们也是如此，什么能够过滤脏水的净水书，什么能够发电的足球，都是那些西方孩子发明出来的，那叫一个真爱啊。

可是……没用啊！

非洲还是越来越贫困，南亚还是有百分之好几十的儿童营养不良，拉美还是遍地贫民窟。明星们拉着几个穿上新衣的非洲小姑娘拍照的时候，数以十万乃至百万计的非洲孩子正在遭受着饥饿。

作为一名中国的基层官员，王柄森知道很多中国的扶贫故事。这些故事里没有爱心净水书,没有爱心发电足球,却有着实实在在的成效。

西方国家比中国更有钱,扶贫的调门比中国政府高出百倍都不止,可为什么连1%的成效都没有取得?这难道不是一件怪事吗?

难道真的是西方人错了?

王柄森突然想到了一个很可怕的结论。

西方人错了,西方的理论错了,这怎么可能呢?

"没有什么不可能的。"唐子风说。

他从王柄森的脸上看到了对方的动摇,他也知道王柄森在想什么。西方的政治学、经济学理论,并非没有可取之处,甚至可以说,这些理论还是非常卓越的,都是出自一些大有智慧的大思想家。

唐子风自己也曾系统地学习过这些理论,如果没有一名合格的共产党员的高度,他没准儿也会成为这些理论的忠实信徒。

中国其实是有自己的一套思想体系的。但近代以来,中国的科技落后了,被西方的坚船利炮打开了国门,陷入了贫困与战乱之中。一代代有识之士为了寻求救国之道,引进了各种各样的西方理论,丰富了中国的思想体系,但也难免会出现一些食"洋"不化的情况。

随着中国国力的增强,中国人变得越来越有自信,对待西方理论也就逐渐由仰视变成了平视,甚至还有转向俯视的迹象。中国人开始意识到,西方理论中是有许多本质缺陷的,这与西方的历史太短有关。与中国五千年文明积累下来的智慧相比,那些西方的思想实在是太过于狭隘了。

"西方人主导世界的时代已经过去了,未来的时代是属于中国的。中国能够贡献给世界的,是更先进的全球治理思想,我们的目标是实现世界的和谐共赢。"

唐子风向众人郑重地说道。

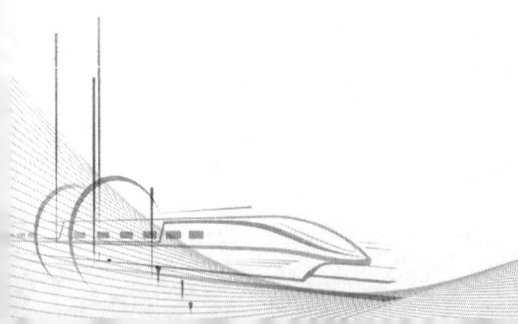

第五百五十一章 我们可算是开了眼界了

见王柄森被唐子风说得哑口无言,胡秋很自觉地出来救场了。他向唐子风问道:"唐总,你说的这个道理,嗯嗯,肯定是对的。可是这样一来,咱们中国人不就成了冤大头?咱们也是发展中国家啊,凭什么这个什么全球治理的事情要咱们出钱出力?"

唐子风没有直接回答胡秋的问题,而是转向王柄森问道:"王镇长,你也是这个想法吗?"

"这个……"王柄森又语塞了。他的确是有这个想法,但不能说出来,胡秋实际上是替他把话说出来了。不过,从另一方面来说,刚才唐子风的话对他的触动也很大,他觉得自己先前的想法可能是有问题的,只是一时还想不出自己错在哪里。

唐子风说:"这就是领导要派王教授带队到枫铺镇来的原因所在了。如果咱们的基层干部都不能理解国家的政策,类似枫铺镇这样的事情,未来会层出不穷。

"全球治理,追求的是多赢的结果,而不是让中国吃亏。你们光看到中国在'一带一路'建设中出钱出力,却看不到中国也是'一带一路'倡议的受益者,这就是你们的局限性。"

"唐总,关于这一点,还得请您给我们解惑。"王柄森说。

"我举个例子说吧。"唐子风说,"宝南是全球闻名的小家电生产基地,咱们的一些小家电,产量已经达到了全球产量的90%以上,这一点你们大家都知道吧?"

"知道知道!"一众镇干部点头不迭。

"但是,近几年来,宝南的小家电生产陷入了停滞,发展速度远不如前几年,这一点你们也知道吧?"

"这个……主要是因为市场饱和了,和我们宝南的企业是不是努力,关系倒不大。"副镇长李世伟辩解道。

过去也有经济学家跑到宝南来指手画脚,说宝南这几年经济发展速度慢,是观念问题啥的,宝南本地人对此是很不服的。

过去宝南的发展速度快,是因为宝南的企业在抢国外企业的市场份额,抢到一点就赚一点利润。现在宝南生产的小家电,已经占领了全球90%的市场,余下的10%中间,还有一些是国内其他省市的企业占着的。宝南的企业就算再努力,把这10%也抢过来,增长潜力也就那么一点点了。

市场就这么大,能怪我们吗?

李世伟刚才所说,就是想反驳那些经济学家的指责,在他看来,唐子风肯定也是要说这套陈词滥调。

谁承想,唐子风说的并不是这个,他对李世伟跷了个大拇指,说道:"李镇长说得很好啊!市场饱和了,企业再努力,也不可能做出更大的业绩。可是,如果我们能够把市场扩大,从20亿人口的市场,扩大到40亿、60亿,那么我们的企业是不是就有更大的利润空间了?"

"把市场扩大?怎么扩大?"李世伟有些蒙。

王柄森却是一下子就反应过来了,他说道:"唐总的意思是说,我们帮助'一带一路'国家发展,就是让那里的百姓也能够有消费能力,这样他们也能够买得起我们宝南的小家电,市场就扩大了?"

"正是如此。"唐子风说,"你们想想看,宝南的小家电,传统上就是出口到欧美。欧洲加上美国,最多再加上日本、加拿大、澳大利亚啥的,总共也就是10亿人吧?他们一年能消费多少小家电?

"如果我们能够把东南亚、南亚、中亚、西亚、非洲这些地方都开发出来,这就是足足30亿人口的市场。哪怕只有1/3的人口能够消费得起我们的产品,也就相当于开发出了一个新的欧美市场,这个市场还不够我们去做吗?"

"可是,这些地方如果发展起来了,他们也会造小家电,岂不是反过来争夺我们的市场?"李世伟呛声道。

"这个问题很好啊。"唐子风又夸了李世伟一句,"没错,东南亚、南亚、非洲这些地方,都是劳动力资源丰富的地区,他们一旦发展起来,就会争夺我们劳动力密集型产品的市场。

"但是,咱们中国难道要永远做劳动密集型产品吗?咱们的工人难道就不该干些技术含量更高的工作吗?咱们难道就不该像西方国家那样,靠高技术去

第五百五十一章 我们可算是开了眼界了

赚钱吗？"

"这个恐怕很难吧。"胡秋说，"人家西方人有技术，早就占着那些赚钱的产品了，他们怎么肯让出来？"

"这就是我们要做的事情了。"唐子风说，"咱们不能永远守着产业链的底端，我们要逐步地把那些辛苦的、没有技术含量的工作转移到欠发达国家去。而我们自己，则要成为装备制造商、高端材料供应商、品牌拥有商、技术标准制定商。

"西方人过去怎么从咱们这里赚钱，未来咱们也要怎么从其他国家赚钱。首先，我们可以到那些发展中国家建厂，把原来自己生产的小家电放到那些国家去制造，让当地的工人赚到工资，而我们赚到利润。

"其次，小家电的核心部件还是在中国制造的，而这些核心部件是利润最高的。相当于我们吃肉，别人跟着喝汤，这就是共赢的含义。

"再往上，生产小家电用的设备，比如各种机床，是由我们提供的。机床的技术含量比小家电高得多，利润也更高，我们赚的是这种高技术的钱。"

"那么日本人和德国人呢？人家不会买他们的机床吗？"李世伟脱口而出。

唐子风说："到目前为止，日本人和德国人在机床市场上的份额还是最大的，但我们的目标就是要挤占他们的市场份额。事实上，我们已经做得很好。在卢桑亚，长缨机床的声誉已经超过了日本、德国的那些知名品牌，假以时日，我们把日本、德国的机床完全挤出卢桑亚也并非不可能。"

"那可太好了！"胡秋感慨道，"过去我看过人家转的文章，说咱们国家的企业辛辛苦苦制造袜子、手套啥的，卖一集装箱的货也没有人家一台机床赚得多。现在咱们的机床也卖到国外去了，赚的钱可比过去多得多了。"

"这个，恐怕还是需要一些时间吧？"王柄森犹豫着说。

"其实也很快。"唐子风说，"王镇长，你想想看，咱们从新中国成立到现在才多少年？新中国成立的时候，咱们几乎没有造机床的能力，连钉子都要进口。现在咱们已经能够在国际市场上和机床强国掰腕子了。

"十年，或者二十年，对于一个人来说，可能是很长的一段时间，但对于一个国家来说，不过是短短一瞬。只要我们的道路走对了，不懈怠，在技术上打败欧美列强有什么难的？"

"我明白了。"王柄森点着头说，"我们实在是太狭隘了，眼睛只看到枫铺这一条山沟，想不到国家的大局。听了王教授和唐总这番教导，我们可算是开了眼界了。"

"光开眼界可不够。"王梓杰发话了,"小王,你现在告诉我,你知道你们犯的错误是什么吗?"

"我们不光生产质量低劣的机床,还仿冒了长缨品牌,坑害了非洲的用户。我们这样做,不仅破坏了国家的'一带一路'倡议,还败坏了国家的声誉,影响了唐总他们和西方国家的竞争。我们这种行为,当真是……呃……"

"算了,大帽子就别扣了。王镇长,现在道理你也懂了,我们的来意,你也明白了。说说看吧,你们枫铺镇准备如何处理这件事情?"唐子风说道。

"我们立即取缔所有涉事企业,让它们关门!"李世伟抢答道。

"还要罚款,重重地罚!一家起码要罚……10万!"胡秋也跟着支着儿,只是在说到罚款金额的时候,难免迟疑一下。乡里乡亲的,下手不好太狠吧。

"这样做,其实没啥效果。"王柄森皱着眉头说道。

"什么意思?"李世伟和胡秋都一愣。

王柄森说:"老李、老胡,你们也都是枫铺镇的老人了,你们觉得,光是取缔这些企业,再加上10万元的罚款,就能够震慑住这些人吗?"

"这个……"两个人都露出了尴尬的表情。

自家人知道自家事,枫铺镇就是靠着造假起家的,这些年也没少受到各种各样的检查、处罚啥的,关停企业的事情是家常便饭。但每一次风头过去,这些不法奸商又会死灰复燃,此前的处罚对于他们来说不过是毛毛雨,伤不着根本。

王梓杰一来就给王柄森等人扣了一顶帽子,说政治意识差。这就说明这一次的事情已经不是一个简单的不法经营的问题,而是一个影响国家政治大局的问题。在这样的问题面前,仅仅采取一些象征性的处罚手段,能过得了关吗?

别忘了,随同王梓杰、唐子风过来的,还有有关部门的张宇处长。如果枫铺镇拿不出一个让国家满意的处理方法,国家就会自己出手了。届时,一个小小的枫铺镇,能承受得起这雷霆之怒吗?

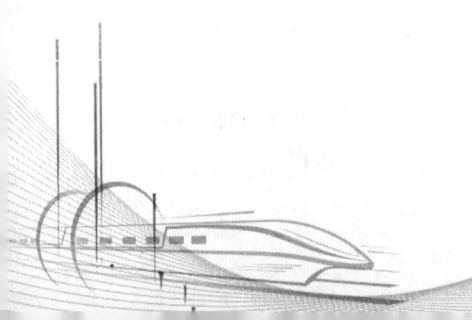

第五百五十二章 要动真格的

一项政策,一旦上升到政治高度,就不是可以随便糊弄的了,王柄森对这一点是非常清楚的。

枫铺镇机床造假,在非洲闹出了事情,如果仅仅是当成一个市场行为去看待,临机集团自己找宝南当地的工商部门来解决就可以了。就算担心宝南省搞地方保护,不愿意处理那些涉事企业,以临机集团的地位,在高层找人说句话,打个招呼,也不愁收拾不了几家镇上的小企业。

但现在来的却是大腕教授王梓杰,而且声称是领导派他来的,这就意味着国家是要拿枫铺镇立一个反面典型,狠狠地刹一下这种坑害国外用户的风气。国家搞的"一带一路"倡议,是百年大计,绝不容许有人为了短期利益而损害这个长远战略。

悟出这一点,王柄森就知道自己该做什么了,这是他将功折罪的机会。

"胡主任,通知所有的班子成员到镇政府来开会,人到了之后,所有手机都要上交,镇政府的人员不得外出。"

王柄森当机立断地向胡秋下达了命令。说完这些之后,他偷偷看了一眼那位张宇处长,发现对方脸上有一丝微不可察的笑意,这笑意让王柄森不禁有些后怕。

幸好自己反应得快……

镇里的一众干部迅速地到齐了。胡秋挨个地收缴着大家的手机,大家略微有些意外,但也没质疑。镇上过去也搞过几次这样的行动,也是同样的程序。大家更多的只是好奇这一回要做什么。

"咱们枫铺镇,从干部到普通群众,长期以来一直存在政治意识、法律意识不强的问题,发生过好几起影响极其恶劣的事件。虽然每一次我们都对这样的事件进行了打击,但打击力度不够,对违法分子缺乏震慑力,导致违法现象愈演愈烈,现在已经危及国家的整体战略,到了不得不出重拳打击的时候了。"

王柄森一张嘴便是上纲上线，让参会的所有镇干部都觉得心中一凛。有人开始注意到，在王柄森身边还坐着几个气度不凡的陌生人，一看就是从"上头"下来的大员。看起来，这件事真的很严重了。

接下来，王柄森便把枫铺机床在非洲惹出的麻烦向众人说了一遍，具体的细节他倒不用说得太清楚，因为干部们大多也知道一些。他重点讲的是这件事造成的恶劣影响，把刚才唐子风、王梓杰说的那些大道理又加了一些"作料"，重油重盐地复述了一遍。

"镇长，这件事……我觉得也没那么严重吧。就咱们那几家私人小企业，怎么就影响到国家的战略了？"有人质疑了。

众人都知道，此人的大舅子就是一家造假机床企业的老板，至于他自己有没有在企业里参股，那就是呵呵的事情了。

王柄森冷冷一笑，对那人说道："老刘，这件事情，国家已经定性了，严重不严重，不是你一个经管服务中心的主任说了算的，也不是我这个镇长说了算的。

"我给大家介绍一下，这位是人民大学的王梓杰教授，他是给领导讲过课的，这一次也是受领导的指派专门到枫铺镇来督办此事。

"我告诉大家，这件事情，性质非常恶劣，影响非常坏，涉事人员必须依法严厉地处罚。在座的各位，如果敢向涉事人员通风报信，敢为他们充当'保护伞'，也必将受到党纪政纪和国法的严惩，我希望大家不要自误。"

一席话说出来，眼见着现场有那么几位的脸变成铁青色了，再没人敢质疑。

"我们现在就采取行动。全镇的涉事企业一共有三十四家，在座的干部划片包干，一家也不能放过。首先，要控制住企业经营者，包括他们的家人。其次，要控制住他们的厂子和家，避免他们转移财产。

"临机集团的唐总为我们带来了这些企业在非洲销售劣质假冒机床造成损失的详细资料，还有用户索赔的文件。因为这些机床冒用国内知名企业的品牌，对这些企业的声誉造成了影响，这些企业也提出了赔偿要求。

"这一次，我们要让这些涉事企业彻底赔偿他们造成的损失，哪怕让他们倾家荡产，也在所不惜。如果不能让这些造假者受到真正的惩罚，他们未来会继续违法，而且也不足以威慑其他潜在的造假者。

"总之，一句话，这一次我们要动真格的。"

镇政府办事，还真有些雷厉风行的作风。王柄森一声令下，由机关干部、派出所民警和民兵组成的执法队伍便分头奔向了各家涉事企业以及经营者的家。

第五百五十二章　要动真格的

没等这些小老板反应过来,他们以及他们的家人已经被严格监控起来,工厂和汽车都被贴上了封条,家里的财产也被盯着,他们来不及转移。

镇干部中间倒还真的出了两个要钱不要命的,趁着别人不注意的工夫,偷着给自己的涉事亲戚发消息,让他们立即卷款出逃。谁承想,这些出逃的小老板刚到镇口,就被不知从哪冒出来的警察给截住了。据目击者称,这些警察的普通话很标准,一听就知道不是宝南本地的。

果然……

王柄森在得到消息之后,后背又出了一层透汗。

合着人家到枫铺镇来的时候,就已经布下天罗地网了,就看枫铺镇是不是识时务。如果他这个镇长哼哼哈哈不予配合,甚至暗中鼓动村民反抗,那么现在被按住的就不是那两个给涉事老板通风报信的蠢蛋,而是他这个镇长了。

镇上的其他干部反应比王柄森稍慢一拍,但经人点醒后,也都吓出了个好歹。到了这个时候,谁也不敢心存侥幸了。

取缔制假企业!

没收全部非法所得!

赔偿用户损失和国内大品牌的声誉损失!

承担所有相关费用!

罚款!

一条条处罚决定迅速地做出了。

在王梓杰的提醒下,王柄森没有忘记为每一项决定找到相应的法律依据。王梓杰他们此行的目的,就是要把枫铺镇的事情做成一个典型案例,当然不能留下违法的破绽。

唐子风事先便安排人在非洲做了详尽的调查,搜集到了枫铺镇这些造假企业造假、售假的铁证,并让受到损害的用户提出了索赔要求。临机集团有很强的法律团队,足以把所有的法律材料做实,王柄森不过是充当了一个工具人的角色而已。

"镇长,罗祖根闹得很厉害,说要钱没有,要命一条,宁可去坐牢,也不会拿出一分钱来赔给那些非洲人。"镇政府里,胡秋向王柄森汇报道,同时用眼睛偷偷瞟着仍守在办公室里等着看结果的王梓杰、唐子风等人。

"他的那些非法收入呢?"唐子风问道。

"都拿去盖房子了。"胡秋说,"他家建了一幢超豪华的房子,听说光装修就花了100多万。他现在在跟我们叫板,说我们有本事就把他的房子拆了。"

"那就拆呗。"唐子风笑道,"真以为要赖就可以过关吗?"

"这……"胡秋苦着脸,不知道该如何接话。在他想来,唐子风这话就是在抬杠了,那么好的房子,哪有说拆就拆的?

"拆!"王柄森断然地说,"老胡,你去告诉罗祖根,要么马上筹钱交纳所有的赔偿款,要么就马上从他新建的房子里搬出来。如果他交不上钱,房子就要没收,按枫铺镇平均房价的一半抵扣他的赔偿款。房子没收之后,马上就地拆除。"

"这……这是不是太可惜了?"胡秋心疼地争辩道。

当地人对房子是有执念的,许多人节衣缩食也要盖一幢好房子,那些靠走偏门赚了点钱的小老板就更是热衷于盖豪华小楼,以此来炫耀自己的财富。

他说的那个罗祖根,就是一个靠制售伪劣机床发了财的小老板,赚到钱之后立马就把原来的房子拆了,盖了现在这幢洋楼。这幢楼之豪华,在枫铺镇都是出了名的,具有地标性质。

罗祖根敢和镇政府叫板,是他坚信镇政府拿他的房子没办法。镇政府当然可以没收他的房子,但没收之后的处置是一件头疼的事。镇政府不可能把房子留在自己手上,只能按照规定进行拍卖。

在枫铺镇有一个不成文的规则,那就是大家都不会去购买政府拍卖的房产,因为大家会认为你是落井下石,这是很败坏人品的事情。

别人不出手购买,最后就只有原来的房主去买,由于没有竞拍者,原来的房主就可以把价钱压得很低。

想想看,政府没收一幢房子,用于冲抵10万元的罚款,最终这幢房子却被原来的房主以1万元的价格买回去,这不就成了一个笑话吗?

至于说政府把房子没收之后直接拆除,这样的选项是不可能存在的,造成的损失谁来承担?

"国家来承担。"

这是王梓杰给王柄森吃的定心丸。

几十万的罚款并不是目的,目的是要让制假、售假者看到国家打击制假、售假的决心。

那么,还有什么比直接拆了制假、售假者的豪宅更震撼人心的呢?

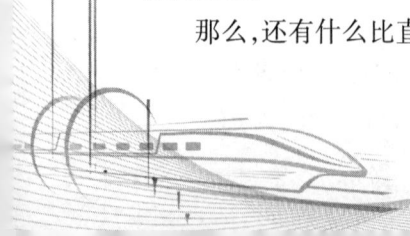

第五百五十三章 零容忍态度

轰！

一辆挖掘机的铲斗重重地砸下，一幢豪华小洋楼的半边墙壁立马就坍塌了。外墙上价格不菲的瓷砖变成一堆碎片，哗啦啦地落了一地。

"我的天啊！我不活了！"

现场外，一名妇人以头抢地，号啕大哭。她身边的两名女性亲友用力地拉着她，不让她冲上前去，但这二人的脸上也露出了惊恐的表情，不敢相信眼前的一切是真实的。

在拆房现场的周围，还有乌泱泱的围观群众。众人看到这一幕，一个个把嘴张得老大，不知道用什么语言来表达自己的震惊。

"罗祖根家的房子，就真的这样被拆了？"

"可不是！他跟镇上叫板，说绝对不赔钱，让镇上拆他的房子。"有知情人低声地说道。

"这不就是说句气话吗？哪有真的让镇上拆自己房子的？"有人辩解道。

"喊！这话也就是骗骗小孩子，明明就是在赌镇上没这个魄力。"

"人家住得好好的房子，花了100多万装修的，说拆就拆了？哪怕是没收了拍卖也好啊。"

"没收有用吗？别告诉我说你是昨天才到枫铺来的。"

"倒也是……"

"真狠啊，看来镇上这一次是真的要下重手了。"

"这可不是镇上要做的，就王柄森那个厌货，能有这样的魄力？这事啊，听说是通天了，来来来，我告诉你……"

如果说群众的智慧是无穷的，枫铺镇群众的智慧就是无穷的平方。在以往，这些人把他们过剩的所谓智慧用来发明各种各样造假的手法，同时也会匀出一点点用于揣摸政府的意图，因为他们要根据政府的意图来决定自己做事的底线。

枫铺镇以往也搞过好几次"严厉打击"的举动，甚至还有宝南省直接派人下来督办的。但每一次打击，都是雷声大雨点小。而枫铺镇造假的小老板们也学会了逃避打击的方法，遇到风头就跑出去躲一段时间，家里留下妻儿，就赌你政府拿他们没办法。

这一次，王梓杰、唐子风亲自到枫铺镇来抓反面典型，照着李世伟、胡秋他们的想法，自己只要做个姿态，比如把那些造假企业贴个封条，也就能够把上面来的人糊弄过去了。但王柄森悟出了问题的严重性，于是主动提出要变更打击方法，一定要让造假者感觉到恐惧。

王梓杰、唐子风这些人没有太多的农村基层工作经验，对于如何让一群乡下小老板感觉恐惧，缺乏直观的认识。于是王柄森告诉他们，对于枫铺镇的小老板们来说，房子就是他们的软肋。如果不仅仅是没收，还要当众把他们盖得美轮美奂的房子拆掉，经济上的损失是多少倒在其次，最重要的是会对他们的内心造成强烈的打击。

王柄森唯一觉得困难的是，房子是有价值的，镇政府没收违法者的房子，是用来冲抵他们的赔款和罚款，如果把这些没收来的房子拆除，就会造成经济损失，在财务手续上通不过。

这个问题，唐子风给解决了。他表示，为了给违法者造成震慑，达到杀鸡吓猴的效果，临机集团可以出资买下这些房子，然后直接拆除。

被选中作为吓猴鸡的那位罗祖根，听说镇政府要没收他的房子并当众拆除，直接的反应就是哈哈大笑，因为他丝毫不认为这种威胁会是真的。

一幢光装修就花了100多万的小洋楼，谁敢下手去拆？肯定是那个上头派下来的书生镇长想对自己搞什么恐吓手段，逼自己认错退赔。自己好歹也是干了几十年违法勾当的人，还会怕这样的恐吓？

让他万万没有想到的是，镇政府居然真的就这样做了。在几轮警告未果之后，镇政府从外镇请来了几辆工程机械，当着全镇百姓以及无数的直播镜头，把罗祖根的这幢豪宅给拆成了"二维"状态。

罗祖根在看到自家豪宅墙壁被洞穿的一刹那就瘫倒在地了，嘴歪眼斜，万念俱灰。他的老婆便是先前那个哭天喊地的妇人，但也只剩下这样的能力了。

被"邀请"前来观看拆房的，还有镇上的其他造假企业主，另外就是几个油头粉面的外地人，手上戴着手铐，身后跟着武警。知情人称，这几人正是向非洲

第五百五十三章 零容忍态度

倒卖伪劣机床的掮客,这一回也一并落网了。

看到罗祖根的房子被拆除,造假企业主们的心理防线都崩溃了,一个个拉着镇里的干部,声称自己错了,愿意退赔,愿意接受一切处罚……只要别动房子就行。

《枫铺镇采取雷霆手段打击造假售假行为,捍卫市场清明》《"一带一路"不是造假者的乐园,宝南枫铺镇下重手端掉一个特大造假窝点》《枫铺镇镇长王柄森称:对造假者将采取零容忍态度》……舆论迅速被引爆了,各种煽情的新闻标题配着拆房现场的图片和视频,一时间占据了吃瓜群众的眼球。

中国百姓大多吃过假冒伪劣商品的亏,虽然这些年假冒伪劣商品少了,但对于假冒伪劣商品的集体记忆并没有消失。看到造假者被严惩,尤其是他们用不法收入盖起来的房子被夷为平地,大多数人选择的都是点赞,同时用圈圈提醒本地政府,让他们有样学样,狠狠地收拾一下街上那些坑蒙拐骗的商家。

地方官员没那么情绪化,他们注意到了新闻稿中出现的"王梓杰""唐子风"等名字,并看到了王梓杰在接受记者采访时的相关谈话。官员们意识到,这件事情里最关键的因素是"一带一路",这是一个政治问题,是不能开玩笑的。

明白了这一点,各地便开始排查各类涉外项目,给前往"一带一路"地区经商的商人及其家属发温馨提示,要求他们在当地诚信经营,切不可做出损害国家战略的事情。

在这些温馨提示中,官员们还似乎不经意地提到了枫铺镇的事情,暗暗地警告某些心术不正的商人:别以为到外面去经商就可以为所欲为,你的家还在本地呢。

在这场舆情中,各种"良知"人士自然也是不会缺席的,他们纷纷从法律、人性、人情等角度谴责枫铺镇的做法,摆出"今夜我们都是罗祖根"这样的陈年调调。但网民中的"摸金党"很快就从这些"良知"人士几年前的微博中找出他们抨击造假、售假的言论,那个时候,他们质疑地方政府是造假、售假者的保护伞,质疑地方政府为什么不能把造假者的房子拆掉,以儆效尤……

咦,这不正是你们自己的诉求吗?我们照你们的要求做了,你们又说我们做错了。

我们真的很难。

王柄森没有被卷进这些舆论中,他在亲自带人拆掉罗祖根家的房子之后,便向上级部门提交了引咎辞职的报告,并主动申请到非洲去处理善后事宜。他也不得不辞职了,继续留在镇上,只怕是会被人打闷棍的。

也许是因为看到王柄森确有一些才华,也可能是因为上级部门想给他一个将功折罪的机会,王柄森很快就被任命为宝南省商务厅和技术监督局联合派驻非洲专门负责消费者权益保障的专员。

王柄森到非洲后,以枫铺机床事件为切入点,大张旗鼓地开展消费者权益保障工作,把国内一些行之有效的做法推广到了非洲,并找了不少媒体帮忙炒作,闹得家喻户晓。

非洲的工业品市场一向都是被西方国家垄断的,店大欺客,当地的消费者哪有什么权益可言?可现在,中国人不但带来了物美价廉的商品,还带来了如春天般温暖的服务,让非洲消费者真正尝到了当"上帝"的滋味。

作为第一个在海外建立消费者权益保障中心的省份,宝南省受到了中央的表扬,其做法迅速得到推广。多个外向型经济比较发达的省市都仿照宝南省建立了本省的海外消费者权益中心,随后,国家层面的消费者权益中心也建立了起来。

这些中心不但监督中国出口"一带一路"沿线国家(地区)的产品,还监督中资企业在这些国家地区的经营行为。一些原本打算在海外浑水摸鱼的企业受到了警告和打击,中资企业海外业务的拓展中鱼龙混杂的局面得到了极大的扭转。

"在海外保护消费者权益的做法,说明我们和某些发达国家的做法是完全不同的。我们没有把'一带一路'沿线国家(地区)看成产品倾销地,而是谋求与这些国家地区的人民共享人类工业发展的成就,帮助他们尽快摆脱贫困,实现小康生活。"王梓杰在接受记者采访的时候这样慷慨陈词。

由于海外消费者权益保护一事是枫铺镇事件的后续,王梓杰在国内被当成最早倡导这一举措的学者,这些天已经接受过无数次采访了。

"王教授,我们听说,宝南省派驻非洲的消费者权益保护专员王柄森曾是您的学生,您能证实这一点吗?"记者在采访结束之后,问了一个花絮性的问题。

"是的,他是我最得意的学生之一。"

王梓杰回答道,同时脸上露出恩师般的欣慰笑容。

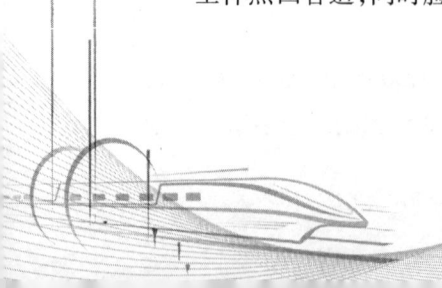

第五百五十四章　这就是本质的区别

"这就是你想出来的办法吗？"冈田清三把一摞报纸扔在永井宏的面前，怒气冲冲地质问道，"你说你能够把中国产品的信誉打败，可现在的情况却是中国人利用你创造的机会，做了更大的宣传。现在媒体上都在对比中国产品和日本产品的售后服务，我们染野公司二十年前的一些旧事都被翻出来了。

"有些媒体甚至还说，那些假冒的长缨机床，其实都是日本生产的，因为上面写的都是日文。

"我刚刚收到统计数字，我们这个季度的销售量又下降了，中国机床的销售量却是大幅度上升了。"

原来，临机此前遭遇的危机，正是出自永井宏之手。枫铺镇不法厂家假冒长缨机床的事情已经有一段时间了，而且有些用户并不知道自己买到的是假冒的长缨机床，只是他们对机床品质的要求并不高，买几台山寨版的"长缨"机床也能应付。

永井宏是偶然听说此事的，他觉得有机可乘，便出钱收买了几个当地记者，安排他们去对那些使用假冒品牌机床的用户进行调查，搜集了一些黑材料，巧妙组织之后，便把脏水泼到了临机的头上。

永井宏当然知道这种伎俩只能起到短期的作用，假的就是假的，临机集团要想澄清事实并不困难。更何况，在当地还有一位极具人气的"宁校长"，只要他站出来为长缨机床正名，大多数的企业主就会相信。

永井宏想要的，只是暂时打临机一个措手不及。在他想来，临机集团知晓此事，再派人调查，还有各种善后，怎么也得拖个一年半载的。在这段时间里，染野如果采取一些积极的行动，比如做一些促销，很有可能从临机手里夺回一些市场份额，这就足以让永井宏向总部吹嘘自己的能力了。

他没有想到的是，中方的反应会如此迅速。前后也就几周时间，中方非但调查清楚了事情的原委，还派出了人员前往卢桑亚对受损失的用户进行赔偿。

几台机床其实值不了多少钱,临机集团直接回收了那些假冒品牌的机床,向受损失的用户赠送了崭新的正牌长缨机床。借这个机会,临机集团展开了一轮强大的宣传,推出了"先行赔付"之类的新的售后服务条款。

更有被临机买通的记者,口口声声自称是独立记者,不代表任何一方利益,写出来的稿子却是赤裸裸地吹嘘中国机床,贬损日本机床,并找出了许多陈年事例来说明日本机床企业曾经如何傲慢地对待非洲用户。

"天下苦倭久矣",这是记者在一篇文章的最后发出的感慨,当然,译成当地语言之后,多少还是少了一些韵味。

而此时,由冈田清三提出的降价促销方案还在日本总部进行马拉松式的讨论,没有三两个月估计是不可能讨论出结果的。

一方是雷厉风行,化被动为主动;另一方是犹豫不决,眼睁睁地看着到手的主动变成了被动。到了这个地步,永井宏也回天无力了。

"在绝对的实力面前,那些技巧都是徒劳的。"永井宏叹息道,"中国人是在真正地经略非洲,而我们只是想从非洲赚钱,这就是本质的区别。"

"不,日本曾经也是充满雄心的,我们曾经赞助过无数的国际发展项目,包括对非洲的各种援助。不过,那都是昭和年间的事情了。进入平成时代以来,日本人的雄心便衰退了,只是执着于眼前的繁荣。而中国人,却在这个时候开启了他们的征途。"冈田清三带着几分回忆感慨道,说到这,他拍拍永井宏的肩膀,"永井君,我已经老了,马上就要回去享受我的退休生活了。你还年轻,日本的未来就交给你们这一代了,努力吧。"

"放心吧,冈田总裁,我会努力的。"永井宏恭敬地应道。

一个月后,冈田清三被染野总部调回日本,随后很快就办理了退休手续。根据冈田清三的推荐,永井宏被任命为降格之后的染野公司非洲办事处负责人。

不过,永井宏很快就有了一个新的职务,那就是中国临河机床集团公司非洲销售中心的高级专员,他的主要职责就是挖各家日本机床企业的墙脚,把它们的老客户介绍给中国公司。这就是后话了。

就在永井宏兢兢业业地为中国东家奔忙的时候,越南侯板工业园区里,美国特威格公司侯板工厂的总经理汉斯利正在向工业园区管委会主任阮德大发雷霆:

"阮德先生,你们承诺的配套体系什么时候才能建立起来?我现在连一个

第五百五十四章 这就是本质的区别

维修机床用的螺丝都要从中国买,如果是这样,我们当初为什么要从中国迁过来?"

"汉斯利先生,非常抱歉,我们一直在努力。不过,正如你们西方人喜欢说的,罗马并不是一天可以建成的。我们上个月刚刚引进了一家模具工厂,这也是为了和你们这些园区企业配套而专门引进的,我们为此付出了很大的代价。"阮德用疲惫的声音回答道。

说句良心话,阮德是真的想对汉斯利等外企高管更客气一些,但他现在已是心力交瘁,想打起精神来与对方交流也难以办到。

听阮德说起模具厂,汉斯利又是气不打一处来,他说道:

"你说的是那家自称从中国井南搬过来的模具工厂吗?那是一家完全不入流的企业。他们生产的模具完全达不到我们所需要的精度,而且稍微复杂一点的模具他们就造不出来,还说要从中国总部调货。"

"他们哪里是从他们的总部调货,他们分明就是回中国找其他的模具厂订货,然后再加价卖给我们。那根本就不是什么模具厂,只是一家中国模具代理商罢了!"

"我想,这仅仅是开始吧!它的厂长向我承诺过,明年他们会购置一批新的机床,提高生产能力……"阮德硬着头皮说道。

不干不知道。阮德最早被任命为工业园区管委会主任的时候,的确是踌躇满志的。他亲自带队去考察过中国的多个工业园区,并自以为了解了中国成功的秘诀。他全盘照抄中国那些工业园区的管理规章,然后便开始大规模招商引资,说得更直接一点,就是挖中国那些工业园区的墙脚,用更优惠的条件把原来在中国的外资企业挖到越南来。

阮德赶上了一个绝好的天时,那就是美国"大统领"在此时发起了对中国的贸易战。为了避免受到贸易战的影响,一些跨国公司开始计划把生产基地迁出中国,而越南便成为他们选择的目标。

在阮德看来,只要把这些外资企业吸引过来,工业园区就能红红火火地运转起来,就有了就业和税收,侯板工业园就会变得如他去考察过的那些中国工业园区一样繁荣。

想象总是美好的,但现实很骨感。特威格等一批外资企业入驻之后,各种各样的问题便暴露出来了。园区管理上的事情,比如工作人员办事拖沓以及向园区企业索要好处等等,都还在阮德能够理解与控制的范围之内,生产过程中的种种瓶颈,则是阮德完全感到陌生并且束手无策的。

首要问题,就是各家企业抱怨在当地招收不到合格的工人。侯板工业园在一开始就把自己定位为高端工业制造园区,拒绝接收没有技术含量的纯劳动密集型企业。可是,高端制造业需要的是具有一定技能的工人,而这种工人在越南恰恰是极其缺乏的。

中国工业化的过程比越南开始得早,改革开放前的国有企业、集体所有制企业以及改革开放后涌现出来的大批乡镇企业,培养出了数以万计的熟练工人。外资企业进入中国后,能够很快地招收到足够多的熟练技工,稍加培训即可适应生产要求。

越南没有经历过这样的过程,要培养出足够多的熟练技工,需要相当长的时间积累,而阮德却没有这样的耐心。

如今,园区里的许多企业都不得不花高薪从中国招聘熟练工人来充实核心岗位,这对于企业来说是一笔很大的开支,对于阮德来说则是一种羞辱。由于中国工人的薪酬标准比越南本地工人高出若干倍,越南本地工人极为不满,这种民意上的压力也是阮德不得不承担的。

工人的问题还有解决的余地,生产配套的问题却是几乎无解的。在被引进的企业开始生产之前,阮德以为一家企业是能够独立生产出产品的。及至这些企业完成设备安装,开始进行生产,阮德才知道,这个世界上还有"产业体系"这个概念,一家企业要生产出一件产品,需要数十家甚至数百家企业提供配套,少了其中任何一个环节,生产都无法进行。

而这,才是中国最强大的竞争优势所在。

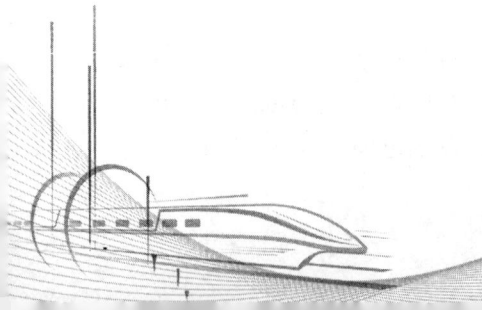

第五百五十五章　并不是一个不可接受的选择

　　特威格工厂是制造小型家电产品的,产品中的电子元器件和一些标准件都是外购件,以往也是进行全球采购,运到中国与运到越南并没有太大的区别。当然,越南港口的吞吐能力与通关速度,与中国相比也有一些差距,但总还在可忍受的范围之内。

　　除了外购件之外,特威格工厂自己还需要生产外壳和一些结构件,另外就是要进行产品的组装。外壳是冲压成型的,这就涉及冲压模具的问题。模具的制造需要一些专用设备,特威格工厂当然不可能自己去建一个模具车间,其使用的模具,一向都是由专业的模具厂提供的。

　　在中国的时候,特威格工厂所在的芮岗市有几十家专业的模具厂,设备非常先进,也有多年的模具制造经验。特威格工厂需要什么样的模具,只要打个电话,立马就有人过来接洽,了解具体需求。最快几个小时,合格的模具就能够被送到生产线上,与整个生产过程几乎可以说是无缝衔接。

　　也正因为这样,汉斯利从来都没觉得模具是一个值得关心的问题,似乎只要他在办公室里说一句"要有模具",模具就会出现在他的面前。

　　来到侯板工业园,汉斯利就抓瞎了。别说在侯板,就是在整个越南,他都找不出几家水平足够高的模具厂。要在越南国内订购一套模具,供货周期之长,足够汉斯利新建一家企业来制造这些模具。

　　无可奈何,汉斯利只能让自己的生产经理去联系远在中国芮岗的模具厂,请他们提供模具。有些过去就采购过的模具倒也罢了,对方可以拿着原来的图纸生产。有些新产品的模具,需要模具厂的工程师上门来实地测量,这可就麻烦了。

　　不说从中国过来的路途距离,光是签证,就要花费好几天时间。为了一套模具,人家厂家还真不愿意去费这个工夫。当然,如果特威格愿意付几倍的价格,厂家勉为其难地派人跑一趟也是可以的。

和特威格一样有模具需求的企业,在园区里还有十几家。大家天天在阮德面前呼吁,让阮德务必引进一家模具企业,为大家提供服务。

阮德研究了半天,终于明白模具厂对于一个工业园区的必要性。即便模具厂不在园区内,至少也应当在园区周边,以便及时地为园区企业提供服务。

弄明白了这一点,阮德便安排人去引进专业的模具厂。越南国内的模具厂,阮德是指望不上了,因为模具生产是处于产业链上游的,以越南的工业化水平,还到不了这个层次。阮德瞄准的,依然是中国。

阮德派出的招商人员在中国碰了无数的钉子。那些中国的模具企业对前往越南办厂并没有太大的兴趣。他们的理由是,越南的工业规模太小,难以达到模具企业的基本生产要求。

模具是生产过程中的消耗品,一套模具可以生产出数以万计的产品,所以企业更换模具的频率并不高。而精密模具的加工需要使用多种设备,铸造、锻造、切削、热处理等,全套设备下来,投资非常大。

在更专业化的生产体系下,模具厂也会把一些生产环节外包出去,交给更专业的企业完成。比如有些模具厂自己并不生产模具毛坯,而是请专门的企业完成毛坯铸造和锻压的过程,自己只做后期的切削,这同样需要一个完整的配套体系。

侯板工业园的入园企业并不多,产生的模具需求非常有限。而工业园周边无法提供与模具制造相关的配套,哪家模具企业要到侯板去建厂,就必须投入一笔不菲的资金,建立起一套自给自足的生产体系,资金回收将是一个极大的问题。

最终,侯板工业园只从井南引进了一家不入流的小模具厂。这家厂子愿意来侯板的原因在于阮德给出了一堆优惠条件,诸如几年免税、土地免租金以及优惠贷款等等。这家厂子,也正如汉斯利说的那样,其实只是一个代理公司而已,它自己能够制造一些简单的模具,至于复杂和高端的模具,它就只能回"总部"去"制造",其实就是回中国去找其他模具厂订货。

好处在于,至少汉斯利不需要自己跑去中国了。这家小模具厂虽然生产设备不怎么样,好歹也是有模具生产经验的,能够弄明白各家企业对模具的具体要求,从而降低了生产企业与远在中国的模具厂之间的沟通成本,也算是部分地满足了各家企业的需求吧。

模具只是生产中涉及的配套问题之一,类似的问题还有无数个。比如说,

第五百五十五章　并不是一个不可接受的选择

生产设备出故障了，只是需要换一个螺丝而已，搁在过去，厂里的维修工自己跑到大街上随便找家店铺，就能够买到一个用于替换的螺丝，但在侯板，这就成了一个难题。

侯板工业园里倒也有两家标准件商店，但品种极其匮乏，大多数时候，特威格工厂需要的配件，在这里都买不到。当然，在别处也同样买不到。

两家标准件商店的老板都是中国人，服务态度很好。他们告诉汉斯利，因为园区的企业太少，对标准件的需求量小，所以有些比较小众的标准件，他们就没有备货。

但是，只要企业提出具体的规格需求，他们立马就可以从中国订货，发运过来也就是三五天时间吧。

什么？机器上等着用，一天也等不了？

哎呀，你现在不是在越南吗？不能总用在中国时的眼光来看问题吧？

机器趴几天窝要什么紧呢？也就是耽误几天的生产而已。越南的人工费这么便宜，就算是白白给工人发几天工资，也损失不了多少钱的，是不是？

还有，要从中国订货过来，价格也是一个问题，你总得给我加一点运费吧？一个螺丝100元人民币不算贵吧？你算算，光是叫个快递就得花多少钱了，越南……可不是包邮区哦。

"我真后悔，真的！"汉斯利化身为祥林嫂，见人就叨叨，"我只知道越南的人工便宜，却没想到便宜是有代价的。在中国的时候，一切生产问题都不需要我操心，我可以天天去打高尔夫球，丝毫不会影响到我的工作业绩。到越南来，我每天都在应付各种莫名其妙的问题，甚至于采购一卷封箱胶带的问题，都会成为生产上的瓶颈。

"因为窝工而额外付出的成本，远比省下来的劳动力成本要多得多，这还不算因为这些本地工人的工作失误而造成的损失。我们的产品良品率比在中国生产的要低一个数量级，这几个月我们收到的客户投诉比过去十几年加起来的还多，为这事，我已经被总部警告过好几回了。"

"是啊！我也觉得，把工厂从中国迁到越南来，是一个极大的错误。"

这是与汉斯利同时来到侯板工业园的另一位美国企业高管的感慨。园区有一家很有美国范儿的咖啡馆，平日里高管们都会到这里来坐坐，互相倒一倒苦水，也算是一种慰藉吧。

这个话题一说开，大家的牢骚就都出来了：

"这都是因为我们那位'大统领'的脑洞！"

"可不是吗？如果不是他声称要对原产于中国的产品加税，我们又何必跑到越南来生产？"

"这不也是我们自己的选择吗？我们贪图越南的廉价劳动力，这是主要的原因。我记得在座的各位都抱怨过中国的劳动力成本太高了。"

"劳动力成本啥的，我倒是不在乎，我只是觉得，中国人给的优惠条件越来越少了，没有越南人慷慨。"

"……或许是吧。我想，我先前对中国人的恶感是不对的，他们非常勤奋，也非常聪明，他们有资格享受他们的发展成果。"

"不不不，汉斯利先生，我觉得你只是嫉妒中国人而已。"

"可是，你不得不承认，他们抢走了美国工人的就业机会，而且他们的企业成长得非常快，美国的很多传统优势产业都已经被他们占据了。去年中美贸易逆差达到了3000亿美元，美国市场上的消费品都是中国制造的，而美国卖给中国的却是天然气和大豆。我们和中国，到底谁才是发展中国家呢？"

"醒醒，汉斯利，你是不是被'大统领'的演说给洗脑了？你只是一个职业经理人而已，你需要对董事会负责，而董事会需要对股东负责，美国工人的就业机会，和你有什么相干？再说，就算特威格工厂迁出了中国，你们也并没有迁回美国去，美国工人依然没有得到就业机会。"

"迁回美国？你不是在跟我开玩笑吧？就美国工人的薪酬标准，还有动不动就罢工抗议的做派，谁敢把工厂迁回美国？"

"这不就对了吗？那么，汉斯利，你有没有考虑过把工厂再迁回中国去？"

"我想……这或许并不是一个不可接受的选择。"

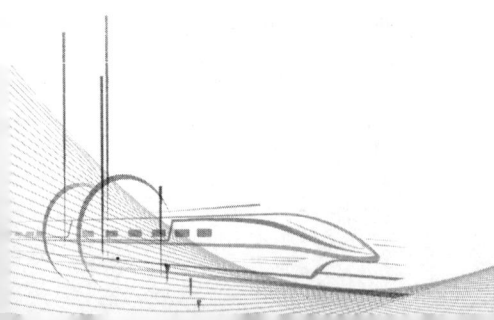

第五百五十六章　明确自己的产业定位

"侯板工业园目前面临的困难主要是，由于我们国家缺乏一套独立自主的工业体系，许多产业都严重依赖中国。"

侯板工业园管委会的会议室里，阮德向前来视察工作的国家工商部负责人范明山汇报道。

短短两个月时间里，侯板工业园已经有十五家入驻园区的外资企业离开了。说它们离开，其实也不准确，因为它们的车间还在，还有少数的工人在工作。这些工人的主要职责，就是在从中国运来的产品上贴"越南制造"的标签，然后重新装箱送往码头，让这些产品漂洋过海出现在美国市场上。

建立侯板工业园的初衷，显然并不是让它成为一个贴标签的地方，而最早的时候，这些企业也的确把生产设备运过来了，并且进行了一段时间的生产。

在这些企业生产的过程中，阮德不断地接到企业主们的抱怨，说园区难以为他们提供必要的配套支持。阮德带领他的团队尽了最大的努力试图去解决这些问题，但问题越来越多，最终酿成了企业的外流。

阮德很清楚地记得，有一家名叫特威格的美资企业，是他亲自从中国芮岗撬过来的。特威格工厂的总经理汉斯利曾信誓旦旦地说要在侯板工业园再创辉煌，为当地提供不少于1000个就业岗位。

断断续续地生产了大半年时间，汉斯利最终还是带着特威格工厂返回芮岗去了。据说芮岗那边因为他离开的事情给了他一些脸色，有些过去享受的优惠条件也被取消了。可就是这样，汉斯利依然义无反顾地回去了，这让阮德觉得自己很失败。

在与一些离开的外资企业高管谈过之后，阮德终于明白了自己所欠缺的是什么——

一套覆盖全产业链的工业体系。

这不是侯板工业园自己能够建立起来的，需要举全国之力去建设。

"园区企业使用的生产设备,大部分是中国制造的,即便有一些是从欧洲、美国、日本等地区和国家引进的,在中国也可以找到替代品,在中国国内能够完成常规的维护,这就是这些企业能够在中国保持稳定生产的关键。

"而越南并没有这样的装备制造能力,甚至连维护这些装备的能力都不具备。一些最简单的设备维修,企业都要到中国去请修理工,所有的配件都要从中国进口。

"这样一来,企业的生产成本就增加了。一台设备损坏,就会导致整条生产线停滞。而维修这台设备,却需要许多天的时间。

"园区的很多企业都表示,除非在越南国内能够解决这些问题,否则他们不敢扩大在越南的生产规模。"

阮德疲惫地说道。

"可是,我们其他的一些工业园生产情况还是很不错的。虽然也有过类似于侯板工业园这样的问题,但那些园区的外资企业并没有大批地撤离。"范明山提醒道。

阮德苦笑道:"部长,侯板工业园和其他那些工业园区的定位是不同的。其他那些工业园区主要承接一些低端的出口加工业,它们主要的生产设备也就是缝纫机、注塑机、电烙铁,这些设备没有什么技术含量。

"对了,即便是这些没有技术含量的设备,大多数也是从中国进口的。中国人不在乎把这些产业转移到越南来,所以他们为这些产业建立起了完备的销售服务体系。比如说,中国的每一家缝纫机厂,在越南都有销售服务中心。他们销售的缝纫机质量好、功能齐全,而且非常便宜。"

"那么,你就不能让中国的那些机床企业也到侯板工业园来建立他们的销售服务中心吗?"范明山问。

阮德说:"这很难。其实,中国的一些机床企业也的确在越南建立了销售服务中心,但他们的服务中心只为一部分中低端机床提供服务,高端机床的服务还是要回中国去完成。"

"这是为什么呢?"范明山的助手黄春荣问道。

阮德说:"我曾经和他们谈过,他们给出的理由是,越南的高端机床用户太少,而高端机床的售后服务需要专业性更强的人员和设备,越南的市场不足以支撑起这样一个服务体系。"

"这或许只是一个借口吧?"黄春荣说。

第五百五十六章　明确自己的产业定位

阮德点点头:"的确,这只是一个借口。真实的原因是,中国人不希望那些需要使用高端机床的企业到越南来建厂,他们用这样的方法给那些企业设置了障碍。"

"这是一种无耻的行径!"黄春荣怒道。

阮德看着黄春荣,脸上露出一个无奈的笑容。其实,他更想向黄春荣嘲讽一句:

拜托,别这么天真行不行?

国际产业转移,从来都是把自己不想做的低端产业转移给别人,利润高、工作轻省的高端产业,谁不是努力捂在自己的手上?

中国在改革开放之初,从国外承接的也是最苦最累的那些产业,几亿件衬衫换一架空客 A380,就是对当时中国面临的国际产业分工的描述。

中国成功地实现了产业升级,开始把低端制造业转移到东南亚、南亚、非洲的发展中国家,自己开始搞大飞机、5G、高铁等处于产业链上游甚至顶端的项目,但这种升级并不是来源于西方国家的恩赐,而是人家扎扎实实自己做出来的。

想当初,中国想进入高端制造业,西方人同样向他们封锁了高端机床等各种装备。就在眼前,当中国人试图冲击高端半导体产业时,ASML(荷兰阿斯麦尔公司,半导体设备制造商)也在美国人的压力下,拒绝向中国出口极紫外线光刻机。

人家辛辛苦苦搞高端装备,图的不就是自己能够进入产业链上游吗?人家凭本事搞出来的装备,凭什么要拿给你使用?

阮德原来并没有认识到这一点,在侯板工业园当了一年多的管委会主任,他才逐渐意识到了啥叫独立自主的工业体系。你的工业体系不独立、不自主,人家就可以"卡"你的"脖子"。你想要的东西,人家想给就给,不想给就可以不给,你一点办法都没有。

失去工业体系上的独立性,你就只能乖乖地在产业链下游待着,给别人当苦力,赚一些辛苦钱。

阮德是一个胸怀大志的人,正如他的领导们也都是胸怀大志的领导一样。他们想要像自己的北方邻国一样富裕起来,不想苦哈哈地待在产业链下游,这就是他们的苦恼。

"阮德,你有什么想法?"范明山问道。他不像黄春荣那样幼稚,知道有些事是不能指望别人的。

阮德说："我觉得，我们的国家应当励精图治，要把那些最关键的技术掌握在自己的手上。我研究过中国的工业史，中国人从一开始就立志于建立独立自主的工业体系。

"他们在引进技术的时候，从来都不满足于获得设备本身，而是要求对方转让设备的制造技术，他们把这个叫作'市场换技术'。

"通过这种方法，他们获得了来自西方的大批技术，又在这些技术的基础上进行创新，从而形成了自己拥有独立知识产权的技术。

"他们之所以能够这样做，得益于他们是一个社会主义国家，国家能够对生产行为进行管控，能够集中力量办大事。我们也是一个社会主义国家，我们也能够集中力量办大事。我相信，如果我们学习中国的方法，那么就一定能够建立起自己的工业体系，摆脱对其他国家的依赖。"

"你的这个想法，或许是对的。"范明山说，"不过，你可能还忽略了一个重要的因素，那就是中国是一个大国。所谓独立自主的工业体系，只有一个大国才能负担得起。

"中国有航天工业、核工业、电子工业、重化工产业，这些产业是互相配合的。就像你说的高端机床，中国人研制高端机床，是为了支持他们的航天工业。我们研制高端机床，能用来干什么？仅仅是为了给侯板工业园的几家企业配套吗？"

"这……"阮德哑了。

范明山说的这个问题，阮德并不是没有想过，但他的思维是局限于侯板工业园的。他觉得，即便侯板工业园的规模不足以支撑一套装备工业体系，整个国家呢？难道也不行？

可范明山的话却让他得到了一个不愉快的答案：整个国家也做不到。

"阮德，我们做事情要务实。"范明山说，"侯板工业园的问题，就在于好高骛远，引进了一大批越南的产业体系根本无法支撑的项目，结果让自己陷入了被动。

"就目前来说，我们应当明确自己的产业定位，不要看不起那些低端产业。没错，那些产业是中国正在淘汰的，但对于我们来说，还是非常有价值的。做好这些产业，就能够让我们的经济得到快速发展。

"至于说和中国竞争的问题，这的确是我们的国策，但同时也是一项长期的国策，不是短期内能够实现的。我们现在要做的，就是和中国更好地合作，争取他们对我们的更多的支持。"

第五百五十七章　观望才是我们的最佳选择

法国,凯兰机床公司。

董事长索拉特在自己的办公室里接见了内阁官员卡迈恩,在一旁作陪的是公司销售总监多米克。

"卡迈恩先生,我们已经有一些日子没见了,你怎么有空跑到我这里来了?"索拉特笑呵呵地问道。

"我的老朋友,你应当知道,我一向是被安排去干各种不讨人喜欢的事情的。所以,这一次到你这里来,恐怕也要给你添麻烦了,希望你不要怪罪我。"卡迈恩苦着脸,给索拉特打预防针。

索拉特的脸上笑意不减,说道:"卡迈恩,不要说这种伤感情的话。我知道,你不管做什么,都是奉命行事,你的所作所为,不过是职责所在,我怎么会怪罪你呢?我只是好奇一点,这一次,内阁又想搞什么名堂?"

"我想你应当有所耳闻吧,还是上次七国集团会议上的事情。"卡迈恩隐晦地说道。

"你是说,我们的政府已经决定听从美国佬的安排,对中国下手了?"索拉特问。

"这或许也是为了欧洲的利益吧。"卡迈恩分辩道,只是他的话听起来有些底气不足,显然是自己也不太相信这种说辞。

七国集团会议是上个月召开的,媒体上对这次会议有很多报道,索拉特在政府里有一些人脉,所以还了解到了一些不便于在媒体上公开的内情。

这一次的七国集团会议,基本上是美国在唱独角戏,其他国家都是被美国召集过来的,或者照一些偏激的评论家的话来说,是被美国裹胁进去的。

美国在会议上只谈了一个问题,就是如何遏制中国的发展。

美国的"大统领"上台伊始,就启动了对中国的贸易战。他大幅提高从中国进口商品的关税,对一些中国商品开展反倾销调查,还动用行政手段,迫使在华的美资企业迁出中国。

这些手段,在以往的国际贸易中也是经常出现的。但像美国这样的一个大国,用如此大的力度,同时动用多种手段向另一个大国发难,这就很不寻常了。

"大统领"是商人出身,一向擅长玩弄极限施压策略。他认为他的前任们所开展的对华遏制措施过于软弱,未能达到一剑封喉的效果,他要超越他的前任们,要毕其功于一役,用一套凶猛的"组合拳",一举把中国"打回原形"。

"大统领"这样想,是有依据的。在过去若干年中,国际经济学界对中国经济进行了多方位的评价,得出的结论之一,就是中国经济的发展完全得益于国际贸易。据某些专家测算,中国的外贸依存度已经达到了150%以上。也就是说,如果中国的外贸全部归零,GDP的增长率将变成负数,中国将陷入萧条。

那么,美国的打击能够让中国的外贸归零吗?经济学家们给出的答案是肯定的。

这些经济学家认为,中国没有核心竞争力,缺乏原创精神,产业大而不强,只是一个"虚弱的巨人"。更有学者利用各种左道旁门的数据推算,得出中国经济实际上已经崩溃的结论。

如果这些经济学家都是美国人,"大统领"对他们的观点或许还会有些怀疑。关键在于,认为中国经济已经崩溃的学者中间,相当一部分来自中国。这些人是中国各高校和科研院所里的大腕儿专家,理论上应当是掌握了这个国家最核心的数据,从立场上说,也应当是倾向于为中国说好话的。

可就是这样一批人,也认为中国经济是脆弱的、浮夸的,是一击即溃的,"大统领"岂能不信?

一场国际贸易上的闪电战就这样打响了。"大统领"没有给中国任何反应的时间,直接就颁布了若干条法令,开始从各个方面扼杀中国经济。

雷声很大,雨点也不可谓不密集。在贸易战刚刚启动的时候,中国也的确被打了个措手不及。许多企业的出口订单突然就被取消了,一些国际合作也突然就中断了,还有许多在华的外资企业蠢蠢欲动,打算迁往国外。

舆论场上更是热闹,大批专家学者纷纷发声,预言"今年将是最困难的一年",结果被网友扒出来他们在过去十几年间每年都要发出同样的预言。一些公众号把各地零星的案例凑在一起,声称中国已经出现了"外资出逃潮""破产潮""失业潮",吓坏了不少心理脆弱的"花花草草"。

一阵喧嚣之后,人们开始慢慢回过神来了。贸易战的确在打,但老百姓的

第五百五十七章　观望才是我们的最佳选择

日子也还要继续过下去。要过日子，就离不开锅碗瓢盆、袜子衬衫，中国是"世界工厂"，全世界的商品一半都是在中国生产的，"大统领"颁布的法令再多，能代替一个拥有2亿产业工人的生产基地吗？

最早对中国供应商取消订单的那些美国批发商又腆眉卒眼地回来了。还是原来那些商品，数量上还得再加几成，因为圣诞假期快到了，而且谁也不知道"大统领"下一步会整出什么幺蛾子，趁着现在还能进口，还不多备点货？

"大统领"提高了进口关税，这些额外的关税，总是需要有人来承担的。照着美国批发商的想法，这些关税当然应当由中国的供应商来承担，承担的方法，就是降低出厂价格。

"否则的话，我们就只能考虑从其他地方采购了。"这是美国批发商们的威胁。

"不好意思啊，我们过去的价格已经是成本价了，再降价是不可能的。至于说从其他地方采购，嗯嗯，那就悉听尊便了。"中国供应商的态度很温和，立场很坚定。

"要不，咱们两家各承担一半吧？"美国批发商退了一步。

没办法，中国商品价格便宜、质量可靠，早已获得了美国消费者的认同，你从东南亚采购一批商品回去，就算价格更便宜一些，消费者也不会接受。更何况，美国消费者大手大脚惯了，买啥都是成箱成打地买，3亿多人的需求，除了中国之外，还有哪个国家能供应得上？

"降价是不可能的。看在多年合作的分上，这一次的商品，就还是照着老价格吧。不过，下一批商品，我们要涨价10%……"中国供应商回答道。

"为什么还要涨价？"

"因为贵国发起的贸易战提高了我们的生产成本。"

"可是，这样一来，我们就完全没有利润了。"

"你们也可以涨价啊！关税的钱，让美国消费者承担就好了。对了，这些关税反正也是美国政府收的，就权当是美国百姓在为国分忧了……"

于是，贸易又恢复了，规模甚至比此前还扩大了一两倍。美国的批发商人要囤货，美国消费者也担心未来商品价格会进一步上升，因此同样加大了购买量。

与专家们描述的情况不同，中国商品并非没有竞争力，即便是加上了额外的进口关税，也丝毫不影响美国消费者对它们的青睐。只是，美国人在购买这些商品的时候,将不得不向"大统领"交纳一笔不菲的"买路钱"。

制造业向美国大规模回流的现象并没有出现,虽然"大统领"高调地参加了几家企业在美国建厂的奠基礼,但这只有象征意义。回流美国的企业数量很少,远不及同期流出美国的企业数量。而且,许多声称要返回美国的企业,在开完新闻发布会之后就没有动静了。他们的声明,其实不过是给"大统领"一个面子,至于说真的回美国去生产,那就呵呵了,美国还有能够供制造业生存的土壤吗?

面对着贸易战的破产,"大统领"着急上火了,据坊间传说,光是牛黄解毒丸就吃了好几箱,为美中贸易逆差又贡献了几百美元。

在听取了多个部门的汇报之后,"大统领"开始意识到,先前他所看过的经济学家们的论断是靠不住的,中国并非如"专家"们描述的那样不堪一击。相反,倒是美国远比过去衰落了,他打出的这套"组合拳",招式倒是很炫,无奈没有内力加持,只是一些花架子罢了。

七国集团会议,就是在这样的背景下召开的。"大统领"派出的全权代表在会议上传达了"大统领"的指示:七国集团必须齐心协力,共同行动,以实现对中国的全面遏制。

"也就是说,仅仅凭着美国一个国家,已经无力遏制中国了?"索拉特向卡迈恩提出了一个尖锐的问题。

"老朋友,这是一件众所周知的事情,你又何必要明说呢?"卡迈恩说道。

"可是,这件事对我们欧洲有什么好处?"索拉特问,"美国'大统领'想遏制中国,是因为中国的发展威胁了美国的霸权地位。对于欧洲来说,有人去挑战美国的地位却是一件好事,这将使欧洲在国际事务中拥有更多的周旋余地。

"美中争斗,欧洲可以居中渔利,两方都必须讨好我们。而如果我们帮助美国打垮了中国,那么未来美国仍将凌驾于欧洲之上,迫使我们接受各种不合理的政治和经济安排。

"从这一点来说,欧洲根本就不应当把自己绑在美国的战车上,观望才是我们的最佳选择。"

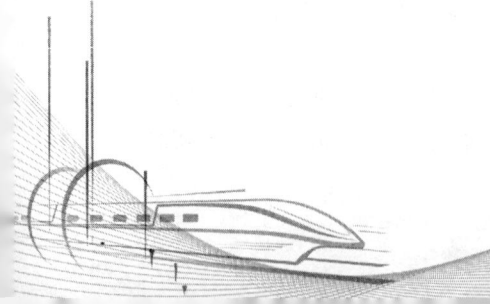

第五百五十八章　两边下注

"你说得对。"卡迈恩点点头说,"不过,七国集团里,除美国之外的国家也并非只有一个立场。不说日本和加拿大,就算是几个欧洲国家里,大家的心思也是不同的。所以……"

"我明白了。"

索拉特用不着卡迈恩把后面的话说出来,便已经明白了他的意思。

"七国集团"这个概念听起来好像很牛很团结,但这七个国家哪个又是省油的灯呢?大家凑在一起,是为了给自己谋福利的,对自己没好处的事情,谁也不会去干。正因为如此,每次的七国集团会议,其实都是一次钩心斗角的乱战。

从欧洲国家的立场来说,在美中之间选择中立无疑是最好的。但七国集团中的日本和加拿大就不这样想了,因为如果欧洲选择了中立,美国势必要让它们两国去当炮灰。反之,如果欧洲也被拉下水,日、加的压力就小得多了。

同是欧洲国家,英国与德、法、意的立场又有不同。英国自诩是美国的"大表哥",想借助"表弟"的淫威在欧洲拥有更多的话语权,因此在许多事务上是更偏于美国的,欧洲的利益对于它来说只能排在第二位。

即便剔掉这几个"二五仔",德、法、意这三个国家又何尝能够做到同心同德?大家在私底下聊天的时候,都说要团结一致抵制美国的压力,但事到临头,谁也不想当出头鸟。这样的情况,也不是第一次出现了。

"那么,内阁的意思是什么呢?"索拉特把话头引回了正题。国家大事他也管不了,还是先了解一下卡迈恩的来意吧。

"内阁认为,中国在过去四十年中的高速发展,对于法国来说,既是机会,也是挑战。在适当的时候,压制一下中国的发展速度,也是有必要的,而且还可以让中国意识到法国的重要性。"卡迈恩说。

"也就是说,我们也要提高对华关税了吗?"索拉特问。

"这倒不是。"卡迈恩说,"提高关税这种做法,并没太大的意义。从美国过去一年多的实践来看,'大统领'对中国商品所增加的进口税,最终都是由美国消费者来承担的,对中国没有造成任何看得见的打击。

"事实上,美国在这次的七国集团会议上要求盟友们采取共同行动,也是因为他们前一阶段以关税为主的贸易战失败了。如果不是因为立即取消所增加的关税会让'大统领'难堪,他恐怕已经要取消这个措施了。"

"那么,新的方法是什么呢?"索拉特问。

"技术封锁。"卡迈恩说。

"我以为是什么高明的方法呢!"索拉特耸了耸肩膀,不屑地说,"从早先的巴统,到现在的瓦森纳,我们不是一直都在对中国进行技术封锁吗?其结果就是,中国在这种封锁之下照样发展起来了。"

卡迈恩说:"'大统领'认为,过去的技术封锁之所以没有起到作用,是因为封锁的项目太少了。事实上,《瓦森纳协定》只是对可能用于军事目的的技术进行封锁,民用技术方面是完全放开的。"

"你确信?"索拉特的脸上露出一个讥诮的表情。

"我承认,我们的确曾经以可能用于军事目的为名,向中国封锁了一部分民用高技术,但那毕竟只是一小部分,是不是?"卡迈恩说。

大家都是明白人,自己过去做过什么事情,大家心里都是清楚的。

《瓦森纳协定》是在冷战结束的背景下推出的,为了掩人耳目,便打了个"避免敏感技术"的幌子,声称只是出于安全考虑,没有经济上的动机。

而事实上,以《瓦森纳协定》为名,限制向中国出口可能会提高中国科技水平的技术和装备,是很常规的操作。其真实的目的,就是遏制中国的技术发展,保持西方对中国的技术优势,让中国永远处于产业链的底端。

不过,卡迈恩说得也有道理。《瓦森纳协定》本质上是有悖于国际贸易规则的,所以西方各国在用《瓦森纳协定》做借口的时候,多少还要收敛一些,不可能把所有的技术都定性为"敏感技术"。

当然,更重要的原因在于,西方的资本家们是逐利的,他们舍不得放弃中国这样一个大市场,所以也会想方设法地对本国政府进行游说,劝说他们放弃一部分不必要的封锁。

各个国家在对中国进行技术封锁的问题上,也难以做到步调一致。看到其他国家放宽了尺度,自己也不愿意当冤大头,这也是中国能够从西方获得一部分尖端技术的原因。

第五百五十八章 两边下注

"那么,这一次七国集团是打算对中国封锁所有的民用技术吗?比如说,禁止向中国出口法国的香水和红酒?"索拉特问道。

"这倒不是。"卡迈恩摇摇头。他当然知道索拉特这话是在嘲讽。其实,从卡迈恩亲自来凯兰机床公司这一点,索拉特肯定能够猜出内阁的目的了。

"凯兰公司生产的几种大型铣床,被列入了新的限制对华出口名单。美国情报部门怀疑,中国军工部门在几种新型武器的制造中使用了这些铣床。"卡迈恩说,同时向索拉特递上了一张清单,上面罗列出来的,正是凯兰公司的几款铣床。

索拉特接过清单瞟了一眼,随手递给一旁的多米克,同时对卡迈恩说道:"你明明知道这几种铣床是用于加工风电机上的大型齿轮的,它们不可能有其他的用途。难道风电机也成了中国的新型武器了?"

"或许中国人有办法让这些铣床发挥其他的作用吧?"卡迈恩说。

他也知道自己这个说法太过于侮辱对方的智商了,没等索拉特反驳,他便抢着说道:"索拉特,咱们是老朋友了,有些话就不必说得太直接了吧?

"中国在风电领域取得了很大的进展,欧洲的风电企业也受到了很大的压力。限制向中国出口凯兰的铣床,或许能够给欧洲的风电企业一些帮助,这也是我们愿意采取这项行动的原因之一。"

"可是我们的损失由谁来弥补?"索拉特问,"欧洲的风电企业落后于中国,并不是因为我们向中国出口了铣床,而是这些风电企业自己不够努力。

"多米克是去过中国的,他考察过中国的许多家风电企业,他可以告诉你中国人有多努力,他们能够后来居上,战胜欧洲的风电企业,靠的是他们自己。"

"的确如此。"多米克逮着个说话的机会,赶紧附和道,"卡迈恩先生,我并不认为禁止向中国出口凯兰的机床,就能够对中国的风电产业造成致命打击。中国风电产业的竞争力来自许多方面,凯兰机床所起的作用是微乎其微的。"

"但毕竟还是有一些作用,不是吗?"卡迈恩说。

"只是很微小的作用。"多米克说,"即使我们停止向中国出口铣床,中国人也可以在很短的时间内找到替代品,他们的生产不会因此而中断。"

卡迈恩说:"如果是这样,那就更好了。你们应当知道,内阁也不想过分地得罪中国。"

"原来是这样……"索拉特无语了。

闹了半天,内阁这边也只是要象征性地表示一下而已,毕竟是七国集团会议上决定的事情，法国不做点表示也不行。但同时，法国又想维持与中国的往来，不想当出头鸟，所以也不能把中国得罪得太狠了。

说到底，法国在这个时候也是两头下注，不愿一根筋地跟着美国跑。

"凯兰的主要业务都是在中国，清单上列出的这几种铣床，是凯兰向中国出口的最主要的型号。内阁如果要禁止我们向中国出口这几种铣床，必须给我们必要的补偿。"索拉特说。

"这需要你们提交一个报告。"卡迈恩说。

"我们会很快向内阁提交这个报告的。不过，在内阁批准给我们补偿之前，我们不会停止向中国出口这些铣床。"索拉特说。

"放心吧，内阁会很快做出回复的。"卡迈恩说。

卡迈恩离开了，他还要去其他几家企业传达同样的要求。这并不是一项愉快的工作，幸好内阁也知道此事的难度，给了他不少授权，包括答应给各家企业以必要的补偿。

这些补偿款，自然是来自国家财政的。内阁必须征得议会的同意，才能额外地支付这笔费用。至于议会会不会同意这笔支出，内阁倒不是特别担心，因为议员们的背后正是这些获得补偿的企业。只要补偿款的额度能够让企业满意，议会有什么理由不批准呢？

看到卡迈恩走远，索拉特向多米克吩咐道：

"多米克，你马上去一趟中国，会见一下咱们的老朋友们，向他们解释这一次的事情，说明我们只是迫于内阁的压力，不得已为之。幸好我们事先做了准备，答应中国人可以在遭遇不可抗力影响的情况下使用我们的技术，所以他们的生产是不会受到影响的……"

"哦，天啊，多米克，我想起来了，我们和中国人签的那个技术使用协议，正是中国人自己提出来的。你说说看，中国人是不是早就预见到今天的事情了？"

索拉特想起这事，不由得惊呼起来。

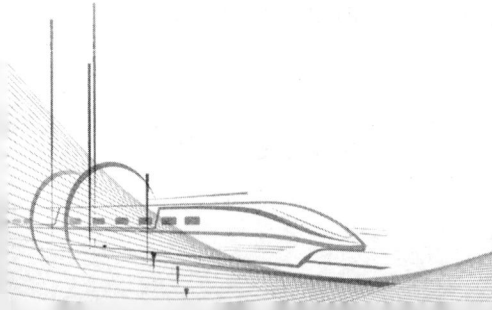

第五百五十九章　熙熙攘攘皆为名利

"你的预言应验了,西方国家还真的联手对我们进行封锁了。"谢天成向前来汇报工作的唐子风说道。他的脸上带着笑意,显然并没有把西方联手封锁这件事情看得太重。

"唐总的预见能力,的确是让人佩服。谁能想到,最信奉贸易自由化原则的西方国家会采取这么卑鄙的手段来打击我们这样一个发展中国家!"在一旁作陪的法规局副局长吴均感慨地说。

他的话里有几分恭维,更多的则是发自内心的钦佩。

这一次七国集团会议提出要采取共同行动遏制中国,让国内不少人都感到震惊。在大家看来,美国"大统领"对中国发起贸易战,已经是很违背西方价值观的事情了,其他西方国家是不可能跟着"大统领"一块儿胡闹的。

谁承想,"大统领"的"三斧头"没奏效,转身就去拉自己的盟友助拳了。而那些平日里总把"自由"二字挂在嘴上的西方列强,居然接受了"大统领"的要求,悍然违反世贸原则,对中国挥舞起了贸易制裁的大棒,无端地提出了一个禁止向中国出口的技术装备清单。

国际贸易发展至今,各国之间早已形成了一种"你中有我,我中有你"的格局,各个国家的产业链是相互关联的。在这种情况下,某一个环节突然与其他环节脱钩,对整个产业链的影响是非常大的。中国作为"世界工厂",在这个变故中受到的影响无疑也是最大的。

这些天,各有关部门都在商讨如何应对这一突发事件,而大家在讨论这一问题的时候,都会提到一个名字,那就是"唐子风"。因为正是唐子风在十多年前就发出警告,并建议各个关键行业建立起"备胎"机制,防备国外突然对我们进行全面封锁。

就在一年多前,借齐木登写文章批评所谓"卡脖子"问题的机会,唐子风鼓动业内同行开展了一场轰轰烈烈的进口替代运动,逼迫欧洲的一些机床企业前来与中国同行签订技术共享协议,允许中国机床企业在特定情况下无须获得对方批准便可使用他们的技术专利,生产替代机床,借以消除中国企业对"卡脖子"问题的顾虑。

现在回头去看,唐子风的这一举措,简直就是为了今天的变故而量身定制的。而在此前,许多人还觉得唐子风有些多此一举,毕竟那些欧洲机床企业生产的机床并不涉及军工等敏感领域,他们有什么理由对中国禁运呢?

可事实却证明了唐子风的预见是那么精准,人家真的就对这些纯民用的机床下禁令了。

其实,并不是唐子风比别人有更高的智慧,只是因为其他人根本想象不到中国的发展会如此迅速,能够在短短几十年时间里,由一个短缺经济国家,变成制造业增加值全球第一的"世界工厂"。

西方国家之所以鼓吹自由贸易,是因为它们在制造业上拥有优势,能够用自己的廉价工业品换取发展中国家的宝贵资源。一旦它们的制造业优势消失,反过来成为贸易逆差国,它们就会毫不犹豫地撕掉所谓自由贸易的遮羞布,转而挥舞起贸易保护的大棒。

唐子风是知道这段历史走势的,所以他才能够未雨绸缪,早在十几年前就开始准备应对这一场贸易战。

"几个欧洲国家提出的向中国禁运的机床,一共有172种。其中有124种是原厂家与我们签订过技术共享协议的,我们有权利在对方实施禁运的情况下,使用对方的技术专利在国内自行生产替代机床。

"另外一些机床,我们有的已经拥有替代技术,有的通过努力可以在比较短的时间内完成替代技术的开发,完全无法替代的机床只有少数,基本上也无关大局。

"所以,欧洲几国这一次对我们进行的封锁,对我们不会造成实质性的影响。"唐子风说。

"我已经了解到有关部门汇报的情况了。我们能够如此轻而易举地化解欧洲国家对我们的技术封锁,很大程度上得益于一年多前你的布局。在这件事情上,你功不可没啊。"谢天成说。

唐子风笑道:"谢主任过奖了。其实,真正的功臣应当是那位齐教授。没有他造势,我们还真找不到一个由头来让那些欧洲企业往坑里跳呢。"

谢天成是知道这个哏的,他笑着说道:"对对对,齐教授是首功,你小唐就委

第五百五十九章 熙熙攘攘皆为名利

屈一下，排名第二吧。对了，你们使用国外专利生产替代机床，虽然是和对方事先签过技术共享协议的，但必要的招呼还是要打一个吧？"

唐子风说："谢主任，这个你就放心吧。其实，没等我们去找人家打招呼，人家已经先跟我们打招呼了，说技术随便用，双方别伤了感情就好。"

"还有这样的事情？"谢天成哑然失笑，"莫非你唐总的威名在欧洲也能止小儿夜啼，人家生怕得罪了你这个煞神？"

吴均凑趣道："唐总的名头，在欧洲可是很响亮的。去年我去欧洲参加一个机床行业的会议，遇到好几位欧洲机床公司的高管，他们都向我问起唐总呢。"

"我那些名头不值一提。"唐子风摆手谦虚道，"让他们害怕的，是中国的整体工业实力。前几天法国凯兰公司的销售总监多米克专程跑到中国来找我，向我说了几件事：

"第一，凯兰公司的精密铣床对中国禁运，是法国内阁做出的决定，凯兰公司无力反对。第二，他们承认此前与我们签订的技术共享协议，允许我们使用凯兰公司的专利在中国生产那几种被列入禁运名单的铣床。他还暗示我说，如果我们在消化这些技术专利的时候遇到困难，他们可以派出工程师到中国来协助我们，前提是我们要对此事保密。"

"这还真有点国际主义精神了。"谢天成笑道。

"熙熙攘攘，皆为名利。多米克跑过来，可不只是来送温暖的。他在说完前两点之后，又向我提出了第三点，那就是希望临机集团不要开发相应技术，要给凯兰公司留一条活路。"唐子风说。

"资本家比政客更务实啊。"谢天成评论道。

唐子风说："可不是吗？凯兰公司赖以生存的根本，就是它在风电专用铣床上的那些专利。这个市场本身并不大，其他企业也不会有兴趣进入这个领域。

"但是，如果欧洲的禁运政策让中国无法从凯兰公司获得这些机床，中国就不得不自己去研发这项技术。以中国目前的实力，研发出与凯兰公司类似，甚至超过凯兰公司的技术，也是没有困难的。

"而这样一来，凯兰公司就会失去这一市场上的专属权，要想保住市场，就只能和我们打价格战。且不说这家法国企业有没有能力与我们打价格战，就算它断臂求生，通过向客户大幅度让利保住了市场，其利润也会大大缩水，最终还是撑不下去。

"所以，对于凯兰公司来说，最好的选择就是与中国合作，换取中国不在这几种机床上投入资金。"

谢天成问:"你是怎么答复他的?"

唐子风说:"人家这么有诚意,我当然要投桃报李了。我跟多米克说,只要凯兰公司还存在,那么至少在十年内,我们不会去抢凯兰公司在这个领域的市场。一旦欧洲取消对凯兰公司机床的限制,我们就会停止生产替代机床,把中国市场还给凯兰公司。

"当然,我们这样做也是有条件的,那就是凯兰公司要承诺与我们继续保持技术共享,他们新研发出来的技术也要纳入技术共享的范畴。"

"你这个答复很有水平啊。"谢天成说,"难怪许老和老周都那么欣赏你,你这个策略和中央的精神也是完全吻合的。老人家曾经说过,我们要搞统一战线,要把自己的朋友搞得多多的,把敌人搞得少少的。凯兰公司不是我们的敌人,而是我们的朋友,你们这样做,是非常正确的。"

"中央高瞻远瞩,我不过是照着领导的指示行事而已。"唐子风低调地说,"这一次七国集团联合行动,看起来步调一致,其实各国都是心怀鬼胎。欧洲几国一方面忌惮中国的崛起,另一方面也不满于美国一家独大,它们更想看到中国与美国拼个两败俱伤。

"所以,在对华技术封锁这个问题上,欧洲几国是雷声大雨点小。仅就机床而言,法国列出的对华限制的机床,大多数是我们拥有替代技术的机床,包括曾经与我们签订过技术共享协议的机床。这一点,多米克也向我暗示过了。很明显,法国内阁并不想过分地得罪中国,更多的只是想做一个姿态,让七国集团中的其他国家在前面冲锋。

"所以,像凯兰公司这样的企业,属于我们可以争取的盟友。我们现在的力量也非常有限,所以没必要把有限的资源用于与凯兰公司这样的盟友竞争,而是应当集中力量突破那些真正被'卡脖子'的技术。"

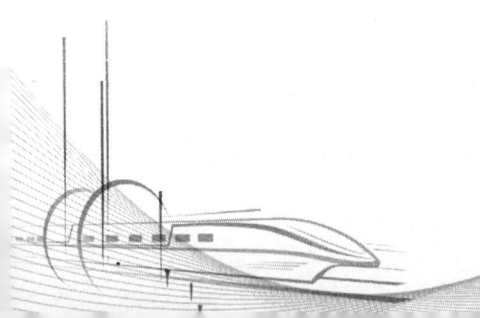

第五百六十章 "机床业再出发"

"你的思路很清晰,那么,有什么具体的计划没有呢?"谢天成继续问道。

唐子风假意迟疑了一下,问道:"谢主任想问的,是我们临机集团的计划,还是其他的计划?"

谢天成笑着用手指对着唐子风点了点,说道:"光是一个临机集团的计划,我可不感兴趣。子风你现在的目光也不能局限于一个临机集团了,你应当站在指导整个机床行业的高度上来思考问题。"

"如果不是唐总你坚持要先做完手头的事情再考虑新的工作,我现在都该称呼你为唐主任了。"吴均笑着说道。

"这个可真不敢当。"唐子风赶紧摆手,避开了关于他个人的话题,对谢天成说道,"谢主任,实不相瞒,我手头的确有一个行业层面的计划,不过这不是我一个人搞出来的,而是机二〇秘书处征求了许多家机床企业的意见后搞出来的,是集体智慧。"

"你们那个机二〇机制是不是也该改个名字了?我听说现在参加机二〇机制的机床企业已经有五十多家了,是不是该改名叫机五〇了?"谢天成开玩笑说。

唐子风说:"的确有人提出过这样的疑问,不过,大多数机制内的企业还是觉得继续叫机二〇为好。一来呢,这个名字有历史意义,在行业内有影响力;二来,就是参加该机制的企业数量一直在变化,除了有企业新加入之外,还有机制内的企业合并导致数量减少,如果每变化一次就改一个名字,光是重新刻公章就要花掉很大一笔钱。"

"是啊,谁能想到咱们的机床行业会发展得这么快啊。"谢天成感慨道,"你们刚开始搞机二〇的时候,二十家最大的机床企业就差不多涵盖了咱们国家机床行业的主要力量,余下的都是些技术水平低下的中小型企业。可这些年,整个行业的发展可谓突飞猛进,上规模、上档次的企业就有上百家了,我觉得,你们都应当改名叫机一百了。"

唐子风说:"突飞猛进是真的,但也是喜忧参半。国内机床行业的快速发展,主要是得益于整个国家制造业的发展,各行各业都在扩大生产规模,这就给机床行业创造了庞大的需求。

"但机床毕竟是耐用装备,有些机床可以用上十几年甚至几十年。除非我们国家的经济规模能够持续保持高速增长,否则,只要增长速度放慢一点,对机床的需求就会迅速萎缩。

"届时机床行业就会出现严重的产能过剩,有些缺乏核心技术的企业首先就会被市场淘汰,其他企业也会陷入经营困难。"

谢天成面色严峻地点点头,说道:"你的担忧是有道理的,我们也已经关注到这个问题。有些机床企业产能扩充太快,几乎是存着捞一笔就走的心态,这对于机床这个行业来说,是非常有害的。"

唐子风说:"所以,我们想利用这一轮贸易战的机会,对国内的机床行业进行一次大规模的重组。我们拟订了一个口号,叫作'机床业再出发',这就是我们这个行业计划的核心。"

"'机床业再出发',这个提法倒是有趣。你给我们说说,什么叫作'再出发'?"谢天成饶有兴趣地问道。

唐子风说:"咱们国家的机床产业源于'一五'计划,主要架构就是当年的'十八罗汉厂',以及后来陆续建立起来的一批研究院所,形成了一个比较完整的机床产业体系。

"这个体系的优点在于,分工明确,功能齐全,基本能够满足国民经济各部门对机床的需求。在我们国家长期遭受国外技术封锁的情况下,这个体系的存在,保证了我们能够独立自主地建立起自己的工业体系。

"然而,这个体系也存在着缺陷,其中一条就是企业之间缺乏竞争,有些企业的产品多年一贯制,不能根据技术发展以及用户需求进行调整。像我们临一机,直到周厂长和我去的时候,生产的产品里还有一些是20世纪50年代从苏联引进的型号,这样的企业想不亏损都难。"

"嗯,的确存在这个问题。"谢天成点头道。

唐子风说:"改革开放以后,国家逐渐减少了指令性计划,各家机床企业都被推向市场,原有的分工体系被打破,讲的是优胜劣汰、适者生存。'十八罗汉厂'中有些企业积极进取,不断改进技术,在市场上保持了领先地位。还有一些

第五百六十章 "机床业再出发"

企业则因为不适应这种竞争环境,加上受到进口机床的冲击,逐渐沉沦,直到破产倒闭。"

"临一机如果不是老周和你小唐去,恐怕也早就倒闭了。"谢天成说道。想起当年的事情,他也忍不住唏嘘。

唐子风笑笑,没有接话,而是继续说道:"机床行业市场化的结果,是一部分不思进取的企业被淘汰,而另外一些有创新精神的企业脱颖而出。发展至今,我们可以说,市场化的结果总体上还是积极的,我们形成了一个具有国际竞争力的机床产业。

"我们的机床种类、产量以及技术水平,都与当年不可同日而语。低端机床方面,我们基本占领了整个国际市场;中端机床方面,我们已经能够和国外机床巨头平分秋色;高端机床方面,我们的市场占有率不算高,但毕竟也已经有了一席之地,而且市场份额的增长速度不容小觑。"

"成绩还是比较明显的。"谢天成说。

"对,成绩是明显的,但问题也很突出。"唐子风说,"最明显的问题,就是体系的完整性受到了冲击。各家企业都想去做技术难度低、市场份额大的产品,不愿意花费力气去研发小众产品。中低端产品市场上产能明显过剩,而能够进入高端市场参与竞争的企业却寥寥无几。"

"其中,你们临机集团可以说是一股清流啊。"谢天成说。

"这主要得益于周厂长打下的基础,还有许老和谢主任你们的教诲。"唐子风说着乖巧话。

谢天成笑道:"你就别谦虚了。我们提出了要求不假,但我们提出的要求,也并非针对你们临机一家,而真正能够把这些要求落到实处的企业,可就不多了。有些企业虽然也承担了国家的一些机床研发项目,但总体上的技术研发投入还是不足的。在这一点上,只有你小唐态度最明确,投入最坚决。"

"有些企业也是担心投入没有回报吧。"唐子风替同行做着解释,"我们临机占了一些先手便宜,推出的一些高端机床产品抢先占领了市场,能够给集团带来丰厚的回报。有了这些回报,我们进行后续的研发也就有底气了。"

"根本原因还是在于领导的魄力和担当。"谢天成说。

唐子风说:"我们国家的机床产业总体上还是相对落后的,要让我们的企业去和西方机床巨头直接竞争,难度还比较大。有些企业并不是看不到技术研发的必要性,而是担心研发出来的产品竞争不过进口产品,最终难以收回投资。

关于这一点,我和很多企业的领导谈过,他们都有这样的顾虑。"

谢天成说:"那么现在就是一个占领市场的最好时机了。"

"正是如此。"唐子风说,"西方国家对我们进行技术封锁,许多机床型号都被列入了禁运清单,还有一些精密机床部件,包括数控系统、主轴、丝杠、导轨、刀具、刀库、刀塔等,供应也中断了。这样一来,我们想依赖国外也依赖不了,不得不自己做,这就给了我们一个最好的机会。"

"这就是学者们说的化危为机的意思吧?"谢天成说。

唐子风说:"没错,这就是化危为机。我们提出的'机床业再出发',就是要利用这样一个机会,重整国内机床产业体系,消解中低端的过剩产能,填补高端机床型号以及精密核心部件的空白。"

"这一点,恐怕不是由你们机二〇秘书处号召一下就可以办到的吧?"谢天成皱着眉头说。

唐子风说:"是的,这就是我一开始说的,需要对整个机床行业进行一次大规模的重组,把现有的企业合并成少数几个企业集团,每个集团承担一个方向的任务,不同集团之间有竞争,但更多的是分工和协作。"

"这可是一个大手笔。"谢天成赞道,随即又点点头说,"不过,我非常赞同这个思路。机床产业是国之基石,这样一个产业,需要有更加集中、统一的管理。把现在分散经营的上百家大型企业合并成少数几个企业集团,可以避免无谓的竞争,遏制低端产能的无效扩张,集中精力解决关键技术问题,这是一个很好的思路。"

"现在也是最好的时机。"唐子风说,"如果没有贸易战,国家恐怕很难下这样的决心,国际上的同行也会质疑这种做法。而现在,我们面临着西方的制裁,无论采取什么样的行动都是合理的,谁也说不出什么。"

"哈哈,如此说来,我们真该给'大统领'发一枚一吨重的奖章呢!"谢天成哈哈笑着说道。

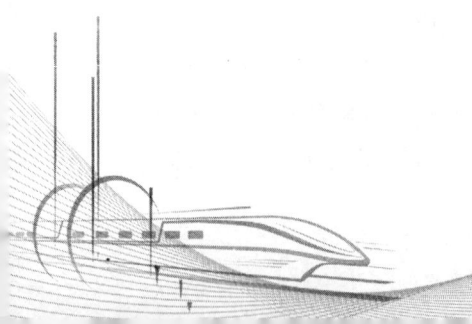

第五百六十一章　哪有放着生意不做的道理

"怎么回事？海姆萨特还是不松口吗？你们有没有告诉对方，价格方面还可以商量？关键是他们要尽快向我们供货。"

宁乡省新维风电设备公司的总裁办公室里，总裁楚占龙正对着一群手下大发雷霆。

新维风电设备公司是国内排名前列的大型风电装备制造企业之一，其成长的历史堪称传奇。

十年前，新维公司还不过是维西市一家普普通通的机械企业，职工不足百人，年产值不足千万元。一个偶然的机会，楚占龙接触到了风电设备行业。在几位业界前辈的指点下，楚占龙倾尽家产从国外引进设备，专注于生产风电机上的某几个配件，为大型风电装备企业提供配套。

过去这十年，恰是中国风电迅猛发展的十年。楚占龙从做风电配件开始，逐渐向风电主机渗透，企业规模也像是吹气球一样地迅速膨胀起来。去年，新维公司的年产值突破了70亿元，成为维西市一家赫赫有名的明星企业。

楚占龙从自己的发家史上总结出一个经验，那就是要认准一个高速发展的行业，做高起点的产品，成为行业中的高端玩家。

楚占龙意识到，中国已经走过了资金短缺的年代，尤其对于风电这样的新兴产业而言，业主方对产品的价格并不十分敏感，更重视的是产品的技术含量。而要提高产品的技术含量，很重要的一个条件就是使用第一流的设备。

那么，什么是第一流的设备呢？

楚占龙给出的答案非常简单，那就是进口设备，德国的第一，日本的第二，实在不行，美、英、法、意的也可以。至于说国产设备，楚占龙是完全不屑一顾的。

"中国人哪造得出好机床啊？"楚占龙在与朋友们喝酒聊天的时候，屡屡用鄙夷的态度这样评论，"人家德国人讲究的是工匠精神，德国的工人都是好几代人只做一个零件,咱们中国人行吗?不说别的,就咱们工厂里那些工人,往上数两代,有一个算一个,都是扛锄头出身的,跟人家比工业,咱们不灵啊。"

"可是,楚总,上次你接受《宁乡日报》记者采访的时候,不是说你们新维公司的风机相比欧洲同行的风机质量更过硬吗?"酒友中难免有人要揶揄他了。当然,这只限于大家酒喝得有点上头的时候,若是清醒状态下,谁会在意楚占龙吹什么牛呢?

"我们的风机……那是因为我们用的都是德国的机床啊。"楚占龙勉强给自己找了个理由,心里嘀咕:

是啊,我们造出来的风机不比欧洲人的差,凭什么机床就一定会比欧洲人的差呢?

当然,这样的念头在楚占龙心里也只是一闪而过,每逢公司需要采购新设备的时候,他还是吩咐采购经理,主要设备只能买进口的,有些无关紧要的辅助设备,用用国产的倒也无妨,毕竟国产设备既便宜又皮实,服务也好,似乎还真没什么缺陷。

这一次,新维公司拿到了西北一个新建风电场的设备订单,合同金额有30多亿元。要完成这个订单,公司需要新添一大批机床,其中有十几台高精度龙门镗床,依旧要从德国海姆萨特公司采购。可就在这个时候,却发生了变故。

发往海姆萨特的采购订单被对方退回来了。对方声称,新维公司需要的这批高精度龙门镗床,已经被欧盟列入了暂时禁止向中国提供的设备名录,因此无法交易。至于欧盟的政策何时会取消,海姆萨特公司无法做出预测。

乍接到这个回复,楚占龙有些蒙。以往他也听人说过西方向中国限制出口某些技术的事情,但那都是与军工、高科技之类相关的技术。风电机一度也可以算是高科技,但据说自从中国人掌握了风电机的设计和制造技术之后,这种产品就被从高科技名录上剔除了,转而被纳入了"大白菜"的行列。

这么一个"白菜化"的产品,怎么就惹欧盟祭出技术禁运的"法宝"了呢?

"这会不会是海姆萨特的一个借口,目的是要涨价?"楚占龙这样猜测道。

"我们试过对方的口风,对方好像没有这个意思。"采购经理徐金云报告说。

"不要光试口风,你们可以明确地告诉他们,我们可以接受价格上调10%,如果超出这个限度……那就需要再谈了。"楚占龙给出了一个授权。

采购部把这个意思转达给了海姆萨特的销售部,对方的答复却是冷冰冰的:"对不起,这不是价格的问题,而是涉及欧盟的政策,我们对此爱莫能助。"

第五百六十一章　哪有放着生意不做的道理

"他们到底想干什么?!"楚占龙恼了,"哪有放着生意不做的道理? 十几台龙门镗床,好几千万欧元的买卖,他们凭什么不做?"

"楚总,这件事,可能真的不怨海姆萨特。"有的手下开始给楚占龙分析了。

楚占龙自己读书不多,但发家之后招了好几个名校博士来给自己当智囊,帮他解读国家政策和国际贸易环境。说话的这位名叫卢玉杰,毕业于北大,师从某位赫赫有名的经济学家,无论学识还是口才都是颇为了得的。

"要怨还是得怨咱们自己。过去这几年,咱们国家在宣传上太高调了,动不动就说咱们的经济发展得多好,技术水平有多高。吹牛吹多了,人家外国人能不反感吗? 人家对咱们反感了,顺手制裁咱们一下,不是很正常的吗?"卢玉杰这样解释道。

"你是说,欧盟禁止海姆萨特向我们出口龙门镗床,是因为我们国家在宣传上太高调了?"楚占龙有些不敢相信。

中国是不是在宣传上过于高调,楚占龙不清楚,但以他的阅历,觉得国际上的事情应当不至于这么儿戏吧? 就因为中国的媒体吹了点牛,欧盟就兴师动众地对中国进行技术制裁? 这怎么听都像是劣质电视剧里的情节。

"当然了,除了宣传上过于高调之外,我们抢了人家的市场,这也是一个原因。"

卢玉杰好歹也是有点智商的人,楚占龙能够想得到的事情,他也能想得到。把贸易战以及最近西方的联合行动完全解释为一时赌气,的确是有些说不通的,所以他还得再找出一些新的理由。

"咱们的市场不够开放,光往外卖东西,不买人家的东西,导致我们和西方各国的贸易都是大额的顺差,这也是人家要制裁我们的原因之一。如果我们能够自我控制一点,不去抢别人的市场,我们和西方国家的关系会缓和得多。"卢玉杰说。

"可是,并不是我们故意要去抢他们的市场,而是他们的产品竞争力不如我们,人家客户更喜欢我们的产品,我们有什么办法?"楚占龙下意识地反驳道。

卢玉杰说的这后一个理由,可犯了楚占龙的忌讳。新维公司这几年在海外市场发展很快,抢了不少欧洲风电设备企业的份额。如果照卢玉杰的说法,这就是导致欧盟要限制海姆萨特机床出口的理由,那么可就是一个死结了。

楚占龙不可能为了获得海姆萨特的机床,就拱手让出海外市场。他买机床就是为了扩大生产,而扩大生产就意味着要占领更大的市场。如果不能到海外去开拓，他买机床又图个啥呢？

"大家应当公平竞争啊。都是做风机的，大家比技术，比成本，比服务，都是可以的。做风机做不过我们，就卡我们的机床，这也太不讲规矩了吧？"楚占龙嘟哝道。

"人家对规矩的理解，和咱们可能不太一样。人家西方人的事情，我们理解不了的……"卢玉杰支吾着，却也不知道该如何自圆其说了。

在读博士的时候，他学过很多西方经济理论，能够对西方国家的所作所为都给出一个合理且圆满的解释。在这些解释里，西方国家无疑代表着高尚、睿智、宽容、正义，而与之相对立的中国，则是奸猾、无知、狭隘、丑陋的典型。

到了新维公司之后，他渐渐发现自己的知识与现实存在着很大的差距。楚占龙这些人虽然没学过什么经典理论，却深谙市场之道，也有与西方企业打交道的丰富经验。

卢玉杰所描述的西方，与楚占龙他们实际接触过的西方，是两个完全不同的概念，这导致卢玉杰的很多理念在公司管理层会议上遭到高管们的耻笑。

"我倒觉得，这些洋鬼子根本就是输不起，跟咱们耍赖，还说什么规矩不规矩的？"徐金云不屑地说，"我做采购这么多年，和这些洋鬼子打交道多了。这些人也和咱们一样，两个鼻孔一张嘴，没啥了不起的。生意上的那些猫儿腻，他们玩得比我们更溜，一不留神就会被他们坑了。什么规矩之类的，都是骗人的。"

"可是，现在人家就跟咱们玩赖了，咱们该怎么办呢？"

楚占龙没好气地说道，心里满是郁闷。

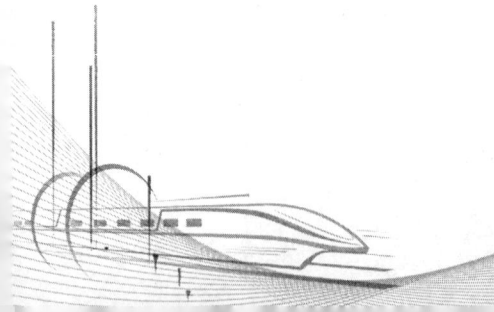

第五百六十二章　立足国内

"楚总,有客人,说要见您,您见他们吗?"小秘书怯生生地进来通报道。

"是什么客人?"楚占龙不经意地问道。

"他们说,他们是中国商用机床集团公司的人,是专门来和楚总谈机床问题的。"小秘书回道。

"中国商用机床集团公司,这是从什么地方冒出来的单位?"楚占龙觉得有些莫名其妙。他正打算挥手让小秘书去打发走这些不速之客,忽然心念一动,改了主意。他吩咐道:"你请他们进来吧,就到我办公室来。"

工夫不大,小秘书带着三个人进来了。为首一人是个五十来岁的男子,一见楚占龙便满脸笑意地打着招呼:"楚总,好久不见,你又发福了。"

"哦,原来是李总啊,稀客稀客,咱们还真有些日子没见了。"

楚占龙起身上前,与对方握了握手,客气地寒暄道。他认得这位男子,男子名叫李同星,是箐北机床公司的副总经理,与他也算得上是老朋友了。

箐北机床公司位于宁乡省箐北市,是一家老牌机床企业,当年的名气和实力都比新维公司要高出几个档次。新维公司初创的时候,楚占龙到箐北机床公司去买机床,遇到一些麻烦,后来经人介绍认识了李同星,李同星着实帮他解决了不少问题,二人的交情便是那时候结下的。

新维公司因为进入风电设备领域,业务规模不断扩大,实力迅速地超过了箐北机床公司,双方的地位于是发生了逆转,不再是楚占龙求着李同星帮忙买设备,而是李同星求着楚占龙采购箐北机床公司的设备。

楚占龙给公司定下的规则是主要设备必须采用进口货,但次要设备是可以在国内采购的。他念着当年与李同星的交情,指示设备采购部门每年都要从箐北机床公司采购一些机床,金额也就是几百万元的样子。

这点交易额,无论是对新维公司而言,还是对箐北机床公司而言,都无足轻重。两个人的交往,也逐渐淡化到逢年过节互相发个短信的程度。顺便说一下，二人发的短信都是请秘书代劳的，也就是有点象征意义而已。

粗略地算一下，楚占龙已经有三四年没有见过李同星了，也没关注过李同星的动向，所以并不知道他为什么会打着"中国商用机床集团公司"的旗号亲自上门来。

"楚总，我给你介绍一下。"没等楚占龙打听李同星身份的变化，李同星先把与自己同来的二人推到了前面，开始给楚占龙介绍起来，"这位是我们中国商用机床集团公司总工程师于晓惠，于总。这位是于总的助手刘江源，刘工。今天我主要是带他们二位来见楚总的。"

"哎哟，于总，恕我眼拙，欢迎欢迎。"楚占龙顺着李同星的指示，把头转向于晓惠，一边伸出手准备与对方握手，一边说着客气话。

楚占龙是草根出身，一向信奉闷声发大财的古训。虽说现在新维公司已是家大业大，但他在各种场合都不会轻易表现出狂妄和傲慢。他不知道这个中国商用机床集团公司是什么来头，自然也不清楚眼前这位漂亮的女总工有多少含金量。他看于晓惠也就是三十来岁，而且还是女性，心里多少存了一些不屑，对她的客气，有一多半是看在李同星的面子上。

至于说与于晓惠同来的那位什么刘工，楚占龙就直接忽略了。李同星说了，这个刘工只是于晓惠的助手，楚占龙对于晓惠客气就足够了，她的助手是没必要再打招呼的。

于晓惠与楚占龙握过手，楚占龙又向他们介绍了徐金云、卢玉杰等下属，然后双方便分宾主落座，开始会谈。

"李总，你啥时候离开箐机的？我怎么没听说啊？"

进入正题之前，楚占龙先向李同星问起了近况，他也是想用这个问题来了解一下所谓中国商用机床集团公司的底细。

"我没有离开箐机啊，我现在还是箐机的副总经理，只是前面多了'常务'两个字。"李同星答道，说完呵呵笑着说道，"楚总是想问商机集团的事情吧？我们这个中国商用机床集团公司，是上个月才刚刚成立的。我们箐机现在是商机集团的一家子公司，而于总就是我们母公司的总工程师，是我的顶头上司呢。"

"什么？箐机只是商机集团的一家子公司？"楚占龙一愕，"那这个商机集团……得有多大啊？"

作为宁乡人，楚占龙知道箐北机床公司有多牛。虽说箐机的年产值比今天的新维公司要少得多，但要论在机床行业的地位，却要比新维公司高出一大截。

第五百六十二章 立足国内

原因无他，早在六十年前，箐机就已经是国有骨干企业了，那时候别说新维公司，连他楚占龙都还没影儿呢，他拿什么去跟人家比？

早些年，国企还有行政级别的时候，箐机是正厅级单位，也就是说箐机的领导是可以到箐北市去当一把手的。这些年，国企去行政化，不太讲级别了，但人家的地位还是在那放着的，企业圈子里的人谁不懂这个呢？

可就是这样一家企业，现在居然成了另一家企业的子公司。那么，这个母公司得有多牛呢？

再联想到刚才被他不放在眼里的那位漂亮女士，居然是箐机上级公司的总工程师，那得相当于什么级别，楚占龙是能够算得出来的。四十岁不到，就达到这样的级别，这是一个什么样的牛人啊！

"中国商用机床集团公司是国家为了应对国际竞争新环境而组建的一批大型企业集团公司中的一家。我们国家的机床工业总体规模很大，但竞争力不够强，其中一个重要的原因就是力量过于分散。

"我们国家仅国有大型机床企业就有五十余家，每家企业的规模与国外机床巨头相比都显得很薄弱，在当前的新形势下处于很不利的竞争地位。

"鉴于此，由国资委牵头，各家企业本着自愿联合的原则，在上个月分别成立了三家大型机床集团公司，我们中国商用机床集团公司就是其中的一家。"

看出楚占龙对公司的情况不了解，于晓惠主动介绍道。

"哦哦，原来是上个月才成立的，难怪……哎呀呀，说起来也是我孤陋寡闻了，这么大的事情，我都没听说，实在是……"楚占龙连声地做着检讨，随后又问道，"不知道贵集团旗下，除了箐机之外，还有哪些企业？我看看是不是有我知道的几家。"

"我们集团旗下，除了箐机之外，还有临河第一机床公司、滕村机床公司、常宁机床公司、白流机床公司、普门机床公司，另外还有一些中小型机床企业和几家研究所，说出来可能楚总也不一定听说过吧。"于晓惠说。

"什么？临一机也是你们的子公司？临一机不是早就并到临机集团了吗？你不会是说临机集团也并到商机集团了吧？"楚占龙吃惊地问。

相比箐北机床公司，临河机床集团公司的名气在行业里是更加响亮的。楚占龙知道临一机和滕机都是临机集团旗下的企业，现在听于晓惠说这两家公司都归属商机集团了，想必临机集团也被撤销了，成了商机集团的一部分。

于晓惠微微一笑，说道："楚总对我们行业还真是挺了解的。其实，商机集团就是以临机集团为主体建立起来的,商机集团的总经理,就是原来临机集团的总经理唐子风。"

"唐总原来是要到国资委去任职的,后来听说是有关领导亲自点将,让他先到商机集团干一段时间,把公司理顺了再走。"

"还有,于总工原来也是临机集团的总工,她可是我们机床行业里大名鼎鼎的技术权威,光是被中央领导亲自表彰就有好几次了。"李同星像是献宝似的向楚占龙介绍道。

"原来如此。"楚占龙点点头。他现在已经能够想象得出来,中国商用机床集团公司是怎样的一个巨无霸,自己这家新维公司在人家眼里,还真是不够看的。

于晓惠的名字,楚占龙过去没有关注过。但于晓惠所说的唐子风,楚占龙却是听说过的。他的一些在政府部门里工作的朋友,曾经多次向他说起过唐子风其人其事,并声称此人前途无量。李同星介绍说唐子风原本要去国资委任职,这件事楚占龙也曾有所耳闻。可就是这样一个人,现在成了中国商用机床集团公司的总经理,可见国家对这家公司是何等重视。

"于总工亲自到我们这家小公司来,不知道有什么指教啊?"

明白了双方地位的差异之后,楚占龙更加低调了,他向于晓惠问道。

于晓惠摆摆手,说道:"楚总客气了,我们这次拜访楚总,是来寻求合作的。我们听说,新维公司准备从国外引进的一些机床,受到欧洲限制政策的影响,无法到位,不知楚总是否考虑过立足国内解决机床需求的问题?"

"立足国内?于总工的意思是说,你们临机……啊不,你们商机集团,想为我们提供机床?"

楚占龙皱起了眉头,用犹豫的口吻问道。

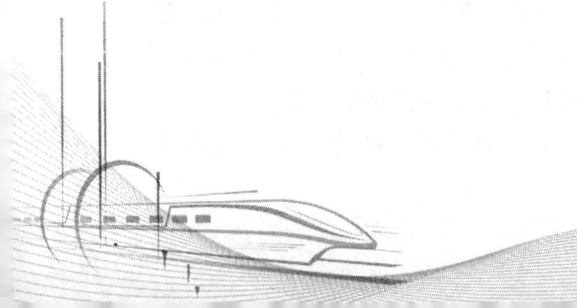

第五百六十三章　参考国外哪家公司的做法

其实，早在听小秘书通报说客人来自中国商用机床集团公司的时候，楚占龙就明白了对方的来意，同时心里也涌起了一个念头，那就是是否考虑用国产机床替代进口机床。

搁在过去，楚占龙是绝对不会接受国产机床的，他潜意识里便觉得国产机床土气、落后，用来加工一些传统机械产品也就罢了，要制造一流的风电设备，国产机床是难以胜任的。

可是，海姆萨特拒绝向新维公司出售机床，而且声称是遵照欧盟的新规定，没有通融的余地。楚占龙虽然命令手下尽最大努力去与海姆萨特等欧洲企业沟通，但难免也要做另一手准备。

欧洲向中国限制出口的机床，日本肯定也会限制。韩国倒也有一定规模的机床产业，但楚占龙是懂行的人，知道他们的机床也就是看着花哨，品质实在是让人难以信任。

排除掉这些选择，最后剩下的就只有国产机床了。楚占龙就算再看不上国产机床，到了这个时候，也不得不接受现实了。

"我们需要的机床型号比较多，不知道于总工想向我们介绍哪几类机床？"楚占龙淡淡地问道。

于晓惠微微一笑，说道："其实，我这次来拜访楚总，不是为了介绍某个型号的机床，而是想和楚总谈一谈整体解决方案的问题。"

"整体解决方案，什么意思？"楚占龙诧异道。

于晓惠说："我刚才还没有向楚总介绍完。这一次国家出手，把国内近五十家大型机床企业重组为三家机床集团，并不是单纯为了扩大企业的规模，更重要的是通过重组，改变传统的机床生产模式。用我们唐总的话说，就叫'机床业再出发'。"

"你仔细说一下，什么叫改变传统生产模式？"楚占龙来了兴趣，向于晓惠问道。

于晓惠说:"我们机床行业的传统结构,是一家企业专注于生产一种类型的机床,比如临一机主打的是磨床和镗床,滕机主打的是铣床,普门机床公司和箐北机床公司主打的是车床。所以在同一家用户的车间里,既有临一机的机床,也有滕机的机床,机床一旦出了故障,就由不同的机床公司来负责维护。"

"是啊,这有什么不对吗?"楚占龙脱口而出。几十年了,机床业就是这样分工的,他原先用过很多国产机床,对于哪家公司生产哪类机床,他是颇为熟悉的。

于晓惠说:"这种分工方式的好处,在于专业比较单一,技术研发和生产组织都比较简单,也比较高效。但随着生产技术的进步,这种专注于单一类型机床的分工方式,就越来越不适应现代市场以及现代科研方式了。

"举个例子说,汽车行业里现在越来越多地使用多工位机床,同一台机床要同时完成车、铣、镗、磨等各项作业,一家只会生产车床的企业,或者只会生产铣床的企业,都无法完成多工位机床的研发。

"还有,现代加工中心,也是在同一台机床里完成车、铣、钻、磨等各种作业,这样的一台机床,已经很难界定为车床还是铣床,那么,这样的机床,该由哪家企业来制造呢?"

"倒也是……"楚占龙有点明白了。传统的车床、铣床之类的划分,在今天的确有些过时了,借助于数控技术,在一台机床上集成各种切削加工是很寻常的事情。如果说一家企业只能生产车床,不能生产铣床,其产品就会有极大的局限性。

"不同的机床由不同的企业生产,用户在进行机床维护的时候,就要和许多个厂商打交道,这也增加了用户的成本。还有,如果所有的机床都是同一家企业生产的,那么不同机床上的配件就能够通用,用户的备件成本也会大幅度降低。"于晓惠继续说道。

"不同机床的配件相互通用,这能做到吗?"楚占龙眼睛一亮,盯着于晓惠问道。

机床上有许多零部件是容易出现磨损的,为了能够及时更换这些磨损的零部件,机床用户企业往往要预备一些备件。企业里使用的机床型号越多,需要准备的备件种类也就越多。新维公司的车间里有几百种不同的机床,每种机床都有备件,光是为了保管这些备件,公司就不得不专门腾出一个仓库来。

第五百六十三章　参考国外哪家公司的做法

零部件的磨损具有一定的偶然性，有些备件放在仓库里，可能一两年时间也用不上，但如果你没有准备这种备件，一旦出现部件损坏，你就抓瞎了。

如果像于晓惠说的那样，不同机床上的配件可以通用，那么整个企业的备件数量就可以大幅度减少。虽然每台机床上的零部件磨损是偶然事件，但多台机床上的偶然事件汇总起来，就会有比较稳定的分布，这就可以降低备件空置的概率。

所有这些，都会对应于资金的节约，这个数量是非常可观的。

当然，说不同机床上的配件可以通用，不是指每一个配件都如此，毕竟不同的机床结构不同，零部件是不可能完全相同的。关于这一点，于晓惠并不需要向楚占龙说得太明白，楚占龙也是开机床出身的，这点事情肯定能够想明白。

"我们这一次进行企业重组所形成的三个机床集团，分别有对应的分工，这种分工是针对行业而来的，不是针对机床类型的。我们商机集团主要的分工，就是为机械装备行业提供整体解决方案，风电设备制造就是我们重点服务的行业之一。"于晓惠说。

"于总工的意思是说，你们能够为我们这些风电设备制造企业提供所有的设备，然后这些设备能够做到零部件互相通用？"楚占龙试探着问道。

"正是如此。"于晓惠点头应道。

"这……"楚占龙不知说什么好了。

于晓惠提供的这个信息，完全超出了楚占龙的预期，也为他打开了一扇窗户，让他看到了一些新的气象。

在此前，新维公司所使用的设备，都是一样一样从不同的机床厂商那里采购过来的。由于设备之间缺乏协调，有些设备的功能相互重叠，出现很大的浪费，同时又有一些功能是所有的设备都无法覆盖的，公司不得不专门再去采购一台别的设备来实现这个功能。

楚占龙也曾想过，如果各家机床厂商能够商量一下，让设备能够互相取长补短，用户就可以节省花费。可他也知道，这样的想法太过理想化了，不同的机床厂商只管得了自己生产什么型号，哪里管得了别人的型号？

他万万没有想到，居然真的有厂商关注到这个问题了，要为新维公司这样的企业提供所谓"整体解决方案"。如果情况真的像于晓惠说的那样，就意味着新维公司只需要从商机集团一家企业购买设备即可，这些设备相互之间能够完美地配合，覆盖每一个生产环节。不同设备的零部件具有通用性，能够最大限度地降低企业的备件成本。此外，未来不管哪台设备出了问题，都只需要找这一个供应商来解决，这可省了多少事啊！

可是……

"于总工，恕我冒昧地问一句，你们所说的'整体解决方案'是参考了国外哪家公司的做法？"

不等楚占龙发问，他的智囊卢玉杰先说话了，问的也的确是楚占龙最关心的问题。

"国外？"于晓惠看看卢玉杰，有些诧异地问道，"我们为什么要参考国外公司的做法呢？"

"怎么，你的意思是说，你们没有参考国外的模式？"卢玉杰问。

于晓惠摇摇头，说道："没有啊，国外在这方面并没有什么成功的模式。说得更直接一点，国外到目前为止还没有哪家企业提出过这样的概念。"

"太可笑了！"卢玉杰面有怒色，"国外都没有的概念，你们怎么就敢提出来？"

"国外没有的概念，我们怎么就不敢提出来？"于晓惠看着卢玉杰，脸上露出一些嘲讽的神气。

卢玉杰说："于总工，我知道，你作为国内机床企业的一员，而且还是一位年轻的总工，对于中国的机床技术有着过高的自信，这也是可以理解的。但你承认不承认，到目前为止，德国、日本的机床技术水平还是远远在我们之上的。以他们的技术水平，都不敢贸然提出'整体解决方案'的概念，我们有什么资格去提出这个概念呢？"

"卢先生，你可能弄错了一点。"于晓惠微笑着说道，"德国、日本的机床技术水平比我们高，只是因为它们有多年的积累，在一些专利技术以及零部件的精密化程度方面具有较强的优势。我们在这些方面还有欠缺，这一点不假。

"但是，要论系统集成能力，德国和日本的企业并不具有太多的优势。相反，我们在这方面是有领先优势的，无论是系统集成的理论，还是相应的实践，我们都比德国、日本的同行做得好。"

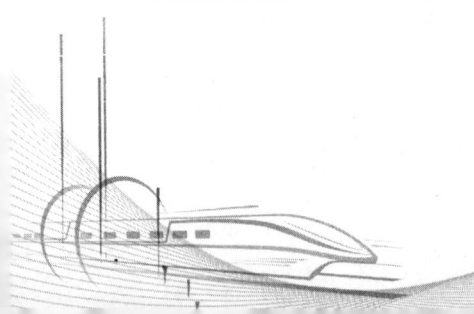

第五百六十四章　工匠精神

"你们比德国、日本的同行做得好？"卢玉杰嘿嘿冷笑着，"于总工，我觉得我们谈问题还是脚踏实地一点为好。德国企业和日本企业在机床领域的领先地位是全球公认的。人家的领先，不是体现在某一种具体的机床上，而是植根于他们的文化。

"这些年，我们国内的机床企业，对了，包括你们临机在内，的确是推出了一些号称达到国际一流水平的机床，这或许就是你们自信的基础吧。但事实上，咱们国家的工业，和德国、日本相比，差距并不在于拥有多少种达到国际一流水平的产品，而在于工业精神、工业文化，这是我们学都学不来的东西。"

"卢助理，我不太明白，你说的我们学都学不来的东西指什么？"跟在于晓惠身边的助手刘江源忍不住插话道。

"精神、文化，这是最重要的东西。"卢玉杰说道。

刘江源摇摇头："这个太虚了，你能说得具体一点吗？"

文科生和理科生对话，几乎就是鸡同鸭讲。在文科生看来，精神、文化、情怀啥的，都是天经地义的东西，一说就能明白。可是，对于纯工科背景的刘江源来说，世界上的一切难道不都是可以用公式来描述的吗？

既然是公式，那怎么会存在"学都学不来"的事情呢？任何一个公式都是可以推导出来的，是可以重复验证的，不至于学不来啊。

"比如说，德国企业和日本企业都特别讲究工匠精神。人家打造一个零件，说了要锻造1000次，就绝对不会只锻造999次，而我们呢……"卢玉杰说。

"我们也不会只锻造999次啊。"刘江源说，"生产零件都是有工艺文件的，工艺文件上说锻造多少次，就必须锻造多少次，这和工匠精神无关啊。"

"我只是举一个例子，不是真的要锻造1000次。"卢玉杰有些恨铁不成钢地说道，"工匠精神，是指一种追求精益求精的精神。为什么德国、日本的产品会那么精密？就是因为他们有这样一种精神。这种精神是融在他们工人的血脉里的。因为拥有这样的精神,所以他们的每一件产品,都能保证完美的品质,而这一点,我们是做不到的。"

"我还是不明白……"刘江源皱着眉头,似乎是想继续杠的样子。

于晓惠抬起手,阻止了刘江源继续说话。她看着卢玉杰,微笑着说道:"卢先生,你说的工匠精神,我也看到过。不过,我想跟你说的是,搞工业,光有工匠精神是不够的,还需要有工程师精神。相比之下,工程师精神,可能比工匠精神更为重要。"

"工程师精神?什么意思?"

这一回轮到卢玉杰犯蒙了,楚占龙和徐金云也觉得新鲜,不由得把目光投向于晓惠。

"工匠精神"这个概念,有一阵子很流行,卢玉杰经常在公司里说,楚占龙也觉得有道理,还曾在公司的一些会议上提过这个概念,弄得公司里的不少高管也是张嘴闭嘴就讲工匠精神。

不过,具体说到什么是工匠精神,卢玉杰说不清楚,楚占龙同样说不清楚。在大家想来,反正就是一种很玄虚很高级的东西,是值得大家去追求的东西。

可如今来了个商机集团的女总工,却给他们抛出了一个"工程师精神"的概念,还说这比工匠精神更重要,这就有趣了。

于晓惠看看大家,不慌不忙地说道:"工匠精神,其实就是说要把每一个细节都做到极致,就像古代的能工巧匠一样。做工业,当然应当有这样的精神。

"但是,工匠毕竟是手工业时代的职业,那个时代的产品都是很简单的,比如一把锄头、一根钉子,工匠只要把细节做好了,做得足够精细就可以了。

"我们现在的时代,是大工业时代。我们的产品,是由几千个、几万个零件组合起来的产品。在这种情况下,光把每一个零件都做到极致,是远远不够的,我们还得保证所有这些零件的组合是最优的。这种系统的优化,远比单个零件的优化更为重要。"

"这倒是。"楚占龙点头应道。

新维公司是做风电机的,一台风电机也是由几千个零件组成的。楚占龙深深地懂得,要做好一台风电机,光把每个零件做好是不够的,关键是零件间的组合。一个好的设计,可以节约成本、提高效率,这远比把一个零件做得尽善尽美要重要得多。

于晓惠说:"系统的优化,不是一个工匠能够做到的。我们设计的机床,要兼顾功能、加工精度、加工速度、无故障工作时间、操作便利性，还有成本，这涉及很复杂的计算，光有工匠精神，是无法形成这样的最优化模型的。"

"这就是你说的工程师精神？"徐金云问道。

"正是。"于晓惠说，"工匠精神，讲的是手艺的传承，父传子、子传孙。而工程师精神，讲的是知识的分享和积累，是在理论的指导下选择最优的方法。

"刚才卢先生说德国、日本的企业有工匠精神，而我们没有，这一点我不想和卢先生争论。但是，要论工程师精神，德国、日本的企业无法和我们相比，因为，要论搞大型系统设计的理论和经验，德国、日本都是欠缺的。"

"你凭什么说德国、日本缺乏工程师精神？"卢玉杰硬着头皮反驳道。

于晓惠说的东西，听起来似乎挺有道理的样子，卢玉杰是个文科生，对技术一无所知，也不知道于晓惠说的有没有错。他用眼角的余光看了楚占龙和徐金云一眼，发现这二人对于晓惠的话似乎有几分赞同的意思，这就让他更觉得心里没底了。

于晓惠笑道："工匠精神和工程师精神，本来就是难以兼备的。过于注重工匠精神的人，往往会执着于细节，就很难看到全局了。卢先生刚才说德国、日本都是最讲究工匠精神的，那么它们缺乏工程师精神，也就不奇怪了。"

"有道理。"楚占龙说道，"我和德国人、日本人都打过交道，的确觉得他们做事有点轴，认死理。说好听点，是认真；说难听点，就像于总工说的那样，缺乏全局观念，因小失大。我原来还想不明白这个问题，听于总工一说，真有些豁然开朗的感觉了。"

听到楚占龙附和自己，于晓惠有点想笑，想不到自己的一番"理论搬运"还真能激起共鸣。

关于工匠精神和工程师精神的这个说法，其实并不是于晓惠的原创，而是来自习惯逆向思维的唐子风。

当今世界上的两大机床强国德国和日本都有关于工匠精神的传说，诸如下水道旁边必须埋油纸包，马桶必须刷七次，临了还要喝一口马桶里的水，等等，这都是曾被传为美谈的。

工匠精神应用得当，自然是质量的保证。但如果把工匠精神发展到极端，就难免会导致僵化。这就有点像注意个人卫生一样，不讲卫生当然是不对的，但如果把讲卫生发展成洁癖，那将会失去许多生活的乐趣。

临机集团一直将德日的机床企业作为自己的竞争对手，对这些对手的特征有相当深入的研究。集团技术部门指出，德日的机床企业最大的优势在于产品的精度高，这得益于它们的零部件水平，临机集团要想在短时间内达到同样的水平，难度很大。

但同时，集团技术部门也发现，德日企业的系统集成能力不强，机床整机的水平低于零部件的水平，导致一加一小于二的结果。

技术部门分析，出现这种情况，一定程度上是受到了零部件水平的拖累。每一个零部件都追求最优，结果就是零部件之间的协调性受到了影响。

唐子风正是针对这种情况，提出了一个工匠精神与工程师精神对冲的理论，认为追求工匠精神必然导致工程师精神欠缺。

于晓惠是个搞技术的人，对于这种什么精神的说法，一向是付之一笑。今天，卢玉杰上来就大谈什么精神，什么文化，楚占龙看起来似乎还挺相信卢玉杰的话，于晓惠也就不得不拿出唐子风的理论来对付卢玉杰了。

卢玉杰是个文科生，有情怀而不懂技术，跟他谈技术是对牛弹琴。要战胜一个文科生，必须使用另一个文科生的理论。而唐子风，恰恰就是一个擅长提出奇谈怪论的文科生。

"于总工，你刚才说，搞大型系统设计的理论和经验，德国、日本都是欠缺的，那么，咱们国家就有这方面的理论吗？"徐金云抛出了一个问题。他是跟着楚占龙创业的老人，有工业生产的经验，提出的问题也更有针对性。

于晓惠很笃定地点点头，说道："有。目前，在机床系统优化方面，我们国家的研究水平是最高的，代表人物就是清华大学机械学院的肖文珺教授，她是我的老师，而且她还是我们唐总的夫人。"

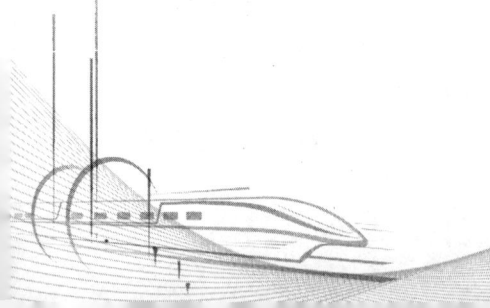

第五百六十五章　系统优化

机床系统化设计的概念并不是由中国学者首创的,其思想可以一直追溯到机床起源的年代,在那个时候,中国人甚至还没有接触过现代意义上的机床。

什么叫系统化设计,如何做系统化设计,在过去两百年中有过不少讨论,但真正取得实质性的进展,却是在过去的十几年中。而在其中做出最大贡献的,便是来自中国的工程师和学者。

自2000年开始,中国便成为全球最大的机床消费国,而后又成为全球最大的机床生产国。生产技术的进步,从来都是与应用息息相关的。丰富的应用实践,为工程师和学者们提供了海量的研究数据,这便促使中国在机床系统化设计领域里飞速进步。

肖文珺从十几年前便开始进入这个领域,凭借着她的天资以及临机集团、苍龙研究院所提供的实践机会,她很快就成为这个领域里的佼佼者。到现在,在全球范围内,如果肖文珺自谦说自己的水平只能排第二,还真没有哪个人敢跳出来说自己是第一。

肖文珺所研究的机床系统化问题,涉及三个层次。

第一个层次,是单台机床的最优化设计。她之所以会在这个方面做出成绩,很大一部分原因是情势所迫。中国机床与西方机床相比,在零部件的精度方面有很大差距,要想在短时间内赶上基本没有可能。在这种情况下,如何通过零部件的配合来弥补单个部件的精度差异,就成为一个很有价值也很有挑战性的课题。

在唐子风的支持下,肖文珺和于晓惠联手,一个做理论研究,一个做实践验证,也不知道花费了临机集团的多少研究经费,终于开发出了一套计算模型,并且成功地应用于生产实践。

有了这套模型,临机集团便补上了零部件精度不足的短板,能够制造出精度、品质不亚于西方同行的高端机床,参与市场竞争。由于降低了对零部件精度的要求，临机集团的机床还拥有价格上的优势，进而获得了更强的竞争力，也改写了机床市场的竞争规则。

于晓惠向楚占龙等人说起工匠精神和工程师精神的差异，其实也并非强词夺理，而是有一定依据的。

零部件精度的提高是有极限的，精度达到一定水平之后，每提升一点，要付出的成本都会呈几何级数上升。所谓工匠精神的背后，其实就是成本的无限堆积，而这些成本都是要由用户来承担的。

借助于系统优化的技术，临机集团可以用精度稍逊的零部件组合出高精度的机床，这就大大地节约了成本。这样一来，机床企业的竞争就由不断追求零部件的高精度，转向了寻求机床设计的优化，而后者拼的是理论水平以及数据支撑。

理论方面，中外各有所长，也没法说谁更强一点。但在数据支撑这方面，中国机床企业所拥有的优势，就是西方同行所不具备的，而且也是它们无法超越的。

数据来自生产实践，中国有几百万台机床，日复一日地运转，每时每刻都会产生出以TB为单位计算的数据，这些数据就是机床优化设计的基础。西方机床企业就算拥有再多的理论模型，没有数据支撑也是枉然。

机床系统化设计的第二个层次，则是工厂级别的机床组合优化。生产一种产品要经历许多道工序，每道工序要使用不同的机床，所以一家工厂里的机床种类是很多的。

传统的工厂里，机床来自不同的供应商，工人也有泾渭分明的工种划分，开车床的是车工，开铣床的是铣工，各干各的活，哪道工序出了问题，后续工序的工人就只能眼睁睁看着，插不上手。

信息技术的发展，催生了智能制造的概念。一线操作工的数量不断减少，有些企业甚至出现了所谓"无灯车间"，整条生产线上的所有设备都是通过自动化装置链接在一起的，一道生产指令就能够完成所有工序的操作。而要实现这一点，就要求生产线上的机床符合统一的标准。

工厂级别的机床组合优化，包括机床设计的标准化，还有前后工序机床之间的协调配合，此外，还要考虑容错和冗余的因素。在一条生产线上，如果有一台机床发生故障，后面的工序就无法进行。容错设计就是要在有机床出现故障的情况下，智能化地绕开故障点，避免生产中断。

第五百六十五章 系统优化

想达到容错的效果,就需要生产线上有一定的冗余。其中一种方法,就是让机床具有通用性,一台机床坏了,另一台机床马上能够改变功能,代替这台机床。现代数控加工中心原本也是能够同时完成多种加工作业的,功能上存在着一定的冗余。不过,要保留多大的冗余量,就涉及很复杂的计算,不是随便就能够设计出来的。

前两个层次的系统化设计,国外的机床同行也在做,大家只是水平上有些差异。肖文珺所做的第三个层次的系统化设计,可就是一个具有鲜明中国特色的层次,那就是跨地区、跨行业的机床组合优化,涉及数十万台机床的协作。

在一个工厂内部,无论如何都要进行生产组织,设备的闲置是难以避免的,尤其是高端且具有专业性的加工设备。

例如,有些工厂在生产中涉及超重型部件的切削加工,为此就需要购置超重型机床。但这种超重型部件的加工,不是每天都有的,也许一年就只有那么几次。这样一来,企业拥有的超重型机床在大多数时候是闲置的。

这一类高端的专业机床,往往价格非常高,一旦闲置,造成的资金浪费就是极其大的。

肖文珺所做的跨地区、跨行业机床组合优化,就是通过互联网技术把各企业拥有的专业设备联系起来,某一家企业的机床闲置时,可以承接其他企业的同类加工任务。这样一来,另一家企业就可以不用购置这类专用机床,从而节省下大量的设备投资。而拥有机床的那家企业,又可以通过为其他企业代工来获得收入,缩短设备投资的回收期。

除了这类高端专业机床之外,一般的通用机床其实也存在跨企业借用的可能性与必要性。许多企业的生产不是连续的,往往是有几个月旺季,又有几个月淡季。进入旺季的时候,企业会嫌设备不够用,而进入淡季时,企业的设备又会大量闲置。如果能够建立一个跨企业的设备使用平台,不同企业就可以在旺季和淡季时与其他企业调剂生产能力的余缺,这无疑也是很有价值的。

要实现企业间的设备共享,同样存在设备标准化和通用化的问题。越是专业性的设备,越不容易与其他企业共享。但如果一味强调设备的通用性,对于专业生产来说,又未免影响效率。如何在专业性和通用性之间取得平衡,也是一门高深的学问。

说这个层次具有中国特色,是因为在西方国家里,要实现设备的跨企业共享,牵扯的利益太多,这不是工程师们能够解决的问题。而在中国,至少在国有企业范围内,要推行这套体系是有一定基础的。

肖文珺最初也没想到这件事能够办成,她只是在闲聊的时候向唐子风说起了这样一个思路。没想到唐子风当了真,一边吩咐她和于晓惠尽快拿出一个可行性方案来,一边利用自己的行业影响力开始推广。

唐子风至今仍然担任着机二〇的秘书长,而机二〇则是国内影响最大的机床企业的联合体。国内的制造业企业,使用的机床多数是国产的,而国产机床又多数来自机二〇企业。所以,在机二〇推广这套机床共享系统,响应的企业还是非常多的。

有些企业本身对机床共享这件事并没有太大的兴趣,但碍于机二〇的面子,也答应先参与进来试试。还有一些企业,就纯粹是看在唐子风的分上,不愿意为这么一点小事而拂了未来国资委领导的面子。

为了更好地匹配不同企业的生产要求和闲置设备,唐子风推动国资委牵头建立了一个设备云平台,在平台上可以随时查到每家企业的每台设备的即时运行情况,包括磨损情况、维修记录等等。这项工程之烦琐,也是难以描述的。

系统推广之初,出了不少岔子。有一段时间,肖文珺和于晓惠东奔西走,忙着处理各种差错,可谓焦头烂额。但每一项差错,都为研究者们提供了新的材料和启发。几经磨合,这套系统逐渐成熟,参与系统的企业也渐渐地尝到了甜头,抱怨声越来越少,赞扬声越来越多。

一些原来持观望态度的企业,也开始主动申请加入了。系统所覆盖的范围,也从主要以国有企业为主,逐渐扩展到了大批民营企业和外资企业。

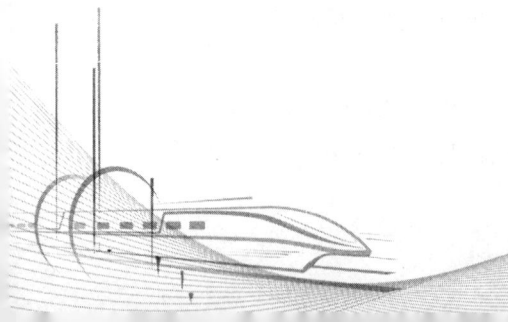

第五百六十六章　搞战术

"子风，你怎么会对这件事这么用心？"

终于闲下来，肖文珺这样对唐子风问道。

唐子风此时正坐在电脑前，玩着一款十几年前的游戏。听到肖文珺的问话，他笑呵呵地说道："你没有觉得，你们搞的这一套，都是剽窃了我的思想吗？"

"不会吧？"肖文珺做出惊讶的样子，"唐子风，我认识你也有二十多年了，我怎么不知道你还有思想啊？"

"瞧你说的，我怎么就没思想了？"唐子风不忿地反驳道，"我好歹也是人民大学计划系的最后一届毕业生，'综合平衡'这四个字，可是刻在我的灵魂里的。你说说看，你们现在搞的这一套，是不是体现了综合平衡的思想？"

"要这样说，也对。"肖文珺倒没有和唐子风杠下去的意思。她承认，自己之所以想到这样一个模式，也的确是受了唐子风的一些潜移默化的影响。

唐子风的本科专业是计划经济学，虽然国家现在搞的是社会主义市场经济，但计划经济思维是不会过时的。唐子风说的综合平衡，在很多领域里都有体现。肖文珺搞的这套跨企业机床共享系统，的确在一定程度上反映出了一种计划经济思维，唐子风说她剽窃了自己的思想，也没完全说错。

当然，所谓"剽窃"，不过是夫妻之间的玩笑话，肖文珺是不会当真的。

"可是，子风，你有没有想过，推行这套系统，对于你们机床企业来说，是很不利的。"肖文珺说，"原本各家企业都要买机床，现在能够实现资源共享，有些企业就不用买了，这不是冲击了你们的业务吗？像你这样一个'财迷'，怎么会支持我们推行这套系统呢？"

"你想听实的还是虚的？"唐子风牛哄哄地问道。

"嗯，先听虚的吧。"肖文珺抿嘴笑道。先听虚的也有好处，就是能够知道唐子风有多"虚伪"，这也是一件挺有趣的事情。

唐子风说："虚的就是，我虽然是商用机床公司的总经理，但我同时也是一名国家干部，思考问题不能仅仅从本企业的利益出发，还应当考虑国家利益的最大化。各家企业实现机床资源共享，的确是影响了我们这些机床企业的市场，但这为各家制造业企业带来的收益，远远超过给我们造成的损失，所以我是支持这件事的。"

肖文珺想了想，说道："你说的这个，也不能完全算是虚的吧。你一向是有大局观的人，许老、谢主任和周厂长都这样表扬过你。别人说这话，可能是大话，但你唐子风这样说，还是有几分可信的。"

"谢谢夫人理解。"唐子风嬉皮笑脸地说。

"那么，你的实的又是什么呢？"肖文珺继续问道。

唐子风说："实的就是，你们搞的这个系统，短期来看的确是影响了我们的销售额，但长远来看，提高了我们的竞争力。但凡有点长远眼光的企业领导，都会支持这个系统。"

"我不太明白。"肖文珺说。

唐子风说："过去在临一机，后来是临机，现在是商机，我有一点没变，那就是始终把企业的竞争对手设定为国外机床企业，这一点你不否认吧？"

"我一直都知道的。"

"我们和国外机床企业相比，起步晚，品牌知名度低，技术水平还有差距，也就是产品价格上有些优势，加上售后服务做得好，这才赢得了一部分的亚非拉市场，在欧美市场上也略有一些突破，但总体来说，我们的竞争力还是比较弱的，处于竞争上的劣势。"

"嗯。不过，这种劣势也正在缩小，你对此不是一直都很有信心的吗？"

"信心肯定是有的，我们投入了这么多资金搞技术研发，和国外的技术差距不断缩小，最终超过国外同行，是完全可能的。不过，这个过程可能会比较漫长，毕竟人家也不会站在原地等着我们，像染野、海姆萨特这些企业也是蛮拼的。"

"那么，这和我们的机床共享系统有啥关系呢？"

"有关系啊。你们搞的这套系统，是全球独一无二的，日本人也好，德国人也好，都无法在他们国内搞这样的系统。而这套系统的优势又是非常明显的，但凡加入这套系统，就能够大幅度提高设备的使用效率，还能够节省专用设备的采购成本。我相信，过一段时间，国外的制造企业也会要求加入这套系统，搞跨国的资源共享。"

"现在已经有这种情况了,越南、韩国,还有日本,都有一些企业申请加入共享平台,以便能够利用咱们国内的闲置机床资源。一个超重部件,在中国加工出来,再装船运到日本去,花费也比他们专门买一台超重型机床要少得多。有些企业的大型机床,现在申请代工的订单都已经开始排队了。"

"这就对了。"唐子风放下鼠标,正色说,"你们要继续努力,要争取把更多的国外企业吸引过来,把这个平台做成一个国际平台。"

"可是,我还是没明白这和你们的利益有什么关系。"肖文珺笑着说道。她倒没有嫌唐子风兜的圈子太大,有些事情是需要兜个圈子才能说明白的,和唐子风在一起二十多年,肖文珺已经习惯唐子风的风格了。

"你想,如果全世界的制造企业都被纳入你们的平台里,那么它们使用的设备是不是也得遵循你们平台的标准?"唐子风问。

肖文珺点点头:"的确,虽然我们的平台能够容纳各种型号和标准的设备,但符合特定标准的设备是更容易与其他企业共享的。对于一些企业来说,老设备无法更换,也没办法,但在采购新设备的时候,他们或多或少是会考虑一下遵循我们平台的标准的。"

"这不就得了?"唐子风"阴险"地笑道,"你们平台的标准,其实就是我们的标准。加入了这个平台的企业,都必须执行这个标准,在同等条件下,他们会更倾向于采购符合我们标准的设备。而西方那些机床企业,要么照着我们的标准生产,要么就会被用户抛弃。

"你说说看,这对我们来说,是不是一个绝对的利好消息?"

"还真是这样!"肖文珺一下子就听明白了。

跨企业的机床共享,其实是改变了机床利用的规则。原先企业购买机床,只需要考虑自己的需求。而现在,它们要考虑这些机床是否可以在闲置的时候为其他企业代工,还要考虑自己的机床与其他企业的机床相匹配,以便在生产紧张的时候,借用其他企业的机床来为自己代工。

规则的改变,必然导致市场的重新洗牌。掌握规则的企业,将成为这一轮洗牌的受益者。

机床共享平台是由中国机床企业推出的,如果这个平台扩大到国外,甚至成为全球制造企业共同使用的平台,就意味着中国机床企业主导了平台的规则。这时候,机床用户会更倾向于选择中国机床。

在目前的规则下,中国机床是处于竞争劣势的,要扭转劣势,需要大量的投入,还需要足够的时间。而如果能够改变规则,则中国机床的劣势就会缩小,优势会扩大,这可的确是一个利好消息。

"子风,你怎么不早说?"肖文珺抱怨道,"你如果早说,我们在设计算法的时候,就会更多地偏向咱们中国的机床企业,哪怕只是改变一下权重,也能影响用户的选择。"

"你怎么知道我没这样做呢?"唐子风得意道,"关于这一点,我早就跟晓惠说过了。你们的算法和权重不都是晓惠那个团队在做吗?"

"居然还有这样的事情?你怎么没跟我说呢?"肖文珺恼道。

唐子风说:"我这不是担心肖教授有学术洁癖吗?我们搞的那些名堂,太俗气了,怕污了肖教授的眼。"

"那你现在怎么又跟我说了?"

"因为现在系统已经运行起来了,告诉你也无妨。"

"呸!你就是故意的!"肖文珺说。

到了这一步,她倒是有些明白唐子风的用意了。调整权重之类的事情,原本也不需要肖文珺亲自去做,而且肖文珺也不一定做得好。什么样的设定更有利于商机集团的机床销售,只有商机自己的技术部清楚。肖文珺是做理论的,对于这些具体的数据,反而不如于晓惠他们掌握得清楚。

肖文珺的确是个有些学术洁癖的人,如果让她参与到这些事情里,她心里肯定会有一些疙瘩。搞学术还是需要心思更单纯一些,这样才能做出更好的成果。唐子风瞒着她这件事,也是有道理的。

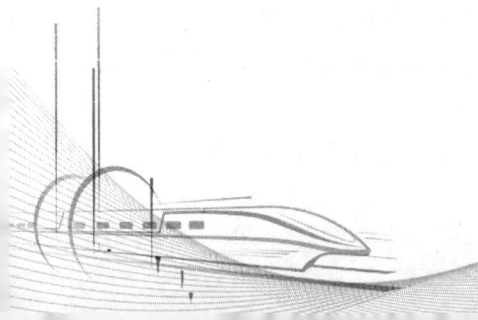

第五百六十七章　有一些难言之隐

京城，中国商用机床集团公司总部。

总经理助理段如飞领着两位客人走进了唐子风的办公室。

"唐总，张总他们到了。"段如飞报告道。

正在电脑上忙碌着什么的唐子风抬起头看了一眼，然后起身从办公桌后绕出来，迎向两位客人。他向领先的那位客人伸出手去，笑呵呵地打着招呼：

"张总大驾光临，在下有失远迎，还请张总见谅。"

被称为张总的这位，是几年前刚成立的浦江飞机制造公司的副总经理张令伟，旁边则是他的秘书廖通。见唐子风向自己伸出手，张令伟紧走两步上前，伸出双手握住了唐子风的手，同时笑着说道："唐总太客气了，我们是不速之客，没有打搅到唐总的工作吧？"

唐子风招呼张令伟和廖通在办公室的长沙发上坐下，自己坐在旁边的短沙发上，然后笑着说："没事没事。昨天接到你们的电话，我让办公室搜集了一下你们的资料，刚才正在抓紧补课呢。这不，课还没补完，张总就到了，一会儿万一说起什么，我接不上来，张总可别扣我的分。"

张令伟装出一副惶恐之色，说："唐总这话可折我们的寿了，吓得我都想带着小廖赶紧跑回去了。唐总日理万机，还抽出宝贵时间研究我们的资料，真是让我们受宠若惊啊。"

唐子风说："我日理的那万机，也比不上你们一机啊。领导说了，大飞机是世纪工程，是关系到中国能否屹立于世界之林的战略产业。我们机床行业必须要为大飞机工程保驾护航。

"如果说中国经济是一出大戏，你们就是台上唱主角的，我们是给你们搭台子拉幕布的；如果说中国经济是一桌好菜，你们就是掌勺炒菜的，我们是给你们洗菜、切菜、备调料的；如果说中国经济是一幅山水画，你们就是拿着毛笔泼墨挥毫的，我们就是在旁边添水磨墨的；如果说中国经济是……"

"打住打住!"张令伟举起两只手,做出投降的样子,说道,"唐总,我服了,我服了。早就听说唐总才高八斗,出口成章,今天算是见识了。你再'如果'下去,我们一个小小的浦飞公司都要被你吹到天上去了。罢了罢了,我也不跟唐总客气了,咱们还是说正事吧。"

"嗯嗯,那就说正事吧。"唐子风嘻嘻笑着,然后又向坐在一旁的段如飞做了个手势,说道,"小段,你做下记录,张总的指示,咱们必须一个字都不能记错。"

"这……"张令伟不知说什么好了,他叹了口气,这才说道,"唐总,你就别寒碜我们了。说实话,我们过去也不是故意想驳临机集团的面子,实在是有一些难言之隐。至于现在,唉,还是有一些难言之隐,还请唐总理解。"

浦江飞机制造公司是新世纪以来才成立的一家大型企业,承担的是研制国产大型客机的任务。大飞机是工业皇冠上的明珠,代表着工业制造的最高水平。

在此前,中国虽然一直都有研制大飞机的梦想,但难以付诸实施,其中主要的原因就在于工业基础薄弱,难以支撑起这样一个庞大的体系。此外,那时候国内的航空市场也不发达,对飞机的需求很少,也很难养活一家真正的大型飞机公司。

进入新千年,中国工业制造水平不断提高,航空市场也日益壮大,于是便逐渐具备了冲击大飞机产业的能力。国家适时地提出了研制大飞机的计划,并在浦江成立了一家全新的企业,以承担研制大型客机的任务,这家企业便是浦江飞机制造公司。

前些年,浦飞主要是在做飞机的前期设计以及厂区的基本建设,生产设备的采购还顾不上,与机床行业也没有太多的瓜葛。等到厂房初具规模,飞机的设计也基本完成,飞机制造的问题就提上日程了,这时候便有了采购设备的需求。

在当时,商机集团还没有成立,唐子风还只是临机的总经理。他安排临机技术部和销售公司去与浦飞接洽,以便了解对方的需求,组织研发和生产,为浦飞提供设备。

谁承想,技术部和销售公司在浦飞那里碰了壁,对方声称飞机制造设备是有特殊要求的,临机没有生产此类机床的经验,浦飞肩上担负着国家赋予的重任,不能拿自己的生产车间去做临机的试验田。

换成任何一家别的企业,敢和唐子风这样龇牙,唐子风肯定就要出手去教

第五百六十七章 有一些难言之隐

育教育了。但浦飞的来头很大,与临机也不是一个系统的,唐子风有些鞭长莫及。对方声称是对国家战略负责,唐子风也背不起"影响国家战略"的罪名,所以也就捏着鼻子忍了。

昨天,商机集团办公室忽然接到了浦飞公司打来的电话,称浦飞公司希望与商机集团开展更深入的合作,他们将派出副总经理张令伟前往商机集团来洽谈合作事宜,希望商机集团能够安排一位够分量的领导接待。

办公室把这个情况报告给唐子风,唐子风略一思索,便决定亲自接待这个张令伟,听听对方有什么要求。

唐子风不是拎不清的人,自然不会因为浦飞过去对临机的轻慢而拒绝与浦飞合作。不过,过去在浦飞那里吃过瘪,现在对方上门来,自己不嘲讽,这也不是唐子风的风格。刚才他那番做作,就是报过去的一箭之仇了。

唐子风有怨气,张令伟是知道的。要说起来,现在的商机,以及过去的临机,也都是有地位的大企业。浦飞不给临机面子,的确是比较得罪人的事情。

浦飞刚成立那几年,上上下下的自我感觉都非常好,觉得自己是做大事业的,与国内其他的企业相比,有着层次上的差异,所以在与其他企业打交道时多少都带了一些傲气。现在反过来要求别人,别人给自己一点脸色,也是在所难免。

"浦飞公司的主要生产设备要从国外引进,这是大飞机项目立项论证的时候就定下来的事情,我们并不是有意排斥国产设备。"张令伟向唐子风解释道。

唐子风没有吭声,倒是段如飞替他问了一句:"这又是什么缘故呢?"

张令伟说:"这件事,其实是与适航证有关的。"

"适航证?"段如飞皱起眉头。隔行如隔山,对方行业里的事情,他还真的不太明白。

廖通说道:"事情是这样的。我们要搞的大飞机,未来肯定不能只局限在国内,而是要飞国际航线的。还有,我们的大飞机除了要满足国内航空公司的需要之外,希望也能够开拓国外客户。最起码,亚非拉地区的发展中国家,我们是希望能够进入的。

"要飞国际航线,以及开拓国外客户,就必须要获得在国外的适航证,也就是人家要允许你在人家的地盘上飞。第三世界国家的适航证,难度不大。但欧盟和美国的适航证,恐怕就是我们面临的两只'拦路虎'了。"

张令伟接过话头,说道:"说老实话,以咱们国家目前的工业水平,我们研制出一架达到国际先进水平的大型客机并不难，最起码，不会次于现在使用最广泛的波音737和空客320。毕竟这两个型号都至少是三十年前的产品了，我们的技术不会比它们差。"

"这一点我完全相信。"唐子风说。

张令伟继续说道："困难的事情在于，西方国家不会轻易地给我们发放适航证。其中有两个原因：一是他们出于思维惯性，看不起中国的工业水平，从而也不相信我们的飞机质量。"

"的确会有这样的情况。"唐子风说。

关于这一点，他是深有体会的。商机的一些机床品质已经丝毫不逊色于德日的机床，但在国外市场上还是容易受到歧视，说到底就是用户的思维定式，总觉得中国的东西就不如西方的好。

张令伟接着说："二是利益上的原因。美国有波音，欧盟有空客，它们都不希望这个市场上出现一个新的竞争者。我们搞大飞机的目的也很明确，那就是在未来的国际民用航空市场上我们要三分天下有其一，这就是在分西方的蛋糕，他们是肯定不乐意的。"

"这种事，也由不得他们不乐意吧？"段如飞说，"我们买过波音，也买过空客，也允许它们在中国的天上飞。那么，现在咱们把飞机造出来了，他们凭什么不让咱们的飞机飞？如果他们敢禁我们的飞机，我们就禁了他们的飞机，我就不信他们会不在乎中国市场。"

张令伟说："话是这样说，但实施起来还是有一些难度的。我们当然会用我们的适航证来和西方博弈，但与此同时，我们还需要有更多的砝码。西方国家不给我们发适航证，也会找一些冠冕堂皇的理由。我们使用进口机床，其实也是为了堵他们的嘴，这是我们争取美国和欧洲适航证的一个手段……"

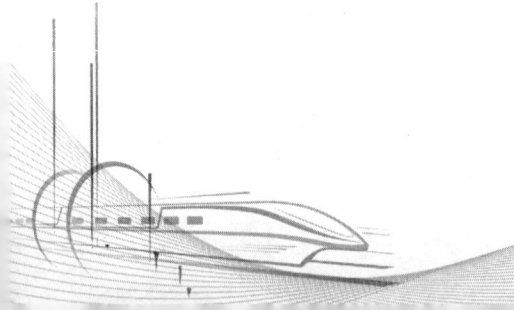

第五百六十八章　必须有自己的备份机制

"等等,让我想一下。"

段如飞打断张令伟的话。他想了几秒钟,然后说道:"张总的意思,是不是有两个方面? 第一,你们使用了国外的机床,就能够证明你们的产品是符合国际标准的,这样西方国家就容易给你们发适航证了?"

"是的,这的确是一个方面。"张令伟说。

"第二,你们买国外的机床,相当于向国外交买路钱,西方国家看在这笔钱的分上,也会答应给你们发适航证?"段如飞继续说道。

"买路钱……"张令伟有点窘,不过还是硬着头皮说道,"差不多是段助理说的这个意思吧! 但一般也不会说是买路钱,这算是利益共沾吧! 西方的飞机专用机床,是被一家叫作韦尔财团的投资机构垄断的,韦尔财团在欧盟和美国都有很强的院外游说能力,我们使用韦尔财团的机床,他们也就有义务为我们争取适航证了。"

"原来是这样。"唐子风听懂了。难怪张令伟说这件事是在大飞机立项论证的时候就定下的,原来是有这样的考虑。

廖通说:"其实又岂止是机床? 我们飞机上的很多部件,也是全球采购的,同样是考虑这两个方面的因素:一是让国外觉得我们使用的是成熟的部件,从而对我们的产品有更多的信任;二是向西方国家的航空部件制造商让出一部分利润,减少他们的抵触心理。"

"真憋屈。"段如飞恨恨地说。

唐子风却摆摆手,说道:"这也是难免的,毕竟我们是后来者。人家在桌子上吃得好好的,我们也要上桌,分人家的菜吃,不做出一点姿态也不行。说到底,还是咱们的实力不够强大。"

"是啊是啊,我们能够上桌,就是一个巨大的胜利了。至于说先让一部分利给西方供应商,这就是一种策略了。"张令伟说。

唐子风说:"张总你们也真不容易。"

"谢谢理解,理解万岁!"张令伟说,还向唐子风拱了拱手。

"既然如此,那么今天张总到敝公司来,又是想谈什么呢?"唐子风话锋一转,回到了今天的正题上。

"我们需要商机的帮助,希望商机帮我们开发出全套的飞机机床,替代韦尔财团的设备。"张令伟说。

"这是什么意思?"段如飞愣了。

张令伟解释了半天,说为什么必须要用韦尔财团的设备,商机这边刚刚接受了他的解释,他却突然说希望商机开发出全套飞机机床,这前后的说法对不上啊。

唐子风却是明白了几分,他问道:"怎么,你们引进机床的事情,出现变故了?"

"是出现变故了。"张令伟说,"美国发起对华高技术禁运,大飞机制造设备其实应当是首当其冲的,因为飞机机床都是高精度以及超大、超重的机床,技术含量都是非常高的。此外,大飞机技术从来都是军民两用的,美国和欧盟如果以这个理由来禁我们的设备,完全符合它们当下的政策。"

"也就是说,它们到目前为止还没有对这些设备发禁令?这应当是韦尔财团的力量在起作用吧?"唐子风猜测道。

"唐总的目光真是太犀利了。"张令伟跷起一个大拇指赞道,"美国和欧盟开始对中国进行技术禁运的时候,我们也着实紧张了一下。后来韦尔财团方面通知我们,说他们已经说服了美国政府和欧盟委员会,将与我们商定的大飞机核心加工设备排除在禁运名单之外,我们双方的交易不会受到影响。"

"恐怕没有那么简单吧?"唐子风微笑着说。

张令伟又叹了口气,说道:"又被唐总说中了。韦尔财团方面通知我们这一点的同时,又说了三个意思。第一,为了向美国和欧盟有个交代,他们向我们提供的主要设备上要加装数据搜集装置,以确保这些机床不会用于军工目的。"

"这也是老伎俩了。"唐子风评论道。

在进口设备上加装数据搜集装置的事情,已经不算新鲜了。中国技不如人,有些高精尖的设备不得不依赖外国,人家答应卖给你,就已经是天大的恩赐了,在上面加装一个数据搜集装置,以监控你的使用情况,这是你无法拒绝的条件。

数据搜集装置的关键在于,它还能够窃取你的技术秘密。你用这台机床加

第五百六十八章　必须有自己的备份机制

工的部件，所有的细节都会被记录下来，相当于把图纸送到了外国人手里，人家想怎么用，你都没办法。

这些年，国内的装备技术水平不断提升，许多进口设备已经有了替代产品。这些替代产品虽然质量上与进口设备还有差距，但毕竟给了用户另外一种选择。有了选择，用户就有底气与国外厂商交涉，拒绝对方安装数据搜集装置，或者要求对方公开数据搜集装置的工作原理，确保不具备窃密的能力。

国产大飞机涉及大量拥有自主知识产权的技术，这些技术都是需要保密的。在此前，浦飞公司与韦尔财团商谈引进生产设备时，曾明确提出不能附带数据搜集装置，韦尔财团也答应了。可现在，借着贸易战的由头，对方又把这一条给加上了。

"第二个意思，就是他们的制造成本上升了，所以设备报价要在原来的基础上上调10%至30%不等。"张令伟继续说道。

唐子风冷笑："这就叫趁火打劫吧？"

"这还不算呢。"张令伟说，"最恶心人的是第三项。他们表示，美国政府和欧盟委员会的政策存在着不稳定性，现在答应不禁止这桩交易，未来则有可能会变卦。

"为了避免政府变卦给双方的交易带来影响，尤其是为了避免影响我们未来的生产计划，他们建议我们把分批次采购变成一次性采购，把未来五年的采购计划合并成一个合同，现在就签署执行。"

"那么，这笔合同有多大？"唐子风问。

"折合人民币800亿到1000亿元。"张令伟说。

"居然有这么大的规模！"段如飞在一旁惊呼道。

廖通把手一摊，说道："没办法，外人都以为造飞机很赔钱，其实飞机公司是在帮你们机床公司赚钱。一台加工框梁结构的20米行程的铣床，价格就是1个亿。

"加工起落架的专用机床，一台合2000万人民币，每台机床每年只能加工不到10个起落架。我们按每年生产100架飞机计算，就需要至少10台这样的机床，这就是2个亿。

"加工发动机燃油喷嘴的小型精密五轴车铣复合机床，全球只有一家企业能够生产，一台设备就是500万，我们的采购量起码是40台。

"可以这样说，飞机制造厂的车间，简直就是一座黄金屋，是用金子堆起来的。800亿人民币只是我们第一期的投入，而且还不一定够。等到第二期，我们要形成年产300架的产能，设备数量要再增加两倍。"

唐子风问道："这么多专用设备，这个韦尔财团有这么强的技术水平吗？我们机床业界怎么没听说过这家企业？"

张令伟说："韦尔财团并不是一家机床企业，它是一家投资公司，参股了几十家机床企业，握有它们手上与航空业相关的产品，专门做飞机制造商的生意。"

"很有商业眼光啊。"唐子风评论道，"把几十家企业的航空专用机床控制住，统一对外报价，还掌握着院外游说能力，在这个行业里就是无敌的存在了。"

"是的，包括空客和波音在内，都要看它的眼色呢。"张令伟说。

唐子风说："西方人的信用，恐怕得打个问号。西方处于强势的时候，的确是很喜欢标榜自己有契约精神，是道德楷模。但现在西方是日薄西山、朝不保夕的时候，他们是随时都有可能撕掉脸皮当擦脚布的。

"你们如果把五年的采购合同并成一个合同，他们完全有可能拿了钱就跑掉，或者发给你们一批根本不合格的设备，这个损失可是你们无法承受的。"

张令伟点头道："正是如此，我们担心的也是这个。其实还有一点，那就是即便韦尔财团自己不违约，美国政府和欧盟委员会也可能会突然加大禁运的力度，韦尔财团也改变不了这个结果。

"如果真的出现这种情况，而我们的生产已经开始，那么麻烦就大了。领导指示我们，必须对可能出现的突发情况有充分的准备，不能把希望都寄托在别人身上。"

"没错啊！任何时候，核心技术捏在别人手上，都是非常危险的。"唐子风说，"我们国家这么多年节衣缩食也要培育自己的机床产业，就是担心出现张总所说的情况。

"具体大到飞机产业上，是否要使用进口设备，你们还可以再探讨。但在使用进口设备的同时，我们必须有自己的备份机制，才能做到心中不慌，而且还有了和这个什么韦尔财团讨价还价的能力。"

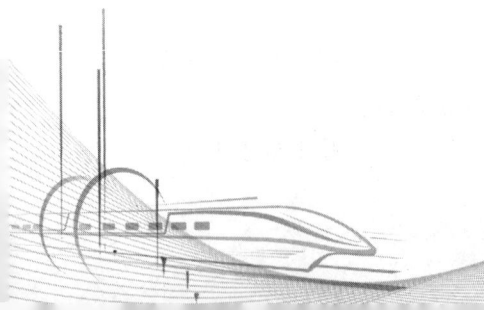

第五百六十九章　我们可以号称

"唐总说得太好了,我们这次到商机来拜访,就是想和商机谈一谈备份机制的事情。我们不能受制于人,手上得有几张底牌才行。"张令伟说。

段如飞皱了皱眉,问道:"张总,恕我冒昧,我想问一下,你们的意思是想让商机也成为浦飞的一家供应商,还是仅仅让我们当一个备胎,目的是威慑韦尔财团?"

"这个……"张令伟哑了,"段助理这样问,我都不知道该怎么回答才好了。我想,我们的意思,应当和这两条都不相同吧。"

"愿闻其详。"唐子风悠悠地说道,同时向段如飞做了个手势,示意对方给客人们的杯子里加水。他注意到,张令伟和廖通或许有些紧张,已经把杯子里的水给喝完了。

段如飞起身拿了张令伟和廖通的杯子到饮水机上给他们加了水,张令伟向他点点头,表示了感谢,这才字斟句酌地说道:

"唐总、段助理,我知道,这件事情很难启齿。如果不是来之前领导给我们吃了定心丸,说唐总以及商机集团都是识大体、顾大局的,我实在是不敢上门来向唐总求援的。"

唐子风摆手道:"别别,老张,咱们在商言商,这种高帽子就先别给我戴了。你们浦飞是国家重点企业,担负着很多重任。我们商机虽然不如浦飞重要,但也承担了一些国家的重点任务。我们如果抽不出时间和精力来做你张总委托的事情,也不能算是不识大体、不顾大局,只是能力有限、爱莫能助,你说是不是?"

"是是,我刚才失言了,唐总别见怪。"张令伟赶紧道歉。

他刚才抬出领导来,其实是想给唐子风施加一点压力。可他也不想想,唐子风是那种轻易就能吓唬住的人吗?

"唐总,我就实话实说了。现在我们是有些骑虎难下了,韦尔财团也是看出了我们的弱点，想狠狠地宰我们一刀。我们现在既不能完全和韦尔财团翻脸，又不能照着他们画下的道走。是领导给了我们一个建议，让我们请唐总出手，帮我们解决这个难题。"张令伟说道。

说罢这些，他抬手擦了一把额上的汗，显然是刚才这番话说得太艰难了。

唐子风知道张令伟说的领导是指哪位，也知道张令伟没有撒谎。唐子风解决复杂问题的能力已经出了名，遇到这种事情，领导亲自点将，让唐子风出马，并不奇怪。

"既然是领导点了我的名，那我也就不客气了。"唐子风换了一种态度，向张令伟正色道，"张总，我觉得你们是被这个韦尔财团牵着鼻子走了。你们原本只是想和它做一笔交易，你们出钱买它的设备，它帮你们解决适航证的问题，这其实是一件互惠互利的事情。

"结果，因为你们表现得太急切，或者是……这个就不说了。总之，你们被对方看出了虚弱，所以对方就反客为主，开始拿捏你们了。

"韦尔财团提出的这三个条件，如果你们全盘答应了，换来的绝对不是韦尔财团和你们的精诚合作，而是它变本加厉的进一步讹诈。甚至最后有可能你们把保护费都交完了，对方把手一摊，说句'对不起'，就把你们给应付了，你们依然拿不到适航证。"

"这种可能性是存在的。"张令伟沮丧地说。

唐子风刚才的话里有一句没有说出，但张令伟听懂了。他们在与韦尔财团谈判的过程中，的确是表现得有些软弱了，这才让韦尔财团看到了敲竹杠的机会。

至于说他们为什么会表现得软弱，又与时下正在打的贸易战有关。国内有一些所谓的大学者成天散布失败论，浦飞的谈判人员中有一些受到了影响，心里有了怯意，谈判的时候就会不经意地流露出来，最后就搞成了现在这个局面。

唐子风说韦尔财团有可能在讹诈了浦飞之后直接爽约，不帮浦飞解决适航证的问题。搁在过去，张令伟以及浦飞的其他高层是不相信的，因为他们都坚信西方人是讲契约精神的。但现在，他们的信念有些动摇了，韦尔财团这次明显就是趁火打劫，这让人怎么敢相信它的信用？

"要解决这个问题，就必须把到目前为止的谈判结果全部推翻，双方从零开始，重新谈合作事宜。他们追加的那几个条件，我们一个都不能答应。而且，鉴于当前西方各国出现了严重的贸易保护主义倾向，我们会对韦尔财团提出更多

第五百六十九章 我们可以号称

的要求。"唐子风霸气十足地说。

"可是这样一来，韦尔财团完全有可能直接拒绝与我们合作。"廖通担忧地说道。

"不会的。"唐子风说，"韦尔财团是企业，企业是不会和利润过不去的。中国必然会成为一个航空工业大国，除了浦飞之外，还有其他的飞机制造厂，它们也需要采购飞机专用机床，这个市场是非常庞大的，韦尔财团没有勇气完全放弃。"

"可是，我们也的确需要它的机床啊。"廖通说。

唐子风说："我们用五年时间，研制出足以全盘替代它的机床产品。到那时候，它将面临两个选择：一是拿到中国市场50%的份额，二是完全退出中国市场。廖秘书认为，它会如何选？"

"五年时间，研制出完全替代韦尔的产品，这个……可能有些难度吧。"张令伟委婉地说，潜台词自然就是不相信了。

唐子风微微一笑，说："张总对我们似乎没什么信心啊。"

"这倒不是有没有信心的问题。"张令伟说，"主要是飞机制造涉及的机床种类太多，要求也太高，你们从零开始，想用五年时间就完成替代，这个难度太大了。"

"谁说我们是从零开始？"唐子风问道，不等张令伟回答，他接着说道，"张总到我这里之前，我已经看了一些资料，也让我们集团技术部做了一些评估。事实上，你们向韦尔财团采购的机床中，有30%是我们已经有成熟产品的，还有30%是我们有足够的技术储备，随时能够拿出合格产品的。

"十几年前，我们机床行业就提出过一个'备胎'计划，对一部分严重依赖进口的关键机床进行研制，积累了大量的研制成果和经验数据。这些'备胎'机床的性能比进口机床稍逊一筹，但至少是可以使用的。尤其是在面临别人的讹诈时，完全可以用这些'备胎'进行临时性的替代。"

"这件事我知道，好像这个'备胎'计划最早就是唐总提出来的吧？"张令伟说。

"备胎"计划并不仅限于机床行业，在其他行业里也都有类似的计划，所以张令伟是知道这件事的，而且还知道唐子风是这个计划的推动者之一。

唐子风说："这个想法是许老他们提出来的，我充其量也就是贡献了一个名字，把这个计划叫作'备胎'计划。其实，名字的问题并不重要，重要的是我们的确拥有了一定的替代能力。"

"唐总,你刚才说了两个30%,那么还剩下40%,是不是就属于咱们国内的空白了?"廖通问道。

唐子风说:"的确如此。不过,这中间还有一个可以控制的因素,那就是你们的飞机部件加工工艺也是有调整余地的。你们原来的工艺是照着韦尔的机床来设计的。如果没有韦尔机床,用我们自己现有的机床,其实也能加工出这些部件,只是工艺文件需要照着我们的机床来写,廖秘书觉得是不是这样?"

"这个……"廖通哑了,他是个文科生,还真不知道唐子风所说的是不是有道理。

张令伟是搞生产出身的,有些技术功底。他点点头,说道:"唐总说得对。如果我们愿意改变工艺,有些进口机床的确是可以用国产机床来代替的,充其量就是生产效率低一点,其实也在可接受的范围内。"

唐子风说:"这样再扣掉20%,那么我们需要从零开始研制的机床,也就剩下20%了。说从零开始也是有些夸张了,现有我们国内所有的机床企业能够生产的机床型号有3000多个,所有的技术都涵盖在内了,不管要研制什么新的机床,我们都不会是从零开始,而是有一定的基础的。"

"五年时间,完成这20%的机床的研制,倒也有可能。"张令伟改口了。唐子风给他算的账,让他对眼前的形势有了新的认识,他似乎看到了一些光明。

唐子风笑着说:"即便我们无法把这20%的新机床全部研制出来,我们也可以号称啊。"

"什么叫'号称'?"廖通有些蒙。

唐子风说:"'号称'你都不懂?当年曹操带83万大军南下,就是号称,历史学者考证过,说他手下最多也就是20万人,甚至可能连20万人都不到。"

"你是说……吹牛?"廖通这回听懂了,这是神奇的"号称"啊。

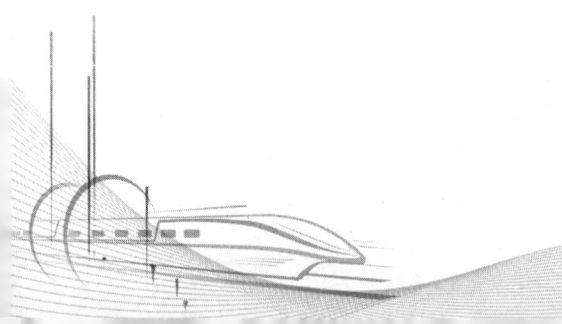

第五百七十章　不带这么欺负人的

"可是,即便如此,唐总觉得韦尔财团方面会屈服吗?毕竟,在这件事情上还是我们有求于他们,他们是没有什么压力的。"张令伟说。

唐子风说:"他们怎么会没有压力呢?如果咱们能够利用自己的机床制造出大飞机,从此不再采购韦尔的机床,他们将会损失掉一个大市场,他们怎么可能没有压力?"

"我们不可能不再采购韦尔的机床。"张令伟说,"因为我们还需要韦尔替我们进行游说,说服欧美各国的政府为我们发放适航证。"

唐子风问道:"张总,你觉得买了韦尔的机床,它就一定会帮你们解决适航证的问题吗?"

"以现在的情况来看,不好说。"张令伟说。

唐子风把手一摊,说道:"这不就得了?就算我们现在向韦尔投降,答应它的所有条件,最终我们仍然有可能拿不到适航证。既然如此,我们还不如索性和它摊牌,适航证的事情,它愿意帮忙就帮忙,不愿意帮忙就滚蛋。

"大不了我们就先不飞国外了,把国内航线装备起来,也够你们吃上十年了。至于十年之后,说不定整个世界格局就变了呢?"

"可是,这不符合中央给我们的要求啊。"廖通反驳道。

唐子风说:"中央给你们提出要求,是在十年前,当时谁也没有料到国际形势会发生这样大的变化。在'大统领'上台之前,西方国家总体还是要脸的,虽然那脸也不怎么干净。'大统领'撕掉了西方国家的最后一块遮羞布,现在他们已经彻底不要脸了。

"在这个时候,我们还把希望寄托在对方讲信用上,这不是伸着脖子等着别人宰吗?"

"……"

张令伟和廖通面面相觑,唐子风的话说得很糙,但说出了真相。"大统领上台之后的这一通折腾，绝不只是影响到中美两个国家之间的贸易，还动摇了全球所有国际关系中的信用基础。

如果像美国这样的超级大国都朝令夕改，想退群就退群，说翻脸就翻脸，那国与国之间还敢有更多的信任吗？

韦尔向浦飞狮子大开口，让浦飞做出无数的让步，换到的只是一个含糊其词的承诺。如果韦尔把浦飞给的好处吃干抹净，再把自己的承诺当成手纸扔进马桶，浦飞又能如何？

"唐总不会是想建议我们彻底不和韦尔合作吧？"廖通试探着问道。

唐子风说："当然不是。非但不是，我还觉得你们应当加强与韦尔的合作，毕竟韦尔在飞机机床方面的积累更充分。我们自己就算能够开发出类似的机床，要达到韦尔机床的品质，起码还要十年以上的时间。所以，你们使用韦尔机床，能够更好地保证大飞机项目的成功，这一点非常重要。

"但是，老人家说过，以斗争求和平则和平存，以妥协求和平则和平亡。浦飞想更好地和韦尔合作，就必须针锋相对地和它斗争。

"我们刚才分析过，韦尔也是希望能够与浦飞合作的，它承担不起丢掉中国航空工业市场的损失。

"如果它与浦飞的合作失败，浦飞必然要寻找其他的机床供应商，无论是在中国国内寻找，还是到西方国家去寻找，都相当于为韦尔培养竞争对手，韦尔是不愿意看到这个结果的。

"鉴于此，我们的态度可以强硬起来，非但不接受韦尔提出的额外条件，还要反过来向韦尔提出我们的条件。"

"这可就玩大了……"张令伟苦笑着嘟哝道，接着又问道，"那么，唐总，你觉得我们应当向韦尔提出什么条件呢？"

"按照我们的标准来提供全套机床。"唐子风不假思索地说道。

"我们的标准……呃，还是你们的标准？"廖通错愕之下狐疑地问道。

唐子风说："当然是你们的标准，是你们浦飞公司对机床的内部标准，包括机床的架构、编程方式、夹具标准、刀具标准等等，韦尔财团提供的机床，必须按照这样的标准进行设计和制造，否则你们不予接受。"

"可是，我们并没有这样的标准啊。"廖通脱口而出。

段如飞嘿嘿笑道："廖秘书，这个你不用担心，我们可以替你们制定这样一套标准。按照这套标准，未来浦飞使用的机床和国内市场上的机床会有更强的

第五百七十章 不带这么欺负人的

通用性，别人想'卡'你们'脖子'的时候，就要掂量掂量了。"

张令伟和廖通再度无语。唐子风说得好听，说这是浦飞的标准，可到最后，不还是商用机床集团的标准吗？

但是，说实在话，唐子风的这个建议，还是很让张令伟心动的。

韦尔财团实质上是一家机床掮客，它从欧美的各家机床企业那里采购机床，提供给飞机制造商，赚取垄断利润。由于机床来自不同的企业，设计上千差万别，很难统一。这种不统一，给用户带来很多麻烦。配件不通用也就罢了，数据格式和接口不一致，就会给生产组织增加无数的工作量。

浦飞的技术部门也曾提出过意见，说能否控制一下机床的来源。如果机床不是来自几十家不同的生产商，而是来自少数几家，系统集成的压力就会大幅度减小，生产效率就能够提高。

但是，韦尔财团会接受吗？这个财团原本就是由各家机床企业联合建立的，各家股东单位都要求把自己的机床放进去，韦尔财团能让谁退出呢？

唐子风的建议，是由浦飞公司制定一个统一的标准——好吧，其实是请商机集团帮忙做出来的——在进行机床采购的时候，浦飞公司直接要求生产商按照标准提供，不管这台机床来自哪家企业，交到浦飞手上的时候，都必须符合统一标准。

这不就是浦飞做梦都想实现的事情吗？

搁在过去，唐子风敢提这个建议，张令伟也不敢接受。他们与韦尔财团合作的时候是处于弱势地位的，人家说啥就是啥，啥时候有他们提要求的机会了？更别说是提出这种强人所难的要求。

但现在，唐子风捅破了窗户纸，指出不管浦飞如何妥协，都无法换来韦尔财团的善意。既然如此，那就不如直接展现出一种强势，就赌韦尔财团敢不敢掀桌子。

假设韦尔财团不在乎中国市场，那么浦飞此举就会让双方的合作直接破裂。但如果真是这样，浦飞就算不提这样的要求，又哪敢和韦尔合作呢？人家既然不在乎你，那么坑一把就走的可能性就非常大了，浦飞做的让步越多，风险就越大。

反之，假设韦尔财团是在乎中国市场的，浦飞提的这个要求，它就不得不考虑。浦飞的理由是很充分的：我们不相信你的承诺，所以必须要留后手。这个后手，就是一旦你不给我们提供机床，我们可以随时在中国国内找到替代机床，因为我们的机床标准是中国国内的。

同样,如果我们买了你的机床,而你却食言了,不肯为我们解决适航证问题,我们也会立即停止从你这里采购,用国产机床来取代你的机床。

放在从前,浦飞这样说话,就是不信任合作伙伴,人家是可以生气的。但现在不同啊,你们各自的国家都在违约,我们凭啥相信你们?

"看来也只能如此了。"

想明白了这些,张令伟轻轻地点了点头。其实,唐子风说的这个方案,在浦飞公司内部也是讨论过的,相比其他方案,更具有合理性。他看着唐子风,说道:"这样一来,我们可就把宝都押在商机集团能够为我们提供全套设备的基础上了。如果商机集团拿不出全套替代设备,而我们又和韦尔财团彻底谈崩了,那我们就可抓瞎了。"

唐子风笑笑,说道:"事在人为,我们会尽快安排技术人员到浦飞去了解所需设备的具体要求。不过,要我们研制这么大的一套设备,你们是不是应当预支一下研究经费啊?"

"唐总估计需要多少经费?"张令伟问。

唐子风竖起两个手指头,笑而不语。

"2000万?"廖通问道。

唐子风瞥了他一眼,没好气地说道:"廖秘书,咱们不带这么欺负人的好不好?你们需要的全套设备加起来有好几百种,其中大多数是高精度以及超大、超重的机床,每一种设备的研制经费也不会少于2000万。你们总共拿出2000万来,我给你们开发一套造玩具飞机的设备还差不多。"

"这……"廖通有些窘迫,他讷讷地问道,"不是2000万,难道是2亿?"

"别想了,是20亿,而且这是第一期的投入。"唐子风说,"你们应当知道,韦尔财团能够拿捏住你们,靠的绝对不是用区区2亿元就能够研发出来的技术,20亿人民币对于研制这样一整套机床来说都是杯水车薪。要把整套设备研制出来,达到与国外同等水平,最保守估计也得投入100个亿。"

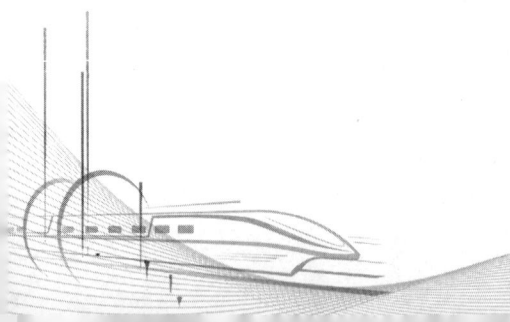

第五百七十一章　不愧得到了唐总的亲传

张令伟和廖通离开了。

唐子风提出的预支20亿元研制经费的要求,他们并没有答应,因为这已经超出了公司给他们的授权,甚至也超出了国家给浦飞公司的授权。张令伟表示,他需要回去向公司汇报此事,公司则需要向国家汇报此事,没有国家的许可,公司是不可能拿出这么大一笔钱来作为研制经费的。

国家为大飞机项目投入的经费高达千亿,但每一笔钱都是有具体去处的。按照最早的设想,浦飞公司将全盘引进韦尔财团的设备,设备投资有二三百亿之多,但其中并没有用于自研设备的预算。

现在情况变了,浦飞公司需要请国内机床企业帮助研制一批设备,那么支出一些研制经费也是合情合理的,浦飞公司对此也有心理准备。

可准备归准备,唐子风一张嘴就要20亿,这就远远超出浦飞公司的心理预期了。

张令伟是个懂行的人,他知道唐子风报出这个数字是有根据的。要研制出制造大飞机的全套设备,别说20亿,就算投入100亿也不算多。但是,他哪有这个权力答应唐子风的要求呢?

"唐总,这件事,咱们该怎么做?"段如飞把张令伟一行送下楼,看着他们坐车离开,这才回到唐子风的办公室,向唐子风请示道。

这么一会儿工夫,唐子风已经把公司的另外几位高管也叫过来了,大家就在唐子风的办公室里开起了集团办公会。

"大飞机设备,咱们是肯定要拿下的,这是一个很大的市场,咱们不可能拱手让给外国人。"公司常务副总经理詹克勤说。

"从国家利益的角度来看,西方'卡'浦飞的'脖子'的可能性很大。美国要保波音,欧洲要保空客,它们都把浦飞当成眼中钉、肉中刺,在设备上刁难一下是再正常不过的事情了。如果是在过去,西方厂商和浦飞签了合同,就不太可能违约了。但现在这种事就不好说了,咱们必须要未雨绸缪。"高管陈波分析道。

总会计师舒欣说:"道理的确是这样一个道理,可刚才唐总不是说了吗?浦飞公司拿不出研制经费来。如果咱们要研制这套设备,就需要自己先垫钱,这可不是一个小数目。"

"不仅如此,还涉及我们的研发能力分配问题。"总工程师于晓惠说,"大飞机机床的问题,前些天唐总就让我们技术部研究过了。有一部分机床的技术,我们是有技术储备的,要进行研制,难度不大。但还有一些机床,属于大飞机的专用机床,我们要进行研制,需要投入很多人力,这会影响到我们其他的项目。"

"的确如此。"詹克勤说,"咱们原先的打算,是搞逐步替代的策略,每年研制几种机床,替代浦飞从国外进口的机床。但现在的情况,需要齐头并进,用几年时间搞出一套完整的设备,这可就打乱了我们的计划。毕竟,我们也不是只为浦飞一家服务的,我们手头还有一大批国家重点项目呢。"

"要不,我们还是等等,看浦飞那边向国家请示的结果如何。如果国家支持搞设备自研,那么自然就会有更多的经费支持,我们也就可以放心地投入更多资源去搞了。"陈波献计道。

唐子风摇摇头,说道:"国家的态度,其实也是要看我们能不能做到。经费的问题只是一方面,晓惠刚才提到的研究力量不足的问题,可能是更重要的一方面。如果我们把这些困难如实上报,国家也就不会坚持搞设备自研了。但这样一来,大飞机被别人'卡脖子'的风险就大大地增加了。"

"而且我们也会错失一个进军飞机制造设备的好机会,这也是很可惜的。"詹克勤说。

"是啊,趁现在这个时机,我们大大方方地声称要进入这个市场,国外同行也没话说。错过这个机会,咱们如果公开声称要去抢人家的饭碗,人家就该不乐意了。"唐子风说。

看到众人都皱起了眉头,唐子风笑呵呵地转头看向段如飞,说道:"小段,这里数你和晓惠最年轻,商机集团的未来是要压在你们肩膀上的。你说说看,对这件事,你有什么想法?"

听唐子风这样说,大家都把目光对准了段如飞,眼神里颇有一些鼓励之意。段如飞毕业于名校,在公司里摸爬滚打了十几年,刚刚被唐子风提拔起来担任总经理助理,是最有可能成为唐子风的接班人的。

第五百七十一章　不愧得到了唐总的亲传

詹克勤等人的年龄都比较大了，知道自己不可能接任唐子风的职务，因此对段如飞并没有什么嫉妒之意，更多的是前辈对晚辈的提携之心。

段如飞看看众人，腼腆地笑笑，说道："既然唐总点了我的名，那我就说说我的想法吧。我年纪轻，经验少，如果哪个地方说错了，还请大家多指正。

"刚才唐总和浦飞的张总会谈，我是一直在旁边做记录的。刚才送张总他们离开，上楼的时候我琢磨了一下，觉得不管浦飞方面能不能答应给我们20亿的研制经费，我们都应当尽快展开对大飞机机床的研制工作。

"时不我待，这件事关系到的一是我们国家大飞机产业的发展，二是我们国家机床产业的发展，于公于私，我们都不能等待。"

"我赞成小段的这个观点。"詹克勤说，"于公，咱们干机床的，就是要对国家的制造业负责。大飞机是咱们国家应对21世纪挑战的战略性产业，这不仅仅是浦飞的事情，还是整个国家的事情，咱们不能隔岸观火。于私，大飞机机床是一个年产值几千亿元的大领域，咱们要想把商机集团做大做强，就不能不进入这个领域。"

陈波说："这一点，我想应当是咱们大家的共识了。现在的问题是，经费、人手都存在困难，咱们该怎么办？小段，你说说你对这个问题的想法吧。"

段如飞笑笑，说道："我觉得，要解决这个问题，还是要用唐总过去的办法，那就是搞'人民战争'。大飞机机床是一块大肥肉，咱们商机一家吃不下，可以让国内其他企业一块来吃。咱们充其量做一个负责分肉的人，谁有资格吃，能吃多少，用什么办法吃，由咱们说了算。"

"哈哈，小段真不愧得到了唐总的亲传，把唐总的精髓都学到了。"詹克勤哈哈笑着评论道。

"有气魄，唐总没白疼你。"舒欣也向段如飞跷了个大拇指，同时调侃地说道。

唐子风点点头，说道："小段说的正合我意。我刚才也是在思考这个问题，觉得如果由咱们商机集团全盘接下来，压力太大，风险也太大。

"大飞机机床的确是一块肥肉，但也正因为它是一块肥肉，咱们要想独自吃下去，是不太可能的。在关于韦尔财团的问题上，会有各种博弈。国家不会把几千亿的设备都交给咱们去做，咱们如果在前期投入太大，未来收不回投资，反而会拖累集团的发展。

"这个方案的好处就在于分散了压力，也分散了风险。让更多的企业加入进来,风险大家担,利润大家分,只要肉还在锅里,谁多吃一口,谁少吃一口,其实是无所谓的。"

"但是,这样一来,机床的技术标准就难以统一了。"于晓惠插话道。她是搞技术的,当然最关心这个问题。

早在几个月前,唐子风就让她关注过大飞机机床的事情。她依据系统化的思想,提出了一套大飞机机床的总体设计思路。唐子风对张令伟说,浦飞即便答应从韦尔财团采购机床,也要对方答应满足我方提出的机床标准,其实就是源于于晓惠的这套设计。

现在,段如飞提出搞"人民战争",让更多的企业参与大飞机机床的研制,于晓惠就难免要担心机床标准问题了。

"这一点,我们可以坚持的。"唐子风说,"我会说服浦飞,让它接受我们提出的机床标准。未来,不管是韦尔的设备,还是咱们国内企业提交的设备,必须符合这个标准,这样浦飞才会接收,不符合标准的,一概出局。"

"这个方案还有一个问题,那就是如果其他企业不愿意参与进来怎么办?"陈波说,"咱们光说大飞机机床是一块肥肉,可这块肥肉也不是那么容易吃到嘴里去的,它的风险也是很大的。

"一来,机床的研发需要高额投入,万一研发失败怎么办?二来,刚才唐总也说了,浦飞采购机床是要进行博弈的,如果到时候它把主要的订单都给了韦尔,那么国内这些参与研发机床的企业可就收不回投资了。"

"这的确是一个问题,而且,可能是一个很致命的问题。"唐子风说,"咱们把研发任务分解出去,该怎么向别人承诺回报呢?"

"关于这个问题,我也考虑过了。"段如飞微笑着说道,"咱们没必要向别人承诺回报,我们应当告诉他们,这就是一项风险投资,敢赌的就进来,不敢赌的就请便。"

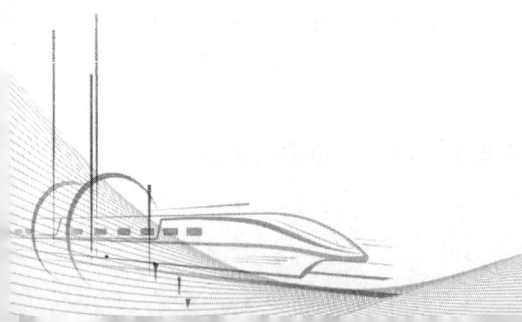

第五百七十二章 这是什么情况

《浦飞开展全球设备招标,国产机床能否登堂入室》;

《航空专用机床,一场万亿级别的盛宴》;

《进入机床业的最后一张门票:大飞机机床》;

《圆百年航空梦,从机床做起》;

……

媒体追求"语不惊人死不休",新兴的自媒体就更别提了,各种标题之煽情,让吃这碗饭的包娜娜都自叹弗如。

出于培养新人的考虑,唐子风把推进大飞机机床研发的事情交给了段如飞和于晓惠二人。于晓惠的任务,是与浦飞公司的工程师们合作,制定大飞机机床的技术标准,并负责机床招标中的技术把关。段如飞的任务,则是在全国范围内招募有志于此的企业或个人,承接某种机床的研制工作。

要办事,首先要造势,这是段如飞从唐子风那里学来的经验。他联系了多年来一直为公司提供公关服务的深蓝焦点公司,让他们组织一批稿件,在媒体上炒作大飞机机床的概念。

让段如飞和包娜娜都没有想到的是,深蓝焦点公司刚刚投放出去几篇稿子,网络上就掀起了一个讨论大飞机机床的热潮。无数大V一夜之间变成了"航空专家"和"机床专家",对大飞机机床的话题侃侃而谈。而他们的发言,又被许多自媒体拿去洗稿融哏,变成一篇篇"10万+"的热文,登上了各家社交网络平台的热搜榜。

"这是什么情况?"段如飞目瞪口呆。

"这里面很多都是胡说八道啊!"于晓惠不能忍了,有些文章写得也太玄了,什么100米之内只能有1微米的偏差,什么一个刀头价值800万人民币,这都是哪跟哪的事情啊?

"至少能够证明一点,那就是袁爷爷让大家吃得太饱了,大家的精力无处发泄啊。"

这是唐子风的评论，说这话的时候，他脸上带着笑意，显然是对此十分满意的。

最早做出响应的是地方政府。关于大飞机机床的话题成为网络热点之后，便有不少于十个地级市派出了够分量的官员来到浦飞公司，商谈在当地建立大飞机机床研发制造基地的问题，还提交了建设"机床谷""航空湾"之类的策划报告。

这些官员声称，只要浦飞公司同意，他们愿意拿出少则几千万，多则几亿的资金，支持企业在他们当地建立大飞机机床公司或者研究中心，三年免租金，五年免所得税，等等，条件可谓一个比一个优越。

这些年，地区间的产业竞争也陷入了内卷，各地为了争夺优质产业项目，可谓无所不用其极。

早些年，国内资本短缺，地方政府招商引资十分困难，哪里会在乎投资商投的是什么产业？但凡有人愿意来投资，地方官员就会把他们当作祖宗一样地供着。

随着国内资本日益丰盈，加之地方政府的财政状况也不断好转，地方官员对投资项目的技术含量就越来越重视了。一个地方的产业用地是有限的，如果引进一些占地面积大而产值却不高的企业，对于地方政府来说就是一种损失了。

此外，要提高一个地方在国内的地位，也需要有高精尖产业作为"城市名片"。你这个城市里的企业都是做五金、塑料、服装的，人家就把你当成了"第三世界"。反之，你说你有多少家集成电路企业，多少家航空航天企业，人家就得高看你一眼。

正因为如此，当"大飞机机床"这个概念被网络炒起来之后，各地的地方官员就闻风而动了。造大飞机机床能不能赢利，这并不是官员们首先要考虑的问题，他们甚至可以接受这个产业在几年内连续亏损，大不了财政拿点钱出来补贴一下，这对于一个城市来说算得了什么？

其实，地方政府的这种想法并没有什么错误，培育一个高技术产业所能够带来的收益，不是光凭几家企业的盈亏就能够体现出来的。一个高技术产业会产生技术的外溢，惠及当地的其他产业。还有，一个城市拥有一些知名的高技术企业，也会提高城市的知名度，带来的隐性收益也是不可估量的。

第五百七十二章 这是什么情况

大飞机产业是国家确定的战略性产业,一向被认为体现了工业的最高水平。当初国家布局大飞机项目的时候,许多城市便争得不可开交,都希望能够分到一杯羹。现在大飞机项目已经尘埃落定,那些没抢到大飞机项目的城市,觉得自己如果能够争取到一个为大飞机提供生产装备的项目,也同样显得高大上。这就是各地竞相出手的原因了。

相比不差钱的地方政府,诸多机床企业在这个问题上就显得比较谨慎了,同时也显得更加纠结。

正如唐子风他们分析过的,大飞机机床是一块肥肉,却是一块充满着风险的肥肉。大飞机机床的利润之高,让每家企业都垂涎欲滴,但要想拿下某个型号的机床,又岂是那么容易的事情?

你首先要有一定的技术基础,其次还要投入海量的研发资金。浦飞公司并没有承诺一定会在国内采购这些机床,所以如果你无法把某款机床做到尽可能地完美,就很难打动浦飞公司的采购部门,无法进入对方的采购清单,那么你前期的所有投入都将化为乌有。

放在十年前,像这样的项目,是不会有企业愿意参与的。那时候,国内机床市场上有大把的赚钱机会,你能够把某种产品做好,就不愁销路,何必去冒风险呢?

可这几年,市场形势变了。国内制造业狂飙突进的时期已经过去,机床需求进入了平缓期,市场已经出现了供过于求的倾向。尤其是那些缺乏技术含量的机床,即便能够卖出去,利润也是低得可怜。

要想在机床行业里生存下去,就必须走高技术的路线,抓住未来的制造业需求。比如说,这些年手机成为制造业的新热点,那些能够为手机制造提供专用机床的企业,都赚了个盆满钵满,没搭上这趟车的企业,都懊悔不迭。

大飞机机床无疑是一个新的机会,媒体上说这个市场的产值有万亿之巨,并非虚言。如果自己再错过这班车,那么等下一个机会来临,又不知是什么时候了。

再说,工业发展的趋势在那里放着,大飞机机床的难度大,未来再出现一个新的领域,难度只会比大飞机机床更大,届时自己又如何应对呢?

赵氏集团的赵兴根、赵兴旺兄弟,现在就处于这样的纠结之中,犹豫着要不要跳进这个坑。

"这一次牵头的是商机集团,也就是说,这件事是唐子风在推动。过去这么多年，只要是唐子风看中的项目，就没有一个出错的。咱们如果错过这个机会，可就要后悔莫及了。"赵兴根看着大班台上厚厚的一沓报纸，对赵兴旺说道。

那些报纸是公司企划部搜集来的，上面都刊登了讨论大飞机机床的文章。这些文章中，九成都是在力挺这个项目，只有不到一成的文章里谈到了风险问题。

"要参与这个项目，咱们倒也有些优势。比如咱们夏一机床的高精度龙门坐标镗在国内是数一数二的，这次大飞机机床招标里面就有龙门坐标镗，一台的报价是2000万美元，采购数量是以10台计算的。咱们如果能够拿下，以后也算是一个拳头产品了。"赵兴旺说。

夏一机床原来是一家国有大型机床企业，十几年前被赵家兄弟收购，成了赵氏集团旗下的企业。赵家兄弟有底气谈投标大飞机机床的事情，也是因为手上拥有这样一家企业。

"是啊，我也是这样考虑的。"赵兴根说，"一台坐标镗能赚到多少钱倒还在其次，最关键的是，如果我们能够把浦飞的高精度龙门坐标镗拿下来，以后就可以说我们赵氏集团是为大飞机提供装备的，到那时候，谁还敢说咱们是一家乡下的小企业？"

"但是……"赵兴旺迟疑了一下，说道，"现在给浦飞提供龙门坐标镗的，是德国的海姆萨特，它的技术水平比我们高得多。我们要想从它手里把这个单子抢过来，除了要投入机床的研究费用，还得把夏一机床那边的生产设备进行全面升级。我粗算了一下，里里外外，起码要投入2个亿，这可不是一笔小钱啊。"

"可进行设备升级对咱们也有好处啊，以后夏一机床的产品又能再上一个档次了。"赵兴根说，"优化龙门坐标镗的过程，也能让夏一机床那边的工程师好好锻炼一下。"

赵兴旺问道："哥，这么说，你下决心了，真的想去投这个标？"

赵兴根叹道："只能说是动心了，要下决心，哪那么容易？2个亿的资金投进去，万一砸不出一声响来，咱们可就被动了。"

正在这时，桌上的电话响起来了。赵兴根拿起电话，听到前台报告道：

"赵总，有个年轻人说要拜访你，说是要跟你商量投标大飞机机床的事情。"

赵兴根心念一动，问道："年轻人？他说他是谁了吗？"

"他说他叫宁一鸣。"前台回答道。

第五百七十三章　和两位赵总叔叔合作

宁一鸣被带进来了。赵兴根亲自起身相迎，招呼他在沙发上坐下，又盼咐秘书给他倒了水，这才摆了一个叔叔的谱，笑呵呵地问道：

"一鸣啊，你爸爸在非洲那边还好吧？对了，你现在是在井南大学读书吧？大几了？学什么专业啊？"

宁一鸣是宁默的儿子。宁默早在二十年前就与赵家兄弟认识了，后来宁默在合岭开了"胖子机床公司"，与赵家兄弟走动也比较多，可以说赵家兄弟是看着宁一鸣长大的。

听到赵兴根的问话，宁一鸣答道："我爸爸在非洲那边挺好的，前一段时间又获得了国家的一个奖励。我今年已经大三了，学的是机械专业。"

"哦哦，机械专业啊！好好，这就叫子承父业吧？"赵兴根说，"井南大学在咱们国家也是排得上号的名牌学校了，井大的机械专业也很强的，你将来毕了业，那肯定也是了不起的。"

"谢谢大赵总叔叔夸奖。"宁一鸣应道。

寒暄了几句过后，赵兴根问道："一鸣，你怎么跑到合岭来了？找你大赵总叔叔有事情吗？"

他这一问，也是没过脑子。其实前台通报的时候就说过，来人是找他谈大飞机机床的。赵兴根一开始还想着这事，但见来人是宁一鸣，就把这事给忘记了，在他的潜意识里，宁一鸣和大飞机机床之间实在是没有任何的关联。

宁一鸣却收敛起了刚才那副晚辈对长辈的恭谨表情，认真地说道："大赵总叔叔，我这次来，是想和你还有小赵总叔叔谈大飞机机床的事情。我知道赵氏集团下面的夏一机床在精密龙门坐标镗方面水平很高，而这次大飞机机床招标，就有龙门坐标镗这一项，我想和两位赵总叔叔谈谈合作的事情。"

"合作？谁和谁合作？"赵兴旺在旁边诧异地问道。

"当然是我和两位赵总叔叔合作。"宁一鸣答道。

"你?"赵家兄弟都愣了。其实宁一鸣前面说的就是这个意思,只是两兄弟都没反应过来。在他们的心目中,宁一鸣还是一个孩子,怎么可能和自己有合作关系?

宁一鸣说:"是我。我觉得,这次浦飞和商机两家联合推出大飞机机床招标项目,是一个很好的机会。赵氏集团一直都有搞机床的基础,但机床的水平和国外的大机床企业相比,还有很大的差距。如果能够抓住这次机会,拿下一两种尖端机床,赵氏集团的机床水平就可以和国外一流机床企业并肩了。"

"这个道理我们也懂。"赵兴根说,"可是,你刚才说你要和我们合作,你拿什么来和我们合作呢?"

"我有技术啊。"宁一鸣说着便从随身带来的书包里掏出一沓资料,递到赵兴根面前,说道,"大赵总叔叔,你看,这是我在上学期参加大学生创新创业大赛的作品,正好就是龙门坐标镗的总体设计。这个设计获得了国家级一等奖,我们学院的老师说这个设计达到了国际一流水平呢。"

"还有这事?让我看看。"

赵兴旺是搞技术的,向来对这种事情感兴趣。他伸手从宁一鸣手上接过那沓材料,认真翻看起来。

那沓材料里,有宁一鸣所做设计的图纸和技术说明,也有学校老师的点评,还有国家级一等奖的获奖证书。赵兴旺认真地看过图纸,忍不住点头赞道:"不错不错,真不错。一个本科生就能够做出这样的设计,实在是很了不起,真不愧是有家学渊源啊。"

"其实主要是肖阿姨和晓惠姐指点的结果。"宁一鸣却谦虚起来了。

他的谦虚,听在赵家兄弟耳朵里,可就有点"凡尔赛"的味道了。肖文珺加上于晓惠,那都是国内顶尖的机床专家,这两个人亲自指点宁一鸣做设计,寻常高校里的博士生也享受不到这样的待遇吧。难怪宁一鸣的设计能够拿到国家级一等奖。

赵兴根也把材料拿了过去,简单翻了翻,然后说道:"一鸣,你小小年纪,就能够做出这样的设计,的确是很不错。如果将来再读个硕士、博士,你的成就,没准儿会比于总工还高呢。不过呢,你现在毕竟还是一个本科生嘛,还是应当以学业为主,你刚才说什么合作,这对你来说,是不是太早了?"

"一点也不早。"宁一鸣说,"晓惠姐说了,这是机床行业最后一次突飞猛进的机会,以后再想找这样的机会就不容易了。还有,唐叔叔说过,在风口上,猪

第五百七十三章　和两位赵总叔叔合作

都能够飞起来。如果错过了这个风口,以后就追悔莫及了。"

赵兴根咧了咧嘴,心想,这孩子简直就是含着金汤匙出生的,周围这些被他叫姐、叫叔的,都是顶级牛人。他妈妈张蓓蓓原本不过是一个村妞,咋咋呼呼的,像是没啥心计,谁知道摇身一变就成了大河无人机公司的营销总监兼第二大股东。还有他爸爸宁默,当年也曾和自己一起喝酒吹牛,可现在在非洲当了个跨国培训学校的校长,光是被中央领导点名表扬就有四五次。

有这样的背景,也就难怪宁一鸣会张狂了,一张嘴就要和自己合作,自己还真不知道该如何回答他。

"一鸣啊,你有创业的想法,这很好。不过呢,大飞机机床这个事情,可不是那么简单的。你搞的这个设计,虽然能够在拿国家级奖,但也就是一个大学生创业项目嘛,和真正能够实际使用的机床,差距还是很大的。"赵兴根说。

宁一鸣说:"我知道啊!我刚才说我的设计,只是想说我对这个项目是懂一些的。大飞机用的龙门坐标镗,精度要求很高,我问过晓惠姐姐了,她说就算是组织一个团队全力以赴地投入,起码也要两年时间才能见到效果。我想和两位赵总叔叔合作,就是想用你们现有的基础,还有你们的团队,全力以赴地做上两年。"

"这不单要投入人手,还要投入设备和材料,要做很多实验,是要花很多钱的,你知道吗?"赵兴旺问道。

宁一鸣说:"那是肯定的。晓惠姐姐说了,要搞出符合浦飞要求的龙门坐标镗,投入1个亿都算少的,弄不好要投入2个亿呢。"

"那么,这些钱,谁来出?"赵兴根问。

"当然是两位赵总叔叔了。"宁一鸣说,眼见着赵兴根的脸要变成黑色,他又嘻嘻笑着说道,"大赵总叔叔,你别紧张,我没说让你们一家出这些钱。我可以带1亿资金入股,你看怎么样?"

"1亿资金!"赵兴根的眼睛瞪得滚圆,心里好生感慨。

这孩子,今年也就二十岁吧,就敢带着1亿资金跑出来找人合作做事,自己这代人真的要被淘汰了。他丝毫也不觉得宁一鸣话是吹牛,因为宁一鸣的家的确有这个实力。大河无人机现在很火,张蓓蓓手上的股权起码值100个亿,拿出1亿给孩子入股,可真不在话下。

"你是说,张总答应拿出1个亿来和我们合作?"赵兴根问道。

宁一鸣却摇了摇头,说道:"这件事,我没跟我爸妈说,他们不知道。"

"不知道?"赵兴根一愣,"那你从哪弄到的钱? ……不会是你的私房钱吧?"

"当然不是。"宁一鸣说,"我爸妈可抠门了,他们从来不给我钱。我这笔钱,是丽佳超市的黄姨给的,她说是她对我的风险投资,我如果赚了钱,要给她分成的。"

"丽佳超市的黄……黄总?"赵兴根只觉得眼前金星乱转。

自己刚才给宁一鸣算了半天,居然还漏了这么一位。丽佳超市的黄丽婷,身家也是奔着几百亿去的。据说她最早起家的时候,曾经得到过宁默的帮助,所以也算是宁家的铁杆朋友,拿出1个亿给宁一鸣当风险投资,完全有可能啊。

"一鸣,你是说,于总工和黄总,还有肖教授、唐总,都看好这个项目?"赵兴根不再把宁一鸣的话当成儿戏了,认真地询问道。

宁一鸣点点头,说:"我问过晓惠姐了,她说龙门坐标镗不存在什么大的技术障碍,以夏一机床的基础,应当是能够搞得出来的,只是前期需要大量的投入。唐叔叔那边,我没有直接问他,不过肖阿姨说,我可以试试,在项目中积累经验,学习新知识。

"还有黄姨,她是主动找我的,说她想参与大飞机机床项目,找不到合适的产品。我跟她说了龙门坐标镗这件事,她去问了晓惠姐,然后就说可以出1个亿作为风险投资。"

赵兴根在脑子里把这些关系理了一遍,开始有所感悟了。这件事表面上看是宁一鸣在蹦跶,但焉知不是他背后的人在撺掇他蹦跶呢?黄丽婷可是商场老狐狸了,不会凭空就给一个孩子投1亿元的风险资金,她看中的,其实是这个项目。

想到此,他的脸上露出灿烂的笑容,说道:"好,一鸣,既然有这么多人支持你,那大赵总叔叔也不能落后,我们赵氏集团也出1个亿,就用夏一机床的平台来做这件大事吧。"

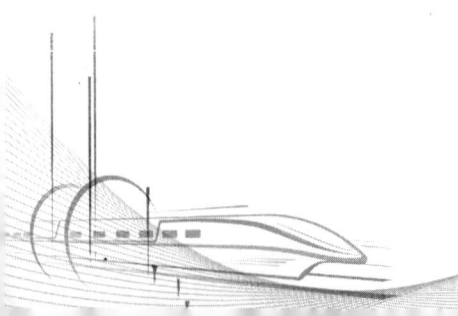

第五百七十四章　咱就这么霸气

在赵家兄弟与宁一鸣击掌签约的时候，宁一鸣的老母亲张蓓蓓正笑吟吟地给黄丽婷打电话："黄姐，一鸣的事情，谢谢你了。"

"你说啥呢！咱们两家的事情，还用得着说谢谢吗？"黄丽婷嗔怪地说道，"再说，钱是你出的，我一分钱都没拿，只是帮你转了一道手，这也不费多少事。我原本说我也拿几千万出来，支持一下一鸣，是你坚决不同意的。"

张蓓蓓说："一鸣去搞这个龙门坐标镗，原本就是小孩子胡闹，我怎么还敢让黄姐你出钱？自己家里的钱亏掉了也就算了，我们赚钱原本也就是为了他们。可如果让黄姐你出钱，到时候亏了，我都没脸见黄姐你了。"

"怎么可能亏呢？"黄丽婷说，"一鸣这么能干，再加上背后有晓惠给他把关，这个项目肯定是能够成功的。还有，大飞机机床招标这件事是子风抓的，你想想看，子风做的事情，啥时候亏了？"

张蓓蓓接过她的话头，说道："是啊，我也是觉得这件事情是唐总推出来的，应该是比较可靠的，所以才让一鸣去试试。我也不求他能赚回多少钱来，主要是想给他一个练手的机会。"

黄丽婷说："对了，蓓蓓，说到这里，我想问问，你有没有兴趣搞一个风险基金，专门用来投资大飞机机床的开发？我听晓惠说，现在高校里有不少老师，还有一些博士、博士后啥的，也都想参与这个项目，但苦于找不到资金。"

"我觉得，大飞机机床应当是大有可为的，我们两家干脆凑点钱，搞个基金，然后找一些有希望的设计投资，帮助他们实现商品化。"

张蓓蓓笑道："黄姐，你是想和我合作，还是想和大河公司合作啊？"

黄丽婷说："当然是想和你合作。不过，如果大河公司愿意参与进来就更好了。晓惠跟我说过，他们估计，如果要把大飞机机床全部攻克，起码要投入100亿。听说子风这些天一直都在外面跑，就是想动员更多的人为这个项目投资呢。"

"那黄姐有没有再联系其他企业家,一起为这个项目投资?"张蓓蓓问。

黄丽婷说:"当然有。子风的事情,我能不上心吗?再说,其实投资大飞机机床还是有利可图的,我这也算是帮商界的朋友们找一个好的投资方向嘛。"

"那好呀,咱们说定了,我也要投。"

"没问题,咱们一起吧。"

唐子风想过大飞机机床的研发能够得到社会的响应,但他却没想到响应得竟然如此强烈。

段如飞向他报告说,在短短一个月的时间内,向浦飞申请承接大飞机机床研制任务的企业已经有五百多家,其中有一定实力的机床企业就有近五十家,此外还有一些做零配件或者做材料的企业,也都是手里握着大把核心技术的。

不在机床或者机械领域里的企业也盯上了这个机会。它们建立了好几个投资基金,专门为机床研发提供风险投资。其中又以黄丽婷牵头的"丽佳基金"规模最大,已经募集到了20多亿元。黄丽婷声称,这只是第一期,后续如果需要,她还能募集到更多的基金,以保证大飞机机床研制任务的顺利进行。

有了投资基金,便有技术精英前来申请了。高校师生、企业里的工程师、海外留学人员等都纷纷冒头,希望能够把自己的才智变成实际的生产力,既为社会做贡献,也好让自己晋升到"成功人士"的行列。

面对着这样红红火火的场面,自然就有人犯酸了。一向以唱衰为己任的知名学者齐木登便撰写了一篇"雄文":

"中国人做事永远都摆脱不了从众的习惯,一旦发现一个机会,便争先恐后、趋之若鹜。一些地方政府打着支持自主创新的旗号,建立各种大飞机工业园,搞重复建设,劳民伤财,其实不过是为了满足地方官员的政绩需要。

"许多加入大飞机机床研制项目的企业,面临的是一场关系生存的豪赌。在这场豪赌中,能够笑到最后的只会是少数企业,大多数企业必然落得一个鸡飞蛋打的结局。

"据知情人士透露,目前政府和企业投入大飞机机床研制的资金已经达到了200亿之巨。这样大的一笔资金,如果用于扶贫或者资助失学儿童,带来的收益将是无法估量的。而现在,这些资金却被虚掷在了一场狂妄的技术竞赛之中。

"大飞机是工业皇冠上的明珠,大飞机机床则是雕刻这些明珠的刻刀。西方国家在这个领域里有几百年的积累,我们要想在短短几年内追上西方国家,

第五百七十四章 咱就这么霸气

完全是痴人说梦。

"但是,一些政府官员却不顾客观规律,盲目地提出要对大飞机机床进行国产化替代的口号,并裹胁了地方政府和企业参与这样的赶超。我们不禁要问,难道中国就没有更重要的事情可做了吗?为什么要在这件事情上耗费宝贵的人力、物力和财力?"

齐木登发出了灵魂拷问。

"老齐真是老了,思维还停留在二十年前呢。"

唐子风把刊登了齐木登那篇文章的报纸扔在桌上,对旁边的"小伙伴"们笑呵呵地说道。他此时正坐在深蓝焦点公司总经理包娜娜的办公室里,旁边都是他的老班底。

"200亿的资金,搁在二十年前,的确可以称得上是一笔巨款,但到了现在就平平常常了,一个地级市一年的固定资产投资也得有个上千亿。"王梓杰满脸鄙夷地说道。

"在齐木登这些人心目中,中国还是他们年轻时看到的那个样子。他们只习惯于跟在外国人的后面亦步亦趋,像子风他们这样动辄提出要和西方企业竞争,足够把齐木登他们给吓死。"李可佳也评论道。

"是啊,中国这些年进步太快了。"梁子乐感慨道,"我刚回国的时候,觉得国内各种条件都不如美国,可现在再回美国去,就发现美国的各种条件都不如中国。像大飞机机床攻关这样的事情,在美国已经有很长时间看不到了。美国的工业界现在是死水一潭,没有任何足以让人兴奋的进步。"

包娜娜说:"当初我让某人跟我一起回国来,他还老大不情愿的,觉得自己是美籍华人,到中国这样的穷乡僻壤来有失身份。现在知道了吧,最有机会的地方,还是中国。"

"我不情愿了吗?"梁子乐当然知道包娜娜说的"某人"是指谁,他分辩道,"其实我一直都想回国的。我虽然在美国生活了十几年,但心依然是中国心啊。不过,我当时的确是想不到中国能够发展得这么快,我原本还是带着回来做贡献的心态的,现在看来,反倒是占了便宜了。"

"我可是一直都相信中国最有机遇的。"包娜娜说,说罢,她又赶紧转向唐子风,笑着说道,"当然了,这主要得益于唐师兄的教诲。我记得我出国之前,在金尧蹭了唐师兄一顿饭,当时唐师兄就跟我说,出去了一定要回来,还说中国绝对是未来二十年乃至四十年内,全世界最有机遇的国家。"

"唐总的眼界真的让人佩服。"梁子乐拍了一记马屁,接着又转回到最初的话题上,向唐子风问道,"不过,唐总,我觉得齐木登说的话有一些也是有道理的。现在大飞机机床的研发,重复投资的现象还是比较严重的。

"有些型号的机床,有四五家企业同时在搞,而且投入都非常大。大飞机机床的市场毕竟是有限的,同一个型号的机床,不可能需要好几家企业,所以最终必然有一些企业的投资是要打水漂的。

"关于这个问题,唐总是不是该关注一下?比如说,在各家企业之间协调一下,让他们避免重复投资。"

唐子风笑道:"这些企业都有钱,他们想投,为什么不让他们投呢?每种机床最终只会有一个胜出者,但失败者的投入也不是完全打了水漂,在研发过程中形成的技术积累,对这些企业也是有用的。"

梁子乐说:"话是这样说,但重复投资毕竟还是挺浪费的。我是做投资咨询的,看到这种情况,实在是觉得心疼。"

"没什么好心疼的。"唐子风说,"未来我们国家的技术进步,必然都是采用这样的方式。多家企业重复投资的好处在于,能够最大限度地保证研发进度,而且还能够筛选出最优的方案。如果只有一家企业在做,万一中间出了差错,整个进度就受到影响了。

"这种研发模式叫作饱和式研发。我们也到了能够不计成本地追赶世界先进潮流的时候了,这个时候不砸钱,还要等到什么时候?"

"咱就这么霸气!"

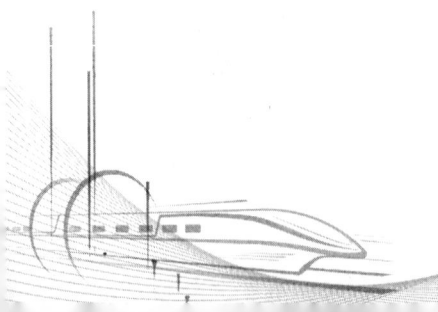

第五百七十五章　长缨在手

"中国人真是疯了！"

在浦江举办的第一届中国航空制造设备展会上，看着中国厂商展出的各种飞机专用机床，韦尔财团副总裁泰勒斯有一种要晕厥的感觉。

从浦飞公司向韦尔财团发出最后通牒，声称要自主研发大飞机机床至今，才过去仅仅一年时间，中国人已经完成了几百种大飞机专用机床的研制工作。从加工飞机总体框架的超大型龙门设备，到切削发动机喷油嘴的微米级五轴精密车铣复合机床，全都有了成品，一台台、一件件地摆放在展厅中，焕发着烤蓝的幽光。

泰勒斯当然看得出，中国机床厂商所推出的大飞机机床之中，有一些还不够成熟，与西方企业的产品相比，性能和品质上都存在着比较明显的劣势。飞机制造对设备的要求是很高的。飞机制造公司宁可多花钱，也要采购更成熟的设备。从这个意义上说，中国企业目前还无法完全替代西方企业，浦飞要想完全脱离韦尔财团，还为时过早。

但泰勒斯丝毫轻松不起来。西方企业的产品成熟，那是因为它们的产品已经造了几十年，经过了充分的磨合，而中国企业是在一年前才启动这类机床研发的。短短一年时间，能够拿出这样水平的产品，泰勒斯岂敢轻视它们？如果再给这些中国机床企业一两年或者更长的时间，它们会走到哪一步，泰勒斯完全不敢想象。

最让泰勒斯恐惧的，是中国人在机床研发上的不计成本。他看到有许多种重要的机床都至少有三家以上的企业在做，每家企业都推出了自己的产品。这些产品有着不同的设计，代表着不同的技术路线。有些设计里包含着非常天才的构思，是西方厂商也未曾想到的。

负责陪同泰勒斯参观展览的张令伟告诉泰勒斯，中国企业采取了一种被称为"饱和式研发"的方式，保证每个重要的任务节点都有足够的备份。即便某一家企业的研发遇到了障碍,其他家企业也能够实现突破。

"你们为什么要这样做?难道你们不觉得浪费吗?"泰勒斯大惑不解地问道。

"或许是因为我们被'卡脖子'卡怕了。"张令伟说,"浪费一点投资,对我们来说不算什么。而一旦被人'卡'住了'脖子',那是要命的事情。"

"我觉得,你们或许太过于担心了。"泰勒斯悻悻地说。

张令伟说:"这是血的教训,我们不敢轻信任何人的承诺。"

"你们是希望用这样的方法来逼迫韦尔低头吗?"泰勒斯问道。

张令伟摇摇头,说道:"泰勒斯先生,你误会了。我们从来不逼迫任何人低头,我们也不关注谁是不是低了头。我们的目标,只是自己做得更好。一旦我们能够做得更好,就没有任何人能够逼迫我们低头了。"

"那么,浦飞还愿意和韦尔合作吗?"

"当然,我们非常依赖韦尔的技术,也一直希望能够与韦尔建立长期、稳定的合作关系。"

"如果浦飞和韦尔合作,那么这些中国企业怎么办?"

"我们和韦尔合作,并不排斥这些中国企业啊。我们会同时使用韦尔的设备和中国自己制造的设备,而且,我们也希望韦尔能够和中国的机床企业建立合作关系,共同研发制造最重要的大飞机机床。"

"如果我们不接受这种方式呢?"

"不接受吗?"张令伟笑了笑,用手指着前面,说道,"泰勒斯先生,你应当认识前面那几位吧?没错,他们是波音总部派来的。空客的客人今天也在展厅里,我们一会儿应当能够碰上他们。

"天下苦韦尔久矣,波音和空客的朋友都向我们流露出希望我们造出更优秀的大飞机机床的愿望,这样他们未来采购设备时就能够有更多的选择了。市场是需要有选择的,泰勒斯先生以为呢?"

"我想……"泰勒斯沉默了一会儿,然后点点头,说道,"和中国同行合作,的确是一个很不错的想法。我非常钦佩中国同行们的能力和才华,我们财团的加盟企业应当也会有同样的想法,我想他们是愿意和中国同行合作的。

"此外,我们也非常支持中国尽快地推出自有品牌的大飞机,并获得美国和欧洲的适航证。事实上,我们的天空已经被波音和空客霸占太久了。市场是需要有选择的,张先生说得非常好。"

"那么,我现在是不是可以向泰勒斯先生说合作愉快了?"张令伟伸出一只手,笑着问道。

"合作愉快。"泰勒斯用力握住张令伟的手,意味深长地说道。

……

"这次大飞机机床攻关,对于我们机床行业来说,是一次磨砺,也是一次考验。在我们取得的成就面前,韦尔财团终于低头了,答应未来提供给浦飞的机床将完全符合我们提出的标准。同时,它还将促成加盟企业在若干种最重要的飞机机床方面和中国机床企业开展深度合作,实现技术共享。

"在这次攻关中,各家机床企业建立了 20 多个专门的研究中心。据不完全统计,各家企业购置的各种实验设备总值超过 50 亿元,对车间进行技术改造的投入也在这个数目之上。整个攻关期间,各家企业和各高校、科研院所取得的技术专利超过 10000 项,还培养了一大批技术人才,大大提高了我国机床行业的整体技术水平。"

国资委的一间办公室里,段如飞和于晓惠正在向唐子风汇报工作。

"你们做得很好啊。"唐子风用老父亲一般的慈爱口吻说道,"这一次大飞机机床攻关,商机集团除了自己承担一部分研发任务之外,还担负了组织、协调整个攻关活动的工作,体现出作为机床业龙头企业的担当。你们的工作做得很好,没有给我们这些人丢脸。"

"这都是唐总给我们打下的好基础,还有好的作风传承。"已经接替了唐子风职务的段如飞谦虚地说道。

"我听说,这一次的大飞机机床攻关,在社会上也产生了很大的影响。今年高考,有很多高分考生选择了机械专业,反倒是原来最热闹的金融、经济之类的专业有些冷了。"于晓惠笑嘻嘻地说道。

唐子风说:"这不奇怪,一个国家的根基还是在制造业上,而制造业的根基,就扎在我们机床行业上。经历过各种思潮的碰撞,最终大家还是认清了什么才是国家最重要的产业,机械专业升温,也就在所难免了。"

"是啊,我原来在学校的时候,也觉得机械行业、机床行业是夕阳产业,不吃香了。到了临机之后,跟着唐总,才逐渐认识到机床在国计民生中的地位。以这一轮国外对咱们的封锁制裁来说,如果没有唐总等前辈给我们留下的机床业的雄厚基础,我们就不可能立于不败之地。"段如飞感慨地说道。

唐子风笑道:"我算什么前辈?许老、谢老、周老,他们才是机床行业真正的前辈。20世纪50年代,是他们在一片荒芜之中创建了中国的机床工业体系,随后又在遭受国外全面封锁的情况下发展、完善了这个体系。再往后,我们打开国门,面对国外机床的冲击,是他们坚守住了阵地,才使中国的机床产业没有像苏联那样全面崩溃。

"等到我接手的时候,中国机床产业的生存环境已经大为改观。我和你们一样,都是享受红利的一代。"

"我们可不想躺在前辈创造的红利上睡觉。"于晓惠认真地说,她递上一份资料,"唐主任,按照你的要求,我们会同国内其他大型机床企业的技术部门和决策部门,进行充分讨论,制定出了这份《中国机床2035行动纲要》,请唐主任审核。"

"这么快就拿出来了?"唐子风接过资料,一边翻看着,一边兴奋地说道,"不错,不错,发展网络协同制造技术、基于物联网的智能工厂、制造资源集成管控、全生命周期制造服务,这些概念都非常好。机器人、智能感知、智能控制、微纳制造、复杂制造,还有可靠性技术、制造工艺、关键基础件、工业传感器等共性技术研发,这些点都抓得非常准,的确是一份有雄心壮志的行动方案。"

"我们的目标就是瞄准国际前沿,力争在2035年实现和国外机床巨头齐头并进,然后再用十至十五年的时间把它们彻底甩开。"段如飞说。

"以我的观察,估计用不了那么长的时间。"唐子风笑着说道。

"我也是这样想的。"段如飞也笑着说,"对了,唐主任,大家在讨论这个行动纲要的时候,都觉得'中国机床2035'这个说法不够有力,想请唐主任给我们起一个更响亮的名字。""更响亮的名字?"

唐子风沉吟了片刻,抬起头说道:

"机床是工业之母,要发展制造业,就离不开机床。伟人说过,'今日长缨在手,何时缚住苍龙',正是这个意思。我们要跨上时代的巨龙,实现民族的腾飞,就不能没有这根长缨。"

"因此,我们这个方案就叫作'长缨二〇三五'。"

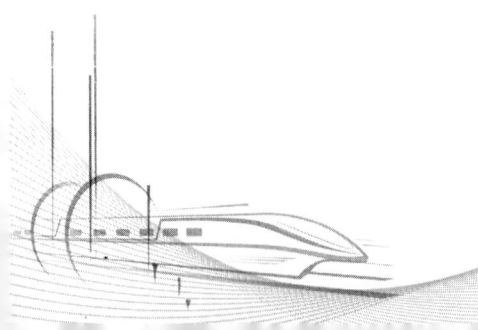